U0734850

谨以此书

献给

为国家和民族做出重大牺牲、重大付出的先辈们!

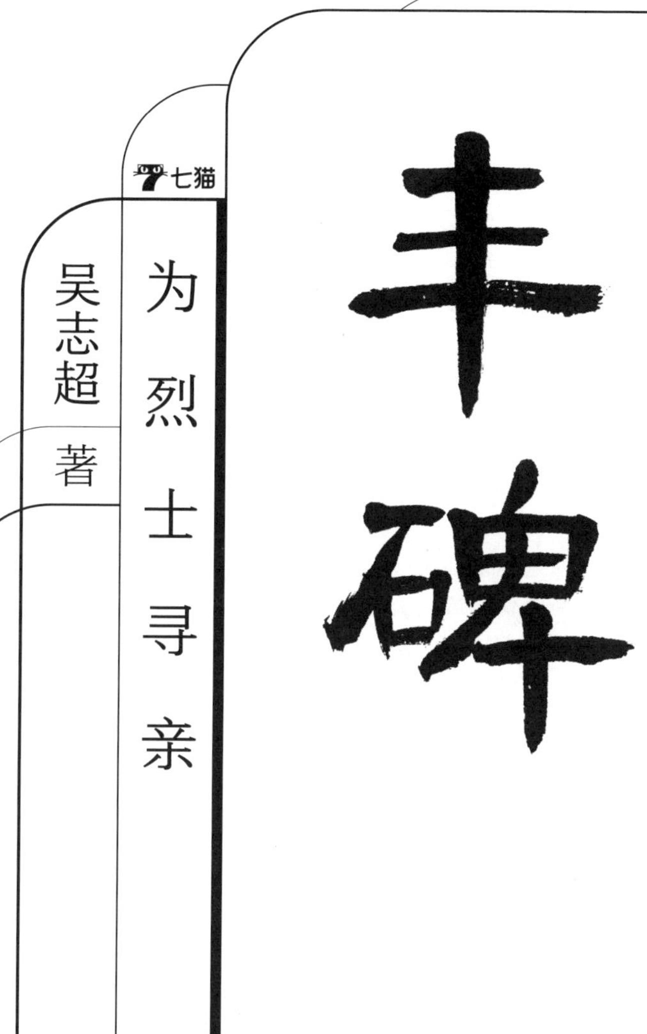

丰碑

为烈士寻亲

吴志超 著

海燕出版社
·郑州·

图书在版编目（CIP）数据

丰碑：为烈士寻亲 / 吴志超著. -- 郑州：海燕出版社，2025. 8. --ISBN 978-7-5350-9904-4

Ⅰ. I247.5

中国国家版本馆CIP数据核字第2025VG2580号

丰碑——为烈士寻亲
FENGBEI —— WEI LIESHI XUNQIN

出 版 人：李　勇　　　　责任印制：邢宏洲
选题策划：朱立东　　　　责任发行：贾伍民
责任编辑：王纪东　　　　装帧设计：高　瓦
美术编辑：刘　瑾　　　　绘　　图：王　敏
责任校对：李培勇　　　　封面摄影：自然影像中国　谢建国
　　　　　郝　欣　　　　内文排版：张　威

出版发行：海燕出版社
地址：河南自贸试验区郑州片区（郑东）祥盛街 27 号
邮编：450016
网址：www.haiyan.com
总编室：0371-63932972　发行部：0371-65734522
经　　销：全国新华书店
印　　刷：郑州市毛庄印刷有限公司
开　　本：710毫米 × 1000毫米　1/16
印　　张：23.5
字　　数：350 千字
版　　次：2025 年 8 月第 1 版
印　　次：2025 年 8 月第 1 次印刷
定　　价：49.00 元

1. 牛朝东小时候经常和东北抗联战士们一起套野猪、狍子，往山上送物资。他很多次亲眼目睹战士们奋勇杀敌。他的大哥牛朝亮，就是那时候加入了东北抗联队伍。

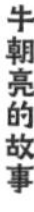

2. 牛朝亮所在的东北抗联小分队，在石人沟、朝阳岭、许家窝棚、碾子营、鞑子屯一带活动，坚持进行游击斗争。

3. 日本人在镇上修筑防御工事，从各地强征民工干活，有一对夫妻被带到这里，男人修筑防御工事，女人负责饮食起居，每天被工头看管，形同奴隶。

4. 一天晚上，月黑风高，吕文军连长带领四位东北抗联战士悄悄潜入了还没完工的防御工事，一把火烧着了日本人的粮仓。

5. 粮仓在眼皮子底下被烧，日本人大惊失色，救火的救火，抓人的抓人，整个防御工事中乱作一团。夫妻俩趁乱逃出了防御工事，在镇子里东躲西藏地狂奔了大半宿之后，遇到了放火烧仓的东北抗联战士们。

6. 东北抗联战士们带着这对夫妻，一路躲过日本兵的围追堵截，逃进了距离镇子最近的康平林场，想要在茫茫林海里闯出一条生路。

7. 日本人调动守备队在林子里搜捕，东北抗联战士们一直保护着夫妻二人，把他们夹在队伍中间抵御风雪。可女人还是动了胎气，腹痛不止，一开始还能凭借一股毅力硬撑，后来终于疼得走不动了。

8. 几个人一商量，最后决定吕文军连长和牛朝亮带着男子想办法引开追来的日本守备队，而女人则在吴进军、李生元和王一的护送下，朝着黑瞎子沟逃命。

9. 风雪中，男子不幸被日本守备队开枪打死了。吕文军连长和牛朝亮不敢耽搁，借助树木做掩护和日本守备队周旋一番后，他俩兵分两路，逃进了茫茫的林海。

10. 和牛朝亮分手之后的吕连长，在康平林场内被日本守备队抓住，交给日军后，日军竟然连审问都没审问，就将吕连长枪毙了。

11. 先一步逃进黑瞎子沟的吴进军、李生元和王一，以及他们护送的女人，幸运地遇到了黑瞎子沟的放熊老娘，住进了放熊老娘的撮罗子。

12. 牛朝亮一个人在黑瞎子沟里转了三天，渴了吃积雪，饿了挖草根、抓野鼠，等他再次追上自己的战友时，已经是第四天的傍晚了。

13. 牛朝亮、李生元、吴进军和王一在黑瞎子沟等了十天，也没等到吕文军连长的消息，他们决定去寻找大部队。临走前，放熊老娘为他们准备了干粮，牛朝亮写下借条。

14. 在寻找大部队的路上，落单的李生元碰巧遇到了几个日本兵偷袭两位妇女，他单枪匹马冲出来开枪射击，把几个日本兵全都射杀了。可惜的是李生元也被日本兵打中了胸口，牺牲了。

15. 牛朝亮、吴进军和王一路过端河村，遇到了小羊倌葛树根。葛树根想加入东北抗联，跟着他们去抗日。偏偏这个时候，一小队日本兵闯进村子搜查东北抗联战士。

16. 为了不连累老百姓，牛朝亮他们撒腿往村外跑，边跑边打枪，引开了日军，可是，他们终究没能逃走。牛朝亮、吴进军、王一、葛树根被日本人枪杀在了端河村口，壮烈牺牲。

序

乔焕江
海南大学人文学院教授，
海南省网络文学研究院院长。

这是一个在所谓新时代寻找英雄足迹的故事，也是一段当代青年在现实中寻找精神丰碑的旅程。吴志超的新作《丰碑》，正是为这双重“寻找”的遇合营造出的叙事时空，也是为如何实现革命历史记忆和当下日常生活的“接合”，如何实现网络写作与现实题材书写的“接合”，再一次提供了可能的实践路径和可贵的文学经验。

一如既往，吴志超的小说流淌着白山黑水的迷人神韵，氤氲着东北民俗的烟火气息，如他入选中国作协创作扶持计划的作品《月满长街》和《锦绣鱼图》，又如他荣膺“2023 中国好书”的作品《守鹤人》。只不过这一次，吴志超的笔触伸向了刻写在东北人性格基因图谱中的热血和勇毅。小说以当代青年刘晓兵和陈四平寻访烈士遗踪的故事展开叙述，而对东北抗联英雄足迹的找寻，实则是为了链接当代青年对革命精神认同与承续。历史与现实的叠合之处刻凿出耀眼火花，既映照出八十多年前冰天雪地里的血色英魂，又折射着当下社会对精神图腾的渴慕。

历史的硝烟消散，曾经在兴安岭密林间顽强抗击日寇的东北抗联勇士，有一些却无声湮没在时光褶皱中，有一些也只是盘桓在他们的亲人们的自家心事里。然而，这些被岁月蚀刻的碎片，总要有人俯身拾起并将它们拼接起来，直接的，是为了慰藉亲人们的未竟心愿，更重要的，则是要重铸民族的精神镜鉴。刘晓兵和陈四平正是从化解这些心事出发，踏上了寻找烈士遗踪、为烈士正名的旅程。从乌伊岭到吉阳镇，从黑瞎子沟到端河村，从崇善镇到上南沟，再到湖南辰溪枣子林，到云南乌木，最终跨出国门走到朝鲜。刘晓兵、陈四平和林鸿雁以及越来越多加入为烈士寻亲的志同道合者，不仅触及失踪东北抗联烈士的个案，而挖掘到深沉厚实、绵延无尽、鲜血染红的历史地层。那些在尘封档案里或是寥寥数语，或是一片空白的先烈，那些在不同年代、不同战争中为了民族和人民而牺牲的英魂，开始一个一个、一队一队从历史深处走出，连同他们血与火的故事，栩栩如生地浮现在人们找寻的视野中。

但《丰碑》不仅仅是对历史的追忆，小说实际上别开生面地构建起多声部的时空对话。刘晓兵们的烈士寻亲之路并非一路坦途，各种具体难题的出现，不时宣告现实的在场，而烈士们可歌可泣的英勇事迹和荡气回肠的情感牵挂，则时常跨越时间为志愿者们点燃前行的火炬。历史与现实的对话关系在叙事上就呈现为双重镜像：抗联战士“火烤胸前暖，风吹背后寒”的艰苦境遇，也反向映衬着当代青年的精神寒战；志愿者团队在网络时代的流量焦虑与信念坚守，又向历史的夜空照亮了革命者在绝境中斗争的坚强面容。独特的网络文学式情节设置，也许是革命精神的历史密码在当代的最佳转译，两个时代的青春在小说中隔空击掌，历史记忆获得了穿透时空的精神动能。

值得注意的是，时空对话得以运行的基础依然是作者擅长的东北民间民俗描写。吴志超的创作图谱始终紧密缠绕着黑土地的文化根系，民间社会的感觉结构和价值立场，自然也成为《丰碑》实现革命历史与新时代读者群体有效“接合”的语境。小说中，历史和现实的相遇绝非简单的拼贴，而是根植于东北民间文化土壤的自然生发。“老辈人”口中代代相传的东北抗联故事，早已褪去官方史册的庄重笔触，化作炕头上的传奇或酒碗里的唏嘘。小说巧妙利用这种口述传统，不仅实现了故事情节的推动，更使小说自身也成为自觉置身新媒体时代“次生口语空间”的“说书人”文本。从故事场景的营造来说，小说中东北的白山黑水大气磅礴又艰苦卓绝，兴安岭的高山密林繁复幽深又神奇无限，东北民间社会生命力量和生活能量的充分释放，既能让读者领略东北风土人情特殊魅力的地理空间，又使人充分体验东北抗联志士英勇斗争的鲜活世界，还可作为故事主人公的活动场景。多重内涵叠加，使革命传统的现实落地自然而然毫无生硬之感。贯穿不同历史时空的场景连缀起民间记忆的碎片，在文学重构中凝结为精神丰碑的基座；当代社会稳定的生活世界、伦理世界与革命志士英勇事迹之间的关联，使革命历史传统在烟火气十足的现实空间得以重新激活，民间叙事就此完成了从小我到崇高的蜕变。

作为一部现实题材网络文学作品，《丰碑》的叙事脉络无疑也是具有示范性的。小说叙事并未对流量逻辑妥协，而是巧妙运用升级爽文的叙事手段，在主人公的目标达成、个体成长、价值认同以及读者阅读期待的满足之间制造多层次代入感之间的谐振效果。刘晓兵一行为烈士寻亲寻根的成功与否，引领着读者们加入一场白山黑水的自然之旅，沉浸式体验东北民间的生活伦理世界，也与刘晓兵一行一起经历了个体精神追求与现实能力不断丰富提高的成长之旅，更对革命传统与今日现实之间的深刻关联有了切身体悟和思辨。正是在娱乐性的基础上，小说中丰富的文化内蕴、伦理价值、精神信念与时代命题气血相通、水乳交融。刘晓兵一行的成长轨迹暗合“升级流”叙事，任务和能力的阶段式提升对应着精神境界的跃迁，“经验值”积累逐步转化为信仰值的攀升，网络文学的爽感机制由此升华为价值认同的阶梯。网络文学惯用的“打怪升级”被转化为精神境界的次第升华，民间叙事的伦理内核与红色基因发生了奇妙的化学反应。

《丰碑》是一场跨越八十多年的文学对话，它终将沉淀在我们这个时代的精神年轮。那些被寻回的姓名，那些被接续的血脉，那些在数字云端永远鲜活的勇毅面孔，共同铸就的不只是烈士的历史丰碑，也将是网络时代崇高精神的丰碑。在遗忘与铭记的永恒角力中，历史深处的回声被新一代青年再度刻写。与此同时，《丰碑》也如同兴安岭深处的冰凌花，在网络文学生态的土壤里绽放出兼具民间野性与革命诗性的双重光彩，为现实题材创作开辟出一条贯通历史纵深与时代肌理的叙事甬道。它令人信服地再次证明，在现实题材的矿脉深处，早就涌动着比任何幻想都更震撼的生命力。

2025 年 5 月

目 录

第一章　牛大叔的心事

在这座大山里，埋葬了太多无名烈士，我们要为他们找到亲人。我现在老了，走不动了，这个任务只能交给你们年轻一代了。

二〇一九年，伊春乌伊岭老河口，胜利村。

这个村庄位于西米干河和乌云河的交汇处，当地俗称老河口，村里人口不多，但距今已经有近五百年的历史。站在村头高坡上极目远眺，绵延的小兴安岭层峦叠嶂，莽林苍苍，雄浑八万里的疆域，一片粗犷。

提起老河口，还要上溯到清代康熙年间，那时鄂伦春人长期在这里游猎栖息，并负责看守皇家狩猎场，为朝廷猎狩貂皮、驼鹿等贡品。后来，这里还是远近闻名的抗日游击根据地的地区，一九四〇年前后，东北抗日联军曾多次由老河口路线往返苏联，并在这里建造密营，多次与日伪军发生激烈的战斗。

初春的清晨，薄雾弥漫，天色刚蒙蒙亮，村头牛永贵家里的烟囱已经开始冒烟，今年五十多岁的牛永贵正蹲在灶台前烧水，院子里，牛大婶正忙着喂猪。这两口子是出了名的勤快人，日子虽然一直过得紧巴巴的，却一直都很乐观开朗，在村里村外的名声很不错。

这天凌晨，老牛家里的母猪刚刚下了崽子，一窝二十多个，破了这几年的记录咧。但此时此刻，牛大叔的脸上却是阴云密布，他烧了水之后，便卷了一支烟，默默蹲在门口吧嗒吧嗒地抽烟，看着婆娘喂猪。他活了五十多年，有一件心事，一直放在心上，就像一个大疙瘩，难以解开。

天越来越亮了，远处村口的“水泥路”上，影影绰绰地走来了一个人。胜利村这“水泥路”名副其实——每到下雨就连水带泥，基本上没有靴子出不了村，外面人背地里都管胜利村叫“靴子屯”。

这大清早的，谁能进村？老牛眼神不大好，探着头眯眼往外看，一直到那人快走到家门口了，他才认出是谁。一向老实巴交又慢性子的老牛，激灵一下子，就跳了起来，一边满脸欢喜地迎了过去，一边还不住地招呼着烧水的牛大婶。

“老婆子，快来快来，你看看是谁回来了！”清晨的阳光下，一个二十岁出头的年轻人正站在老牛家院门口，笑呵呵地冲里面打招呼。

“牛大叔，起这么早，准是家里又下猪崽子了吧？”这年轻人相貌端正，眉目清秀，身上穿着一件干净的白衬衫，薄雾中的朝阳照在他的身上，整个人都焕发着朝气蓬勃的光彩。

牛大婶也很是热情，笑着说：“可不是嘛，家里下了猪崽子，一窝二十多个呢……对了，晓兵，听说你大学毕业在城里实习，工作挺忙的，怎么有空回来了？”

“这不是昨天我二叔打电话，说家里有事，让我回来一趟。”

“有事？啥事？我咋没听你二叔说？”老牛开口问道。

“就是……关于你家里认证烈属的事情，二叔说，牛爷爷这几天情况不大好，如果这件事再拖下去……”

听到刘晓兵提起这件事，老牛长长地叹了口气，然后往屋子里看了一眼。他的老父亲今年已经八十七岁了，身体一直不好，医生说怕是熬不过今年秋天了。但在老爷子的心里，始终有一个天大的心愿没有实现。

牛老爷子名叫牛朝东，当年东北抗联在老河口一带驻扎的时候，他还是个孩子，但也没少跟着乡亲们为抗联做事。他常常给村里人讲述给抗联战士送鞋的故事，那时候抗联战士都驻扎在山林里，条件很艰苦，连鞋子都没有，于是当地老百姓就变着法地给抗联战士送鞋。

日伪军有规定，凡是给抗联战士送东西的，抓住就要被杀头，老百姓就挎着筐进山，筐里藏着鞋，脚上也穿着鞋，下山的时候就光着脚下来，把自己的鞋也都留给抗联战士。也有很多人甘愿冒着全家被杀头的危险，加入抗联队伍。牛朝东虽然还小，却也经常和抗联战士一起套野猪、狍子，往山上送物资、送粮食，很多次亲眼目睹战士们奋勇杀敌。他的大哥牛朝亮，就是那时候加入的抗联队伍。

时隔多年他依然记得，大哥加入的是东北抗日联军第三军，军长就是大名鼎鼎的赵尚志。可是后来，队伍打散了，他大哥也杳无音信。有参加过抗联的人回来说，他大哥已经牺牲了。但也有传言说，他大哥叛变投降了日伪军，成了汉奸。

如今，已经近八十年过去了，他对这件事始终耿耿于怀，因为他了解自己的大哥，那是一位铁骨铮铮的汉子，绝对不可能叛变的。但这么多年以来，他没有半点儿关于大哥的消息。他也曾经很多次去找上级领导，要求认定自己一家是烈属的事实，然而因为材料不齐，缺乏证据，苦苦坚持了多年而无果。

这件事在牛朝东的心里牵挂了一辈子，也在牛永贵的心里记了几十年。现在牛老爷子身体越来越差，如果再没个说法的话，他老人家很可能就要抱憾终生。

“晓兵，这件事太让你们费心了。这么多年刘书记都在给我们四处奔走，不能再给你们添麻烦了。”牛永贵面带感激，发自肺腑地说着。

一向爽快利索的牛大婶也说道：“是啊，晓兵，其实我们也早都想开了，评不上烈属就评不上吧，就是为了圆老爷子一个心愿而已，我们家虽然穷点儿，但也不指望这个待遇过日子，省得有些人背后说三道四，戳我们的脊梁骨。”

“谁敢在背后说三道四？谁敢戳我们老英雄的脊梁骨？你喊他站出来，在我面前说一句试试！”不远处，一个洪亮的声音忽然如炸雷般响起。听到这个声音，刘晓兵不用回头看，就知道是二叔刘洪到了。随后，一个皮肤黝黑的汉子走了过来。

这汉子四十多岁，身材高大，粗眉大眼，走路都是带着风的，一边吆喝着，一边来到了老牛家院门口。刘晓兵看着这人，笑着说：“二叔，你小点儿声，这大清早的，你再吵到别人。”来的正是刘晓兵的二叔，名叫刘洪，他在胜利村当了十几年的书记，为人刚强正直，威望很高。

“怕啥，我就是要让他们都听见，当年牛大爷的大哥牛朝亮，那就是咱们胜利村走出去的英雄，把一腔子热血都洒在了这片大山里，凭什么要被人说三道四？他们说叛变就叛变啦？当年你太爷爷直到临死前，都一直说牛朝亮是好样的，他老人家可是牛朝亮的战友，那还能有假？”

刘晓兵的太爷爷叫刘保国，据说这名字还是参加了东北抗联之后改的，当年他不但参加了东北抗联，还打过后来的辽沈战役。也因为这，老刘家在当地格外受到敬重，刘晓兵也算是继承了祖辈的光荣传统，大学毕业后就入了党，入职到民政部门，成为了一名档案室的实习生。

“刘书记，这件事咱们都已经努力了好多年，我们全家也一直感谢你们，包括晓兵在城里也一直为我们打听，四处寻找线索。但实在是太麻烦你们了，如果实在不行的话……”

牛永贵的话还没说完，刘洪就哈哈笑了起来，说道：“牛大哥，你总是这么客气干吗？我们家是抗联的后代，你家也是抗联的后代，咱们之间如果不互相帮助，那还算什么战友？实话跟你说，这次我叫晓兵回来，就是因为他在城里已经查找到一些线索啦！”

牛永贵两口子顿时眼睛一亮，欣喜地望着刘晓兵：“晓兵，这是真的？”

刘晓兵笑眯眯地点点头：“没错，我在档案室实习这几个月里，翻看了很多当年关于东北抗联的资料，前两天终于在一份资料里查找到了关于牛朝亮的只言片语。我本来打算再进一步调查，没想到二叔打电话，说牛爷爷情况不好，这不，我就赶紧跑回来了。”

牛永贵猛地一拍大腿，乐得咧着嘴往屋里就跑：“爹，爹啊，晓兵回来报喜了，咱家认定烈属的事，有眉目啦！”

看着牛永贵兴高采烈的样子，牛大婶却有些疑惑，低声问：“晓兵，你说的那资料里是咋写的？先前我们也托人去民政部门查过档案，一点儿线索都没有啊。”

刘晓兵苦笑道：“婶子，你是不知道，那档案室里面跟个图书馆似的，很多封存起来的资料都过了几十年，查找难度很大。而且我看到的资料里面关于牛朝亮爷爷的内容，也就是一句话。”

“就一句话？说的啥？”

“资料里大概写的是，一九四一年初，东北抗联大部向苏联撤退，留下一些队伍打游击牵制敌人，其中有一个小分队，一共就十几个人，其中就有牛朝亮的名字。”

“那后来呢？这几个人有没有活下来的？”

“不清楚，后面没有记载了。”

“那这也没法证明他是牺牲了呀！”牛大婶的神情有些失望。

刘晓兵望了望远处的晨曦，语气坚定地说道：“放心吧婶子，资料上面有他们活动地点的名称，咱们一个一个去找，总有一天会找到烈士的消息！”

刘洪也大声说道：“没错，咱们不能让烈士流血、后代流泪！”

牛大婶的眼角有些湿润了，忙招呼着两人进屋，去见已经八十七岁的牛朝东，把这个喜讯告诉他。

晨雾渐渐散去，阳光暖暖地洒向大地，霞光冉冉升起。老牛家的炕头上，牛永贵摆上了桌子，刘晓兵把自己从档案室里找到的影印件郑重地放在桌子上。这是一份旧版档案，竖排版繁体字，牛永贵眼巴巴地看了半天，也没看明白上面写的到底是什么。那些字，他起码得有一半不认识。

刘晓兵指着档案上的记录念道：“东北抗日联军孤悬敌后，在极其残酷的斗争环境中，在敌我力量对比悬殊的情况下，与优势装备之敌浴血奋战、周旋苦斗，进行了长达十四年的不屈不挠的斗争，开辟了全国最早、坚持时间最长的抗日战场，共牵制七十六万日军，消灭日本关东军十八万……”

八十七岁的牛朝东听到这里的时候，早已是老泪纵横，嘴唇微微翕动，仿佛在回忆着往昔岁月。“……东北抗日联军于一九四〇年后结束了大规模游击战争，采取逐渐收缩、保存实力的方针，转移到苏联境内进行隐蔽整训，东北战场上只留下了少数小股抗联部队同敌人作战，进行游击活动。”

“……吕文军、赵卫东、陈学礼、牛朝亮等十三人小分队，活动在石人沟、朝阳岭、许家窝棚、碾子营、鞑子屯一带，坚持游击斗争数月，击毙击伤日伪军八十余人。”刘晓兵念到这里，便停了下来。牛朝东紧张地问：“晓兵，这后面呢？”

“牛爷爷，这档案就记录到这里，再往后的内容，没了。”

刘晓兵苦笑着说：“就这还是我用了几个月的时间，才找到的唯一线索。而且当时留下来的抗联战士太分散，大多数都没有记录在案，能找到确切名字已经很不容易了。”

刘洪接道：“而且这还是借了吕文军的光，他是东北抗联三军的一名连长，是个战斗英雄，当时这个小分队就由他带领，不然的话，怕是连这点儿资料都没有。”

刘晓兵点点头说：“是的，吕文军的材料我也查到了，他在一九四一年的时候牺牲了，但是跟他在一起的其他战士，就没有记录了。”牛朝东抹了抹湿润的眼睛，说道：“唉，那时候很多战士用的都是化名，牺牲了，连个身份都没有，后人想找都找不到啊。”

牛永贵也叹了口气：“别说身份了，大多数连尸首都找不到，好一点儿的挖个大坑一起埋了，有的直接往山沟大河里一扔，上哪儿找去啊？”

这话题沉重了起来，牛大婶打圆场说："别净想那些不好的，万一人还活着呢？"

人还活着？刘晓兵眼前一亮，别说，这种可能好像还真的会有啊。既然现有的线索不能证明牛朝亮已经牺牲，那就说不定人家并没有死，一直活到了新中国成立后，甚至现在都有可能还健在。

"如果人还活着，那应该是快一百岁了，可能性太小了，再说，如果没牺牲，他干吗不回来？"牛永贵是个老实人，疑惑地问道。

刘洪赶忙给他使了个眼色，打着哈哈说："那可不一定，说不准他老人家受了伤，失忆了，或者在别的地方娶妻生子，现在都儿孙满堂了呢！"

"可不是嘛！我听说呀，有些革命工作不让暴露身份，到死都得保密呢，所以他就是想回来也不行啊。"牛大婶也配合着说。

刘晓兵知道，他们这么说其实就是为了安慰牛朝东，毕竟他的日子不多了，给他一个希望，也好过天天这样煎熬。"唉，你们就别哄我了，我心里明白，大哥一定早就不在人世了。他那么孝顺，如果真活着，老娘去世的时候他怎么可能不回来？"牛朝东心里跟明镜似的，说着又情绪低落起来。

"牛爷爷，不管回不回来，他都是我们国家的英雄，您老别灰心，这档案里写的几个地方，咱们挨个找下去，一定会有消息的。"

按照档案上面的地点，一个一个去找，这件事说起来容易，做起来却是难如登天。牛永贵犹豫了下，然后拉着刘晓兵来到屋外，有些为难地说："晓兵，我倒不是不愿意去，可问题是家里还有好几十头猪，我这也走不开呀！"

刘晓兵笑着说："牛叔，这件事不用你费心，我已经跟单位请了假，专门去跑你家这件事，再说你和我婶子岁数大了，经不起折腾，只管在家等消息就行。"

"啊？这怎么能行？你这刚刚参加工作，不能因为我家的事，连班都不上了呀！"

"没事，本来我就是实习期，这件事我已经获得了上级特批，听说我要去寻找烈士，领导们都很重视和支持。所以，只要你们不反对，这两天我就可以开始行动了。”

“那可真是太谢谢你了，晓兵啊，你是我们家的大恩人啊！”牛永贵拉着刘晓兵的手微微颤抖，有些语无伦次起来。

刘洪也从屋子里走了出来，闻言说道：“晓兵，这个事情可得要慎重，光凭着那几个地名，就想找到一个七十多年前的人，这难度不是一般地大。靠你自己一个人，能行吗？”

刘晓兵神秘一笑：“我什么时候说是我自己一个人了？”

“那还有谁？先说好，这次我是没空跟你一起去了，村里最近事多，我抽不开身。”

“放心吧，我压根儿就没打算让你一起去。人选我都物色好了，就是村西头陈长江的孙子，陈四平。”

“陈四平？不行不行，绝对不行。”刘洪一听是他，便连连摇头，说，“那小子虽说挺机灵的，一肚子鬼主意，成天调皮捣蛋，一点儿都不稳当，连他爷爷都看不上他。你指望他跟你去办这么重要的事，准给你搞砸不可。”

“这你就不了解情况了，二叔我问你，陈长江是干啥的？”刘晓兵一脸狡黠，笑着问。

刘洪挠了挠头，说：“陈长江跟他爹一样，看了一辈子烈士墓，这十里八乡的，人人都知道啊。”

在新中国成立前，胜利村原本叫作马掌屯，是因为屯子形似马蹄掌而得名。后来，抗联在这里打了一场大胜仗，干掉了三百多个日本兵，于是马掌屯便改成了胜利村，为的就是纪念那次胜利，以及在战斗中牺牲的抗联战士。在胜利村的西边山上，有一座烈士墓，里面安息着当年牺牲在这里的三十六名烈士。

陈长江的父亲陈抗战原来就是抗联战士，后来陈抗战参加了解放战争，战斗中，他失去了一条腿，不能再上阵杀敌，从此回到老家，成了这里的守墓人。从很小的时候，陈长江就跟着父亲一起守护着烈士墓，无论刮风下雨、冰天雪地，他们父子俩都坚守在这里，几十年如一日，为烈士站岗。现如今，这里的守墓人已经是陈家的第四代，也就是陈四平，和他的爷爷陈长江一起，继续守护着大山深处的忠魂。

刘晓兵此时提到陈四平，刘洪先是反对，但转念一想，忽然就明白了他的小心思。

"我明白了，你这个小鬼头，陈四平是烈士墓的第四代守墓人，你是想让陈四平跟你一起去办这件事，借着他这个身份，方便行事？"

"看你说的，好像我喊他是为了利用他的身份似的，跟你明说了吧，我喊他一起出去，是一举两得。"刘晓兵掰着手指头，对刘洪说，"这第一，陈四平是陈家的第四代守墓人，这个身份的确特殊，但更多的原因，是因为他对山里的事情门儿清，他从小就在山里跑来跑去，我带着他进山，不至于抓瞎。而且，他也是抗联后代，对抗联的事情也比较清楚，确实方便行事。"

"还有第二个原因，陈四平是我初中同学，被他爷爷'按在'山里好些年，想跑也跑不掉，刚好借着这个机会，我们出去走一走，一起见见世面，这也是他的想法。"

刘晓兵把两个原因说完后，刘洪抬手给了他一个脑瓜崩，笑骂道："我就说你们俩肯定有'阴谋'，敢情是想要带着他逃跑。"

刘晓兵一下子没躲开，揉着脑袋嘟囔道："这算什么阴谋啊？只不过是出去转转，透透气，这咋是逃跑？陈四平的性子你也知道，三天不上房揭瓦，他都浑身难受，在家里被他爷爷管得死死的，都快憋疯了。"

"嗯，倒也是这个理儿，年轻人还是要出去历练历练。既然你们都商量好了，什么时候出发？"

"我想明天就出发，但是有一个难题还没解决。"

"什么难题？"

"陈四平跟他爷爷说了这件事，但他爷爷没同意，而且还骂了他一顿，说他就是不务正业，想要借着这个理由逃跑。”

“呃……那就不好办了，陈老爷子是出了名的倔脾气，他要是不同意，谁也没辙。”刘洪虽然是村支书，但提到陈长江的时候，也是无奈地一摊手，表示自己也没办法。

“放心吧二叔，我已经想好主意了，不过你得出点儿钱。”刘晓兵目光闪动，脸上带着一丝笑意，看他的样子，似乎早已胸有成竹。

距离胜利村西南几百米的地方，有一座直径约五米的圆形坟茔，里面安息着在一九三九年那场战斗中牺牲的三十六名烈士。他们牺牲的时候，平均年龄只有十九岁，年龄最小的还不到十五岁。墓地四周翠柏环绕，坟茔往北几米远的地方是一座烈士纪念碑，碑高约两米，碑身刻有“胜利烈士墓”五个大字。

上午九点，今年已经七十岁出头的陈长江，早已将烈士墓打扫干净，然后在烈士碑前面点上了三炷香，自己也叼上了烟袋锅，靠着一旁的树根眯眼休息。别说这十里八乡，在乌伊岭镇，乃至整个汤旺县，胜利烈士墓都是大名鼎鼎。这座坟茔起初全为土筑，因为长年暴露在外，风吹日晒，坟茔越来越小，虽然经过多次加固，在四周砌上了砖石，但仍然难掩岁月的侵蚀。

陈长江打量着不远处的墓碑，就像看着陪了自己一辈子的亲人，但那目光里还有着些许的唏嘘和无奈。在他心里，也有一个心愿，始终没能实现。胜利烈士墓虽然在当地很有名气，但因为这一片林区地处偏远，道路又崎岖难行，所以很少会有人来这里祭扫。前些年，这座烈士墓的墓碑还很简陋，连上面刻的字都是歪歪扭扭的。后来县里来人祭扫，觉得实在对不住烈士们的英灵，才给烈士墓重新立了现在的这块碑。

可陈长江还是不太满意，在他心里，始终觉得应该用上好的石料，砌一座庄严神圣的烈士墓，再立一座高高的丰碑，上面刻上烈士们奋勇战斗的英雄事迹，写上烈士们的名字。再在高处建一座亭子，让烈士们可以驻足其中，再也不会受到风吹雨打，同时还可以眺望如今祖国的大好河山。至于丰碑有多高，他觉得起码也要三米，或者四米以上！思索着心事，陈长江一袋烟不知不觉抽完了，他把烟袋锅子在地上磕了磕，慢悠悠地站了起来。

忽然他听到了一阵急促的脚步声。随后，一个人从旁边的山路跑了过来。

“爷爷，爷爷，好消息！镇上来人祭扫烈士墓了……”

这人一边跑一边喊，满脸都是兴高采烈的样子，还没说完，陈长江就抡起烟袋锅子，直接敲在了他的脑袋上：“小兔崽子，喊什么喊？上个月清明节都没人来扫墓，这时候谁能上咱们这地方来？”陈长江压根儿就没信，吹胡子瞪眼地冲着来人喊道。来的这人就是他的亲孙子，刘晓兵的高中同学陈四平。

说起来，他们家人的名字还都是有纪念意义的。当年陈长江他爹参加抗联打日本人，就给自己改名叫陈抗战。后来陈抗战又参加了解放战争，却在这时候失去了一条腿，不能再参战。陈抗战回到老家，大部队打过长江的时候，刚好他老婆给他生了个儿子，于是起名就叫陈长江，既是纪念渡江作战，也是弥补自己没能参加这次战斗的遗憾。再后来，陈长江长大，生了一儿一女，男孩叫陈淮海，女孩叫陈平津。再再后来，陈淮海又生了个儿子，原本准备起名叫陈辽沈，不过这名字实在是不合适，家里人一番斟酌后，最终叫了陈四平——这是为了纪念一九四六年那场闻名中外的四平战役。

当时四平是东北的军事重镇，也是一座重要的铁路枢纽城市，数条铁路在此交会，可以说无论任何一方得到四平，都可以获得大量物资，也有利于快速控制整个东北。这场战役一共进行了四次，也叫四战四平。双方累计投入兵力达四十六个师，四十余万人，总计作战时间长达七十六天，东北民主联军（1948 年 1 月改称东北人民解放军）以总计伤亡近三万人的代价共歼灭国民党军五万余人，最终掌控了战略要地四平。四平战役由此闻名中外，四平被誉为“英雄城”，更被外国人称为“东方马德里”。

所以说，陈四平这个名字，也是很有英雄色彩的。此时见陈长江跟他瞪眼睛，陈四平也不生气，嬉笑着说：“爷爷，谁说扫墓非得清明节来了？不信你往那边看。”他伸手指了指前方，陈长江抬头眺望，果然见到在密林里面有着一群人远远走来。那些人很快到了近前，领头的正是村支书刘洪，后面跟着二十多个小学生，大家一起抬着两个花圈，一个个神色肃穆庄严。

“还真的是来扫墓的啊！”陈长江有些意外。只见刘洪已经走了过来，一把拉住他的手，热情地说：“陈大爷，您老人家辛苦了，今天这些孩子自发组织来扫墓，事先也没通知您，不知道有没有打扰您？”

陈长江板着的老脸终于舒展开，笑呵呵地说：“孩子们愿意来扫墓，这是好事，欢迎欢迎，什么时候来我都欢迎。”

刘洪也笑道：“刚才晓兵说要先过来跟您打个招呼，我说不用，这个时间您准在烈士墓，果然没猜错。”

陈长江说：“晓兵回来啦？听说这孩子出息了，大学毕业就入了党，现在在城里工作，比我们家那个不成材的强百倍呀！”

他语气里带着一些羡慕，刘晓兵走了过来，笑道：“陈爷爷，在城里工作不算出息，像四平这样留在家里做第四代守墓人，那才是好样的，在年轻人里面，这样的不多呀。我在单位经常跟同事提起咱们胜利烈士墓，提起陈家几代守墓人，大家都很佩服和敬仰，还说以后有机会一定要来祭扫烈士墓，来见一见英雄的守墓人。”

刘晓兵这几句话，既是发自肺腑，也有故意夸赞陈四平的成分，陈长江一听果然很高兴，忙张罗着让学生们一起敬献花圈。现场没有什么仪式，也没有什么致辞，刘晓兵主持，几个学生抬着花圈敬献在烈士碑前，其余人排队注目，行少先队队礼。

陈四平脑子比较活，早就准备了国歌，在敬献花圈的时候播放。庄严神圣的歌声中，陈长江望着这些孩子，回想着老一辈的流血牺牲，不由得又泪湿眼眶。虽然没有亲历战斗，但陈长江的父亲是为解放事业流过血负过伤的，从小到大耳濡目染，那份情怀是深植在骨髓里的。如今能看到这些后代缅怀先烈，致敬革命，对于他来说，那简直比喝了一壶烧酒还舒坦。

按照惯例，敬献了花圈之后，就应该由陈长江讲述革命故事了，不过这一次刘洪发了话，对陈长江说："老爷子，我看今天就让四平来讲吧。"

听了这话，陈长江看了孙子一眼，皱起了眉头："刘书记，他一个小孩子……能行吗？"

一见自己爷爷不信任的眼神，陈四平不服气地说："爷爷，我都二十一了，你别总拿我当个小孩好不好？"

陈长江一瞪眼："放屁，你跟我这些年，干过一件大人的事吗？今天早上我让你跟我来清扫墓地，你说你上茅房，转个身的工夫你就跑没影了，我还能指望你干啥？"

陈四平嬉皮笑脸地说："我那不是遇见晓兵了嘛，听说孩子们要来扫墓，我就跟着他们一起去张罗张罗，这也是好事呀，你不是总说，现在的年轻人都忘了老一辈的浴血奋斗了，怎么我带来了这么多孩子，你还不高兴？"

"那也是人家晓兵的功劳，跟你有啥关系？"陈长江满眼都瞧不上他。

见此情况，刘晓兵笑着说："陈爷爷，四平从高中毕业就一直在这里跟您一起守墓，没有功劳也有苦劳啊。"

"他苦个屁，苦的都是我老人家，生了这么个不争气的东西，再说他那是心甘情愿留下来跟我守墓吗？他那就是没考上大学！"对于自己这个唯一的孙子，陈长江其实是寄予了很多期望的，怎奈孙子不给力，又天性顽皮，一直以来，在他的眼里，陈四平就是干啥啥不行、吃啥啥不剩。

刘洪也来打圆场，劝道："陈大爷，您老人家这就不对了，四平现在是个孩子，调皮点儿也没什么大不了，再说，他早晚也要接您的班，先锻炼锻炼呗！"

陈长江心中不由得微微一颤，瞥了一眼陈四平。是啊，刘书记说得对，自己已经是七十多岁、土都埋到脖子的人了，这个职责早晚要交给下一代。想到这里，他喊来陈四平，低声嘱咐："小兔崽子，看在刘书记和晓兵的分上，今天我就相信你一次，你给我好好讲，要是说得不好，看我不卸了你的大腿。"

陈四平一咧嘴，笑道：“爷爷，你就放心吧，你那套词我都听无数遍了，耳朵都起茧子了，不会错的。”这革命故事，自然就是讲当年那场战斗的胜利，讲马掌屯如何变成胜利村，讲革命烈士的流血牺牲，讲现代人要珍惜美好生活，努力多做贡献。陈四平上前几步，清了清嗓子，开始学着陈长江的腔调讲述起来：

“一九三九年初，盘踞在汤旺县的日伪军展开扫荡，我东北抗联第三军第六师一团三营二连的三十六名战士被日军围困于当时的马掌屯，也就是现在的胜利村……”

陈四平的讲述抑扬顿挫，富有感情，清晰地回顾了当年那场轰轰烈烈的战斗。那时，三十六名战士主动承担起了掩护部队主力突围的任务，奈何敌我力量悬殊，在部队主力顺利突围后，三十六名战士被围困在西山密林中。他们依靠着地形，坚守了两天，击毙击伤敌人三百余人，直至弹尽粮绝。气急败坏的敌人使出了惨无人道的手段——放火烧山。面对熊熊烈火，三十六位战士毫无惧色，他们早已将生死置之度外。连长王德山身中数弹，英勇牺牲。教导员孙树林将最后一颗子弹射向自己，其余战士高呼着“誓死不当俘虏”“打倒日本帝国主义”等口号，纵身跳入火海，以身殉国。

烈士们殉难当晚，满怀悲愤的乡亲们把烈士们的忠骨从灰烬中找出来。因无法辨认，乡亲们只好将三十六位烈士的遗骸一起埋葬到了同一个墓坑内。一九四五年之后，当地建立了人民政府，三十六位烈士的忠骨被装进两个棺材，并植树立碑，永久纪念，马掌屯也是那时候改名胜利村。烈士精神指引我们前行！

陈四平讲完后，安静聆听的孩子们眼里泛起了泪花。刘晓兵见状，上前说道：“这些勇敢牺牲的烈士，为了国家、为了民族，奉献出了自己的生命，你们说，我们该不该永远铭记？”

“应该！”孩子们异口同声回答。

“这些烈士还算是幸运的，因为有他们的花名册，我们能够得知他们的名字，可还有些烈士，牺牲后连个埋骨的地方都找不到，甚至他们的亲人们，都不知道他们的尸骨在哪儿，你们说，我们该不该去寻找那些烈士的埋骨之地，为他们找到后代亲人？”

“应该！”这一次，连刘洪和陈四平，还有陈长江也一起喊了起来。

陈长江抹了抹眼睛，沙哑着嗓子接道：“不光是应该，而且是必须要找到！在我们这一片大山里，埋葬了太多无名烈士，我现在老了，走不动了，这个任务，就只有交给你们年轻一代了。”

刘晓兵等的就是这句话，不由得笑了起来，说：“陈爷爷，既然您也是这样想的，那为啥不让四平跟我一起去寻找牛朝亮烈士？是信不过我，还是信不过我二叔？”

陈长江一愣，看看自己孙子，无奈道：“不是我不同意，也不是信不过你们，我是怕他给你们惹麻烦，这倒霉孩子太调皮，没什么出息……”

“陈爷爷，您总不把他放出去，怎么知道他没出息？”

“就是，刚才四平讲得挺好，我觉得没啥问题，您不要那么护犊子，家雀长大了还得往外飞呢，您总将他关在屋子里，那不废了？”刘洪也在旁边跟着帮腔。

陈四平却是不以为意的样子，嬉笑道：“没事，我听我爷爷的，他让我去我就去，再说他老人家岁数大了，腿脚也不好，进山也越来越费劲，有我在家，还能跟着搭把手，伺候伺候他。”

他这么一说，陈长江却是不乐意了：“小兔崽子，谁说我腿脚不好了？你什么时候伺候过我？我不让你出去，是怕你闯祸，是为了你好。不过刘书记和晓兵说的也对，你这小家雀也该放飞了。但是我提前跟你说好，你出去之后，一切都听晓兵的，办完事早点儿回来，别在外面瞎混！”

“不不不，我还是留下来伺候您吧。”陈四平故意说道。

“你趁早给我滚蛋，你要是留下来，估计我就要被你气死了！出去也好，省得在家气我，你也憋屈，我也心烦。”陈长江连连挥手说。

陈四平这一手以退为进还挺管用，老爷子原来还不同意他走，现在巴不得赶紧拿扫把给他轰出去。

陈四平眨巴眨巴眼睛："可我要是走了，这烈士墓咋办？您老人家怎么说也是七十多岁的人了……"

刘洪哈哈大笑起来，拍了陈四平一巴掌："这就不用你担心了，安心地跟晓兵一起去吧，家里有我，还有胜利村的乡亲们，我们都是烈士墓的守墓人！"

见此情景，陈长江又感慨了起来，他回头望着烈士墓，嘴里喃喃自语，脸上挂着难得一见的笑容，但他说的什么，谁也没有听清。

第二章　为烈士寻亲

我们要用自己的行动带动更多的人，当无数人的力量汇聚起来，就是一股洪流，一定会取得最后的胜利！

胜利村村委会。

“你小子可以啊，居然真把陈长江那个倔老头给搞定了。”刘洪扯着大嗓门，兴高采烈地招呼刘晓兵坐下，同时从桌子上把热水瓶拽过来，推到刘晓兵面前，“柜子里有茶叶，想喝什么自己弄。”

看得出来，刘洪是真的很高兴，因为他知道，在胜利村几乎没有人能说服陈长江，现在却被侄子轻松说服，这也足够他在村里夸耀一阵子了。

刘晓兵没有动，笑着说：“二叔，现在高兴还为时过早，根据这材料里的记载，牛朝亮他们在一九四〇年前后一共有五个活动地点，我得挨个去查找线索。而且这都过去快八十年了，能不能找到线索，完全是个未知数。”

“你想那么多干吗？尽人事听天命，至于成不成功，那并不是我们能决定的。再说……”刘洪拍了拍刘晓兵的肩膀，叹道，“这种事的意义，在于有没有人去做，而并不是一定要成功。你想想，只有愿意去做这些的人越来越多，成功的概率才会越来越大，我们现在是用自己的行动去感染更多的人，从而形成一种精神，一种力量。这就像是战争年代，一个人奋勇牺牲决定不了胜利，可一旦感染带动了一大群人，这就是一股洪流，当无数人的力量汇聚起来，那就一定会取得最后的胜利！”

这番话说得铿锵有力，刘晓兵若有所思地点点头，随后笑道：“二叔，我还真没看出来，你这思想境界还挺高啊！”

“那必须的，跟你这么说吧，你二叔要是生在那个年代，起码也能当个政委、指导员什么的。”刘洪笑着沏了一壶茶，跷着二郎腿，慢悠悠地给刘晓兵倒了一杯，“晓兵，你打算什么时候出发？行程都计划好了吗？”

“这不是正想跟你商量商量，出发倒是好说，等陈四平收拾好东西过来，我们随时可以上路。不过这个路线行程，得先研究好。”村委会的墙上刚好挂着一幅地图，刘晓兵站起身，指着地图说，“牛朝亮所在的十三人小分队，活动在石人沟、朝阳岭、许家窝棚、碾子营、鞑子屯一带，坚持游击斗争数月。这是档案里记载的，我已经在地图上查过了，这五个地方，其中许家窝棚有四个重名的，分别在辽阳、吉林、四平，还有齐齐哈尔。”

“碾子营这个地方，在整个东三省的地图里都没有，应该是早就改名了，所以这个可以暂时放下。叫朝阳岭的也有很多，但距离咱们最近的，一个在辽宁铁岭，一个在吉林长春。这个鞑子屯，地名特点很明显，而且叫鞑子屯的还很多，但大多都是旧名，现在可找不到叫这个名字的地方了。所以，查找也有一定难度。最后这个石人沟，同名的找到不少，但是能跟已知的朝阳岭和许家窝棚凑在一起的，一个也没有。”

听着刘晓兵的讲述，刘洪不由得挠了挠头。档案上说，牛朝亮等十三人小分队在那几个地点“一带”活动，那就说明这五个地方距离都不远，否则不会叫“一带”。可现在查到的线索，这几个地方完全是分散各地，正如刘晓兵所说，根本凑不到一起。而且同名的地方还有好几个，还有中途改名的，比如鞑子屯，这个带有明显旧社会特点的名字，现在早就没了。所以，这次查找难度不是一般地大。

“是啊，七十多年过去了，很多行政区划都已变更，核对起来很是麻烦。何况还要把五个地点连起来，才能形成第一个关键线索。”刘洪苦笑着摇头，看了看侄子说，“最主要的是，就算你找到了这几个地方，也只能证明他们曾经在那里活动过，最终的落脚点在哪儿，小分队的战士是牺牲了还是活下来了，这都是未知数。”

刘晓兵无奈地摊了摊手：“是的，但要调查牛朝亮是牺牲了还是叛变了，这几个地方必须要去。哪怕只有一线希望，也不能放弃。”

刘洪沉默了下来。他当然知道，侄子要去做的这件事，的确十分有意义，但很可能是徒劳的。而对于牛家人来说，最好的结果也就是认定了牛朝亮是烈士，他家是烈属，牛大爷能安然闭眼。说到底，这就是为了完成一个老人在人世间的最后一个愿望。

“晓兵，这次的经费，村上出了。不过你也别太逞强，我估计有三个月的时间也就差不多了，到时候如果还是找不到牛朝亮，那也只能暂时放弃。”

三个月的时间，虽然刘洪没有明说，但刘晓兵心里明白，二叔说的是牛爷爷恐怕最多还能撑三个月。“我尽量努力吧，如果这次不行，我再去继续找资料，总有成功的一天。”

刘晓兵倒是很坚定，不过刘洪皱了皱眉，问：“三个月的时间会不会太长了，你单位那里能行吗？”

刘晓兵苦笑道：“说实话，单位就给了我一个月的时间，但这已经是很不容易了，毕竟我还在实习期，不可能三个月不上班的。”

“一个月时间有点儿短，但也只能先这样了。”刘洪说着，从兜里掏出一把车钥匙，给了刘晓兵，“村里有两辆车，我把那个吉普车借给你。对了，你现在车开得怎么样？”

“我驾驶证倒是过了实习期，就是一直没什么机会开车。”

“那不行，这车可是集体财产，回头你再给我开山沟里去。”

“放心吧二叔，我不开车，司机我早都物色好了，你不用担心。”

“司机？”刘洪一愣，随后便反应了过来，不由得指着刘晓兵哈哈大笑，“小兔崽子，心眼儿都让你长了，难怪你非拉上陈四平跟你一起去，敢情你早都算计好了啊。”

刘晓兵笑而不语，没有承认，也没有否认。陈四平虽然是嘴上没毛办事不牢，但他从小就比较野性，十几岁的时候，家里的四轮车他都开得贼溜，现在他家有了什么事，都是他开车去城里办，别看才二十岁出头，那也是老司机了。两人正说着话，院里忽然传来了一阵轻快的脚步声。

“刘晓兵，回来了也不提前说一声，怎么在城里工作了，就忘了老同学啦？”随着这声音，一个二十多岁的大姑娘便风风火火地走了进来，带着一股子青春气息，站在了刘晓兵的面前。

一听到这熟悉的声音，刘晓兵就知道自己的“冤家对头”白晓燕来了。

说起白晓燕，在胜利村也是鼎鼎大名，她和刘晓兵两个人从小学到高中都是同学，高中毕业刘晓兵考取了城里的名牌大学，白晓燕上了一所普通专科学校，学的是农林园艺。现在白晓燕承包了几十亩地，种植蓝莓和一些绿色无公害蔬菜。她不仅担任技术工作，还是蓝莓园的销售主力，家里家外一把好手。她家的蓝莓产品远销国外，生意火爆，白晓燕因为聪明能干，长得又好看，在这十里八乡的，大家都叫她蓝莓公主。

至于刘晓兵和她的“恩怨”，说来话长，这要从上高中的时候说起。因为刘晓兵手欠，给人家白晓燕写了一封情书，从此两人结下梁子。那时候，刘晓兵和白晓燕都是班级里的学霸，两人平常学习就较劲，谁也不服谁，平时考试的成绩也是不相上下，反正不是第一就是第二。高二的时候有几次模拟考试，白晓燕的成绩都是全班第一，刘晓兵心里不服气，就想着捉弄白晓燕，让她下次考试失手。要说刘晓兵，那也是一肚子坏水，薅着头发想了一宿，最后想出个馊主意——给白晓燕写情书。当然了，这情书必须是匿名的，不能让她知道是谁写的。

刘晓兵还特意用左手写字，偷偷摸摸给白晓燕写了一封简短的情书，大概意思就是表达爱意。至于具体内容，因为太过肉麻，刘晓兵写完了自己都没敢看。写完之后，趁着白晓燕不注意，他就夹在了白晓燕的数学作业本里面，给塞书包里了。刚好那天早上交作业，白晓燕也没注意，直接就把夹着情书的作业本给交上去了。于是这封写给白晓燕的情书，就光明正大地出现在了他们班主任的面前。班主任气坏了，要说青春期的男孩女孩，写个情书也算正常，可白晓燕是班主任的心尖尖、全班的希望，这是哪个吃了熊心豹子胆的男生，敢打她的主意?

班主任毕竟还是向着她的，就把她叫到了办公室，单独聊了聊，结果白晓燕压根儿不知道这回事，老师拿出情书，白晓燕好奇地看了之后，非但没生气，反而哈哈大笑起来。她对老师说，这情书准是刘晓兵写的，目的就是想要搞乱她的心神，让她无法全力考试。这情书上面也没有署名，从笔迹字体也没法查，老师看到白晓燕若无其事的态度，倒是放下心来。

但是，这件事很快就被教导主任知道了，那封情书还没来得及处理掉，就落入了教导主任的手里。教导主任一看有人给白晓燕写情书，这还了得?她二话没说，立马就在学校广播喇叭里把这件事给捅出去了，痛骂了一番写情书的人，但同时也把白晓燕给暴露了。全校的师生都知道了这件事，原本没把这件事放在心上的白晓燕，也因此受到了影响，她本来就是全校关注的焦点，这回一下子成了许多人背后指指点点的对象。

白晓燕就算心胸再开阔，也难免影响学习，于是在接下来的考试中，她的成绩直接掉出了前五名。成绩下滑，让她的自信心受到了很大打击，再加上每天在学校都要受到别人异样的眼神，白晓燕从此一蹶不振，高二期末考试就变成了班级十几名。家里人自然也少不了责骂、训斥，恶性循环下，白晓燕一赌气，就跟家里人说，即便不上大学，她也能走出一条光明大道。从那时候起，她就破罐子破摔，最后连本科都没考上，只能去了一所专科学校。

刘晓兵也没想到，自己当初的一个恶作剧，给白晓燕带来了这么大的影响。他在上大学的前一天，找到白晓燕，把高二那年恶作剧的事坦白了。白晓燕一直没找他算账，此时见他承认，直接暴捶了他一顿，但也没记恨他，只是跟他打了个赌，说是等两人都毕业后，看看谁的成就更高，日子过得更好。

后来，刘晓兵按部就班地去了民政局实习，白晓燕则是早早地干起了蓝莓种植，虽说起步还不到两年，却是顺风顺水，白家现在已经是全村首富了。

刘晓兵一看到白晓燕来了，心里就有点儿打鼓，毕竟当年自己干的事有点儿太损了，到现在还是心虚得很。

“呀，是晓燕来了，今天不忙啊？”刘晓兵皮笑肉不笑地上前打招呼，一双眼睛却是已经在往白晓燕身后瞥，想要找个最佳逃跑路径。

白晓燕一眼看破了他的小心思，直接堵住门口，先是跟刘洪甜甜地打了个招呼：“刘叔叔好，今天来得匆忙，也没带什么东西，这是刚出的一款新产品，蜂蜜口味的蓝莓果干，您先尝尝，如果合适我再往外推销。”她变戏法一样从身后拿出一盒包装颇为精美的蓝莓果干，递了过去。见到这一幕，刘晓兵的一颗心才悄悄放下，心想原来她是送蓝莓果干的，不是来找自己算账的，那就不怕了。

刘洪眼睛都笑得眯起来了，顺手接过果干说道：“你看你这孩子，来就来呗，还带啥东西……每次出新款都让我先尝，借你的光，我有口福啦！”

“应该的，我家的蓝莓园能建成，也多亏了刘叔叔帮忙，您操了那么多心，却分文不取，每次去我们家连口水都不喝，送点儿自家产的蓝莓果，不值一提。”刘洪也没多客气，打开一袋果干尝了尝，赞不绝口，然后又递给刘晓兵几颗，让他也尝尝。刘晓兵正在尴尬，刚好吃几颗果干缓解一下气氛，甜滋滋带点儿蜂蜜香味的蓝莓果干，立刻让他也是连连点头称赞。

“好好好，这个口味好，丫头啊，东西我尝了，剩下的你拿回去，照着这个深加工，把好质量关，销量准不错。”刘洪说着，把一盒蓝莓果干又塞给了白晓燕，并没有收下。

白晓燕无奈地说：“刘叔叔，每次都是这样，送过来您就尝几颗，又不是什么值钱的东西，这么客气干吗？”

刘洪笑着说："这可不是客气，这是原则。再说，你每次都说送来给我尝尝，那我已经尝完了呀，剩下的你就拿回去，没毛病。"

白晓燕没有办法，却有点儿不开心地噘起嘴，回头瞅了一眼刘晓兵。

刘晓兵忙赔着笑脸说："晓燕，听说你的蓝莓园经营得有声有色，一年多的时间就变成全村首富了，佩服佩服。"说着对白晓燕竖起大拇指。

白晓燕却没接他的话茬，认真地说："刚才我听村里人说，你要去帮牛爷爷找亲人了？"

"呃，可以这么理解，牛爷爷身体不好，我想着能帮忙就尽量帮一帮吧。再说，这也是咱们胜利村的事，毕竟是从咱们村走出去的抗日英雄。"

"嗯，你这次办了一件好事，你那么紧张干吗？我很凶吗？"

"没有没有，我只是觉得挺对不住你的。"刘晓兵苦着脸，也没有遮遮掩掩，对着白晓燕再次承认了错误。

白晓燕伸出一根手指头，戳了戳他的脑瓜门，故作凶巴巴地说："现在老实啦？当初的勇气呢？你隐藏得挺深啊，我都不知道，你左手还会写字。"

"咳咳咳……其实我从小就是左撇子，后来才纠正的。晓燕，看到你现在发展得这么好，我真为你高兴。"刘晓兵这句话倒是发自肺腑。现在全国都在一起脱贫奔小康，白晓燕的蓝莓园不但自己富裕了，还带动了全村的收入，每次提起她，二叔都是乐呵呵的，说："当初要不是刘晓兵手欠，给人家写了一封情书，现在哪有全村的美好生活？"

"呵呵呵，说起来我还得感谢你呢，要不是你，我也不会走上这条路，而且这也不是我一个人的功劳，刘叔叔帮了大忙呢。"白晓燕是个爽快性格，说完之后就从身上拿出了一万块钱，放在了桌子上。

"刘叔叔，这一万块钱是我赞助的，听说晓兵要去帮牛爷爷寻亲，这是咱们村的大事，我也帮不上什么忙，拿点儿钱当路费。"

刘洪赶忙拒绝，刘晓兵也是说什么都不收，白晓燕让了几次，都被刘晓兵推了回来。开玩笑，刘晓兵是个要脸面的人，当初害得人家白晓燕没考上大学，虽说现在创业发家了，但那也是人家辛苦赚来的，自己咋有脸收她的钱？

见刘晓兵不收，白晓燕也没办法，想了想说：“那好吧，钱我先收着。以后有需要了，一定要跟我说。另外，你可别以为我拿钱是故意气你，我就是为了咱们村的荣誉。胜利村这个名字不是白叫的，西山上还埋着几十位烈士呢，为了今天的美好生活，我表示一下也是天经地义的。”

刘晓兵颇有感触，点点头说：“好，就冲你这几句话，如果将来有需要，我一定不会客气……不过，我还是觉得当年的事对不住你，现在刚好当着我二叔的面，你看看能不能原谅我？”

“原谅你？哈哈哈，那你肯定是想多了，我不揍你就已经很不错了。想让我原谅你，没门儿！你就在负疚中度过罪孽的一生吧！”

“别啊，杀人不过头点地，要不然我给你鞠个躬？”刘晓兵说着，作势就要给白晓燕鞠躬。

恰好在这时候，陈四平拖着个大包从外面走了进来，一见这场面，故作大惊小怪地喊了起来：“哎呀呀，真是来得早不如来得巧，晓兵啊，你这是啥造型啊？挺别致啊！”

“去去去，上一边去，哪儿都有你……”刘晓兵翻了个大大的白眼，心说这不倒霉催的嘛，偏赶这工夫让他看见了！

白晓燕掩口偷笑，陈四平更是挤眉弄眼，对刘晓兵说：“那我走了啊？这可是你让我走的，我真走了啊？”他转过身，作势就要走。

“你给我站住！”刘晓兵跺了跺脚，无奈地说道，“你们这两个是算计好了，合起伙来气我的吗？”

“哈哈哈……你这猴精的家伙也有今天。”白晓燕笑得很是开心。

刘晓兵摊了摊手，表示无可奈何。以前上学的时候，刘晓兵是班级里的机灵鬼，从来不吃亏。要不然，他也干不出给白晓燕写匿名情书的事。可是现在，面前这两个人都是他得罪不起的。

“好了，不跟你闹了，祝你和四平这次出门一切顺利，要是找到了牛朝亮爷爷的下落，记得告诉我一声。”白晓燕止住了笑声，正色说道。从她的目光里，刘晓兵看到了一丝肃然和期盼，心中不由感慨。

“放心吧，有了消息一定会告诉你的。”

“你要是这件事办成了，我就可以考虑原谅你，既往不咎。”

“真的？”

“当然，我白晓燕什么时候说话不算数？”说着，白晓燕拎起那盒蓝莓果干，递给了陈四平，“你们哥俩带着路上吃。刘叔叔，果园里还有事，我先走了。”

她一向是雷厉风行的性子，说完便对着刘晓兵微微一笑。刘晓兵刚想要说两句客气话，可下一刻，白晓燕冷不丁一脚踩在了刘晓兵的脚上。这一脚力气不小，刘晓兵刚刚痛呼出声，白晓燕就已经跑出门外了。

“不好意思啊，我就是故意的！”

看着白晓燕的身影飞快地消失在院子外，刘晓兵一边跳脚，一边露出无奈的苦笑：“这个疯丫头，还真是惹不起她啊！”

刘洪全程都在旁边看热闹，见侄子吃了亏，他却笑得脸上的褶子都舒展开了，拍了拍刘晓兵说：“谁让你当初给人家写情书了，害得人家上不成名牌大学，教训教训你也是应该的。不过我一直很好奇，你小子到底都写了啥？杀伤力那么大？”

“我……其实我压根儿就不会写那东西，我是抄的。”刘晓兵嘿嘿笑着说出了实话。

“抄的？在哪儿抄的？”

“呃，真的要说吗？”

“快说！”

“好吧，我是在你们家书桌里翻出来了一封信，也不知是谁写的，超级肉麻，我就照着抄了一份。”

“啥？你在我们家书桌里翻到的？啊，你这个小兔崽子，那是我当年给你二婶写的！”刘洪气得眼珠子都瞪出来了，脱下鞋追着刘晓兵就是一顿臭揍。

“啊，二叔，我也不知道是你写的，我错了，我错了还不行吗？”

这俩人闹了半天，陈四平在旁边乐呵呵地看着，也不劝架，等刘晓兵挨了好几鞋底子，他才过来说：“刘叔，不是说今天下午就要出发吗？你们再闹，一会儿日头都落山啦！”

要不说陈四平心眼儿多，他不劝架，直接拿出发说事，刘洪马上就停手了，但还是照着刘晓兵屁股狠狠踹了一脚，这才消气：“你这倒霉孩子，你给我等着，等我扒了你的皮！”

刘晓兵的父母都在南方经商，他从小是跟着二叔长大的，叔侄俩闹惯了，每次刘晓兵淘气的时候，刘洪都是以这样一句“等我扒了你的皮”结尾。

“二叔，说真的，你觉得咱们应该从哪里开始入手？”刘晓兵收起了嬉笑，一边揉着隐隐作痛的屁股，一边敲了敲墙上的地图。

刘洪看着地图，摸了摸下巴，说：“我给你提个醒吧，这个朝阳岭，不光是辽宁和吉林有，咱们伊春也有一个朝阳岭。但是这个地方现在叫前进村，头几年我跑山货的时候去过几次。”

一听刘洪这么说，刘晓兵不由眼前一亮：“那别的地方呢，这个许家窝棚，你知不知道？”

“这个我没听说过，可能也是旧名。不过，我建议你先去前进村那里找找，毕竟离咱们这里比较近，要是不行，你再去其他地方。”

“你说的前进村在哪儿？”

“就在咱们县，你出了村之后，沿着这条路一直走一百多公里。”刘洪指着地图，对刘晓兵和陈四平说道。

陈四平眯着眼，瞄了一下大概路程，点点头说：“去这儿比较靠谱，现在都已经中午了，咱们到那儿估计得两个多小时，时间刚刚好。”

刘晓兵接道："对，而且前面还有一个镇子，如果前进村不是咱们要找的地方，今天晚上就在镇里过夜。"

"那下一步呢？咱们还去哪儿？你最好做一个计划出来，咱们按着行程走。"

"行程我都想好了，我这就写下来。"刘晓兵说着，便拿出纸笔，在桌子上认真地写起了行程计划。他这份行程写得很详细，实际上这些地名早已牢牢印在了他的脑海里，包括每个地名的所在地，他都在地图里搜索了无数次，就算闭着眼睛，也能知道大概的方位和距离。

半个小时后，一份行程计划就写好了，上面详细地计划了每一天的路线和目的地，连大致的时间都计算好了。不过，刘晓兵还是比较保守的，只写了七天的行程。

"咱们就按着这个路线走吧，第一站先去我二叔说的前进村，也就是过去的朝阳岭，如果这里没有线索，再进行下一步计划。"他用手指点了点行程表，然后又在地图上画了一条线出来。

陈四平瞅了瞅，说："晓兵，你这跨度不小啊，出了前进村，下一站直接就到鹤岗了，然后佳木斯、牡丹江、哈尔滨、大庆、齐齐哈尔，好家伙，你这是省内一周游啊，啧啧啧，名正言顺的公款旅游。"

"游个啥啊？你没看咱们去的都是深山老林，哪里偏僻咱们就去哪里，有这么旅游的吗？"刘晓兵苦笑道，转头又对着刘洪说："二叔，这也是我正想跟你说的，这次我和四平出去，不能用村里的钱。我这半年多实习工作，手头也攒了万把块，应该够路费了。"

"自费？我说晓兵，你是不是疯了啊，拿着自己的钱做好人好事？就算是出钱，也得他们老牛家出吧？"陈四平有点儿不可思议地说。

刘晓兵无奈道："没办法，谁让我应了这件事呢，再说，村里的钱是公款，给牛爷爷家寻亲是私事，我不能拿着公家的钱去办私事。毕竟他家还没评为烈属呢，咱不能给别人留把柄，背后说咱们坏话。"

刘洪想了想，也点头道：“晓兵说的也有道理，村里的钱是公款，虽说我能做主拿给你，但这个钱没法报销，咱也不可能为了这做假账，那不是我刘洪的做事风格。”说到这，刘洪拉开抽屉，从里面拿出了一沓钱，差不多有五六千元的样子，塞进了刘晓兵的手里。

“这个钱你拿着，不够了再跟二叔说。”

“二叔，这是啥钱？你什么时候这么土豪了，随随便便就能拿出几千块？”刘晓兵有些惊讶，他当然知道二叔的家庭地位，别看他在外面挺能耐，回家见了媳妇就熄火，属于“妻管严”晚期患者。

刘洪嘿嘿一笑：“这是我偷偷攒下来的私房钱，本来想着攒到冬天，给你二婶买个貂皮大衣，不过现在才开春，不着急，你先拿去用，反正还有半年呢。”

“这不好吧，我二婶要是知道了，不得扒了你的皮？”

“呸，我借她个胆子，还敢扒了我的皮，反了她了！”

刘洪话音还没落，从外面走进来一个女人，悄无声息地就到了房门口，吓得刘洪赶忙闭上嘴，脸都变了颜色。不过抬头一看，来的不是他媳妇，而是牛大婶。

刘洪这才放下心，正要打招呼，牛大婶就从身上摸出一个手帕，左三层右三层地打开，里面赫然是一沓钞票。“晓兵，这些钱是你牛大叔让我送来的，他说你替我们家寻亲，路上花用肯定不少，但我们家最近钱紧，也就能拿出这些了。你别看家里养了不少猪，实际上去掉饲料钱剩不下几个，现在还赊着不少苞米钱没给人家呢……”牛大婶面带惭愧地解释着。

刘晓兵正要拒绝，刘洪已经扯着大嗓门说：“行啊，多少是个意思就行，刚才晓兵说了，他这半年上班也攒了点儿钱，我也刚给他拿了一些，再加上你们家的，应该足够了。”

“晓兵，你花了多少钱，记个账，回头我们手头宽裕了，一定还给你。”牛大婶说话也很敞亮。

刘晓兵笑道："不用了，婶子，做这件事也是我的一个理想和愿望，咱们大伙齐心协力，找到牛朝亮爷爷的下落，这才是最重要的。什么钱不钱的，如果我在意的话，那我压根儿就不会回来做这件事。"

牛大婶闻言感动得眼角湿润了，拉着刘晓兵的手不住道谢。

"行了，牛大嫂你就回去吧，晓兵他们也该出发了。"看看时间不早了，刘洪便张罗着送刘晓兵出发，陈四平这时候已经把准备好的水等物资都装上了车，然后发动了车子，招呼刘晓兵上车。刘洪和牛大婶，还有村委会里的几个人一直跟到了村口，路过牛永贵家的时候，正在喂猪的老牛也扔下了手里的活，跑出来和众人一起把他们送到了村外。车子开出两百多米，刘晓兵回头看，那些人还在原地挥手。

"晓兵，这一次咱们要是空着手回来，我估计你都不好意思进村。"陈四平一边开车，一边说着。

刘晓兵深吸了口气，仰靠在座位上，望着正午高挂在天空的太阳，眯起了眼睛："我这次不但要找到牛朝亮烈士，还要为他立一座碑。"

"立碑？"

"对，立一座丰碑！"

前进村所在的位置，是在伊春境内的上甘岭区。这个上甘岭区是一个林区，跨越小兴安岭山脉，下辖七个林场，名字的由来就是为了纪念抗美援朝时候的上甘岭战役。最早的时候叫上甘岭森工局，后来改成上甘岭林业局，到了一九九二年，才正式成为伊春市管辖的市辖区。

刘晓兵和陈四平两个人驱车一百多公里，终于在下午两点多的时候，到达了前进村所在的卫国林场。一路上还算顺利，前半段都是坦途，只是后面刚好遇上修路，几公里的路段，崎岖难行，差点儿把刘晓兵中午吃的饭都颠出来。

好不容易到了林场范围，陈四平指了指前面岔路，说："往右边走就是前进村了，我说你也真是的，打个电话过来问问不就得了，非得自己跑过来。"

刘晓兵捂着胸口，平复了一下被颠得怦怦乱跳的心脏，说："你是不是以为就你心眼儿多，我难道不知道打电话？可是这种事，你打电话根本没用，都七十多年前的事了，不亲自来，压根儿打听不出什么的。"

"说的也是，不过这路也太难走了，这都什么年代了，路还这么破。"

听陈四平抱怨，刘晓兵笑道："你以为在山里修路那么容易呢，颠簸一点儿你就抱怨，想想过去抗联战士打鬼子的时候，压根儿就没有路，完全是在老林子里钻来钻去，夏天蚊子咬，冬天寒风吹，吃不饱穿不暖，现在这不比过去强百倍？你就知足吧！"

"行吧，就你觉悟高。"陈四平撇了撇嘴，倒是并不以为然。实际上，他肯跟刘晓兵出来，大半是想要从家里逃出来，不再受爷爷陈长江的唠叨。他早都已经打算好了，等着帮刘晓兵完成了这次任务，找到烈士牛朝亮的下落，他就可以名正言顺地离开家，去省城哈尔滨找个事做，每天逍遥自在，不比在家强百倍？

刘晓兵早就看穿了他的小心思，笑着说："行了，你也别抱怨了，这才刚出来，你就满肚子怨言，这思想很可怕啊，小鬼！"

"去去去，你也就比我大几个月，跟我装什么老同志？不过说真的，晓兵，你在哈尔滨有没有熟人，回头帮我介绍个事干？你看我也老大不小的了，也不能总在家守着那个墓，一分钱也不挣啊！"

"这个倒是好说，包在我身上了。"刘晓兵满口答应，然后看了看陈四平说，"但是，你要是进城工作了，那烈士墓咋办？"

陈四平一边小心翼翼地开着车，拐进了前往前进村的岔路，一边头也不回地说："那我也不能跟我爷爷一样，守着烈士墓过一辈子啊，你说我们家在村里就那几亩地，一年到头也就万把块，这都二〇一九年了，指着那几亩地，我不得饿死啊？"

陈四平说的倒也是事实，他爷爷陈长江守墓，完全是自愿的，村里每个月倒也给他发三百多块钱的补助金，老爷子节俭了一辈子，自己又种了点儿地，加上补助金，足够他过日子的了。

至于陈四平，父母虽也在外地打工，可一年到头也难得寄钱回来，所以这日子一直过得紧巴巴的。每天守着一个墓地，还有几亩田地过日子，这对于一个血气方刚的年轻人来说，实在是耐不住。不说别的，这连找对象都费劲啊！

偏偏老爷子就一个心眼儿——陈四平就是他认定的最佳守墓人，所以他才一直看着陈四平，生怕他跑了。这一次，要不是刘晓兵略施小计，让老爷子不得不放人，陈四平根本就出不来。

刘晓兵摸了摸鼻子，也有点儿为难："你说的也对，不过现在说这个还早，等找到牛朝亮烈士，再研究你的事也不迟。反正，你爷爷现在身子骨硬朗得很，说不定能活到一百岁，那你也不用操心了。"

"屁，他要真活那么大岁数，以后操心的不还是我。"陈四平嘟嘟囔囔地说着，但也不敢大声，不过还是被刘晓兵听见了，抬手就给了他一巴掌。

"你小子，身在福中不知福，我爷爷要是还活着，我做梦都能乐出声来，你还嫌弃？"

"我不是嫌弃，我就是憋气。"陈四平不敢多说什么了，他知道，刘晓兵的爷爷在他十几岁的时候就去世了，那时候刘晓兵刚好在镇里上学，连爷爷最后一面都没见到，所以这也是刘晓兵一直耿耿于怀的事情。

两人你一句我一句地闲聊着，前面的道路一侧，很快就出现了一个蜂场，一大片蜂箱摆在地上，旁边还竖了一块牌子：前进蜂场。

"到了，这就是前进村。"陈四平指了指蜂场前面的一条岔路，路两旁的白杨树掩映中，一座村庄若隐若现。十多分钟后，两人把车停在了村口，然后步行下车，往村子里走去。这是个不大的村庄，坐落在青山叠翠中间，家家户户都是砖瓦房，门前是统一的白色木栅栏，上面爬满了牵牛花，远远看去，就像一座座美丽的花园。

陈四平深吸了口气，说道："这地方看起来真不错，路也修得很好，比咱们村强多了。我说晓兵，回头你能不能跟你二叔说说，张罗点儿钱，把咱村那条破路修修呗！”

刘晓兵苦笑：“那条路都修好几次了，但咱村穷，经费少，每次修完之后，一到雨季就被山洪给冲断，我二叔也没辙啊！”

“可不是嘛，就因为那条破路，咱们胜利村的烈士墓都很少有人来祭扫，我听说现在很多抗联遗址都修建成了红色旅游区，要是咱们村也能赶上，我爷爷还不得乐出鼻涕泡？”陈四平颇为感慨，胜利烈士墓如果真建成了红色旅游区，那他们村可就发达了，村里的乡亲们腰板也能挺直了。

刘晓兵又给了他一巴掌：“有你这么说长辈的吗？你爷爷要是听见，不得卸了你的大腿。”

说话间，他们便看见前方一个人家门口有个五十多岁的大爷正在修栅栏，刘晓兵便走了过去，堆起满脸笑容，问道：“大爷，修栅栏呢？”那大爷抬头瞥了他一眼，手里的活并没停，只是从嗓子眼儿里嗯了一声，也没多说什么。

陈四平走上前，也问了一句：“大爷，跟您老人家打听点儿事，这前进村，过去是不是叫朝阳岭啊？”

“朝阳岭？哪还有岭，都变成沟了，几十年前就叫前进村，早都不叫朝阳岭啦！”大爷语气有些不耐烦，他正用钳子拧着一根粗钢丝，似乎并不想跟他们多废话。刘晓兵见状，上前帮着大爷按住木栅栏，大爷这才顺利把栅栏修好，然后抹了一把额头的汗，终于上下打量了他们一番。

“你们俩，打听这个干啥？”

“大爷，我是咱们市民政局的，想调查一下关于抗联的事，跟您打听一下，过去这里有没有抗联部队打鬼子的事，或者，有没有抗联战士牺牲在这里？”刘晓兵趁热打铁，提出了问题。

“打鬼子的事？那你算是来对了，过去这山上就有抗联部队驻扎，好几十号人呢。”

听到这个消息，刘晓兵不由眼前一亮，忙问：“那这些人里面，有没有一个叫牛朝亮的？”

“那谁知道啊，去村东头，问村主任去！”大爷冲他们俩一挥手，就低下头继续干活了。

问村主任？看来这前进村没白来，果然线索多多啊！刘晓兵和陈四平对视一眼，同时露出了一丝笑容，快步往村东头走去。

第三章　染血的花名册

四周一片寂静，微风徐徐掠过，仿佛是花名册上的英灵们，穿越时空，来到前进村，和众人一起追忆那些战火纷飞的日子。

谁知刚走了没多远，前面忽然跑来了一群人，大声吆喝着："站住！别跑！"

眼看着这些人直奔自己跑来，刘晓兵顿时一愣，但定睛一看，才发现前面有一头起码三百斤的大猪，正在急速狂奔而来。好家伙，敢情这些人是在抓猪啊。眼看那头猪奔着这边跑来，陈四平往手心吐了两口唾沫，对刘晓兵说："咋样，敢不敢上？"

刘晓兵迟疑了下，这种事他肯定是不擅长，但也不好在陈四平面前认㞞。更何况，他还有事要求前进村的人们帮忙呢，只好硬着头皮说："你先上，我辅助！"

"好嘞！"陈四平从小就野性十足，闻言从地上抄起一根木棍，吆喝着就冲了上去。那大猪见有人拦路，非但没躲闪，反而加快了速度，显然是受了惊吓，不顾一切地想要逃命。大猪的身上还挂着一条绳子，甭问，这肯定是要杀猪啊。但这大猪膘肥体壮，目光灵动，估计在猪里面也是心眼儿比较多的，见势不妙撒腿就跑，所以才会出现这一幕。

陈四平也不傻，没有正面拦截，他先是虚晃一棍，让那猪下意识地减慢了速度，然后从斜刺里冲了过去，一把抱住了猪的脖子。

“嗨！”他浑身运力，硬生生地把那头大猪摔倒在地。刘晓兵也没有光看着，跑过去抄起那条绳子，就想要把猪的四蹄绑起来。但他想得太简单了，那头猪力气很大，陈四平虽然力气大，也不能完全压制住它，猪蹄子不住乱刨，刘晓兵试了几次都没能成功。最后刘晓兵灵机一动，把绳子一头拴在了旁边的树上，另一头捆住猪的前蹄。这样一来，除非猪能把绳子挣断，否则它是跑不了。

这时，后面的那些人也追了过来，不由分说一起扑上来，死死地把那头猪按住，再用绳子将四个蹄子牢牢捆在一起。带头那人这才松了口气，吩咐人拿木杠把猪抬回去，然后抬起头，打量了刘晓兵、陈四平两人一眼。

“小伙子，谢谢你们啊。刚才要不是撞见你们两个，这猪就出村了。”这是个四十岁左右的汉子，皮肤黝黑，跑得气喘吁吁，满脸堆笑地对两人伸出手。

“不客气，我们也是刚好赶上了。不过说实在的，这猪劲真大啊。”刘晓兵拍了拍刚才沾在身上的灰土，笑着说道。

“可不是嘛，这也就是我，换个人都按不住。差点儿把腰给我扭了。我说，这大白天的，那猪咋跑出来了？”陈四平一边揉着腰，一边抱怨。

那人说道：“这不是村里有喜事嘛，明天村主任家儿子娶媳妇，杀头猪。”

刘晓兵恍然大悟：“原来如此，这么说我们一不小心还帮了村主任的忙。”

“就是，就是，”那人笑呵呵地应和着，然后才忽然想起什么似的，问道，“对了，你们两个看起来面生，到这村里是找人还是探亲？”

刘晓兵和陈四平对视一眼，笑道：“实不相瞒，我们就是来找村主任的。”说着，他便把来这里的目的说了一遍。

没想到这人听后，神情有些凝重起来，打量了他们一番，才说：“前进村过去的确是叫朝阳岭，解放后这边开山炼钢，才改名叫前进村。过去山上也的确有抗联的人驻扎，但是村主任不让提。”

“为啥不让提？”刘晓兵有些奇怪，这都二〇一九年了，又不是过去的旧社会，怎么连抗联都不让提？

“你们自己去问问就知道了，我也没法说太多。不过今天你们赶得很巧，村主任家刚好有喜事，你们刚才又帮忙抓住了逃跑的猪，我估计差不多能成。”这人倒是很热心，领着两人往前走。路上刘晓兵才知道，这汉子叫王成，就是今天的杀猪匠。前进村的村主任名叫张大军，已经在前进村当了二十多年的领头人，很有威望，但就是有一个缺点，脾气不好，尤其是不能听到谁和他提起抗联的事。

揣着满心的疑惑，刘晓兵和陈四平跟着这位杀猪匠，来到了村东头一户张灯结彩的人家。虽然是明天才娶媳妇，但现在已经能看出满院子的喜庆了，进进出出的人们脸上都洋溢着欢乐，刚才那头猪已经被抬回院里，杀猪匠王成倒是没急着去干活，而是先把刘晓兵、陈四平两人领到了一位六十多岁的老者身边。

“张叔，有两个人找你。”王成指了指刘晓兵和陈四平，笑着说，“刚才猪跑了，就是他们两个给抓住的，要不然今天就麻烦了。”

老者正是前进村的村主任张大军，闻言笑呵呵地伸手过来，说：“多亏你们了，小兄弟，你们找我是有什么事吗？”儿子要结婚，看起来这张大军心情很不错，估计能好说话一些。

刘晓兵笑着说：“张叔，先恭喜你呀，家里添人进口，接福纳祥，诸事顺遂，喜气洋洋。”

他开口就先来了几句客气话，陈四平脸皮更厚，也跟着说：“祝新郎新娘白头偕老、早生贵子，老张家喜气盈门、贵人天相、多子多福、大吉大利……”

张大军笑得嘴都合不拢了，但心里却有些疑惑，心说这俩人看起来年纪轻轻，这怎么好像是来讨喜的。在农村通常会有这样的风俗，一般有人家结婚娶媳妇，就会有一些闲汉过来说几句吉利话，讨个喜，主家也会给两个赏钱。在早些年，这样的人多数都是唱莲花落的，也有打快板的，但近些年几乎已经看不到了。

张大军从兜里摸出两盒烟，顺手扔了过去说："好好好，同喜同喜，去外面玩去吧。"他想要打发这俩人走。

刘晓兵扑哧一笑，说道："张主任，您误会了，我是民政局的。"

刘晓兵说出了自己的身份，张大军更纳闷了，打量了他一眼，说："民政局的？我儿子结婚领结婚证了呀，这怎么还追到家里来了，是手续哪里不对吗？"

"呃，不是结婚证的事。"刘晓兵挠了挠头，便把张大军拉到一旁，拿出了一封介绍信。

张大军接过介绍信一看，不由愣了愣。这介绍信上写得清楚：

兹有我局档案室管理员刘晓兵同志，前往贵处调查关于寻找抗联烈士遗骨事宜，请予接洽为盼。

这是刘晓兵请假回家之前，请民政局领导给他开的，就是为了方便行事。看到介绍信，张大军的脸色沉了下来，但又不好说什么，毕竟这介绍信上面盖着民政局的大印，而且面前这个年轻人刚刚还帮了自己家的忙。

"你们想知道什么，就赶紧问吧。不过我的时间很紧，你们也看到了，我家里办喜事，我忙得很。所以，我只能给你们二十分钟时间。"

"是这样的，我们在寻找一位名叫牛朝亮的抗联战士，当然，也可能是一位烈士。"刘晓兵抓紧时间把为老牛家寻找亲人，以及牛朝亮可能在朝阳岭一带战斗过的事情，简明扼要地对张大军讲了一遍。

张大军听后，沉默了片刻，忽然拿出一支烟慢慢点上，然后拉着两人一起来到了屋后。屋后是一片菜园子，此时正值初春，刚刚播种，小苗还没有钻出土壤。但那一条条翻整好的地垄沟，黑黝黝的土地，显示出了旺盛的生命力。

"吸烟吗？"张大军望着面前的菜园子，递了两支烟过来。刘晓兵摇了摇头，他没有吸烟的习惯。陈四平想接着，但看刘晓兵没要，也就没吭声。

张大军也没多让，徐徐喷出一口烟，目光凝视着前方，开口说道："你们这两个孩子，都是好样的。"

"其实也没什么，我们两个都是抗联后代，那些前辈为了赶走日寇，为了新中国流血牺牲，我们做点儿事情也是应该的。就是不知道，那位牛朝亮烈士到底在不在这儿？"刘晓兵神情很是认真。

张大军没回话，再次吸了口烟，才说："本来我是不想多谈这个话题的，这也就是我今天心情好，加上你们两个孩子大老远跑来，我就破个例。实话跟你们说，这山上过去驻扎的抗联部队，有个花名册藏在我们村。但里面有没有你们要找的人，我也不清楚。"

居然有花名册！刘晓兵大喜过望，但张大军随后又说："那个花名册已经在我们村里几十年了，这些年我从来没有看到过。"

陈四平好奇地问道："那是为什么呢？这是珍贵的文物资料呀，按理说，应该上交到文史部门的。"

张大军哼了一声，随后语调拔高："我有什么办法，那花名册是用了好几条人命才换回来的，当年……"

他忽然有些激动起来，过了半晌心情才平复下来，然后继续说道："当年日本人搜山，刚好寒冬腊月，抗联战士没吃没喝，村里的乡亲也都被抓到村口的空地上，让我们说出抗联战士的下落。那时候，抗联的一位干部刚好在村里养伤，他身上就有一份花名册。但为了保护他，保护抗联战士……"刚刚说到这里，张大军的泪水就滚滚而落，再也说不下去了。

刘晓兵和陈四平对视一眼，上前小心劝道："张主任，实在是抱歉，我们偏赶在你家办喜事的时候来添乱，要不，你告诉我那花名册在哪儿，我自己去看。"

张大军摆摆手，抹了抹眼睛，说："所以这些年，我不想听任何人提起抗联的事，实在是听不了。算了，我带你们去找一个人，花名册就在他那儿，但是他会不会给你们看，我就不知道了。”

“为什么？您是村主任，花名册这种事，应该您说了算的呀！”陈四平不解地问道。

“呵呵，别说村主任，就是天王老子来了也没用。那花名册，是用他家五条人命换来的，你说，他会不会轻易拿出来？”张大军停顿了下，又说，“而且我劝你们到了那儿，说话也留神些，尽量不要刺激到他，否则他要是犯了病，我也没辙。”

“犯病，什么病？”

“八十年前，他目睹全家被害的时候，就疯了。”张大军狠狠掐灭了手里的烟，大步往外走去。听了这话，刘晓兵忍不住打了个寒战，一丝说不清道不明的东西，悄然从心底蔓延。

“晓兵，看来这个前进村，有故事啊！”陈四平用胳膊肘碰了碰他，低声说道。

“待会儿记住，说话要注意，一定不要刺激到对方。”刘晓兵抬头望着张大军的背影，轻叹口气说道，“我们这次来，揭了人家的伤疤啊！”

村子西头，一间几乎快要倒塌了的茅草屋，孤零零地矗立在角落里。周围其他人家差不多都是砖瓦房，高门大院，一座座连成排，门前都是白色栅栏，显得干净又整齐。只有这间茅草屋很是特殊，显得和周围的一切格格不入。张大军带路，三个人来到了茅草屋门前。

“小唐，在家不？”张大军冲着里面喊了好几声，茅草屋的门才慢慢打开，一个四十岁左右的邋遢汉子走了出来，眯着眼往外打量。这汉子头发乱糟糟的，起码一个月都没洗了，而且现在已经开春，他穿的还是棉袄，上面好几个破洞，露出里面脏兮兮的棉花。

“啊，主任啊，啥事？”他看了半天，总算是认出了张大军，开口说道。

“开门，有事找你爹。”张大军话音一落，那汉子似乎有点儿怕他，赶紧过来打开了门，冲张大军嘿嘿直笑。

刘晓兵他们也想上前打招呼，张大军说："你们等会注意点儿，他们爷俩这里都有点儿问题。"他说着指了指自己的脑袋。

刘晓兵会意，点头说："谢谢唐大哥了，我们来得匆忙，也没带什么东西，你别见怪。"

听刘晓兵这一说，张大军想起什么似的，从兜里摸出一包烟，递给那汉子。那汉子立刻眉开眼笑，一边忙不迭地往屋子里跑，一边喊："爹啊，爹，张叔来了，有人找……"他口齿有点儿含糊不清，一溜烟儿就没影了。

张大军随后也带着刘晓兵他们进了屋，迎面是一个简陋破烂的厨房，灶台是砖土灶，一个黑漆漆的烟筒穿墙而出，四下里都是脏兮兮的。锅里还有一点儿稀粥，旁边胡乱扔着几个碗，一个玻璃瓶子里面还有一点儿咸菜，看起来应该就是他们今天的午饭。

屋子里的炕上躺着一个老人，听见呼喊后，才慢吞吞地坐起来。老人头发乱蓬蓬的，干巴精瘦的脸上似乎一点儿肉都没有，下巴上有着一缕胡子，昏花的眼睛看起来像是蒙上了一层雾霭，没有半点儿光彩。

张大军进了屋，把兜里另一盒烟也拿出来，放在老人面前："唐老哥，有两个孩子来看你，他们是政府派来的。"

刘晓兵也机灵，听张大军这么说，赶紧给陈四平使了个眼色，陈四平顿时会意，马上拿出钱包，从里面拿出一沓钱，放在了那位老人面前。

"老人家，听说您生活困难，政府派我们来看看您，这是一点儿慰问金，您老别嫌少。"刘晓兵乖巧又恭敬地说道。

老人看了看那钱，又看看刘晓兵他们，却露出了抗拒的神情，拿起那沓钱，直接扔在了地上："我不管你们是谁，别想打花名册的主意！"老人明显有些激动，挣扎着想要从炕上起来。

刘晓兵也愣住了，他没有想到，自己这一个示好的举动，居然引起了对方的反感。张大军一把拉住了老人，低声喝道："老唐，这是咱们政府的人，是党派来的。"他特意强调了"党"字，老人一愣，眨了眨眼睛，看向刘晓兵的目光呆滞了片刻。

刘晓兵反应快，忙说道："老人家，我们是市民政局派来的，因为听说您生活上有些困难，所以来慰问您。"

陈四平也接了一句："是啊，我们领导还说，要给您家里盖个新房子呢。"他本以为说完这个老人会高兴，但没想到，老人刚缓和下来的神情，又紧张起来。

"不要，不要房子，不要动我的房子……你们都走，都走……"他居然直接开口赶人，几个人被他推推搡搡，赶出了门。随后，那盒烟也被扔了出来。"砰——"房门关闭了。

"我都说了，让你们说话注意些，别刺激到他。"张大军无奈地看了两人一眼，低声说，"待会儿咱们再进去，但我告诉你们，你们俩最好少说话，这老爷子受的刺激太严重，总觉得现在还没解放，一辈子守着房子谁也不许动，不然村里早就给他盖新房了。"

"原来是这样，难怪他一看见钱就给扔了，这是把咱们当成汉奸了？"陈四平有点儿无语。

刘晓兵也是苦笑道："估计是，以为咱们拿钱过来是想收买他，让他交出花名册。"

张大军一摊手："可不是嘛，尤其这小子还提到了盖房子，这些年我一直都想给他家盖房子，他不让啊，生怕被别人发现他藏起来的花名册。所以，一提盖房子，他就彻底发作了。"

这个事情就有点儿麻烦了，陈四平打量了一番这间茅草屋，忽然开口说："要不，你们想个办法，把他们弄出去，然后我进去把花名册找出来，不就行了？"

刘晓兵瞪了他一眼："你这什么馊主意，老人家本来就是因为保护花名册受刺激了，你要是敢那么干，老人家还不得让你活活气死？"

"那你说咋办？现在咱们连门都进不去，怎么拿花名册啊？"

“放心，咱们好好想想，一定有办法的。”刘晓兵抓了抓头发，绕着房子转了一圈，最后来到门前，忽然想起了什么，对张大军说，“张主任，您刚才说，他一直觉得现在还没解放？”

张大军一拍大腿：“对啊，我都跟他说无数次了，他也不听，就守着这破房子过日子，说等抗联的回来了，他还得把花名册交出去呢，所以死活也不肯让人动他的房子。”

等抗联的回来？听到这句话，刘晓兵不由灵机一动，赶紧压低声音，上前对陈四平和张大军低语了一番。他说完后，陈四平眼前一亮：“好家伙，这主意你都能想得出来，绝了！”

张大军也是一竖大拇指，表示赞成：“行，我看能行，试试看，说不准就管用了。”

刘晓兵眨了眨眼睛，鼓足了一口气，上前敲门：“老乡，老乡在家吗？”他连喊了几声。

刚才那个汉子又过来打开了门，一见还是他们，不由哭笑不得地说：“你们回吧，那花名册连我都没见过，没用的。”别看他脑子也不大清楚，这句话倒是说得很诚恳。

刘晓兵也不理他，冲里面喊了一嗓子：“老唐大哥，您不认识我了吗？我是抗联三军的呀。”

老人原本还在屋子里生气呢，吹胡子瞪眼睛的，但听到这句话，居然慢慢地安静了下来。刘晓兵又喊了几声，老人慢吞吞地挪过来，手抓着门框，瞪大眼睛看着刘晓兵，不住地打量：“你是抗联三军的？你刚才不是说你是民政局的？你骗我。”

“不不不，我没骗你，我过去是抗联三军的，现在解放了，我就到民政局工作了。”

“你真是抗联三军的？”

“是啊，如假包换。”

“那你说说，你们军长是谁？”

“赵尚志赵将军啊。”

“赵将军，他现在好不好？”

“呃，他已经牺牲了。”

“牺牲了？”老人的眼神迷离起来，然后几滴眼泪慢慢滚落。良久，他才慢慢地叹了口气，然后蹲了下去，伸手抹了抹眼睛，“兄弟，你叫什么名字啊？”

“我叫刘保国。”刘晓兵开口就把他太爷爷的名字报出来了。

“唉，自打你们走了之后，日本人把村里都祸害完了啊！你们终于回来了，总算能过上好日子了，亲人啊！”老人颤抖着上前，一把拉住刘晓兵的手，忍不住老泪纵横。

刘晓兵也颇为触动，安慰道：“放心吧，现在没有日本人了，村里人也都过上好日子了。”

“没有日本人了？兄弟，现在日本人都打跑了吗？”

“打跑了，打跑了，日本人无条件投降了，现在全国都解放了，老百姓已经翻身做主人啦！”

“啊，这么说，老蒋也……”

“打跑了，老蒋那一帮子人都跑了，总统府都变成旅游景区了。”

“小张，这么好的消息，你怎么不早点儿告诉我啊？”老人冲着张大军瞪起了眼睛。

张大军哭笑不得，一摊手说：“我之前跟你说过无数次，你也不听啊！”

“不可能，绝对不可能，你肯定没跟我说过。我这脑子好得很，我记得你前几天还偷了我家的饽饽，被你爹捆起来打。”老人的语气很是肯定，张大军也只能哭笑不得，不敢辩解。现在只要他相信刘晓兵的话，那就有希望拿到花名册，否则他的脑子要是再糊涂起来，就更没戏了。

刘晓兵趁热打铁，上前说：“老唐大哥，组织上派我来取回花名册，同时给你送来一些钱，算是对你这些年的补偿。”

“不要，不要，不要钱，你等着，保国兄弟，我这就给你取花名册，你等着……”老人连连摆手，慌里慌张地往屋里跑去。见此情景，刘晓兵和陈四平对视一眼，同时松了口气。看来，这个办法还是蛮管用的。

不多时，老人便从自家炕柜的一个夹层里翻出了一个蓝花布包裹，郑重其事地用双手捧了出来：“这就是我们老唐家用了五条人命保住的花名册，现在交还给你们。但是，我们家没能保住黄政委，对不住抗联的战士们啊！”说到这里，老人忽然再次激动起来，捶胸顿足，号啕大哭。

刘晓兵心中不忍，正要上前劝说，却见老人跌坐在地，把那花名册抱在胸前，目光呆滞地望着天空，然后口中低低呢喃着，似乎在讲述着什么。刘晓兵凑近了些，终于听清了老人断断续续的话语。

“那时候，抗联的黄政委就住在我们家养伤，本来一切都好好的，谁也没想到，鬼子来得那么快，那么突然。那时候，我刚好在村口放哨，唉，那年我才八岁啊……”在老人断断续续的回忆中，一个悲壮惨烈又催人泪下的故事，慢慢展现在众人面前。

一九三九年的冬季，在朝阳岭这个地方，驻扎了几十名抗联战士，随时等待着上级的命令。这些抗联战士大部分都是伤员，有几名重伤员住在村里养伤，其中就有这支连队的政委黄连胜。

黄连胜本是山东莱州人，早年闯关东来到东北，九一八事变后，他加入了抗联部队，由于作战勇敢、足智多谋、识文断字，成为了连队指导员。一次战斗中，他受了很重的伤，半条腿都被打烂了，还有一颗子弹穿透胸腔，差点儿就打穿了肺部，休养了大半年才慢慢好转。而在这段时间里，那支抗联队伍集中力量，几次出击，打掉了日伪军好几个据点，甚至还端掉了一个日伪警察局。

就在黄连胜的伤基本痊愈，快要重返部队的时候，日本人突然展开了搜山行动，在一个夜里将朝阳岭团团包围。幸好村里早有准备，负责在村口放哨的唐继红，立即在老槐树上挂出了两盏大红灯笼，提醒山上的抗联战士赶紧转移。

灯笼刚刚挂出去，日本人就杀到了。全村上下百余口，被日本人用枪赶着，聚集在老槐树旁边的空地上。日本人知道，驻扎在山上的大部分都是伤员，但就是这些伤员，居然几次下山，还让日本人吃了不小的亏，日本人岂能不恼羞成怒?

说来也是巧合，村里有个跑山的老客，经常跟山下一个叫谢长坤的皮货商做生意，但他不知道的是，那皮货商暗地里也给日本人传递情报。一次，两人喝酒，老客醉意蒙眬之中，无意中说出了村里有抗联战士，而且大部分都是伤员的事情。最主要的是，还有一份花名册，就藏在村里一个抗联“大官”的身上。

这一下可惹了大祸，那谢长坤有个侄子就在日本人那里当伪军，他立刻把这个消息通知了侄子，向日本人告了密。日本人立即行动，在一个妓院里把那个老客抓了起来，逼着他带路进山。所以，这一次日本人集结了一个中队的力量，差不多一两百人，还有几百个伪军，打算将这些伤员一举歼灭。

村头空地上，日本人让那老客指认，此时老客酒醒，知道自己惹了大祸，他本就是这个村里的人，自然知道谁家有抗联战士，但看着一双双愤怒的眼睛，吓得胆战心惊，根本不敢指认。最后，他犹犹豫豫地把目光停留在了唐仁礼的身上。

这唐仁礼是村里的教书先生，黄连胜就住在他家。日本人立即会意，不由分说，上前就把唐仁礼抓了出来，逼着他交出抗联的“大官”，还有花名册。村里当时差不多还有五六个伤员，都想站出来保护黄连胜，因为那本花名册上面记录了连队里所有人的名字，其中有不少都是附近村屯的，一旦被日本人搜去，那些战士的家人可就都要遭殃了。

见此情景，黄连胜毫不迟疑，第一个站了出来，坦然承认，自己就是抗联战士，但不是什么大官，也没有什么花名册。他说，抗联部队都已经在前几天转移了，因为自己伤重，所以留在最后；至于什么抗联“大官”，也根本不在这里。

日本人压根儿不信，这些丧心病狂的家伙，先是找出了唐仁礼的家人，用枪顶着头，让唐仁礼说出其他抗联战士名字。唐仁礼宁死不屈，又说自己才是抗联的，黄连胜只是自己的把兄弟，和抗联无关。但黄连胜身上的枪伤无法掩饰，危急之下，那几名抗联战士逐一站出，宁可自己被抓走，也要保护老百姓。

狡猾又凶残的日本人却并不满足，他们逼着抗联战士交出花名册，而且他们认定唐仁礼和抗联“大官”有所关联，于是接连枪杀了唐仁礼的老婆和女儿，想要逼着他屈服。唐仁礼悲愤万分，却说什么也不松口，日本人当着他的面，又杀死了他的大儿子，还有他的老娘。

黄连胜和几名抗联战士眼珠子都红了，但花名册事关重大，说什么也是不能交出去的。就这样，唐仁礼也最终惨死在日本人的刀下，被砍了脑袋。黄连胜等抗联战士当场反抗，黄连胜被带走，其他抗联战士全部被杀害。据说，黄连胜被严刑拷打数日，宁死不屈，壮烈牺牲。

唐家上下六口，死了五口，只有小儿子唐继红因为挂灯笼一直藏在树上，幸免于难。但是他亲眼目睹了这一惨烈场景，整整一个小时的时间，他死死咬着牙，抠住树干，憋着气，不让自己出声，牙齿咬断了好几颗，嘴里满是鲜血，手也抠破了，整个手掌鲜血淋漓。实际上，那份花名册就在唐继红的身上，当时本来是让他挂出红灯笼之后，就带着花名册离开村子，但没想到日本人来得太快，压根儿没来得及逃走。

日本人走后，看着一家亲人的尸体，年仅八岁的唐继红抱着花名册崩溃大哭，直至昏厥，等醒来后，他就变得精神恍惚、疯疯癫癫。唐继红一直到了快五十岁时，才和一个逃荒的哑巴女人结婚，生了个精神也不怎么正常的孩子。几年后那女人就死了，从此唐继红就和自己的傻儿子相依为命，两人的脑子都有问题，那傻儿子倒还好，生活能自理，还会做一些简单的饭菜，能照顾唐继红。

唐继红自己则是时而糊涂，时而清醒，经常觉得日军还在，对于村里人的好意，他一律拒绝，死守着当年自己全家用性命保下来的花名册。这些年来，花名册就一直保存在他这里，后来有人找他要这本花名册，但谁都拿不走，后来慢慢地也就没人跟他要了。因为大家都知道，这是老唐家用命守护的东西。

听到这里，刘晓兵和陈四平两人的眼眶都湿润了。

张大军长叹口气，擦了擦眼睛，说："老唐啊，你说你今年都八十八了，这段记忆在你脑子里刻了整整八十年，你忘了一切，也没忘了这段啊。"

唐继红涕泪齐下，颤颤巍巍地慢慢地一层层打开包裹，然后用干枯的手拿起那本染血的花名册，递给了刘晓兵，说道："抗联的兄弟，这花名册，我终于可以交给你们了。我们老唐家没有出卖任何一个战士，爹啊，娘啊，你们的在天之灵，可以安息了啊！"唐继红双手向天，大声悲呼。

刘晓兵拭去了眼角的泪水，满面肃然地打开了这本用鲜血和生命换来的花名册。

"东北抗日联军第三军第四师第一团二连全体名单。"刘晓兵翻开花名册，抚摸着上面斑驳的字迹，神情肃穆，从开头的连长杜国武、政委黄连胜，仔仔细细地看了下去，并一一读出那些名字。

四周一片寂静，只有徐徐的微风掠过，拂动着刘晓兵的头发和衣襟。仿佛是那些花名册上的英灵们，穿越了八十年的时空，来到了此时的前进村，也在和众人一起追忆着那些战火纷飞的日子。

这本花名册上共有不到一百个名字，没多大工夫，刘晓兵就一一读完了。花名册中大部分人的名字上面都画着一个红圈，应该是代表已经牺牲的意思。至于其他没有画圈的，则已经无法得知他们的生死了。

全部看完后，刘晓兵合起了花名册，和陈四平对视一眼，默默摇头。其实陈四平刚才也凑过来了，花名册里的名字，他从头到尾已经看完。但是，里面并没有牛朝亮和材料里记载的其他小分队队员的名字。

“怎么样？你们要找的人，在这花名册上吗？”张大军开口问道。

刘晓兵摇摇头，把花名册递给了他：“张主任，实在是太感谢你们了，但我要找的那个人，不在这儿。”

“哦，这样的话，那我就帮不上什么忙了。”张大军露出一丝失望的神色，不过随后又笑了起来，“不过还是要感谢你们，这么多年过去，终于让这份花名册重见天日了。”

“是啊，这份花名册是很重要的历史资料，你们一定要留好。”刘晓兵说着，又来到了唐继红老人的面前，重新拿出了那沓钱。

“老人家，这回您总可以收下了吧，这是党和政府给您的慰问金，这么多年以来，您一直把这份花名册保护得很好，您是大功臣。”

“不……不……”唐继红眯了眯眼，看着那一沓钱，似乎有些手足无措、无所适从，不过总算没有像刚才那样抗拒。

张大军摇摇头说：“你们给他钱没用，他又不会花。”

张大军说着接过那钱，对唐继红说：“你要是不肯收，村里帮你收下，回头给你修房用，你看行不行？”

“修房？那成，谢谢党，谢谢政府……”唐继红终于笑了起来，满脸的皱纹仿佛都舒展开了。他颤巍巍地站起来，似乎要行礼，陈四平赶忙上前拉着，但老人还是坚持着，给张大军和刘晓兵鞠躬。

两人扶住了老人，把他搀到旁边一把旧椅子上坐下。

“你是张大军吧？”唐继红抬眼望了望几个人，忽然开口问道。

张大军一拍大腿：“你可算把我认出来啦！没错，我就是张大军啊！”

唐继红笑呵呵地用手比画着，说：“我记得那时候，你才那么一点点，跟个狗崽子似的，一转眼都这么大了。”

他比画的那个尺寸，还真跟一只小狗差不多，刘晓兵和陈四平憋着笑，也不敢出声，张大军脸上红一阵白一阵，无语道：“这事你咋记得这么清楚……"

他转身看向两人，解释道："我出生的时候是早产儿，才三斤多，当时他脑子不清不楚的，没想到还记着这件事。"

刘晓兵笑道："这说明他老人家并不是忘了一切，只有印象深刻的事情才会记得，只是不知道，我们两个走了之后，他会不会记得我们。"

唐继红呵呵笑道："记得记得，当然要记得，你叫刘保国，他叫什么？"

看起来他的精神愈发好了起来，陈四平也没犹豫，上前也把自己太爷爷的名报了出来："我叫陈抗战，当年也差点儿打到南京，因为负伤就退下来了。"

唐继红看了看他，问："你是哪里负伤了？"

陈四平想也没想就说："腿，断了一条，上不了战场啦。"

"腿断了？"唐继红纳闷地看了看他，又望了一眼他的腿……

"呃，不用看，这是假腿，木头的！"

"啊，那你是个大英雄啊！我这辈子最佩服的就是英雄好汉，我跟你们讲，当年打鬼子的时候，虽然我没开过枪，但是我给抗联战士们站岗放哨，我手里也有一把红缨枪，日本人搜村的时候，就是我冒着危险爬上树，挂上了两盏红灯笼，给山上的战士们报信……"唐继红这段话说得倒是清楚，可说着说着，嘴里又开始不清不楚地嘟囔起来，也不知在说些什么。

看他眼神渐渐迷离，估计是刚才稍稍清醒了一会儿，现在又糊涂了。见此情景，张大军把旁边那汉子拉到一旁，把那些钱给了他："这点儿钱给你买吃的，买衣服，你会花吗？"

那汉子高兴得很，把手在衣服上擦了擦，才接过钱，点头说："嗯嗯嗯，我会，之前我还在县里打过工，我认识钱，这些都是一百的，一张、两张、三张……"他当着几个人的面开始数钱，数到最后一张的时候，拿着钱往手心拍了拍，开心地说："这是十张一百的，就是一千块。"

刘晓兵笑着对他说："没错，这就是一千块，你们好好过日子，等村里给你们修了房，我再来给你们送些生活用品和粮食。"汉子感动得热泪盈眶，用力点头。

张大军想了想也说：“这样吧，明天我儿子结婚，家里正在杀猪，回头我就让人送一条猪腿过来，你们爷俩也好好开开荤，沾沾喜气。”

说着，他又拍了拍刘晓兵的肩膀，说：“你们来得太好了，帮了我的大忙啊，这爷俩始终是我的一个心病，今天终于解决了。”

刘晓兵先是一笑，随后叹气道：“你的心病解决了，牛大叔心里的疙瘩还没解开，我还是得继续去找牛朝亮。张主任，谢谢你啦，耽误你这么长时间，我们也该走了。”

随后，刘晓兵和陈四平两个人，对着唐家父子告了别，承诺以后一定会来看他们，在他们不舍的目光中，这才随着张大军走了出去。一直走出老远，唐家父子还在后头挥手呢。

刘晓兵心里颇为感慨，这一次虽然没找到牛朝亮，但也算是做了一件有意义的事情。走到村口，刘晓兵和陈四平就要告辞离去，但张大军却说什么也不同意，非要拉着两个人吃饭，并且说等明天吃了喜酒再走不迟。

这回刘晓兵还没有说什么，陈四平不干了，说什么也不同意留下。见两人态度坚决，张大军也就不再坚持，不过他对二人说：“既然你们执意要走，我就不留你们了。但是有一件东西，我希望你们能够收下。”说着，张大军从身上把那本花名册拿了出来，郑重其事地交给了刘晓兵。

“这个花名册，已经藏了八十年了，今天多亏了你们，才重见天日。所以我觉得，这花名册应该交给你们，而且你们还是民政局的，交给你们最合适不过。你们拿回去归档，或者是交给党史文物部门，都可以。”

刘晓兵看了看花名册，也说道：“按理说，这花名册是很珍贵的历史资料，是应该交给党史文物部门，或者民政局归档。不过，这是你们村里用鲜血和生命换来的，如果留在村里代代传承下去，让更多的人知道这段历史，从而把我们的抗联精神发扬光大，我觉得也很好。”

张大军一笑：“说的是这个理，只可惜现在村里已经没什么年轻人了，人人都在往外面的世界走，村里现在也就剩下我们这些老家伙。你别看我儿子明天结婚，他是特意从城里赶回来的，就三天假期，结了婚就带着老婆走了。所以，我倒是想把过去的故事讲下去，可是谁听啊？过去我为啥不让村里人提抗联的事，你们知道原因吗？”

陈四平想了想说：“因为你不想提起当年那段惨烈的往事，而且你这些年一直努力想帮助唐家父子，可惜都没帮上，你心里觉得对不住他们，索性就再也不提抗联的事，免得自己憋屈。”

张大军叹了口气：“是啊，小陈说的对，但也只对了一半。另一方面，我也是心里有气，我们小的时候，经常听老人讲打鬼子的事，现在的年轻人压根儿都不想听了，别说旁人，我自己的儿子我都管不了，所以我现在索性就不提，一提起来我就生气啊。今天要不是日子特殊，你们又是市里来的，还拿着介绍信，我才懒得管。结果没想到，居然还有意外收获。从这一点儿来看，我得谢谢你们啊！”他言下颇为感慨。

刘晓兵笑道：“张主任，您不用客气，也不用泄气，谁说现在的年轻人都不喜欢听打鬼子的事了？”

说着，他指了指陈四平：“不信问他，他能给你讲三天三夜的抗联故事，都不带重样的。”

张大军诧异地看了看陈四平：“这么厉害？”

陈四平苦笑：“没办法，我小时候也不想听，我爷爷就把我绑在椅子上，在我耳朵边讲，日子久了，我想不知道也难。”

张大军哈哈大笑起来，将花名册往刘晓兵怀里一塞，说：“反正东西交给你们了，回头给我打个电话，告诉我安置在哪儿就行。如果有机会去市里，说不定我还可以去看看它，缅怀一下。”

“一定一定，等我们这次回去，我就把花名册上交，还有前进村的故事，我也会一起记录下来。”刘晓兵收起花名册，神色肃穆地说道。他已经想好了，关于这本花名册和花名册背后的故事，他一定会深入挖掘，争取让这段历史完整地保存下来，并且流传下去。

张大军神色有些失落，再次叹了口气："如果你要记录的话，别忘了，那时候这里还叫朝阳岭。我们村里，当时也是出了好几名抗联的英雄。"他说着，声音忽然变得有些哽咽，不再说话，转身大步走去。

看着他的背影，刘晓兵也叹口气："这位村主任倒是个性情中人，咱们今天虽然没找到牛朝亮烈士，但也算是解了张主任的心结，还有唐家父子也总算能好好正常生活了，我很欣慰呀！"

陈四平抹了抹鼻子说："我发现你自打进了城里工作，说话一套一套的，唉，这上过大学的人就是不一样啊！"

"去去去，人家毕竟是村主任，又是长辈，说话不得客气点儿？不过话说回来，现在这都下午四点多了，其实在这儿住一晚，多跟他们聊聊，明天再走也不迟。你为啥非急着走啊？难道你没看出来，他明显还有不少故事和秘密，都憋在心里，没跟咱们说。"刘晓兵转过身，一边往前走，一边问道。

陈四平眼珠子骨碌一转，瞥了一眼张大军离去的方向，说："你是不是傻？咱们这才出发第一天，你就搭进去一千块钱，明天他儿子结婚，你说你随不随礼？要是不随礼，好像有些说不过去，要是随礼，又赔一份钱，亏大了！"

刘晓兵哑然，忽然有点儿无言以对。他是万万没想到，陈四平这么着急走，居然考虑的是随礼的问题。

看他一脸不解的样子，陈四平掰着手指头说："你看看，咱们这次出来，你二叔给了五千，老牛家给了三千，这一共才八千块的活动经费。然后刚才手一抖一千块就没了，明天早上要是再一抖，可就七千变六千了。"

刘晓兵无语道："你不能这么算啊，我自己还有几千块，你爷爷不也给了你一千块钱吗？"

"那是咱们的家底啊，不能轻易动，你知道这次出去要多久才能找到线索，万一找一两个月，这点儿钱够干啥的？过日子不得省着点儿啊！"陈四平跟个小媳妇似的，跟刘晓兵算了半天账。刘晓兵一听倒也是这个道理；不过，给唐家父子一千块钱这件事，他倒是不后悔。

“四平，我跟你说，别的钱咱们都能省，像今天唐家父子那种情况，没法省。他们守着一本花名册守了八十年，脑子都不清不楚的，还没忘了自己的职责，这是多么难能可贵的精神呀！”

“这个我承认，所以这一千块给得很好，我也不反对，但是随礼的话还是算了吧。”陈四平说着话，两人再次回到了刚才进村的地方。

那位老大爷还在原地干活拧钢丝加固栅栏，一见两人回来了，停下手里的活，抬头问道：“咋样，张大军把你们赶出来了？”

刘晓兵笑道：“那倒是没有，不但没赶我们，还领我们去了老唐家，听了一段故事。”

老大爷像看怪物一样看着两人，说：“那就奇怪了，张大军的脾气，谁敢提抗联的事他就瞪眼珠子，今天咋转性了？”

“大概是他儿子明天结婚，今天心情好吧。”

陈四平并没想多跟他聊，说着话就想走，刘晓兵倒是来了兴趣，问道：“大爷，我们刚才跟村主任也聊了很多，为啥我感觉他好像有些什么秘密没有对我们说？”

“嘿，既然说到这了，我估计，他一定把八十年前那件事告诉你们了吧？”老大爷放下手里的活，饶有兴趣地说道。

“没错，那件事我们已经知道了。”

“但有一件事你们肯定不知道。”老大爷忽然压低声音，神神秘秘地说，“其实张大军不让人提抗联的事，最主要的原因就是当年那位牺牲的黄连胜政委，就是他的亲舅舅。当年老唐家五口人为了保护他舅舅身上的花名册牺牲，所以谁要是提抗联，那就是揭他的伤疤，往他心上撒盐啊！”

“啊？”刘晓兵和陈四平对视一眼，这才恍然大悟。

原来，张大军不愿让人提起抗联的真正原因，是他就是当年那位烈士的后代呀！

第四章　勇斗毒蛇

『八十年过去了，这里的人们安居乐业，再也没有了苦难。他们应该可以安息了。』

陈四平追问道："那当年驻扎在山上的抗联战士，后来怎么样了？"

老大爷叹口气："估计张大军也没告诉你们，那些抗联战士因为及时转移，没被鬼子发现。几天后，为了给战友们和老唐家报仇，营救黄政委，他们下山端了鬼子的一个据点，但人还是没能救出来。再往后，他们一直转战各地，坚持抗日，听说差不多也都先后牺牲了。"

这时候，忽然传来了一阵鞭炮声，张大军家张灯结彩，喜气洋洋，一片欢声笑语，人人脸上都挂着喜悦的笑容。望着远处的人们，回味着老大爷刚才的那段话，刘晓兵轻叹道："八十年过去了，这里的人们安居乐业，再也没有了苦难。他们应该可以安息了。"他伸手摸了摸那本花名册，仿佛看到了一张张开怀而笑的面孔，正望着这片他们曾经流血牺牲的土地，露出欣慰的笑容。

陈四平沉默了半晌，忽然拍了拍刘晓兵的肩膀："我觉得，其实给这位村主任随个礼，好像也行。"

刘晓兵笑了起来：“还是算了，咱们抓紧赶路办事，然后把这花名册递交到有关部门，毕竟还有很多抗联战士牺牲后都没有信息，如果因此能认证一批烈士，最好再找到烈士们的埋骨之地，我想，这就是给前进村和这位村主任最好的礼物了。”

陈四平露出一副愁容，说：“找一个牛朝亮就已经费大劲了，再去找花名册上的烈士，难度也太大了，我觉得还是上交到有关部门，咱们也算做了一件好事。”

刘晓兵自然也知道这件事难度巨大，摇摇头说：“这个以后再说，咱们还是先找牛朝亮吧。”他看了看时间，已经是下午四点半。收好花名册，两人告别了那位老大爷，走出了前进村。

上车之后，刘晓兵查看了一下地图，发现距离这里最近的镇子也在几十公里之外。看来，今天要赶到那里过夜了。这一次一共计划七天行程，根据他们原定的行程计划，出了前进村就找个地方休息，然后第二天就去鹤岗。那边有一个叫石人沟的地方，虽然从资料上来看，离这里还挺远，差不多两百多公里，但好歹也算是有点儿关联性。如果石人沟也没有线索，就得直奔佳木斯，然后绕路牡丹江，再从哈尔滨、大庆、齐齐哈尔那边转一圈，最后回到伊春。七天时间，其实挺紧张的。

两人离开前进村，很快出发上路，但由于前方道路颠簸难行，一直到了六点多，才赶到一座叫吉阳的小镇。找了家旅馆住下后，刘晓兵才腾出空来，拿出手机，把花名册上面每一页都拍了照片。拍了照片后，刘晓兵把花名册仔仔细细地收进行李箱，放进一个独立的收纳袋里，避免弄坏。毕竟这是八十多年前的东西了，还是纸张，稍不注意就会损坏。

陈四平则是跑了出去买吃的，等刘晓兵弄好之后，他才拎着一个塑料袋回来，放在桌子上打开，里面是几份热气腾腾的盒饭。

刘晓兵把花名册装好，放在一旁，走过来闻了闻，笑道：“好家伙，你怎么买了这么多，还挺香的。”

陈四平一边往外拿盒饭，一边说：“为了跟你出来，我中午饭都没吃，这晚饭那还不得多吃点儿？再说我在家里，天天跟我爷爷吃白菜土豆，吃得我都营养不良了，现在总算能出来开开荤。”他把饭菜一一拿出来，摆在桌子上，只见一共有四个菜：熘肉段、扒肘子、地三鲜，外加一个家常凉菜。

刘晓兵撇撇嘴：“你要想吃肘子，刚才在前进村吃多好，人家刚杀的猪，那肉得老香了。”

“拉倒吧，你不是说赶路要紧嘛，再说他家的肘子虽然好吃，但是也贵啊……咱们俩吃人家一顿席，少说也得五百块钱，有那个钱，够我买多少肘子的了？”陈四平嘟嘟囔囔地说着，又拿出米饭和筷子，拧开一瓶可乐递给刘晓兵，“说真的，晓兵，如果这七天走完，还是没什么结果，你有什么打算？”

刘晓兵喝了一口可乐，思索了一下才说：“我也没什么打算，这件事要么不做，要么就做到底，如果半途而废，那还不如不做这个事。”

“那也就是说，你要坚持下去呗，七天过后找不到，还得继续找？”

“应该是的。不然的话，我们回去怎么跟牛爷爷交代？”

“唉，要依我说，到时候如果实在找不到，你就回去撒个谎，告诉他找到了，让他老人家不带着遗憾走就行了。何必那么较真儿？”

“你这退堂鼓打得也太快了，咱们才出发第一天，别说那种泄气话。”刘晓兵抄起筷子，夹起一块熘肉段丢进嘴里。两人不再说话，房间里只剩下了大口吃饭的声音，听起来两人吃得喷儿香。

第二天一早，陈四平还在被窝里，就被刘晓兵揪了起来，说是要去街上找找线索。陈四平不乐意，说：“你这不是胡扯吗？你要找的地方也不在这儿啊，再说去大街上怎么找线索？难道遇到一个人就问他，知不知道一位革命烈士在哪儿？”

刘晓兵耐心地解释道：“找线索不是随便逮个人就问烈士的事，而是要问一问这个镇子上的人，知不知道哪里有抗联老兵，或者打听一下抗联的事，或者问问附近有没有相关的地名，多问一些人，说不定就能有更多线索。不然的话，光靠着行程计划里那几个地方，走马观花一样跑一圈，很难有什么结果。”

听他这一说，陈四平也只好爬了起来，穿好衣服，和刘晓兵一起上街，查找线索。这个镇子并不大，行人也不多，但街道很干净，街边种满了杜鹃花，此时的季节刚好，花苞正待开放，远远望去，满眼姹紫嫣红。本来还没太睡醒的陈四平，闻着街上淡淡的花香，一下子也精神了起来。他东张西望了一阵，看着三三两两的路人，小声对刘晓兵说：“我说，你倒是问啊，不是说找线索吗？”

“好，你去问吧。”

“这咋问啊，我也不能看见一个人，就过去问人家知不知道抗联的事啊。”

“你也知道不能这么问，那你还让我问？”

“那你还找个屁线索，咱们在这又没有熟人，要不问问你二叔？”陈四平出主意说道。

刘晓兵笑着瞥了他一眼，说：“不用急，这大清早的，时间还很多。走，咱俩吃饭去，吃完再说。”说着，刘晓兵指了指路对面一家粥铺。陈四平摸了摸肚子，立刻同意了刘晓兵的建议。两人穿过马路，溜达到了粥铺，进去找了个座位坐下。这家粥铺不大，店里人也少，早饭种类倒是很多，刘晓兵点了两碗粥、两笼包子、一些小菜，外加一人一个茶叶蛋。老板是个四十岁左右的大姐，人看起来很实诚，带着小镇人的朴实和热情。

两个包子下肚，刘晓兵点头称赞：“这个牛肉馅的包子味道不错，而且一个才两块钱，好吃不贵。”

陈四平也说：“是啊是啊，居然是真牛肉，你看看，馅里还有牛肉块。大姐，你们店这么卖包子，会不会赔呀？”

大姐一边干活，一边笑着说：“赔是赔不了的，少赚点儿就行了。以前我去城里学技术的时候，那包子馅里面就放一点点牛肉，回头我就琢磨，这么干肯定不行，咱们山里人要的是实惠，所以我宁可少赚，也要让大家看见牛肉，这才是真材实料啊。”

刘晓兵一笑：“没错，做生意讲究的就是真材实料、经济实惠。大姐，你开这店几年了？”

“都快十年了。”

“没想着扩大一下规模吗？”

“扩大啥，这镇上没多少人，这一个店就够了，弄得太大了成本也高，不划算。对了，以前没看见过你们俩，不是本地人吧？”

“是啊，我们俩是胜利村的，从你们这路过，去办点儿事……”

两人你一言我一语地，唠起了家常。店里没什么人，大姐又很健谈，很快就和他们熟络了起来。大姐问道:“胜利村在哪儿啊？以前好像没听说过。”

刘晓兵说：“胜利村啊，就在老河口那边，我们那有个胜利烈士墓，听说过吗？”

“胜利烈士墓？听说过，听说过，原来就在你们那儿呀！”

“是啊，我们那道路不好，也没什么产业，所以去的人不多。”说着，刘晓兵指了指陈四平，“他就是那个胜利烈士墓的守墓人，第四代了。”

“哟，那这可真不是一般人啊。”大姐的眼神立马就变得不一样了，上下打量陈四平，满眼都是好奇，“这年头，愿意给烈士守墓的都是好样的，来，大姐再送你们一笼包子，不要钱！”很快，大姐就端了一笼热气腾腾的包子过来，放在了两人面前。

陈四平倒也不客气，嘿嘿一笑：“大姐真是个实诚人啊，他说啥你都信，说心里话，我一点儿都不想在那儿守墓，就是我爷爷岁数大了，身边没人，我不放心啊。”

大姐说：“嗨，那都很正常，年纪轻轻的谁不想往外走走？但是就冲你这句话，说明你是个孝顺孩子，姐相信你一定能当好这个守墓人。来，再给你加个茶叶蛋。”

刘晓兵也笑了起来，这大姐不但实诚，而且很可爱，让人油然而生一种亲切感。他三两口吃完最后一个包子，抹了抹嘴，抬头往四周扫了一眼，这才直奔主题：“大姐，这房子是你自己家的吧？”

“是啊，你咋知道的？”

“猜的呗，你家门上挂着的这个，要不是自己房子，谁能往这儿挂？”他伸手指了指房门口，那门楣上面挂着一个看起来很陈旧的牌子，上面写着几个字——光荣之家。

大姐抬头看了一眼，很随意地笑着说：“你猜对了，这牌子前些年就一直挂在这儿，那时候还没开店呢，后来也就没摘。”

“你家里有退伍的老兵？”刘晓兵问。

“是啊，我老爹退伍回来六十多年了。”

“六十多年，那是抗美援朝？”

“对，一九五三年回来的，腿被打穿了，身上好几个弹片，差点儿就牺牲了。回来之后，大大小小的手术做了好几次，到现在还有一块弹片没取出来。”大姐说着在脖子的位置比画了一下，然后叹了口气。

刘晓兵不由得动容，问道：“都六十多年过去了，怎么还有一块弹片没取出来？是不需要取了吗？”

大姐摇摇头：“不是，那弹片的位置距离脊椎太近，说是一不小心就会瘫痪，所以一直没敢取。唉，老爷子这些年遭了不少罪，因为那弹片，算了，不跟你们说这个了，你们吃好了没，要不要再加点儿什么，大姐不要钱，请你们！”

她说到这里不肯再说下去，刘晓兵知道她多半是有难言之隐，于是也就没多问，笑着说：“不用了，我们都吃饱了，谢谢大姐。哦，对了，大姐，我想打听一下，咱这镇子上既然有抗美援朝的老兵，那有没有过去加入过抗联打过日本人的？”

大姐一拍大腿：“有啊，那咋能没有，咱们镇子虽然人不多，但过去打过日本人的着实不少。”

这次不等刘晓兵开口，陈四平已是眼睛一亮，抢着问道："既然这样，姐你能不能给我们介绍几个抗联老兵？不瞒你说，我们这次出来就是找抗联老兵的。"

大姐却是一摊手，说："唉，还给你介绍几个，一个都没有了，早都去世啦。你想想，我家老爷子一九五〇年二十一岁入伍作战，今年都九十岁了，那抗联时候的老兵要是还活着，最少也九十多岁，快一百了。咱这地方，哪有那么长寿的呀？"

"哦，那好吧。"陈四平有点儿失望，不过随后眼珠一转，又问，"既然抗联老兵都没了，那他们的后代一定有吧？大姐，实话跟你说，我们这次出来，是想寻找一位抗联烈士的下落，他的家人已经寻他八十年了，至今音信全无，也不知道是牺牲了，还是活着。"

大姐本来一直干着活，一听这话，手里的活慢慢停了下来，抬头诧异道："你们两个是来寻找烈士的？"

刘晓兵点点头："是的，我们村有个姓牛的爷爷，八十七岁了，哥哥当年参加抗联，一走就是八十年，现在他老人家身子不好，估计撑不了多久了，心里唯一惦记的就是失踪的哥哥。所以我们哥俩就想着，出来帮他找找亲人，也算帮老人家完成这辈子的最大心愿吧。"

大姐想了想，神情严肃地对他们说："你要是这么说的话，我好像还真有点儿线索，就是不知道跟你们说的是不是同一个人。"

"真的有线索！"刘晓兵喜出望外，和陈四平两个人一起双眼放光，眼巴巴地看着这位大姐。

大姐点点头："我们镇上有一个孤寡老人，据说他爹就是抗联的，出来打仗就和家里失联了，临死前都没找到家人。"

刘晓兵和陈四平迅速对视一眼，同时露出喜悦之色。

"大姐，你说的这人，姓什么叫什么？"

"只知道姓王，叫什么不清楚，但是这个姓好像也是假的，因为当年打仗很多人用的化名。后来好像被炮弹震伤了脑子，就失忆了，只记得自己姓王，家人的信息都不记得了。退伍后，他就在这儿落户安家，生了个孩子，叫王德庆，就是我刚才说的那个孤寡老人。”

大姐的信息十分重要，刘晓兵赶紧追问：“你说的这个人，是咱们东北人吗？多大年龄？他是什么时候去世的？”

大姐摇摇头：“是不是东北人我就不清楚了，听口音像。他大概十年前就去世了，至于多大年龄，不太清楚，应该有八十多岁吧。当时因为家里没钱，还是镇里给出的丧葬费。”

刘晓兵暗自盘算，大姐说的这人，首先是抗联老兵，虽然姓王，但可能是化名，脑子受过伤，失忆了，十年前离世的时候，有八十多岁。

这些基本信息，和牛朝亮能对上个七七八八。对于刘晓兵来说，只要能有两三成的希望都必须去寻访，更别说七八成了！

他起身结了账，然后说：“姐，真是太谢谢你了，你说的这个人在哪儿住？我们想去看看，万一是我们想找的人，回头一定要重重地谢你。”

陈四平接道：“对，我们俩多做几面锦旗，争取给你这屋里挂满！”

大姐笑得合不拢嘴：“看你们说的，我这店里要是挂满锦旗，那还是包子铺吗？你们呀，也不用客气，我就是随便跟你们一说。真要是你们要找的人，那就皆大欢喜；要不是的话，你们也别灰心。”

刘晓兵笑道：“姐，还没问你的名字叫什么。”

大姐说：“我叫许洪霞，你们叫我霞姐就行，大家都这么叫，所以我这店也叫霞姐粥铺。”

刘晓兵问清了王德庆的大概住址，然后便和陈四平出了店，来到了大街上。

这顿早饭收获太大了，不但打听到了关于抗联的线索，而且很可能直接找到牛朝亮烈士的下落！两个人都有点儿小兴奋，一边聊着天，一边来到了镇子西边，在镇卫生所的后面，找到了一片居民房。按照霞姐的话，这里就是王德庆住的地方了。

刘晓兵正在往周围打量，想要找个人打听一下，偏巧就在这个时候，远处忽然慌里慌张地跑过来一个人，从两人身边跑了过去，急匆匆进了镇卫生所。还没进门，那人就冲着里面大喊起来：“不好了，老王头在山上被毒蛇咬了，快去救人！”卫生所里很快跑出了两个医生，背着药箱，跟着报信人一起，从刘晓兵两人身边匆匆跑过。

这镇子坐落在一座山脚下，此时刘晓兵抬头望去，只见那山上青翠叠嶂，镇子里鸟语花香，一派祥和之气。这山上居然还有毒蛇？念头一转，刘晓兵直接伸手就拉住了一个卫生所的医生：“劳驾问一下，刚才你们说的老王头，是不是王德庆？”

“啊，没错，是他是他！”医生胡乱应了一声，转身就跑。看着这几个人的背影，陈四平心里一沉，对刘晓兵说：“这真是麻绳专挑细处断，咱们好不容易有点儿线索，他咋还让蛇给咬了，如果万一出事……”

刘晓兵想了想，说：“咱们也去看看吧，毕竟这里医疗条件有限，如果需要往市里转，咱们也能帮上忙。”

陈四平自然没有意见，于是两人也一起往山上跑去。他们都是从小生活在林区，爬山越岭自然不是难事，尤其陈四平，不大一会儿的工夫就跑到了最前面，连那几个当地人都没跑过他。那几个人不知道怎么回事儿，反正情况紧急，也没细问，但心里却犯嘀咕，暗想，这两个人跟着跑什么，难道他们是王德庆的亲戚？这些年以来，没听说过王德庆有亲戚啊，他一直单身生活，家里会喘气的除了他，也就是几只大鹅了。

十多分钟之后，众人翻越了一道山梁，终于来到了一处山坳。最先到达的是那个报信的，还有陈四平。几分钟之后，刘晓兵和医生们才到达。只见在山坳间的树林里，地上躺着一个老头，黑脸膛，个子不高，穿着一身灰色中山装，已经昏迷不醒了。医生迅速上前检查了一下，发现受伤处是在脚踝上方，两个清晰的牙印，伤口附近已经变成一片黑紫，并且不断向上蔓延。

“是什么蛇咬的？”刘晓兵上前问道。

在这片小兴安岭林区里，有着很多种类的毒蛇，如果能知道是什么蛇咬的，就可以判断毒性强不强，以及确定救治方法。那医生没答话，先是从药箱里拿出一卷绷带，飞快地在伤者脚踝上方牢牢绑缚，阻止毒液扩散。另一个医生则是拿出了一瓶高锰酸钾溶液冲洗伤口。两人的操作都很熟练，显然应对这种事不是第一次了，旁边那个报信人一脸紧张，盯着两人救治。

趁着这工夫，刘晓兵低声问报信人：“老哥，王大爷被咬多久了？问题大不大？”

报信人是个三十几岁的汉子，看了他一眼，说：“我刚才从山上回来，路过这里的时候发现的，也不知道他被咬多久了，但看起来有点儿严重，我本来想把他背回去，但又不敢乱动。你们俩是？”

他疑惑地看着两人，不等刘晓兵说话，陈四平抢道：“哦，我们俩是县里来慰问的，听说他是镇上的五保户，还是军属，这么多年一直自己生活。”

一听是县里来的，报信人做出恍然大悟的表情，说：“之前都是镇上的人来慰问，这次都惊动县里啦？”

其实刘晓兵是市里来的，但他只是民政局档案室的一名实习生，用这个名头还不如直接说是县里来的，更能让当地人接受。刘晓兵全程盯着王德庆的伤势，此时两名医生已经处理完毕，但王德庆还是昏迷不醒，脸色也很难看。

一个医生紧锁眉头，说：“要是能确定是什么蛇咬的就好了，他这个情况，怕是得有专门的血清才行。”

陈四平凑了过去，低头看了一眼伤口，顿时神色微变：“好家伙，竟然是七步倒，这可是剧毒的蛇啊！”

王德庆的脚踝伤口处，有着两个清晰的牙印，显然是剧毒之蛇留下的。在小兴安岭的山上，七步倒算是最毒的蛇之一，这种蛇学名叫赤练蛇，有些无毒，有些则有剧毒。但这种毒蛇一般很少见，经常在山里出没的通常都是毒性较低的松花蛇，还有一种蝮蛇，俗称“土球子”“草上飞”，都没什么毒。

一个年纪稍大的医生诧异道：“你确定，这是七步倒咬的伤口？”

陈四平点点头：“先前我们那儿有个人就被七步倒咬了，救得还算及时，命保住了，但一条腿也被截肢了。”

那医生面色严肃地说：“如果真是七步倒，就得赶紧往市里送，整不好得去哈尔滨才有血清。”

那个报信的汉子急切地说：“这样的话，那咱们得赶紧把他背下山，找个车往市里送。这老爷子虽然单身了一辈子，没儿没女的，但是人不错，这要是被蛇咬死了，实在是太冤了。”

那两个医生上前就要试着搬动王德庆的身体，陈四平抬头往四周看了看，说：“先别动，我怕这一路上伤情严重，你们这样处理虽然没毛病，但是恐怕抑制不住毒素。”

紧接着，他对刘晓兵说：“晓兵，我爷爷说过，七步倒出没的百米范围之内，必有草药，那年我遇到过一次，认得草药的样子，咱俩现在马上去找草药，让他们往山下背人，找到草药后，马上下山，或许能延缓伤势。”

他这个主意不错，两个医生也表示同意，于是大家分头行动，刘晓兵和陈四平在周围开始寻找草药，那两个医生则背起王德庆，往山下艰难走去。

大山里自古以来就有传说：任何毒虫毒蛇出没的地方，必有克制之物。这哥俩自小就在山里长大，尤其陈四平，翻山越岭如履平地，至于徒手抓蛇什么的，压根儿不在话下。不过这次周围很可能潜伏着有剧毒的七步蛇，陈四平也不敢大意，手里拿着棍子小心地拨动草丛。刘晓兵不认识他说的那种草药，但毒蛇还是认识的，于是也提高了警惕，眼睛都不敢眨，一边拨草，一边扫视着脚下。

两个人在附近搜寻了片刻，估摸着那几个人都已经走出几百米开外了，还是没什么发现。突然之间，他的脚下嗖的一声，一道影子飞快地蹿出，两人还没反应过来，就见那影子已经消失在不远处的草丛里了。

“蛇……”刘晓兵从小就有点儿怕蛇，见状浑身鸡皮疙瘩瞬间就起来了，陈四平倒是很冷静，摆摆手低声说："没事，它跑了，咱俩说话小点儿声，别惊到它。"

说着，陈四平目光往旁边转去，搜寻了片刻，眼中顿时一亮。只见在前方几米外的地方，隐约出现了一条小溪流，在溪水的旁边有一株植物，正是他要找的草药。"在那儿，就那个粉白色花的，叫半边莲，专治蛇毒咬伤。"陈四平低声喊道。

刘晓兵闻言心中一喜，赶紧往那边快步走去，刚走出两三米，忽然身形一滞，同时迅速低下头，看向了自己的脚下。此时在他脚下的草丛里，大概半米远的地方，一条通体暗赤色、头呈三角状的毒蛇，正和他昂头对视！幸运的是他及时发现，否则再往前一步，那蛇必然就咬上来了。

陈四平也发现不对劲了，两三步就抢上前来，刘晓兵却是一摆手，低声说："别过来，别惊了它。"只见那蛇身子高高昂起，已经是一副进攻姿态，仿佛随时都要扑出。

陈四平低声提醒："别出声，慢慢往后退，尽量不要惊到它。"

刘晓兵点点头，动作极轻地慢慢往后退去。一步、两步、三步……刘晓兵慢慢退后，额头也见了汗。忽然，刘晓兵的一只脚踩在了石头上，身子一歪，石头也发出一声响动。那条蛇以为刘晓兵要攻击，高昂的身子立刻飞扑而出！

糟了！刘晓兵心里一沉，想要躲避已经来不及了。说时迟，那时快，陈四平抢步冲了上来，一伸手就又稳又准地掐住了那蛇的头部，随后一甩手，就把蛇远远丢出去十几米开外。

"快，去采草药。"陈四平三两步跑到那株半边莲的旁边，直接连根拔了出来。刘晓兵也赶紧拔了一株，两人直接掉头就跑。

他们两个找草药用了点儿工夫，下山的时候小心翼翼生怕再打草惊蛇，所以等回到卫生所的时候，那两个医生也刚刚到达不久，正准备用车往县里送人。刚才这一会儿的工夫，因为颠簸和移动，王德庆的伤口又流出了暗色的血，同时肉眼可见的，那条腿已经明显肿胀黑紫了起来，蛇毒已经开始蔓延了。

陈四平马上拿出了采来的草药，将上面的叶子撸了下来，对医生说："等一下，如果这样送去城里，肯定来不及了，现在这个情况，最好先敷药，延缓蛇毒蔓延。"说着，他把半边莲的叶子放进嘴里咀嚼起来。

"这草药能行吗？"那年轻的医生语气里带着质疑。

旁边年长的医生也面露犹豫，不过还是点头说："山上的确有些草药可以治蛇毒，但是我也没用过，毕竟这属于民间土方。反正现在车还没到，就让他们试试吧。"

他这话里的意思很明显：要用草药土方的可不是他们，万一出了什么问题，也跟他们无关。

陈四平没搭理他们，把草药嚼烂了吐出来，正要敷药，那年轻医生忽然又说了一句："这样弄，会不会造成伤口感染啊？"

他这话其实也有点儿道理，不过陈四平一听就火了："伤口感染？小同志，咱华夏五千年文明，这都是老祖宗留下来的智慧，而且古代治蛇毒都这么治的，如果你怕感染，那也好办，你先把他伤口处的毒血都吸出来，在急救常识里，这应该是最科学有效的方法了，你上学的时候肯定学过吧？"

年轻医生一听就立刻摇头："吸毒血是不行的，蛇毒会通过口腔黏膜渗透，我们现在主要是救人，不能为了救一个，再搭一个，这不科学。"

陈四平嘴角微撇，没说什么，看向了年长的医生。这位年长的医生嘴上有两撇胡子，看起来四十岁左右，经验比较丰富，直接退后半步说："我也不行，我这两天口腔溃疡。"

就在这时，昏迷中的老人忽然微微呻吟，身体抽搐了两下，伤口里便又有血汩汩流出。原本已经清洗过的伤口，现在看起来又严重了。

陈四平皱了皱眉，说："现在真的只有先吸蛇毒，然后再敷药，这样比较靠谱了，不然等你们的车送到城里，命不命的且不说，他这条腿多半是保不住。"

“我来试试吧，我没学过医，我不怕，我也没口腔溃疡，毒不死我。”说话的是刘晓兵，他一边说着，一边上前就要为老人吸蛇毒。

见状，那年轻的医生倒是好心，赶忙说：“等一下，其实还有一个办法，我先给他放放血。”他飞快地拿了一把小刀过来，消毒后，在老人脚踝伤口处切了一个“十”字口，老人这时候似乎醒了，痛苦地抽搐了两下。随后，暗色的血便流了出来。年长的医生戴上手套，上前用力挤压伤口，让毒血更快流出。可是毒血流了片刻后，就不再流出了。不过颜色也总算淡了些，不再是紫红色了。

陈四平摇了摇头：“还是不够，毒在深处，这样是放不干净的。”

刘晓兵毫不犹豫：“剩下的我来吧，咱们尽人事听天命。”

一见他要来真的，陈四平赶紧给他使了个眼色，想要阻止，但刘晓兵没管那么多，撸起袖子，上前俯身就开始给老人吸毒血。等陈四平想去拉他的时候，已经晚了。第一口毒血，很快被刘晓兵吸了出来，然后吐出，紧接着，第二口、第三口、第四口……他连续吸了十几口，眼看着血的颜色越来越正常，这时候门外的车也终于赶来了，几个人跑进来，见此情景也是大为惊讶。这年头，居然还有人能吸毒血救人？

当刘晓兵起身时，不由自主地一个踉跄，只觉头晕目眩，旁边的年轻医生早准备了清水，赶紧递过来让他漱口。其他人上前抬起老人上车，同时也纷纷对刘晓兵投来钦佩的目光，那年长的医生也对他竖起了大拇指。

“小伙子，好样的，我要不是口腔溃疡，说啥也不能让你干这事。”

刘晓兵漱了半天口，这才稍稍好一些，陈四平关切地看着他，问：“你感觉咋样，不行咱也一起去医院吧？”

“我没事，就是有点儿晕。”刘晓兵喘息着，又说，“你们这车来得还挺是时候，我刚才还想，要不就开咱们的车送老人去县里，县里不行咱就去省城，救人要紧。”

陈四平又递给他一瓶清水，说：“你少说两句话吧，先躺下休息一会儿，这里距离县城不远，你不用太担心，就怕他们那儿没有血清。”

年轻的医生也忧心忡忡地说：“是啊，刚才给县里打电话了，他们说虽然有一些储备，但是好像已经过期了，需要到库房里查验才能确定。”

“过期了？这咋还能过期？”陈四平问。

“这也很正常啊，这两年进山的人越来越少，山里的蛇也越来越少，大家谁也不惹谁，自然就没人被蛇咬了，那血清可不就过期了吗？”

这时候，老人已经被抬上了车，车子准备出发，刘晓兵不放心，挣扎着坐起来往外看了一眼。他知道血清这东西的保质期一般也就两三年，如果县医院里的储备真的都过期了，或者不符合标准，或者血清类型对应不上，那老人还是有很大危险。但他这一起身，忽然就觉得头晕得厉害，一阵天旋地转，眼前一黑，就晕倒了。很明显，这是也中毒了！

陈四平立刻就炸了，抓着刘晓兵拼命摇晃，喊了好几声，但刘晓兵完全没反应了。

“他奶奶的，来人！帮我把他抬上车，大家一起去医院！”

陈四平眼睛都红了，飞一样跑出去，发动了车子，然后大家七手八脚地把刘晓兵抬上了车。于是，前面的车开路，陈四平紧随其后，两辆车先后离开了小镇，风驰电掣一般往县城开去。

第五章　无名英雄

抗联精神是龙江大地四大精神之一，我们要继承先烈遗志，发扬革命传统，将永不屈服、永不妥协的抗联精神永远延续下去。

从小镇到县医院，有五十多公里的路程，一路上两辆车都开得很快，陈四平更是急得不行。刘晓兵在车后座一直处于半昏迷状态，时而清醒，时而迷糊。按理来说，只是吸蛇毒的话，应该不至于这么严重。上午十点半左右，终于到达了县医院。因为事先已经联系好了院方，所以门口早有人在等待，一见车到了，立刻上前把王德庆和刘晓兵一起推了进去，开始急救。

大家焦急地等候在外面，眼巴巴地望着。一个随车来的中年男人走了过来问陈四平："小同志，刚才太匆忙，还没问你们的名字，是哪里人。"

"我叫陈四平，进去那个叫刘晓兵，乌伊岭老河口的。"陈四平无心跟他多说，眼睛不住瞥着不远处那扇紧闭的门。

"哦哦，我是吉阳镇民政所的，因为老人家是军属、抗联后代，又孤身一人，所以一直是我们负责照顾。这次多亏你们了，尤其是刚才那个吸蛇毒救人的小伙子，我们一定会给他申报见义勇为的。"

听到这里，陈四平才多看了他两眼，苦笑着说："我兄弟要是出了事，别说给个见义勇为，就是评烈士也没用了。”

那人笑道：“应该不至于，咱们来医院算是很及时了，而且刚才我问了，医院刚好储备了这种蛇毒的血清。”

“不是说过期了吗？”

“没有没有，保质期还有一个月呢，确保有效。”

“哦，那我就放心了。”陈四平的一颗心这才稍稍落下。

旁边一个人过来说：“这是咱们镇上民政所的郝科长。”陈四平又看了他一眼，心说难怪他这么上心，原来是民政所的，刘晓兵是民政局的实习生，他是民政所的科长，俩人还属于同一个系统的咧。

幸运的是，刘晓兵很快醒了过来，医生进行一些处置后，他就基本上没什么大碍，只是还有点儿头晕胸闷，浑身无力。

医生说，他中毒的原因很简单，吸蛇毒的时候过于用力导致牙龈出血，所以也中了蛇毒。幸好先前王德庆的伤处已经切口放血，所以残留毒素并不强，打了血清之后就没什么事了。陈四平听得一阵阵心惊，他知道医生这番话虽然轻描淡写，但实际上给人吸蛇毒是很危险的，搞不好就丢了小命。

时间又过去了半小时，刘晓兵基本上已经没事了，王德庆也醒了过来，恢复了意识。众人都彻底松了口气，于是又张罗着给俩人买吃的、买营养品，几个人分头行动，都出去了。陈四平留在病房里陪着刘晓兵。

这是一间医院特意腾出来的病房，里面只有两张病床，刘晓兵和王德庆一人一张。老爷子此时已经知道了自己被毒蛇咬之后的事情，但奇怪的是，他并没有对救他的这些人表达谢意，反倒是噘起了嘴，除了对刘晓兵多看了几眼之外，并没有半点儿表示。他甚至还转过了身子，一副气鼓鼓的样子。刘晓兵几次想开口，都没找到机会。

陈四平按捺不住了，冲王德庆说道：“我说老王头，我小哥好歹也是豁出命去救了你，你就算不说声谢谢，打个招呼总行吧？就为了给你采草药，我们差点儿让蛇给咬了！”陈四平这语气没有半点儿客气，他平常在村里就是这个脾气，平时嘻嘻哈哈的很随和，但要是翻脸，那就绝不客气。俗话说，他就是个酸脸子。

他这一嗓子喊出来，王德庆果然转过身来，阴沉着脸看着他们，闷声闷气地说："要不是你们救我，我现在就享福去了，还用得着以后天天上山，拼着这条老命没意思地活着吗？"

陈四平却是一点儿也没含糊，反唇相讥道："你要是不想活了，麻烦你在身上或者手里放个纸条，让大家都别救你，现在把你救了，你又这么说，有你这么没良心的吗？好歹一把年纪了，你不想活别人还想活呢！"

"我又没让你们救我！"

"你以为我们愿意救你？"

"你们救了我，以后我的吃喝拉撒谁管？"

"你的意思，我们还得给你养老送终呗？"

两人你一言我一语，说着说着就开始抬杠，刘晓兵拦也拦不住，只能无语苦笑。最后陈四平说了一句话："你要不是军属、抗联后代，我们还真懒得管你，你要是就这么死了，你都对不起你爹，你说你活这么大岁数，你都不知道自己到底姓啥，我都替你憋屈！"

这话一说出来，老爷子忽然不言语了，瞅了瞅陈四平，又看看刘晓兵，半晌才说："你说这话啥意思？我不是姓王吗？"

陈四平翻了个白眼："谁不知道你爹当年脑子让炮弹震伤了，就记得自己姓王，但那是他的化名，本名他早就忘了，现在你要是死了，你都找不到祖坟，活了一辈子不知道自己姓啥，你都白活了。"

刘晓兵脸沉了下来："四平，怎么说话呢？好歹这老爷子也快赶上你爷爷的岁数了。"

陈四平撇撇嘴，不再吭声了。刘晓兵带着歉意地说："老爷子，你别往心里去，我这兄弟说话心直口快，再加上刚才差点儿出事，难免火大，您别跟他一般见识。我们当时也是为了救人，没想那么多，也没指望被人感谢，你不用当回事儿。”

谁知老爷子对刘晓兵说：“没事，你让他说，我这辈子就喜欢跟我抬杠的。小子，我问问你，你说我这辈子不知道自己姓啥，白活，这我承认。可我都这个岁数了，我都没整明白我到底姓啥，你说我活着还有啥意思？”

“所以啊，我们两个就是来做这个事的，听说你老人家一辈子没弄清自己的身份，这不特意去找你，结果凑巧碰上这档子事了。”陈四平说着，他指了指刘晓兵，“喏，他就是民政局档案室的，专门负责调查抗联后代寻亲这些事，你有什么想说的，直接问他就行。”

老爷子愣愣地看着陈四平，又看看刘晓兵，忽然翻身坐了起来说：“我这辈子没儿没女，连媳妇都没娶上，但这些我都不放在心上。我一直有个心愿，就想弄明白我到底是谁！你们要是能帮我，我跪下给你们磕头都行！”老爷子身子虚弱，这动作有点儿大，差点儿没把他闪到地上。

刘晓兵也赶紧起来，扶住老人，笑着说：“只要您老人家好好配合，我们一定把这件事调查明白，让您老人家弄清楚您父亲到底叫啥。”

“好，我配合，我一定配合，但是，这件事都几十年了，连我爹都没弄明白他是谁，你们确定能搞清楚？”老爷子微微喘息着，刚才的动作幅度有点儿大，牵扯到伤口，应该是有些疼了。但他浑然不觉，只是皱了下眉头就挺过去了，然后满脸期待地看着刘晓兵。

刘晓兵点点头：“其实现在我们手里就有一个失联的抗联战士信息，七十多年过去了，也不知是牺牲了还是活着，这一次我们出来，就是为了寻找他的。”

“你们说的这个人，叫啥名？是哪儿的人？”老爷子很急切地问。

“他叫牛朝亮，是我们乌伊岭胜利村的，七十多年前他参军打仗，之后就再也没回去过。”刘晓兵叹了口气，把老牛家的事情从头到尾说了一遍。

老爷子听得很认真，尤其当他听到牛朝东今年已经八十七岁，生命即将走到尽头，还是念念不忘当年参加抗联的哥哥，眼眶不由得有点儿湿润。

他抹了抹眼睛，说："当年我爹也差不多，总是敲着脑袋跟我念叨，说自己没用，连自己是谁都记不清，老家在哪儿也想不起来，以后去了那边，连祖宗都找不见。"

刘晓兵理解他的心情，于是安慰道："老人家，您也别难过，好好想想，先前有没有什么相关的线索，哪怕只有一点点，咱们也可以试试，看看您父亲到底是不是我们要找的牛朝亮。"

老爷子也叹口气，摇头说："八成不是，我爹说话是带点儿山东口音的，应该不会是乌伊岭的。"

陈四平说："那也不一定，咱们这边很多人都是闯关东来的，听我爷爷说，我们老家就是山东莱州的。"

刘晓兵想了想说："这倒是个问题，好像先前也忘了问一问，老牛家是不是山东过来的。"

陈四平说："这个好办，不用管口音的问题，我说老爷子，您有没有您爹的照片，拿出来看看，不就知道是不是了？"

"对！照片倒是有一张，我这就回去拿。"

老爷子起身就要走，被陈四平给按住了："您可拉倒吧，您现在身体还没恢复，从这儿出去再毒发身亡，我们可解释不清，回头再把我俩抓起来。"

陈四平这嘴里就没有好词，不过还真把老爷子劝住了，但他坐在病床上也是浑身不自在，满脑子都惦记着这件事。

刘晓兵也劝道："您老别急，这几十年都等了，不差这一会儿。"

老人神情有些激动，对两人说："不是我急，你们不知道，我爹走的时候都没闭眼啊。我这些年也打听了不少人，但没有半点儿线索，因为当年他负伤的时候，整个队伍差不多都打没了，就剩了他们几个人，但大家也都只知道他的化名，不知道他本来叫什么。"

陈四平忽然想起什么，问道："按理说，部队上不应该有花名册吗？我们俩之前就见到一个，那上面姓名、籍贯什么的，写得都很清楚。"

老人叹息道：“唉，花名册早都丢了，再说那上面的名字也未必就是真的，我爹叫王保国，你说这名，一听就是后来改的啊。”

刘晓兵笑了：“这么巧，我太爷爷就叫刘保国，您别说，还真是后改的，但我太爷爷原来叫什么，我也不知道。”

陈四平也接了一句：“没错，我太爷爷叫陈抗战，我也不知道他原名叫啥。”

老人一拍大腿：“对啊，我爹活着的时候说过，他说他好像不姓王，就是死活想不起来了。”

陈四平问：“那他当年参军的时候，知道他信息的人就一个也找不到了吗？”

老人翻了个白眼：“要是能找到还至于这么费劲吗？我刚才不是说了，他们队伍都打没了，差不多全都牺牲了啊。”

刘晓兵想了想，又问：“那他当年负伤的那一仗，有没有给您讲过？如果知道具体地点或者经过，说不定也能查找到一些信息和线索。”

“这个倒是有，你们别看他不记得自己姓啥叫啥了，但是那一仗的经过，他记得可瓷实，没事儿就给我讲一遍，也是希望能刺激刺激自己的大脑，说不定能想起什么，但是很可惜，他脑子里除了最后那次战斗，别的都忘啦！”

老人目视前方，盯着窗外，思绪仿佛也回到了过去，那个战火纷飞的年代。刘晓兵倒了一杯热水，送到了老人手里说：“大爷，喝口水，慢慢说，不急。”

老人接过水，并没有喝，仍然陷入回忆中，半晌才缓缓开口：“那是一九四一年的事了，当时日伪军追捕得厉害，他们大部队已经突围，留下十几个人打掩护。为了牵制敌人，他们辗转了好几个村屯山头，一路把敌人往远处引。后来到了三月二号那天，他们在一个山坳里头被堵住了，偏赶上那天下了一场大雪，很厚，脚陷进去半天才能拔出来。他们边打边撤，好不容易出了密林，前面不远处就是山口，只要能跑出去，后面的人就不好追了。可他们没想到，敌人带了一门迫击炮，眼看快追不上了，直接一发炮弹就打过来了。因为那是开阔地，目标很明显，当时那炮弹就在他身边炸了。他跟我说，当时炮弹过来的时候，一个战友把他扑倒了，随后炮弹一炸，他脑袋嗡嗡乱响，什么声音都听不见了，什么东西也看不见了，也不知道自己负没负伤，眼前一黑就倒下了。”

病房的门被轻轻推开，陈四平也打完电话回来了，安静地坐在旁边，听老人讲述过去的故事。

“等他醒过来的时候，发现自己一身的血，那个把他扑倒的战友，身子都被炸烂了，救了他一命啊！”老人说到这里，忍不住声音哽咽，老泪纵横。刘晓兵上前轻声安慰，好一阵子老人才平静下来。

他擦了擦眼泪，说道：“从那之后，他就记不清自己是谁了，只记得自己叫王保国，老家在山东，那个救了他的战友，叫郝树林。”

“郝树林……”刘晓兵低声念叨着这个名字，又问，“那后来呢？这个郝树林追认烈士了吗？埋葬在哪儿？”

老人点头说：“烈士倒是追认了，但没人知道他家是哪儿的，就葬在山上，跟他一起的，还有其他几个一起牺牲的战士，有的知道名字，有的不知道名字。”

刘晓兵暗暗叹了口气，在档案室工作的这段日子，他查找到了太多类似的情况，可以说，在那个战火纷飞的年代里，大部分为了国家和民族捐躯的烈士，都因为无法确认身份，成了无名英雄。像老人口中所说的这种，最后还能有个墓地，已经算是很好的了。

“那他还记得其他战友的名字吗？有没有跟你说过？”刘晓兵再次问道，这个问题其实也很重要，有利于帮助确认王保国的真正身份。

老人摇摇头：“他从来没提过，唯一念叨的就是那个郝树林，他走的时候还不断地说，终于可以和战友见面了。”看来这个王保国除了自己的救命恩人，其他的人和事情几乎都已经记不清了。

陈四平插话道：“我刚才打过电话了，牛大爷家里的确也是闯关东过来的，但他说他哥哥没有山东口音，因为家里很早之前就到这边安家落户了，所以他们都是在东北出生和长大的。”

“没有山东口音，那应该就不是了吧。”老人有些失望。

刘晓兵安慰道：“大爷，您也别急，等回家找到那张照片，一比对就有答案了。”老人也只好点头答应。刚好在这时，房门被推开了，一个女医生走了进来，还带着两个护士，给两人检查了一番，让他们留院观察几天。老人一听就急了，非要回家找照片。但那医生说什么都不答应，又好言劝了老人几句，便自顾走了。老人急得连连跺脚，别看他刚才一副死都无所谓的态度，现在提起认祖寻根，他比谁都着急。

就在这时，窗外忽然传来了一阵喧闹声，刘晓兵不经意地往外一看，就见那个民政所的郝科长，带着几个人从一辆车里下来。那几个人手里拿着各种设备，还有采访的话筒。再看那辆车上面，隐约写着某某电视台。

好家伙，这是来采访他们的吗？刘晓兵顿时一个激灵：“四平，坏了，那个郝科长好像带人来采访咱们了。咱们得赶紧走。”

“走？他采访咱们，又不是来抓咱们的，你怕啥？”陈四平不以为然地说，“我倒是觉得上电视也挺好，你把这件事往外一宣传，说不定还有更多人帮我们寻找烈士呢。”

刘晓兵摇了摇头：“不行，如果大张旗鼓地宣扬出去，最后还是找不到烈士，对牛大爷一家来说只会更失望。如果这个事传出去，一帮人跑去牛大爷家成天采访，非但对事情没有帮助，反而让牛大爷一家徒增烦恼，那就更没必要了。”

陈四平不由得点了点头，刘晓兵往窗边看了看，这里虽然是二楼，但外面是个平台，跳出去很容易。于是他当机立断，从这里出去。刘晓兵对王大爷说：“大爷，为了不麻烦，我们现在得离开，您家里的照片，只能回头再说了。”

其实刚才谈了这么多，刘晓兵心里已经大概明白，这位老人的父亲王保国不大可能是失踪的牛朝亮，毕竟口音这一点就对不上。现在老人已经没有大碍，他也就放心了，要是留下接受采访，耽误时间不说，对于寻找牛朝亮也没有什么帮助。如果真的上两次电视就能找到一个失踪七十多年的人，那老牛家也不至于盼了这么多年，仍然毫无音信了。

他刚想离开，老人忽然一把抓住了他说："孩子，你们能不能去我家一趟？那张照片就放在柜子上，你们到那儿就能看见，回头要是有了消息，你们再来告诉我，那样我死也能瞑目了。你们放心，我家里什么值钱的东西都没有，我从来都不锁门的，你们尽管去就行，你们都是好孩子，大爷信得过你们。"

刘晓兵有些为难，但还是答应了老人的请求："好吧大爷，我们这就去您家一趟，如果有了消息，一定第一时间来通知您。"

说话间，走廊外的脚步声愈发近了，刘晓兵招呼了一声，便第一个从窗台跳了出去。陈四平也紧随其后。就在两人先后翻出窗户的时候，老人忽然在后面喊了一嗓子："孩子，我想起一件事，我爹虽然忘了自己是谁，但他一直记着，自己是抗联第三军第四师第一团二连的战士！"

出了医院后，两人径直回到了小镇，来到了王德庆家。这是一栋土砖结合的平房，院子里东西不多，倒是挺干净的，只是那平房显得有些破败陈旧了。老人果然没锁门。刘晓兵轻轻上前推开门，走了进去。屋子里的陈设也很简单，昏暗的光线中，很多老物件散发着淡淡的腐朽气息。陈四平捏了捏鼻子，快步来到了柜子前，目光掠过，最后定格在柜子上的一个玻璃相框上面。刘晓兵也走了过来，抬头望着玻璃相框里的一张照片。

那是一个二十几岁的年轻人，一身军装，虽然照片很模糊，年轻人身上的军装也有些松垮，但仍然掩饰不住目光中的英气，以及眸子深处透出的那股子咄咄杀意。刘晓兵知道，只有亲历过战场的人，才会有这种眼神。刘晓兵不由得肃然起敬，他整理了一下衣服，对着照片里的年轻军人鞠躬九十度，行礼致敬。陈四平见状也随之行礼。

良久，两人才缓缓起身。刘晓兵拿出手机，对着相框拍了一张照片，发给了二叔刘洪。等待了十几分钟后，刘洪打来了电话：“晓兵，刚才我去问过老牛家了，这个照片里的人不是牛朝亮。”

“好吧，其实我已经猜到了，不过这个人也很传奇，当年被炮弹震伤了脑子，就记不清自己是谁了，我想，如果有机会的话，能帮他找回身份也很有意义。”

刘晓兵在电话里把照片里这位“王保国”的情况简略介绍了一遍，又说到王德庆老人被毒蛇咬伤，现在县医院养伤。听了他的介绍，刘洪思索了片刻，才说：“这个事比寻找牛朝亮还难，好歹人家名字说得准，这个连叫什么都不知道。除了这个王保国的化名之外，其他一点儿线索都没有吗？”

刘晓兵叹口气：“当年的很多队伍都是临时拉起来的，编制也不统一，除了一些有名的战役之外，其他的烈士牺牲了都没人知道，更别提记录下来了。现在除了知道他化名王保国，救了他的战友叫郝树林，其他的一无所知。”

他刚说到这里，陈四平忽然插了一句：“对了，刚才咱们从医院走的时候，大爷说他爹是抗联哪个部队的了。”

“抗联第三军第四师第一团二连，好像是这个。”

陈四平说：“这个部队怎么好像在哪儿听过？”

刘晓兵一拍脑门：“昨天咱们到手的那个花名册！”

“花名册？咦，对啊！”陈四平也恍然大悟，瞬间想起了这件事。

刘晓兵赶忙找出了那本花名册，只见封面上赫然写着：东北抗日联军第三军第四师第一团二连全体名单。刘晓兵顿时喜悦无比，心里甭提多高兴了。天底下居然还有这么巧的事！王德庆的爹几十年找不到身份，而这本应该能证明他身份的花名册，就在相距不远的村子里藏了几十年。刘晓兵迫不及待地翻开了花名册，在里面认真地寻找起来。这花名册上其实并没有很多人，大概也就是三五页的样子，但每个人记录得都还算详细，虽然只有一行字，但写清了每个人的姓名、年龄、籍贯、住址。

他从头看到尾，终于找到了郝树林的名字，继续往下又看到了王保国的名字。当刘晓兵看到这个名字的时候，心情一下子沉重起来，心中油然升起对历史、对先辈的庄重肃穆感。他深吸了口气，和陈四平对视一眼，才继续往下看去。

王保国的名字后面除了年龄能对得上，籍贯是山东，另外还有住址之外，并没写其他的名字。这倒也是正常，毕竟用了化名之后，肯定不能再用本名了。不然的话，化名还有什么意义？包括地址那里，也只写了一个大概，并不是太详细。“山东省招远县小李家村。”这信息也很简单，总共就只有一行字。但对于刘晓兵来说，却无异于是天大的喜讯。那位老人王德庆的父亲王保国，祖籍住址是山东省招远县小李家村。有了这个线索，就可以继续调查了。

刘晓兵立即收起花名册，拉起陈四平就往外跑：“走，回医院告诉王大爷这个好消息。”

“哈哈哈，等调查清楚之后，他就不一定是王大爷啦，说不定是张大爷，也可能是李大爷。”

“管他张大爷、李大爷，只要弄清楚了，让老人无憾，让先辈在九泉含笑，这就是最大的意义。”刘晓兵快步跑到门外，正要上车，忽然就见不远处一辆车正往自己这边快速驶来。定睛一看，那车身上隐约有一行字，看不大清，似乎是电视台。

陈四平踮着脚往那边看了看，自语道：“这不会是郝科长他们吧，这咋还追到家里来了啊？”

话音刚落，那辆车就已经到了近前。车门打开，第一个从车里下来的人，让刘晓兵大感意外。不是郝科长，也不是电视台的人，而是王德庆王大爷。

“孩子，我有个好消息要告诉你们！”

刘晓兵不由得一愣，随后也上前笑着说道：“大爷，我们也有个好消息要告诉您！”

说着，刘晓兵举起了手里的那本花名册，笑着说：“真是太巧了，我们昨天刚刚得到这个，就是抗联第三军第四师第一团二连的花名册，里面刚好有您父亲王保国的信息，连籍贯、住址都有。”

王德庆顿时睁大了眼睛，喜出望外，连忙看着花名册上面刘晓兵所指的位置。他激动得整个人都有点儿发抖，一个字一个字地读着上面的字，最后目光停留在“小李家村”，久久凝视。

郝科长也下了车，后面跟着三个电视台的人，他快步走过来，神情无奈地说：“你们两个怎么走了？这是咱们县里电视台的，听说你们救人的事之后，就想……”

刘晓兵摆了摆手：“郝科长，你不用说了，我就是怕这个才跑的，我们救人只是举手之劳，也不想弄得那么高调，你可千万别弄这些。”

陈四平也说：“如果你们说的好消息就是这个，那就免了吧，我们俩压根儿就不想上电视。”

郝科长有些为难：“你看，电视台的同志都来了，而且县里知道这件事之后，十分肯定你们这种救人的精神，还要给你们申报一个见义勇为奖。”

两人一个劲儿摇头拒绝，电视台的记者也说：“我们不会占用太多时间，就简单说一说过程吧。”

刘晓兵还是不肯，忽然，王大爷把目光从花名册上移开，一把抓住了那个记者：“记者同志啊，你能不能帮我找找我爹？啊，不对，找找这个小李家村，山东招远的……”王德庆老人有些语无伦次了，记者更是一头雾水，于是刘晓兵便耐心地把这件事的前后经过讲了一遍。然后告诉记者，如果他们能帮助老人找到父亲的祖籍，找回自己的身份，这件事不但有话题性，而且十分有意义。

不得不说，一切都是最好的安排，刚才刘晓兵从医院逃跑的时候，也没想到会有这么一出，此时却刚好可以借着电视台，来为老人寻亲。那记者听了刘晓兵的话，又看了看那本花名册，顿时意识到，这是一个极具话题性和社会性的新闻，可以做成一个系列，跟踪报道，而且还可以向上级申请，远赴山东，为老人寻亲。于是，记者立刻转过头，吩咐摄像机准备，拿起话筒，开始采访。记者的采访用了一个小时才结束，王德庆也差不多把自己心里的故事都讲了出来，这几十年老人憋屈坏了，这次一口气说出来，心里别提多畅快了。

记者对着摄像机说："观众朋友们，抗联精神是龙江大地四大精神之一，我们今天的幸福生活是无数革命先烈用鲜血和生命换来的，我们要继承先烈遗志，发扬革命传统，将永不屈服、永不妥协的抗联精神永远延续下去。刚刚这位王德庆老人所讲述的，他的父亲在战争年代负伤遗忘身份的事情，本台也将持续跟踪报道。为革命先辈寻根，为抗联战士寻亲，这也是我们义不容辞的责任。"

记者一番话说得慷慨激昂，目光里充满了信念。采访结束后，记者拉着刘晓兵的手连连道谢，一是感谢他见义勇为，二是感谢他坚持帮助抗联战士寻亲，三是感谢他低调做事不为名利。

刘晓兵也挺高兴当地电视台能愿意接下这件事，对于王德庆老人来说，简直就是喜从天降。而且，郝科长亲口承诺，这件事民政所也会一直负责，帮助老人找到家乡，找回身份。刘晓兵和陈四平满心欢喜地准备离开，出发前，他们还要去感谢一个人：霞姐。

刘晓兵和陈四平去买了些礼品，赶到了霞姐家里。霞姐的家有一个面积不大的小院子，收拾得很规整，摆了很多绿植，墙角的爬山虎枝叶满墙，绿意盎然，生机勃勃。见他们到来，霞姐赶忙将他们迎了进去。一间干净的房间里，俩人见到了霞姐的父亲——一位身材高大的老人——抗美援朝老兵许士光。这位老人看起来很虚弱，也很消瘦，两颊塌陷，面色黯淡，微微合眼养神，胸膛缓缓起伏，气息显得也有些虚浮。

刘晓兵轻轻把礼品放下，霞姐小心翼翼地对老人说："爸，这是咱市里民政局的同志，过来看你了。"她喊了几声，老人才缓缓睁开眼睛，看了刘晓兵他们一眼，却没说话，眼睛闪过一丝疑惑。

刘晓兵也赶忙说："老人家，打扰您休息了，我们是来探望您的。"

陈四平插了一句："对，我们是市民政局的，这次组织派我们过来，是因为市里有一个'情系老兵送温暖'的活动，您是大功臣，是我们年轻人学习的楷模啊！"

老人浑浊的眼眸里有了一丝神采，慢慢舒展出一个笑容，费力地对着两人抬了抬手。他应该是想要打个招呼，但虚弱的身体不允许他做出更多的动作，只这一个抬手，似乎就已经耗去了他很多力气。他张了张嘴，喉咙里发出了一个模糊不清的声音，听不出想要表达什么。

霞姐赶忙说："他说的是谢谢，唉，这些年都是如此，自从那弹片卡在那里，说话越来越不清楚，最近这几年几乎没法说话了。"

"这么严重？"刘晓兵不由愕然，神情也严肃起来。

许士光已经八十九岁高龄，身体各项机能退化都是正常的。霞姐说他因为体内弹片导致无法说话，她说这番话的语气听起来很平静，但刘晓兵知道，那必然是很痛苦的漫长折磨。

"不能手术吗？"陈四平问道。

霞姐为难地摇了摇头，然后看了自己父亲一眼，便悄悄喊两人走出了房间。之前霞姐就已经说过，她的父亲一九五三年从抗美援朝战场回来，身上好几块弹片，差点儿就牺牲了。回来之后，大大小小的手术做了好几次，到现在还有一块弹片没取出来。那弹片的位置距离脊椎太近，一不小心就会瘫痪，所以一直没敢取。

当时刘晓兵没想到情况会这么严重，现在看到许士光老人才知道，原来受那弹片的影响，他竟已无法说话了。还有，看老人一直躺着，全程都没动，刘晓兵猜测，老人实际上已经行动吃力，甚至就在瘫痪的边缘了。

果然，霞姐走出来后，对两人说："唉，有些话我不敢当着他的面说，实际上，这几年他不但不能说话，走路也越来越吃力。要不是我每天坚持帮他按摩，估计早都……"

刘晓兵严肃地说："医生怎么讲？那弹片真的无法取出吗？还是因为手

术费的问题？现在是什么程度了？”

霞姐叹口气说：“手术费确实是个问题，我们兄弟姊妹一共五个，我是最小的，条件还算可以，其他几个哥哥姐姐也都过得紧巴巴的，而这样的手术，需要的费用几乎想都不敢想。不过之前镇里也说过，只要能做手术取了弹片，这个费用他们可以给出一部分。所以，应该是能凑齐的。”

陈四平说：“既然这样，那还犹豫什么呢？不管能不能取出来，总得试一试啊。”

霞姐面露难色：“主要是医生说了，这块弹片就在第一颈椎和第二颈椎之间，跟大脑和脊髓非常近，周围布满了连接大脑的血管和神经，这几十年来，他一直不能正常说话，尤其是最近这些年越来越严重，就是因为弹片压迫了血管和神经。不仅这样，从今年初，他就时常昏迷，还有进食也开始受到影响了。”

刘晓兵蹙起了眉头，这么大年龄的老人，如果进食困难，那身体很快就会出现各种状况，恐怕撑不了多久。

霞姐继续说：“我们前些年也去过市里的医院，省城也去过，但都是因为风险太大，不得不放弃手术治疗。后来我们也劝过他，不行就再去别的地方试试，但他说，他都这么大年纪了，也够本了，就别浪费钱了。”说着，霞姐的声音有些哽咽起来。

刘晓兵也沉默了，他左思右想了片刻，才对霞姐说：“姐，你别着急，我来帮你想想办法。”

刘晓兵想了半天，终于想起一个人来，或许会给霞姐家里的事情帮上忙。医院方面他并没有什么熟人，但他有一个大学毕业后去了报社工作的女同学，名字叫林鸿雁，应该有这方面的门路。他来到外面，给林鸿雁打了个电话。片刻之后，电话接通，一个脆生生的声音从另一端传来：“哎呀，今天怎么想起给我打电话了，老同学，最近挺好呀？”

林鸿雁从上学的时候就是这个风风火火的性格，人很开朗，说话就跟机关枪一样快，又像百灵鸟似的好听。两人的关系一直不错，就是毕业之后大家各奔前程，平时又都很忙，算起来已经有大半年没联系了。

刘晓兵笑着说：“我也不敢给你打电话呀，听说你在报社已经是大红人了，上班刚一年多，不但转正了，还做了一个栏目的副主编，这简直就是坐着火箭升职啊！”

林鸿雁扑哧一笑：“都老同学了，别跟我来这套啊，吹捧我没有用，回头整点儿实惠的，啥时候请我吃饭？”

刘晓兵：“没问题，等我忙完这段时间，得空就去哈尔滨一趟，请你吃俄罗斯大餐。”

林鸿雁：“得了吧，咱还是吃中华美食吧，铁锅炖大鹅咋样？”

刘晓兵：“那你就得等冬天了，炖大鹅的话，不下雪没有灵魂啊。”

林鸿雁：“哈哈哈，你说得对！行了，别闲扯了，有啥事找我，说吧。”

刘晓兵便一五一十地把自己帮老牛家寻亲的事说了一遍，然后提起了霞姐一家。听到霞姐的父亲是名抗美援朝老兵，因为弹片卡在身体里几十年，导致一系列身体状况，林鸿雁的语气也慢慢严肃起来。

“你看，你在哈尔滨有没有认识的权威专家，针对许爷爷这种情况，搞个专家会诊，帮助他老人家减轻痛苦？”

“我得想想，先找朋友问一问，了解一下，毕竟老人家八十九岁了，手术风险真的很大。这边一有消息，我第一时间通知你，咱们一起把这件事接下来，努力帮老人家减轻痛苦，这也是很有意义的事情。”

说到这里，两人又简单聊了几句，便挂断了电话。林鸿雁的态度让刘晓兵心里有了谱，于是便把这个消息告诉了霞姐。

霞姐不住地感谢。不过手术的事情急不得，也不是这一两天就能解决的。两人和霞姐聊了一会儿，便准备告别离开。霞姐听说刘晓兵他们要去许家窝棚，忽然惊喜道：“你们要去许家窝棚？那是我老家呀！”

“你老家？”刘晓兵两人异口同声，同时露出了喜悦的神色。

“你们打听那个牛朝亮烈士，我去给你们问问我爸，你们把情况跟他说说，他十多岁就在部队里头，说不定能知道！”说着，霞姐便带着两人重新回到了屋子里。

霞姐倒了一杯水，慢慢扶老人起身，又小心地喂老人喝了些水。看着老人精神略好，霞姐才低声说道：“爸，这两位小同志来咱们家，一是看望您，二是有件事，想请您帮忙。他们正在帮一家烈属寻找亲人，七十多年前，一位名叫牛朝亮的抗联战士和家人失去联系，至今毫无音信。所以，他们想问问您，有没有听说过这个人？”

老人毕竟年岁大了，反应有些迟钝，在霞姐说完后，他思索半晌，眼神里慢慢浮现出一丝神采：“……牛……”他费力地说出了一个牛字，后面的字就模糊不清了。刘晓兵一脸尴尬地看向霞姐，等着她翻译。

霞姐冲他们一笑：“他刚才说，他还真的认识一个姓牛的，但是叫什么名字，他记不清了。”

刘晓兵眼前一亮：“真的？那太好了，老人家，我们要找的那位抗联战士叫牛朝亮，他家就是咱伊春的，住在乌伊岭老河口。”

老人摇了摇头，似乎努力回忆了一阵，又比画了几下，嗓子里含糊地说了两句话。

霞姐照例给翻译：“他说，时间太久远了，想不起来名字，更不知道那人是哪儿的，不过，他说那人有个特征，他记忆深刻。”

“什么特征？”陈四平忙追问。

老人一边回忆，一边在自己的脸上指了指，做了个手势，说了两个字。这一次，刘晓兵和陈四平两个人，都听出了老人说的是什么——“胎记”。他指的地方，是自己的右侧脸颊，偏向耳后的地方。他做的手势，大概是鸡蛋那么大的一块儿，然后又含糊不清地说了几句话。

霞姐说：“他说，那时候他才十多岁，就加入了抗联队伍，可惜没过半年队伍就打散了，那时候他们有几十个人，其中就有这个姓牛的，大高个，人挺好的，还会拉二胡。后来队伍散了，他就回了老家，直到一九五〇年又去报名参加了抗美援朝。”

刘晓兵赶紧把这些特征一一记下，陈四平会意，马上出去打电话了。这个时候，老人有些乏累了，说了太多话，已经微微喘息。

“老人家，这些信息我都记下了，您不用说太多话，刚刚我联系了省城的朋友，那边正在给您找专家，一起研究下手术的问题，争取早点儿把您体内的那块弹片取出来。”刘晓兵拉着老人的手轻声安慰，老人有些激动，眼眶湿润了，手也微微颤抖，不住地点着头。

“对上了，对上了，没错，就是牛朝亮！”陈四平一脸兴奋，眉飞色舞地边跑边说。

“啊，那太好了，终于有线索了！”刘晓兵乐坏了，心想要不是自己一念之差，想来看看这位老兵，这个线索就错过了。

霞姐也很高兴：“哎呀，这可真是天大的缘分，没想到我家老爷子居然认识那个牛朝亮！”

刘晓兵自然更是开心，于是赶忙又问许士光：“老人家，您刚才说的那个姓牛的抗联战士，就是我们要找的牛朝亮。您再好好想想，后来他去了哪里？是牺牲了，还是转战到别的地方去了？”

老人又努力回忆了半天，对着刘晓兵摇了摇头，含糊不清地说了几句话。霞姐凑过来仔细听了听，便说：“他说他也不知道，后来队伍散开，一部分去了苏联，一部分分成好多游击队，留下打伏击。他因为年龄小，没法一直跟着部队，只得回家。所以那个牛朝亮是牺牲了还是活着，他也不知道。但可以肯定的是，他回家的时候，牛朝亮肯定没牺牲。”

刘晓兵问：“那老人家当年从抗联回家的时候，大概是哪年的事情？”

这次不等老人回答，霞姐以十分肯定的语气说：“这个我知道，他回家的时候是一九四一年的九月，当时他已经在游击队待了一阵子，后来战斗条件越来越艰苦，上级就让他回家了，他开始还不肯，硬被赶回来的。为这，他这辈子跟我们念叨了不下一百次。”

刘晓兵不由笑了起来：“一九四一年的九月，老人家记得这么清楚？”

霞姐点点头：“没错，因为那时候家里开始秋收了，部队赶他回家，刚好收庄稼，所以不会记错。”

刘晓兵嗯了一声，拿出了自己在档案馆找到的那份资料。上面清晰地写着：……一九四一年……吕文军、赵卫东、陈学礼、牛朝亮等十三人小分队，活动在石人沟、朝阳岭、许家窝棚、碾子营、鞑子屯一带……坚持游击斗争数月，击毙击伤日伪军八十余人。这也就是说，一九四一年牛朝亮所在的游击队坚持斗争数月，一直到同年九月份许士光回家的时候，牛朝亮还没牺牲。

刘晓兵想了想，又问：“老人家，您当年跟牛朝亮是一个游击队的吗？”

老人摇了摇头，说了两句话。霞姐翻译道：“他说他当年是三分队的，那个牛朝亮是二分队的，但是大家离得不远，也偶尔会见面，所以才知道他没牺牲。”

刘晓兵点点头，看来这次的线索，估计也就这么多了。但不管怎么说，知道了牛朝亮在一九四一年九月的时候还没牺牲，这就能为后面的寻找提供很大的帮助。说不定真的如他所说，牛朝亮在战场活了下来，隐姓埋名，平淡度过一生。忽然，老人像是想起了什么似的，坐起身来，大声说了句什么，神情也有些激动起来。

霞姐赶忙凑过去听，然后对刘晓兵说：“他刚才说，他想起来了，一九四一年他回家的时候，三分队就剩下十一个人了，二分队也只剩下五个人，其中就有牛朝亮。当时他们会合在一起，说要去找第三路军，打算一起往苏联撤，他本来也想跟着去，但是这一路太危险，要走的都是深山老林，还有敌人围追堵截，所以，他才会被赶回家。”

两个分队一共就剩下十几个人，一起撤往苏联？刘晓兵和陈四平对视一眼——新的线索又有了！

第六章　一支钢笔

七十多年前烈士在此牺牲，竟长眠于此大半个世纪，今天终于得见天日。如今这火红的太阳映照着大地，岂不刚好象征着烈士的鲜血染红了大地，又鲜艳了今天的色彩？

许士光老人体内的弹片问题，不是短时间能解决的，而寻找牛朝亮出现了新的线索，他有可能跟随部队前去寻找第三路军，一起撤往苏联。

刘晓兵忽然想起来，自己在资料里看过，第三路军当年并没有全部撤入苏联，而是留下了第三支队打游击，转战大兴安岭。那时候，由于部队减员严重，第三路军进行了缩编，曾经的第三、六、九、十一军，重新编成了第三支队、第六支队、第九支队，还有第十二支队。其中，第三支队就是由第三军和第六军各一部改编而成。而牛朝亮他们所在的小分队，就是归第三军管辖。也就是说，如果牛朝亮等人和大部队会合，那么极有可能跟随第三支队转战大兴安岭，而不是进入苏联。

“四平，我想咱们恐怕得找党史研究部门，再调取一些资料了。”刘晓兵摸着下巴，思索着说。

陈四平一摊手：“这事你不用跟我说，反正我也不认识你说的啥党史部门，你看着办就行。”

“嗯，得找党史部门，找一些关于第三支队的资料。另外，咱们恐怕不能继续往鹤岗去了，按照许老所说，咱们现在应该去五大连池、朝阳山的抗联根据地。”

陈四平说：“要去那里的话，我建议咱们不如坐火车。”

刘晓兵说：“别胡扯，咱们乌伊岭全天一共就一趟火车，还是去哈尔滨的，哪来的去五大连池的火车？就算坐客车，那也得先去伊春，然后转车到北安，再从北安到五大连池，还不够折腾的。”

陈四平挠了挠头说：“也对，我差点儿忘了，咱们乌伊岭的火车站每天就一趟车。这样说的话，咱们啥时候出发？”

刘晓兵看了看时间，说：“现在这个时间，今天肯定赶不到伊春了，咱们可以先到新青住一宿，明天早点儿出发，上午到伊春，然后去党史部门查找一些资料，后天再去五大连池。”

两人商议妥当，于是便离开了吉阳镇，驱车赶往新青。新青是伊春的一个市辖区，位于小兴安岭腹地，北与汤旺县相邻，东部与嘉荫县和鹤岗市接壤。不过因为行政区划的调整，有消息称二〇一九年新青区将要和五营区、红星区合并。下午四点，两人到达了新青。还没等进入街道，远远就看见在道路一侧，聚集了很多人，围在那里看热闹，似乎还拉了警戒线，还有一些警察在维持秩序。

陈四平向来好热闹，探头往那边看了半天，对刘晓兵说：“我猜那边应该是出车祸了，估计事故还不小，你看那儿少说围了上百人啊。”

刘晓兵打量了一阵，疑惑道：“按理来说不应该啊，这地方车少人少，就算是出事故，也不可能这么严重。而且你看那边，好像是个垃圾转运站。”两人说着话来到了区政府不远处的一个宾馆，便打算在这里住下。在前台登记的时候，门外走进来七八个人，一边商量着什么事，一边也来到了前台。其中有一个人，打量了刘晓兵两眼，忽然冲他喊道：“咦，你是晓兵吧？”

刘晓兵听见有人喊他，回头一看，只见对方是个三十岁左右的男人，相貌端正，戴着一副黑框眼镜，有些面熟，再一想，他恍然一拍脑门：“哎呀，是杨秘书长，好巧啊！”

那人笑着伸手过来：“是啊，好巧好巧，你今天怎么没上班，来这里是探亲还是旅游？”

两人握了握手，刘晓兵笑着说：“不是探亲，也不是旅游，我们是路过。四平，给你介绍一下，这位是党史研究会的杨勇，杨秘书长。”

双方简单寒暄了两句，杨秘书长便说：“我还以为你们也是为了烈士遗骨的事情来的呢。”

“烈士遗骨？”刘晓兵微微一愣，随后问道，“什么情况？什么烈士遗骨？”

杨秘书长说：“刚才进来的时候，你们没看见？昨天垃圾转运站整修，在地下挖出了人的骨头，本来以为牵扯到了什么凶杀案子，结果你猜怎么着？”

“结果怎么了？挖出来的是烈士遗骨？”

“应该是的，但目前还不能完全确定，他们从地下挖出了一枚抗联战士的五星帽徽。”

“抗联战士的五星帽徽？”刘晓兵和陈四平两人同时吃了一惊。

杨秘书长面色凝重地点点头：“是的，这个消息是今天中午报上去的，得知这件事之后，我们党史研究会，加上一些地方领导，第一时间开会研究，下午就赶过来了。现在现场已经保护起来，按照计划，明天早上七点，就正式开始挖掘工作。”

刘晓兵说：“杨秘书长，根据你的经验，你觉得这里是抗联烈士牺牲后的墓地，还是某场战斗的遗址？”

杨秘书长说：“现在还不能确定，如果是墓地的话，按理说当地应该有记载，但是这么多年以来那里一直是荒地，没有开发利用，附近不远就是一处垃圾场。所以，我觉得是战斗遗址的可能性比较大。”

陈四平想了想说：“这样说来，这场战斗的规模应该不大，不然应该也会有记载。”

刘晓兵摇摇头：“那也未必，过去大大小小的战斗太多了，除了一些比较有名的，基本都没有什么详细记载。”

几个人说着话，前台那边已经把房间开好，于是杨秘书长便要带刘晓兵和陈四平，和其他几个人见面认识。不过刘晓兵婉言拒绝了，他这才把自己此行的目的说了出来，杨秘书长一听也是颇为惊讶，对他们两个好一番称赞。刘晓兵怕的就是这个，他说自己这次并不是官方行为，完全是个人意愿，属于志愿者的性质，所以，就没必要抛头露面了，太高调反而不好。杨秘书长比较认同他的想法，也就没有勉强他们，双方打了招呼，约定明天一早见面。

回到房间后，刘晓兵躺在床上，只觉身体乏累，疲倦得很。不得不说，今天的经历实在是太丰富了。刘晓兵都忘了自己体内应该还有残余毒素，这一躺下，身体立刻开始抗议了。

陈四平找到开水壶，烧了满满一大壶热水，说道：“待会儿你多喝水吧，加快一下新陈代谢，排排蛇毒。”

看着刘晓兵疲惫的样子，陈四平端着水杯过来，撇着嘴说：“你今天不是挺勇敢的嘛，咋现在㞞了？你也老大不小的了，能不能做事想想后果？要是今天那蛇毒再厉害点儿，你小命都没了。”

刘晓兵苦笑道：“没办法，当时也是情况紧急，咱总不能眼睁睁看着不管。不过，今天多亏你了，要不是你，我就被毒蛇咬了。”

陈四平一挥手：“你跟我客气个屁，要不是你带我出来，现在我还在家跟我爷爷守墓呢。再说，我还等着这趟任务完成，你帮我在城里联系个工作呢。”

刘晓兵笑骂：“你能不能不要这么简单粗暴，给烈士守墓多光荣呀！”

陈四平撇撇嘴：“得了吧，说出去是光荣，谁遭罪谁知道。咳咳，这个话你可千万别往外说啊，好歹咱也得维护一下咱这光荣形象。”

“呸，就你这思想觉悟，你还想要光荣形象？想让我帮你联系工作也可以，你先把自己这个想法转变转变，小同志。”刘晓兵说着接过了水杯，慢慢地喝了起来。

陈四平龇牙一笑：“行了行了，我这不是跟你开玩笑嘛，老同志。哎，你说，今天挖出的五星帽徽，还有人体遗骨这件事，会不会跟牛朝亮有关？”

刘晓兵白了他一眼：“哪有这么凑巧的？不过，我觉得挖出遗骨之后，如果有随身物品，确认身份应该不难，而且还可以提取 DNA，到时候就知道他是不是牛朝亮了。万一下面挖出一大片遗骨，才是轰动新闻呢。”

“别管轰不轰动了，你先把水喝了，多喝点儿，我出去给你买药去。不然回头你要是有个三长两短，估计你也能轰动一下子。”陈四平盯着刘晓兵喝下去几大杯水，这才放心，然后便独自下楼去给他买药去了。

通常来讲，被毒蛇咬了是没有什么特效药的，打血清是最好的办法，不过刘晓兵只是帮人吸蛇毒，血清也打过了，所以他现在身体里只是有一些残余毒素，只要吃些常规的消炎药就可以了。看着陈四平出门，刘晓兵打心底里庆幸，多亏这次出来带上了他，不然很多问题自己都没办法搞定。刘晓兵知道，陈四平只是嘴上说不愿意留下守墓，其实他是个很孝顺的孩子，这几年一直陪着他爷爷守墓，但年轻人难免向往外面的世界，平时他爷爷又管得严，所以叛逆一点儿也正常。

时间一点点过去，刘晓兵盯着天花板，回想着这一天的经历，想着王德庆能不能顺利找回自己的身份，找到父亲的老家；想着许士光老人，能不能挨到顺利手术的那一天；想着牛爷爷，在离开这个世界之前，是否能等到亲人的消息。他又拿出了那本花名册，目光停留在上面，一行一行地认真看着。这本花名册上的抗联战士们，会不会还有人在世呢？

房间里很安静，窗外偶尔有汽车驶过，一盏路灯的光映在窗帘上。刘晓兵来到窗前，轻轻拉开窗帘，打量着这座小镇。小镇虽然不大，却很干净整齐，一排排路灯，一座座建筑，并没有大城市的车水马龙、七彩霓虹，却显得静谧又安逸。他缓缓舒出口气，看了看手里的花名册，喃喃低语："前辈们，你们看，这就是你们用鲜血和生命换来的和平生活，用青春和信仰换来的国泰民安。"

第二天，刘晓兵起了个大早，拉上陈四平一块儿前往挖掘现场。杨秘书长等人也早已来到了现场，关于烈士遗骨的挖掘保护工作在有条不紊地进行着。天空云层低垂，显得有些压抑，四下里围着很多群众，却没人喧哗，现场安静肃穆，每个人的脸上，都带着一种殷切的期盼。

刘晓兵站在人群里，看着那些工作人员将一块块尸骨挖出，再小心翼翼地清理着尸骨周边的泥土。一顶军帽已经出土，就摆在一旁的空地上，旁边还有几片衣服的残片，以及几枚扣子。由于年深日久，这些遗骨比较分散，并不是完整的骨架，所以暂时还无法确定这里到底埋了多少人。挖掘工作很枯燥，但也让人充满了期待。现场的几位工作人员每挖出一块遗骨，都要认真辨认，然后分类归放。

两个小时很快过去了，围观的人们换了一批又一批。刘晓兵和陈四平全程都在现场，等待着这深埋在土层里的真相快些浮出水面。还有一些年逾古稀的老人，也一直焦急地盼望着，有不少人都眼含泪花，嘴唇翕动。很显然，这些老人对那个特殊年代有着更多的共情。

刘晓兵目光移动，从挖掘现场看向远处，是一望无垠的原野。此时刚好是初春，北国大地刚刚复苏，还没有开始种庄稼，远远看去，这一片原野依然荒芜。可是刘晓兵知道，过不了多久，这里就会是一片春耕景象，人们翻地、播种、施肥，然后绿油油的禾苗就会钻出土层，给大地带来一片生机。

这时，挖掘工作已经慢慢到了尾声，一具人体遗骨开始呈现在人们面前，再加上那些衣服残片、扣子、军帽，和前一天出土的五星帽徽，这些联系在一起，答案已经呼之欲出。忽然，一位工作人员双手捧出一支钢笔，拂去了上面的残土，仔细辨认片刻，便抬起头，声音颤抖地喊道："找到线索了！找到线索了！"顿时现场一片哗然！关于此次的发掘工作，市里面极为重视。

专门组织了相关的专家前来，要求务必要确认烈士的身份、归属。杨秘书长作为现场专家之一，赶快走了过去，激动地问："怎么样，这钢笔上面有什么？"

只见钢笔上面有着一行模糊的字迹，虽然被深埋在土层里多年，但依稀可以辨认得清。"赠吕文军同志，赵尚志。"杨秘书长的声音很轻，但现场每一个人都清晰地听见了这短短的几个字。吕文军，竟然是吕文军同志的遗骨！短暂的震惊和沉默后，不知是谁喊了一嗓子："我的天，这应该就是咱们抗联第三军战斗英雄吕文军连长的遗骨！"

吕文军的名字可能很多人并不知晓，但这位抗联第三军的连长可是一位有名的战斗英雄。根据史料记载，他在一九四一年的一次突围战中牺牲了。可惜的是关于他牺牲后到底葬在了哪里，因为当时太过混乱，跟着他的战士们也都牺牲了，以至于无处可考。只是在一些资料记载里，有着只言片语。

"这真是吕文军烈士的遗骨？"一位老人激动地小跑了过来，声音都在颤抖着。他看着这破旧的钢笔上的几个字，一时间老泪纵横，"扑通"一下子就跪在了地上，对着被挖掘出来的遗骨号啕大哭："亲人啊，我可算是找着你了啊！"

声声泣血的哭声，让在场所有人不由得默然垂泪。这位老人是党史研究会的一位成员，名叫吕卫国，而战斗英雄吕文军便是这位老人的大伯。吕家三兄弟，老大吕文军牺牲在了一九四一年。老二吕文荣先是随着抗联撤往苏联，后来归国参加了平津战役，又参加了抗美援朝，随后卸甲归田、隐姓埋名，将自己战斗英雄的身份和军功章藏起来，默默地在偏远的地方为地方建设奉献了大半辈子。直至前些年，为了孙子能够当兵的事情，他才着急地拿着自己的军功章，到武装部为孙子请命从军。老人吕卫国，是三兄弟中老三吕文兵的儿子。

吕文军的遗骨一直无法确定在哪里，吕家一直苦苦寻找。后来，吕卫国加入了党史研究会，想要在浩瀚的史料中查找线索，寻找到大伯的遗骨。前些年吕文荣、吕文兵相继去世，两位老人最大的遗憾就是穷极一生，却始终没有找到大哥的遗骨。带着这份遗憾，两位老人不甘地闭上了眼。如今，大伯的遗骨找到了，这如何不让吕卫国老泪纵横？

杨秘书长也是眼含热泪，扼腕长叹：“唉，真是想不到，我们的前辈，我们的先烈，我们的战斗英雄，牺牲后竟然会埋骨在这样一个地方，后人有愧呀！”遗骨的身份初步已经确认，下一步还要经过专业检测，才能最终认定。

刘晓兵听到“吕文军”三个字，浑身的细胞都随之喜悦跳动了起来。因为档案里可是写了，吕文军带领着牛朝亮等人组成的战斗小组就活动在这一带！吕文军的遗骨找到了，意味着牛朝亮也快找到了！

“陈四平！”刘晓兵这一嗓子吓得陈四平一个哆嗦。还没等陈四平闹明白怎么回事儿，刘晓兵已经一个箭步上前，一把就抱住了他，拍着他的肩膀，不住哈哈大笑：“四平啊！你可真是福星啊！你这张嘴不去做算命的忽悠人，那真就是浪费了啊！昨天晚上你刚说这遗骨可能和牛朝亮有关，居然就真有关啊！”

陈四平也高兴起来：“既然这样，那咱们是不是能通过吕文军的线索，找到牛朝亮了？”

刘晓兵兴奋地点了点头：“别急，再等等看，现在挖掘工作还没结束，说不定其他人也能挖出来！”

挖掘工作一直进行到了下午三点多，才算进入收尾阶段。让刘晓兵多少有点儿失望的是，这里只有一具遗骸，并没有其他人埋葬在这里。现场的每一个工作人员都很细心，力争把每一块细小的骨头都收集起来，甚至连一片衣服碎片都不放过。

经过一番努力，最后在原地凑成了一具完整的遗骸。本就破烂的军装，早已被岁月腐蚀成了无数碎片。脚上的一双鞋子，也几乎辨认不清。杨秘书长面色肃穆，取出那枚红色五星帽徽，轻轻地放在了遗骸之上。尽管七十余载岁月沧桑，遗骸的身份已无法辨认，军装也已化成残破碎片，但这一枚褪了色的五星帽徽，依旧完整，并且证明了他的身份。

现场所有人肃立，对着遗骸默哀致礼。虽然烈士已去，但英魂常在！刘晓兵和陈四平也在其中，他们望着这极可能是吕文军的遗骨，心中百感交集。片刻后，有工作人员将遗骸和所有出土的衣服物品按规定装送上车，送往指定地点进一步检测确认身份。如果确定这真的就是吕文军，那么下一步党史和文物部门，还需要对他牺牲的原因、生前战斗的经过进行调查研究。

现场的人员逐一撤走，围观的人群也慢慢散去。杨秘书长和刘晓兵说道："现在的初步工作已经完成，接下来还有很长的研究工作要做，我想，你们寻找牛朝亮的过程，恐怕也会很漫长，很艰难。"

刘晓兵叹了口气："是啊，这不是一朝一夕能完成的，不过我们必须加快速度，毕竟那位牛爷爷等不了太长时间了。"

陈四平问杨秘书长："对了，现在挖到的那支钢笔，应该还证明不了他的身份吧？"

"初步是可以认定的，但还要经过一系列的调查，看有没有什么新的证据，毕竟我们做研究工作，讲究的就是一个严谨，尤其是事关先烈，更是马虎不得，务须求真求实。"

杨秘书长的话让陈四平有点儿挠头，想了想说："吕文军带着一个战斗小队，现在他自己牺牲在了这里，那其他人应该也不远了。"

刘晓兵点点头："是的，找到吕文军，其他人应该就不远了。杨秘书长，我觉得咱们可以在这里做一番调查，寻访一些老人，再找一找当地的档案史料，争取早点儿真相大白。"

杨秘书长有些无奈地说："这些工作都是要做的，但现在我们得先对遗骨进行专业的检测，比如年龄、性别、埋入地下的时间，还有死亡原因，这些也都是核实身份的重要一环。我们人手不足，工作周期可能会长一些。"

"这样的话不如我们分头行动，你们去做遗骨的检测调查核实，我和四平留在这儿，不管能不能找到线索，好歹先试一试。就算没啥结果，起码也能给你们的工作做一做铺垫。"

刘晓兵主动提出这个请求，这让杨秘书长很是高兴：“那太好了，晓兵，你这可是帮了我们的大忙啊。不过你也知道，研究会也没啥经费，如果有什么需要用钱的地方，你跟我说，我尽量争取。”

“没关系，啥经费不经费的，烈士们抛头颅洒热血，连命都不要了，咱还能差那点儿钱？”刘晓兵也笑着说。

杨秘书长赞许地拍了拍他的肩膀，又嘱咐他和陈四平一旦有线索，马上跟他联系，所有和这件事相关的，党史研究会都可以全力支持。这时，吕卫国也走了过来，他已经得知了刘晓兵和陈四平的身份，知道他们是在为烈士寻亲，也是由衷地钦佩和赞赏。他说，不管遗骨认定结果是不是吕文军，都一定是和吕文军有关系的人，无论是牛朝亮，还是吕文军战斗小队的其他成员，通过那支钢笔说不定就能找出很多埋藏在历史中的故事。所以，双方接下来可以进行联合调查，等遗骨认定结果出来后，他们也可以一同来帮忙寻找牛朝亮。

听了这番话，尤其是有了党史研究会做后盾，刘晓兵的信心增加不少。他知道，党史研究会里面最不缺的就是各种专家、学者，谈起抗联的事情，他们都门儿清着呢。所以，寻找牛朝亮的事情，如果得到党史研究会的助力，这是一件大好事。

杨秘书长等人离去后，有人把挖掘现场保护了起来，据说当地政府已经在考虑，一旦确认这里是烈士的埋骨地，那么将会在这里立一座碑，以此纪念。

刘晓兵和陈四平两人最后对着那遗骸的埋骨地注视片刻，心中暗暗祈祷，祈祷让烈士的英魂保佑早点儿找到牛朝亮。随后两人也离开了现场，回到宾馆，开始研究下一步的计划。

刘晓兵的意见是先去当地民政部门寻找一些相关资料，再通过走访当地老人，一定能找到有用的信息。

陈四平躺在床上琢磨了一会儿，忽然起身，凑到刘晓兵身边说：“对了，我有一个好主意。”

“啥好主意？”

“我听说，人死后灵魂都会在埋骨之地徘徊，不如咱俩晚上去一趟，买点儿香烛纸钱，再买点儿烧酒，买点儿吃的，祭奠祭奠烈士，然后跟他商量商量，晚上给你托个梦，直接告诉你牛朝亮在哪儿，不就省事了？”

“你给我滚犊子吧！托什么梦，你能不能唯物主义一点儿？别忘了，你可是烈士墓的第四代守墓人，少在那给我整迷信那一套！”刘晓兵是哭笑不得，骂了陈四平两句，一脚就给他踹旁边去了。

“不过，你说的也对，烈士遗骨虽然运走了，但那里是烈士牺牲的地方，咱俩应该去祭奠一下。”说着，刘晓兵站起身来，对陈四平说，“走，跟我去买两束花，再买点儿吃的，一起去祭奠英灵。”

两人出了门，找了一家花店，买了两束白菊花，又去买了些点心、一只烧鸡，还有一瓶酒、一包烟，外加两支白蜡烛。当他们来到遗骨出土地的时候，意外发现，那里居然已经有一些人自发摆了很多花束，还有食物，竟然比他们速度还快。现场有十几个人，男女老少都有，其中有一个小男孩，系着红领巾，正肃穆静立，对着前方行注目礼。刘晓兵走了过去，把花束和其他东西放下，陈四平打开酒瓶，往地下倒酒致意，再拿出三支烟点燃，轻轻放在地上。

“老英雄，您这几十年受委屈了，今天是个好日子，大家都来看您了，您在天之灵可以安息了。”刘晓兵一边鞠躬，一边低声自语。

陈四平这些年祭祀烈士都习惯了，动作熟练得很，说话间已经把那两支白蜡烛点燃，随后，肃立鞠躬行礼，不住念叨着说：“这里有烟有酒，有吃有喝，您老人家随意享用。我跟您说，咱们早就胜利了，现在大家都过上好日子了，等回头确认了身份，他们就会给您入土安葬。另外，如果您老人家在天有灵，也保佑保佑我们，让我们顺利找到牛朝亮。”

此时已近黄昏，落日余晖一片火红。那夕阳映照着一排排摆在地上的花束，在那些黄白两色的花朵上，染上了一抹血一般的色彩。

刘晓兵望着这一幕，想起七十多年前烈士在此牺牲，竟长眠于此大半个世纪，今天终于得见天日。如今这火红的太阳映照着大地，岂不刚好象征着烈士的鲜血染红了大地，又鲜艳了今天的色彩？出神片刻，他暗叹口气，收回目光，打量着面前的这些人。现场很安静，仿佛每个人都不忍心大声说话，生怕惊扰了烈士的英魂。

刘晓兵正想着先去问问在场的这些人，有没有人知道什么线索，就见前方不远处，一个四十多岁的大哥也在那儿摆了些食物和花，还点了一支烟。这人个子不高，偏瘦，留着小平头，看他的举动显然也是来祭奠烈士的，但不知为什么，他和别人都离得远远的，自己悄悄在旁边祭奠。而且看他的神情，也有点儿奇奇怪怪的。刘晓兵心里纳闷，便走了过去，在后面拍了拍那人：“这位大哥，麻烦问点儿事。”

那人冷不丁被吓了一跳，回头看了刘晓兵一眼，问：“啥事？”

刘晓兵一笑：“大哥，看你应该是本地人吧？”

那人点点头：“对，咋了？”

“哦，也没什么事，我就是想打听一下，今天挖到的烈士遗骨已经在这里埋了很多年，咱们这就一点儿也不知情吗？”

“你问这个，那你得问政府去啊，我们老百姓哪知道啊？”他说着扭头就要离开。

奇怪了，看他岁数也不大，应该跟这地下的烈士没啥关系，怎么一副心虚的样子？陈四平也走了过来，望着那人匆匆离去的背影，对刘晓兵说：“这人怎么看起来怪怪的？”

“没错，如果是正常祭奠，没必要这样，看来这里头有事。四平，咱俩跟上去，找机会问问。”刘晓兵给他使了个眼色，陈四平马上会意，于是和刘晓兵一左一右，远远跟着那人，往前方走去。只见那人越走越快，时而还回头看一眼，像是生怕有人盯梢一样。这就更奇怪了，现在又不是战争年代，还怕有坏人跟踪吗？一直走出了一公里开外，那人进了路边一栋居民楼，陈四平紧跟着也一起进去了。刘晓兵因为露过面，所以在外等候。

片刻后，陈四平从楼里走了出来，对刘晓兵说："刚才那人住在402，还问我是干啥的。"刘晓兵抬头看了看那栋楼，心中狐疑不定。他立即拿起手机，拨通了杨秘书长的电话。在杨秘书长那里，他又顺利拿到了当地民政部门一位负责同志的电话。在得知刘晓兵是市里来的，那位同志二话没说，十多分钟就赶到了现场。

刘晓兵本想先和对方联系一下，明天再登门拜访，详细调查，没想到人家这么热情积极，也有点儿不好意思，赶忙上前握手。双方简单自我介绍了一下，刘晓兵才知道，来的这人姓米，叫米松，是民政部门的副科长。刘晓兵也把自己为烈士寻亲的事情简单说了一遍，然后便把刚才的蹊跷事告诉了米科长。

米科长听了一拍大腿，眼睛也随之亮了起来："这也太有意思了，老胡家居然派人去祭奠烈士了？"

"这老胡家是什么人？干啥的？"刘晓兵见他似乎话里有话，开口问道。

米科长说话很痛快，当即便把这家人的身份说了出来。原来，住在402的那一家姓胡，他家有一个老爷子，今年已经九十多岁了。这位胡老爷子的身份有点儿特殊。他曾经给日本人做过事，当过几年伪警察，据说，还是一个小队长。但这件事知道的人不多，米科长因为刚好负责这方面的工作，所以很清楚。

刘晓兵一听，眼睛里也冒出光来。那位胡老爷子早年间给日本人做过事，今天又派家里人去祭奠烈士，而且那人还一副做贼心虚、鬼鬼祟祟的样子，吕文军会不会跟他家有关？

"米科长，我建议咱们马上去他家调查一下情况，但我的身份不方便，也没有权力，你看，咱们能不能想个办法？"

"这个没问题，挖到烈士遗骨这件事，咱们这也是高度重视，上级已经下了命令，一定要调查清楚的。明天一早，我带两位派出所的同志，咱们一起去他家调查情况。”

一夜无话。第二天一早，那位米科长便早早来到宾馆，接上刘晓兵和陈四平，先是一起去吃了早餐，再跟两位派出所的同志会合，一同前往昨天那户人家。

来到胡家，米科长便开门见山地道：“这两位同志说起在烈士遗骸挖掘现场见到你在祭拜，想过来了解下你是不是知道点儿关于烈士身份的线索。”

胡大哥横了刘晓兵他俩一眼，嘴上讪笑两声：“没有没有，就是想着烈士为国捐躯才换来咱们现在的好日子，所以才去献个花儿，没有啥别的意思。”

“我可看得真真儿的，你那可是酒水俱全，一点儿不像是单纯地仰慕先烈呀。”陈四平急了。这时，里间的房间传来椅子摩擦地板的声音，旋即门把手咔嚓一声，应声走出一个人来：“为先，你们这是？”

刘晓兵抬头看去，这一眼竟愣住了。门口站着一位瘦削的老先生，看上去年纪很大了，满头白发梳理得十分干净利落，高挺的鼻梁上架着一副老花镜，正眯缝着眼试图看清客厅里的一行人。

胡大哥长长吐了一口气，米科长抢先一步站起来，几步跨到老先生面前，伸手跟他握了握，笑道：“您就是胡先生吧？我是民政部门的，姓米，来您家是跟您了解了解情况，就是最近咱们镇上那片荒地里挖掘出了一具遗骸，目前怀疑是咱们抗联第三军战斗英雄吕文军连长的遗骨，听说您和吕连长有些渊源，所以就登门拜访了，想看看能不能进一步确认烈士的身份。”

胡老先生不等米科长说完，已经露出了激动的神色，一把抓住米科长的手，嘴唇哆嗦了半晌才出声：“找……找着了？真的找着了？在哪儿？在哪儿？”说着，老先生颤颤巍巍就要扶着米科长往外走，米科长满脸错愕，一时竟然没反应过来。

胡大哥一个箭步冲上来扶住老先生，急道：“爷爷，你别激动，你先坐下。”

老先生眉毛一立，劈手就朝他肩上拍了一巴掌：“你这小子，这么大的事儿也瞒着，等我告诉你爸，看他不活劈了你！你给我让开，我要去见吕连长，我死前要去看吕连长一眼，不然我闭不上眼！”说着就挣扎着往外冲。胡大哥满脸通红，试图把老人拦下来，祖孙二人一时之间竟这样僵持住了。

几个人面面相觑，还是刘晓兵看出了里头的玄机，走到老先生面前说道："我能插句话不？不如大家先坐下来把事儿说清楚。老先生，您莫非真和吕连长认识？”

一听这话，老先生慢慢平静了下来，被搀着坐到沙发上，眼里泛泪，双手颤抖，半晌才长长叹一口气："七十多年了，已经过去七十多年了。吕连长他们几个人最后的样子，我到现在都忘不掉。”

刘晓兵一听猛地一惊，他们几个人？会不会其中就有牛朝亮？

第七章　黑瞎子沟

刘晓兵总觉得离真相只有一步之遥，只要再加把劲儿，就能站到牛朝亮的眼前了，可想在偌大的东北找出一个兵荒马乱中销声匿迹的抗联战士，无异于大海捞针。

老先生精神矍铄，许是七十多年里这段记忆在心中打磨了无数回，一开口就是扑面的风霜砥砺："新中国成立前天下大乱，日本鬼子在咱们的国土上嚣张跋扈，肆意妄为，迫于日本人的淫威，也为了生计，家里托了关系，把我送进日本人组织的守备队里做了个文书，负责做些登记整理的工作，偶尔也跟着队里出警，协助治安管理，有点儿像现在的片警。"

"守备队说着好听，可实际上是对同胞的武力镇压，我们这一队都是当地的中国人，对这个工作心里总是抵触的，因此很多时候都出工不出力，能放水的地方尽可能地给咱们同胞提供方便。可这么一来，年底统计的时候，我们这一队的数据就很不好看。上头不满，就专门调了我们这一队的人，在年根底下去守康平林场。"

刘晓兵和陈四平听到这都是一脸迷茫，还是米科长在一旁给解释了下："这康平林场是早些年的名字了，当年日本人占领东北，抢夺咱们的资源，为此设立了很多单位，康平林场就在咱们镇边上，曾经是一大片的松树林，森林资源极为丰富，可惜全被日本人砍伐一空，成了一片荒地。”

荒地？刘晓兵心中一动，恍然道：“难不成就是发掘出烈士遗骸的那块地？”

米科长点点头：“准确地说，那里曾经是康平林场的一小部分，新中国成立后区划多次更改，咱们镇子也一直在扩张，康平林场的原址早被分割开了，只有那一小片还留着，算是个日据时期的铁证。”

胡老先生一直默默听着，等米科长说完，才点头继续道：“那时候老城离这边挺远，康平林场平时还有伐木工人干活，可到了年根底下，那是半个人影儿都没有，我们这一队被分散到了林场各处，我和另外俩人一起，就负责守林场的仓库。”

“这是最辛苦的活儿，大冬天零下三四十摄氏度，滴水成冰，撒泡尿都能在地上冻成一根棍儿，林场的仓库都是木板子钉成的板房，四面漏风，我们待的小屋里就一个破铁炉子，穿着大棉袄守着炉子都冻得打哆嗦，那就是活受罪的差事。”

“我们当时想着，受点儿折磨就受点儿折磨吧，挺过去就得了，可没想到第三天的时候，镇里拉响了警报，全城的日本兵和守备队一窝蜂似的往林场赶。我们这才知道，抗联第三军的一支小部队竟然突击了日本人在城中的粮仓，并且成功逃脱了日本兵的追捕，逃进了康平林场。”

陈四平听到这里，惊得差点儿打翻了手上的茶杯，这一声打断了胡老先生的话，胡老先生停下来，从胸前口袋里掏出一块手绢，擦了擦眼角的泪花。

“那啥，我不是故意的，我就是听到这抗联第三军，有点儿惊讶。”陈四平挠了挠头，尴尬地说，“那不就是吕连长的队伍吗？”

这话也是刘晓兵想说的，吕文军正是抗联第三军的连长，虽然从遗骸上判断这位抗联烈士极有可能是牺牲在了这块土地上，但是亲自被胡老先生证实他在这里出现过，还是足够让人震撼。

胡老先生点点头：“没错，就是他们。”

刘晓兵忍不住问："可是我查阅到的资料显示，他们转战到这里的时候只剩几个人了，怎么能突袭日本人的粮仓呢？"

胡老先生摇摇头："这就不是我能知道的了，日本人当时对此事守口如瓶，我只知道他们几个一把火烧了三个粮仓，还打死了不少驻守粮仓的日本兵。日军当时严令我们守备队找出他们的下落，没办法，我们几个也只好加入了搜捕。"

"难道您亲眼见证了吕连长牺牲？"米科长惊讶地猜测。

胡大哥一撇嘴："咋可能，要知道他在哪儿牺牲的，我爷爷咋能让我和我爸找了这么多年哩？"

胡老先生苦笑着说："当时下着很大的雪，山林子里的积雪足有一米多厚，搜捕中我和同伴走散，不小心滚下了山坡，摔在了雪窝子里，就在叫天天不应、叫地地不灵的时候，我遇到了吕连长他们一行人。"

"什么？"屋里最关切此事的三个人噌的一下站起来，连坐着的两个派出所同志都瞠目结舌地看向胡老先生，生怕是自己听错了。只有胡大哥，估计是从小到大没少听这段故事，此刻只是神色复杂地瞥了自己爷爷一眼，就立刻把脑袋埋在水杯里咕嘟咕嘟地喝水。

刘晓兵激动过后缓缓坐了下来，心里不禁长叹：真不知是福还是祸，在林场里东躲西藏的抗联战士们到底还是遇到了守备队的人，可幸运的是，遇到的并不是一个泯灭良知的日本人的走狗。可如果真是这样，那吕连长又是怎么死的呢？屋里的几个人心里都是同样的疑惑。

胡老先生将众人的神色尽收眼底，苦笑一声道："是不是觉得我对他们网开一面了？可惜要让你们失望了，我不但没有救他们逃出生天，反而是他们先救了我的命，把我从雪窝子里掏出来费了他们不少的时间，直到确认我安全了，他们才重新逃回了林子里。"

刘晓兵已经隐隐猜到了什么，不禁微微变色。

胡老先生顿了顿，立刻就说出了他想到的那个答案："就是因为救我耽误了最佳撤离时间，他们逃进林子没多久，日军的包围圈就形成了，我只远远地听见激烈的枪响，至于战况如何，我至今都一无所知，只是后来才有消息传出来，说是当时抗联战士里有人被日军击伤，但是又被同伴救走了，日军在林场里搜捕了好几天也一无所获，只好判定他们离开了这里，开除了一批追捕不力的警卫队里的人，草草收场。”

米科长不可思议地扭头看向胡大哥：“所以你去祭拜，是为了……”

胡大哥脸憋得通红，瓮声瓮气地道：“我爷爷为这事儿内疚了一辈子，我怕他激动，发现遗骸的事儿不敢告诉他，所以只能自己代表他去拜祭拜祭。”

“你个浑小子！”胡老先生挥手给了胡大哥一巴掌，但是刘晓兵看得门儿清，没使劲儿，八成是因为胡大哥的话说到了老爷子心坎儿里去了。

“那老先生，我想问下，您当年既然跟吕连长几人都有过接触，不知道您记不记得他们当中有一位抗联战士，右脸偏后的位置，有一块鸡蛋大的胎记？”刘晓兵瞧着气氛尚好，忍不住开口问出了憋在心里半天的问题。

这一问，时间仿佛都静止了。刘晓兵心跳如鼓，这一路草蛇灰线，总算找着一个活的见证人，眼看到了揭晓答案的一刻，他心里属实说不上来是什么滋味。激动？忐忑？敬畏？他自己也说不清。只是攥紧的手心里不断沁出的汗，滑腻腻地提醒他，距离那个想要的答案，也许真的只隔了一层薄薄的窗户纸。

胡老先生苦笑一声：“当时下着大风雪，他们都戴着狗皮帽子，穿着乱七八糟的皮袄子，要不是露出两个眼珠子来，往那儿一蹲都看不出那是个人，就凭这一身破行头，才数次躲过了日军的天罗地网啊。”

刘晓兵心里一凉。这么说，还是断了线索了？支撑他整个人的精气神都好像一下子散了，他点点头，强撑着笑容，正打算说点儿什么客套话，旁边陈四平却皱眉问道：“他们一行几个人啊，您老当时就没跟他们聊上两句？”

胡老先生叹一口气道：“当时我被摔得迷迷糊糊，风雪又抽得人睁不开眼，匆忙之间只跟吕连长说了几句话，他告诉我他的名字，还劝我换个营生，不要给日本人做事，就带着其他人离开了。”

陈四平和刘晓兵对视一眼，眉头也忍不住皱了起来。如果线索断在了这儿，那么他们随后要查找的范围，恐怕就要扩大不少。一时之间没人说话，屋里竟难得地安静了下来。

见气氛有点儿低沉，米科长忙对一脸疑惑的胡老先生解释道：“这两位小同志是大老远地专程来咱们这儿寻人的，找的也是当年的一位抗联战士，跟吕连长他们在一起的，叫牛朝亮，可惜至今不知生死，不得不说是一种遗憾啊！”

“牛朝亮？”胡老先生一愣，目光在刘晓兵和陈四平身上扫了一个来回，有些讶异地道，“你俩是他什么人？”

刘晓兵扯了扯嘴角，将这里头的关系解释了一遍。嘴上说着话，他心里已经把接下来要去的地方都在心里过滤了一遍，至今为止，牛朝亮的线索还是能跟吕连长挂上钩的，只是没有确切的证据表明他之后的去向，是也跟吕连长一样马革裹尸在了这里，还是转战他方，他得好好捋捋。这一捋，就没有顾得上其他，直到陈四平捣了他两下，他才回过神，茫然地看向陈四平。

“想啥呢？老先生说他听过这个名字呢。”陈四平埋怨道。

“啥？”刘晓兵瞪圆了眼睛，一时没反应过来，“什么名字？”

胡老先生被他逗笑了：“牛朝亮，这名字我有印象，当初把我拽出雪窝子的两个人，一个是吕连长，另一个就是牛朝亮，我听到吕连长这么叫他来着，是个年轻的兵，愣头愣脑的，眼睛雪亮，就是其他地方都被裹得严严实实的，实在没看见你说的特征。”

刘晓兵这下可真是差点儿蹦起来：“啥？您真的见过牛朝亮啊！”

“错不了，救命恩人的名字，我忘了啥也不能忘了这个。”胡老先生摆摆手，“他这名字也挺特别的，轻易不能重名儿。”

“那他后来去哪个方向了，您知道吗？真的，这对我来说特别重要，哪怕只有一点点线索都行！”刘晓兵激动地握住了胡老先生的手，想想又有点儿不好意思，赶紧放开，嘴里连珠炮似的问。

“别急，让老先生慢慢想。”米科长伸手虚按了两下，示意刘晓兵淡定点儿，又转头笑着对胡老先生道，“您理解理解这位小同志的心情，他就是一心想帮乡亲找到亲人的消息，难免有点儿激动。”

胡老先生点头道：“我理解我理解，只是我也不能确定，毕竟后来日本人到处抓他们，到底去了哪儿我也不清楚，只是后来隐约听参加过追捕的人说，他们好像逃进了康平林场后头的黑瞎子沟，所以日本人才不得不放弃了。”说到这里，胡老先生已经是一脸凝色。

胡大哥插话道：“我和我爸这么多年都在打听他们的下落，可是啥都没打听出来，就知道他们进了黑瞎子沟之后，日本人派了不少人进去追捕，可是全都有去无回，那沟地形复杂，连镇上的老猎人都不敢轻易进去，所以最后他们到底啥样谁也不知道，我和我爸甚至一度以为他们全都被黑瞎子吃了。”

“胡咧咧，那是抗联的兵，熊瞎子看见都得躲着走，哪能吃呢！”胡老先生呵斥道。

胡大哥讪笑两声，悻悻地继续道：“所以说你们要想找，目前唯一的线索，就是黑瞎子沟的方向了。”

黑瞎子就是东北黑熊，这玩意儿战斗力强悍，三五个成年人都不是它对手。在东北，能用它的名号命名的地界，多半曾经是它们的栖息地，这黑瞎子沟里有上几窝黑熊的话，那日本兵有去无回倒也未必是捕风捉影。只是这样的龙潭虎穴，牛朝亮他们进去了还出得来吗？刘晓兵一颗心缓缓沉到了底。抗联战士最后命丧熊口，说出去怎么都有些尴尬。再说要是被熊瞎子给吃了，哪还能有尸骨在，想证实身份都做不到，真真成了一桩无头公案。这还怎么找？

米科长见情况了解得差不多了，又寒暄了几句，看时候不早了，几人跟胡老先生告辞，还约定了等吕连长身份彻底落实后，来接胡老先生去瞻仰烈士。

胡老先生这才依依不舍地把几人送出了门。胡大哥把几人送到了楼下，趁着米科长几人走在前头的工夫，悄悄把刘晓兵拉到一边，问道："兄弟，你不会是真想跑一趟黑瞎子沟吧？"

刘晓兵心里正盘算这事儿，见他说破，也不藏着掖着，当即点了点头："实不相瞒，这事儿对我很重要，不弄出个结果来我决不罢休，这黑瞎子沟怕是非去一趟不可了。"

胡大哥见他表情严肃，扑哧一声反倒笑了。这一笑，把刘晓兵笑毛了。莫非黑瞎子沟还真是只进不出的龙潭虎穴不成？他心里一惊，忐忑不安地想。能让横行无忌的日本兵退避三舍的黑瞎子沟，应该是危险之地。

胡大哥迎着刘晓兵疑惑的目光道："没那么严重，咱们镇扩张的时期，黑瞎子沟早被镇上组织人手蹚过一遍了，黑熊早多少年就见不着了，这些年生态好了些，也就是风景美，危险是没多少的。"

刘晓兵不禁大大地松了一口气："那你这是？"

"嗨，我就是想说，你要是想下黑瞎子沟，千万要带上我，我老早之前就想去瞧瞧了，只是我爸拦住不让，这才没去成。"胡大哥摩拳擦掌地说。

刘晓兵很是意外："这吕连长的遗骸都找到了，瞧这模样，确认身份也是板上钉钉的事儿，你还下黑瞎子沟干什么？"

胡大哥神秘兮兮地左右看了看，见没人注意他俩，这才一边拉着刘晓兵慢慢往前走，一边压低声音道："我跟你说，我查找吕连长的下落时，找到了黑瞎子沟的一条消息，说是当年有个放熊老娘就住在黑瞎子沟里，不和外头往来，这放熊老娘说不定就见过牛朝亮他们。"

刘晓兵皱眉："放熊老娘？干啥的？"

"说是黑瞎子沟的黑瞎子都听她的话，她一个人住在沟里，偶尔出来跟镇上的人换点儿盐啊、米啊啥的，当年也是镇上传说级别的人物，因为就她能在黑瞎子沟里畅行无阻，大家都觉得她像放羊似的能管住沟子里的熊，所以给她起了这么个绰号。”

“就算真有这号人，这都多少年了，怕是骨头渣子都化没了，上哪儿找去？”刘晓兵像看个傻子似的看着胡大哥，心说难道这人找救命恩人找了太多年，都魔怔了？

胡大哥却瞪他一眼，不满地道：“我当然知道不可能找到放熊老娘了，可是当年她跟黑瞎子生了个闺女，全镇的老猎人都知道，这闺女可是活下来了的，当年上山下乡的时候，这闺女还跟知青一起干活来着呢，蹚黑瞎子沟这事儿她也参与了的。”

刘晓兵瞪圆了眼珠子：“啥？人和黑瞎子生孩子？这科学么？你别是听了啥民间故事，结果当了真吧？”

胡大哥见他不信，立马急了，高声把前头的米科长喊了回来，非要米科长给他做证。米科长一听来龙去脉，哈哈一笑，对刘晓兵说道：“倒是有这么回事儿，咱们这儿都这么说，只是熊姥姥她老人家如今住在黑瞎子沟里，深居简出，镇上的人尊重她，没人缠着她问这事儿，所以越传越邪乎，真相到底是啥，还真没人知道。”

刘晓兵留意到了米科长对这位熊姥姥隐隐的尊敬，心中不解，但是此刻并不是深究的时候，他只打着哈哈干笑了两声，心里盘算着说不定去问问还真能有些线索。米科长见状倒是好奇这俩人怎么聊到了熊姥姥身上，一听是这俩人要下黑瞎子沟，便是一怔。

“怎么，难道是有啥不妥？”刘晓兵见状忙问。

米科长摆摆手：“倒是没啥不妥，只是你们想问的事儿，这熊姥姥也未必知道多少，你们想啊，熊姥姥今年七十多岁，当年的事儿距今也是七十多年，她那时候多半也就是刚出生，能知道啥啊？”

得，自己倒是把这茬儿给忘了。刘晓兵叹了一口气，想想还是跟满脸写着可惜的胡大哥道了谢，叫上陈四平，告别了米科长，就先回了宾馆。回宾馆的路上俩人买了一只烧鸡、一瓶酒，刘晓兵还特意弄了点儿凉拌菜，装了几袋子拎回了房间，把桌子往屋子中间一扯，拉过来两把椅子，摆好酒菜，满屋飘香。

陈四平往椅子上一靠，长长呻吟一声，吸了吸鼻子，叹道："哎哟，这一天可总算歇会儿了。"

"你还累着了？"刘晓兵嗤笑一声，夹了一筷子凉菜吃了，也不禁发出满足的叹息，"你还别说，这家凉菜真不错，够味儿！"

陈四平脑袋摇得像拨浪鼓一样，伸手扯了一只鸡腿，咬了一口，吃得满嘴流油，朝刘晓兵一扬下巴："好吃还得是肉，你那凉菜一点油水儿没有，吃着都不长劲儿。"

刘晓兵摇头笑笑，也不言语，自己倒了一杯白酒，抿了一口，嘶了一声，才道："心里有火，吃点儿凉菜败火，你小子懂啥？"

"哪来的火？就为了今天没问到消息啊？嗨，不是我说，你最近会不会太急了，这七十多年没音信，要是让你刘晓兵三下五除二轻飘飘给找出来了，那也怪没面子的不是？"陈四平笑嘻嘻地给自己倒上酒，闻了闻，眼睛一亮。

"还得是这酒坊自己做的小烧够香，闻一口都醉人。"他说着就抿了一口，眯着眼慢慢咂摸滋味儿。

是不是太急了？刘晓兵一愣，不由得沉默了。自己确实被最近接二连三的好消息给拱出火来了，总觉得离真相只有一步之遥，只要再加把劲儿，就能站到牛朝亮的眼前了。可事实上，七十多年音信皆无，想在偌大的东北找出一个兵荒马乱中销声匿迹的抗联战士，无异于大海捞针。他不禁长长吐出一口气，苦笑着又抿了一口酒。

陈四平也不是第一天认识他了，见他这样，就知道他多半想开了，立刻伸手扯下另一只鸡腿递给他："别光败火了，人是铁饭是钢，多吃这个才有力气找人。"

刘晓兵接过鸡腿咬了一口，思绪却飘远了，想了想看向一口鸡腿一口酒的陈四平，迟疑着道："你说线索会不会还真就藏在黑瞎子沟里？"

陈四平愣愣地抬起眼盯着他：“啥？你不会真想去黑瞎子沟吧？”

刘晓兵也有些拿不定主意：“胡大哥他们找了这么多年，得来的总不会是个民间故事，再说当年牛朝亮他们几个说不定真的进了黑瞎子沟，去问问也许能问出点儿什么来。”

“那可是黑瞎子沟，听起来可不是什么小沟、小洼，咱俩人生地不熟的上里头去找个什么熊姥姥，就跟大草原上逮一只耗子一样，那能找得着吗？”陈四平伸手抹了一把嘴角的油花，嘴角撇得老高。

刘晓兵一只手在桌面上点了点，扯扯嘴角道：“找个地皮熟的不就得了，比如胡大哥。”

翌日一早，刘晓兵就拉着陈四平敲响了胡大哥的家门。对于他们的到来，胡大哥表示虽然不意外，但是也多少有点儿惊讶。“我还以为你们会晚点儿才来呢。”他揉了揉惺忪的睡眼，看了一眼刚蒙蒙亮的天色，还顺便朝同样睡眼惺忪的陈四平点头打了个招呼。

十分钟之后当他们三个在通往黑瞎子沟的小客车上坐好的时候，陈四平都还是满脸震惊。“我如果没看错的话，刚才胡大哥是立刻从屋里拿出了他的包？”陈四平迟疑片刻，对身边的刘晓兵小声问。

刘晓兵正歪着头靠在椅背上闭目养神，闻言瞟了他一眼：“他为这一天都不知道准备了多久，又笃定我会去找他，当然做好了万全的准备，有啥好奇怪。”

陈四平凑近了嘿嘿笑道：“你说他准备了那么一大包东西，难道那黑瞎子沟还要翻山越岭、钻洞下沟不成？”这问题把刘晓兵也问住了。

说实话当他瞧见胡大哥扛着那个足有五十斤的行军背包时，他也有那么一瞬间的恍惚，觉得三人八成是要去什么崇山峻岭，得隔绝人世一两个月。但是在这之前他刚刚看过黑瞎子沟的地图，这地方在镇外六十里的福春山里，几座海拔不算太高的山头夹出一个头角峥嵘的山沟地貌，因为沟外还有个小小的山村，镇上还通了一班小客车，总体来说不算荒无人烟。所以直到陈四平问起，他也没琢磨出个所以然。但是在陈四平面前他总不能怂，因此只不屑地白了陈四平一眼，慢悠悠地推了推另一边的胡大哥："胡大哥，你这包里装的啥？"

胡大哥差点儿都睡着了，一个激灵醒过来，抹了一把脸："没啥，就是预备了点儿东西，怕万一要用时咱们没有。"

这话把刘晓兵的好奇心都勾起来了："啥玩意儿啊整这么神秘？难道那山沟里还有啥危险？"

胡大哥瞅他一眼："好端端的哪来的危险，我这是给熊姥姥带的东西，她老人家岁数大了，不常出山了，福春山那边的村委会虽然派了人时不时地去探望，可难免会有疏漏，咱们给带点儿，这不是好套套近乎嘛！"

刘晓兵了然，这年头伸手不打笑脸人，况且上门带礼物是基本的礼数，想到这儿他不禁懊恼，自己竟然把这事儿给忘了。一看他脸色胡大哥就知道是怎么回事儿，当即拍拍脚下的背包，表示自己早已经全都准备好了，丝毫不用担心。虽然刘晓兵和陈四平都很好奇胡大哥的背包里到底都带了些啥，可无奈眼下瞌睡虫作怪，实在让人抵挡不住，因此三人很快就沉沉睡去了。

刘晓兵是被小客车的刹车给弄醒的，揉揉眼睛朝前头一看，车上的人伸懒腰的伸懒腰，起身的起身，司机也开了车门，清清嗓子道："中途停车哈，有内急的可以下车解决下，十分钟后再发车，抓紧时间。"

刘晓兵憋了一泡尿，见陈四平和胡大哥睡得挺深，便小心地出了座位下了车，呼吸了一口清晨还带着点点凉意的空气，感觉昏昏沉沉的脑子都为之一振。找了个树丛解决了内急，他也没急着上车，就拿了一瓶矿泉水，站在车下一口一口慢慢喝，顺便打量打量周围的环境。车此刻停在盘山道上，一面是缓缓斜着向上延伸的山体，另一面是陡然而下的斜坡，葱葱茏茏的植被覆盖其上，城市的喧嚣和浑浊一扫而空，空荡得不真实。

"小伙儿这是上哪儿啊？我看你面生啊，不像是常跑这条道儿的人。"刘晓兵正盯着一只鸽子看得起劲儿，冷不防旁边有个老太太跟他搭话，给他吓了一跳。

“大姨，您说对了，我不是本地人，第一次来。”刘晓兵给老太太让了让地方，见她一身粗布衣服，头上扎着一块毛线围巾，怀里抱着一个竹篮子，竹篮子上头盖了一块小方被，也不知道装着什么东西。

“那这大老远的进山来，是干啥来的，旅游吗？”老太太好奇心上来了，上下打量他一番，笑眯眯地问。

刘晓兵心中一动，摸了摸下巴说：“大姨，我是来找人的，您是本地的？镇上的吗？”

老太太摆摆手：“不是不是，我是前头段家村的，就在咱们这趟车的终点站。”

刘晓兵一听顿时笑道：“那不是巧了吗？我就是要去终点站段家村。”

“这么巧？你要去找谁啊，段家村可没有我不知道的人家，你要是头回来啊，说不定大姨我还能给你指指道儿呢。”老太太热心肠地问。

刘晓兵摸了摸身上几个兜儿，摸出两块昨晚从饭店柜台顺手拿的清口糖，递给老太太一块：“熊姥姥您听说过吗？”

老太太一愣，再次从上到下打量了刘晓兵一回，皱眉道：“你打听她干啥？她可不轻易见外人。”

见老太太一脸警惕，刘晓兵忙笑道：“不是不是，我是找她问点儿事儿，有家里长辈曾经到这黑瞎子沟来过，我想了解了解。”

老太太这才缓和了表情：“那也够呛，熊姥姥年纪大了，听说虽然身子骨还硬朗，可精神头儿不足，估计是不会见你们喽。”

刘晓兵忙打了包票，义正词严地说明自己一定不吵了熊姥姥安宁，她老人家要是不见自己，就立马走人，老太太才扑哧一声笑了。“我真是来问问长辈过去的事儿，对我很重要。”刘晓兵被笑得脸上一烧，不好意思地补充了一句。

“我知道了，不过你也幸亏是遇见了我，不然你们指定门儿都找不着。”

老太太翻了翻兜儿，找出一张传单来，又从胸前口袋里抽出一支铅笔，按在车厢上唰唰唰画了几笔，把传单递给刘晓兵。

“拿着吧，黑瞎子沟地形复杂，外人根本摸不着路子，照着这个走就不迷路了。”老太太收了铅笔，抱稳竹篮回车上去了。

“到点儿了！没上车的别唠了！快上车走了！”司机扒住车门吆喝。

刘晓兵站在车下一拍大腿：“真是踏破铁鞋无觅处，天涯处处是贵人啊！”

刘晓兵手里攥着这张传单，百感交集，只可惜两个同伴都睡得不知天南地北，这一腔情绪无人诉说。他运了半天气，最后只能一个人默默靠在座位上，在陈四平和胡大哥此起彼伏的呼噜声里，独自消化。

小客车晃晃悠悠，在盘山道上回环行驶。窗外的风景不断向后疾驰，太阳升到正头顶上的时候，窗外终于能看到黄土和石头堆叠垒成的房子，错落有致地点缀在树木之中。段家村到了。

小客车缓缓停在了村子正中的空地上，这里像是一个专门为客车停泊准备的场地，旁边有几块石头搭成的凳子，应该是给人等车用的，后头的两间土坯房，像是专门给客车司机提供的休息室。

刘晓兵研究地图研究了半天，知道从这里到熊姥姥住的地方怕是还要走上不短的时间，因此车还没停稳，他就推醒了陈四平和胡大哥，等司机招呼乘客下车，他们仨一秒都没耽搁，随着人流下了车。时间紧迫，三人都没来得及仔细瞧瞧这个朴素的小山村，刘晓兵就一马当先朝着一条小巷子走去。他这么坚定，把陈四平和胡大哥都弄得一愣，可瞧着他的样子不像是乱走，他们这才赶紧追了上去。

“你说，这熊姥姥住的地方，真的在黑瞎子沟的最深处？按理说现在日子好过了，她搬到村里也是应该的啊，干啥非得在沟子里住，多遭罪啊！”陈四平一面走，一面问胡大哥。

胡大哥朝周围指了指：“其实这村子就已经在黑瞎子沟的范围了，属于两山夹道的沟子口儿，你看着村子的布局像是个面口袋似的，就是因为每年冬天从黑瞎子沟里吹出来的冷风太厉害，为了保暖，才弄成这个样子的。”

胡大哥顿了顿又道：“人家都说熊姥姥是放熊老娘和熊瞎子生的孩子，她自己虽然并不在意这个，但是也不愿意走到哪儿都被人指指点点，年轻时候她还在沟外头住过一段时间，喏，就是前边儿那排房子从东边数第三家。”他说着，往那个方向挑了挑下巴。

连走在前头的刘晓兵都站住了脚，伸长脖子往那边看去，目光很快定在了胡大哥说的房子上。也不过就是一个普普通通的房子而已，他心里忍不住嘀咕了一句。

像是洞悉了他的想法，胡大哥笑道：“这房子是村里给分配的。据说老太太特别朴实平和，言语也不多，当年邻里关系特别好，后来她搬走了，左邻右舍还念她的好儿，常去山里看她，现在应该也没断联系。”

“所以咱们是去找她以前的邻居，让他们带路吗？”陈四平好奇地问。

胡大哥愣了愣，也有三分不解：“本来我是这么打算的，但是你瞧瞧你这兄弟走的道儿，再往前就出村子了，可不像是要找人带路的样儿。冒昧地问一句，你们以前来过？”

陈四平脑袋摇得像拨浪鼓一样：“头回来，东南西北我还都分不清呢。”

刘晓兵扭头瞅瞅他俩，从怀里掏出那张画了简易地图的传单，把遇到老太太指路的事儿给说了一遍。

“好家伙，还有这种奇遇，你别是碰上啥山里的神仙了吧！”陈四平啧啧称奇，凑近了拿过传单瞅了一遍，更是惊讶，“画得还真详细啊！”

胡大哥看了地图也是惊叹：“难怪你都不问人了呢，看来咱们运气还不错，本来我都打算不行在段家村住一晚上了，这下可省心了，顺利的话太阳落山前肯定到了。”

陈四平吃了一惊：“现在可才中午，得走这么久？”

“这还算久？黑瞎子沟地形复杂，像咱们这样从来没去过的陌生人进去，不走个小一天，够呛能走到熊姥姥家。”胡大哥啧啧两声，也很是感叹，“一会儿你进山了就知道了。”

刘晓兵不禁侧目。这已经不是他第一次听到类似“黑瞎子沟地形复杂”这样的话了，之前米科长也表达过同样的担忧，而胡大哥更是说过好多次，可见黑瞎子沟的地形确实连本地人听了都有点儿胆战心惊。

陈四平将信将疑，鉴于马上就能见分晓，他觉得没必要跟胡大哥辩出个所以然来，于是老老实实闭了嘴，跟上刘晓兵的速度。

三人沿着村子里狭窄的巷子直直走出去没多远，前方豁然开朗，一步踏出，整片山林跃然映入眼帘，苍松翠柏，飞鸟翩跹，好像一幅画卷。进了林子，沿着山里人踩出来的羊肠小路在林间穿行，鸟啼不断，丛林茂密，日光被裁成细密的碎片，随着人的移动，在衣服上斑驳流淌。这样也不知走了多远，一马当先的刘晓兵站住了脚，三人这才停下来，稍作休息。

“还得是咱们东北的林子，透着大气雄浑。”陈四平啧啧两声，手搭凉棚往林子更深处张望，旋即眼睛一亮，“前头好像飞过去只野鸡？”

胡大哥背的包很重，粗粗喘了几口气，才道：“棒打狍子瓢舀鱼，野鸡飞进热锅里，可不是说说而已。”

“是啊，这么些年，咱们国家越来越注重森林资源的保护和恢复，很多地方退耕还林，风景是越来越好了。”刘晓兵歇了口气，笑道，“这大好的河山，才是当年无数先烈牺牲的意义啊，只有保护好了这河山，才对得起他们。”

胡大哥笑道：“正是这话，你们哥儿俩也是好样儿的，千里迢迢跑出来找抗联战士，让后人记住他们，也是功在千秋的大好事呢。”

“这算啥大好事。”刘晓兵慌忙摆手，“胡大哥可别这么捧我们。”

胡大哥摇摇头：“我是说真的，你们虽然现在只找牛朝亮这一个战士，可是跟他在一起的这些人，也会一起被你们给找出来，有这样的经验，以后也完全可以找出其他埋没了姓名的战士，这还不是大好事？”

刘晓兵正要开口，心里却被他这番话说得不由一动。有一个念头飞快地闪过，又稍纵即逝。见歇息得差不多了，刘晓兵立刻张罗着赶路。

越是往里走，就越觉得之前对黑瞎子沟地形的担忧没错。这里林深树密，怪石嶙峋，地势也高低回旋，有的地方狭窄得仅容一人通过，有的地方又需要攀爬山岩，有的地方明明一直向北，拐个弯儿之后却又向南折返，再拐回去，波折反复，实在是难走极了。

三人按照老太太画的地图，少走了不少弯路，等到日头偏西的时候，总算瞧见了地图上标记的最后一个参照物——一棵巨大的红松木。“就是这儿了，过了这棵树，往前翻过这道坡就到了！”刘晓兵举着地图比量了好几遍，确定无误，顿时激动地喊。

陈四平和胡大哥累得呼哧带喘，听到这个好消息，马上一扫疲态，凑过来反复确认是不是真的。尤其是胡大哥的背包有好几十斤，这一路三个人换着背，才勉强背到这儿，但是细算下来还是他背得最多，可把他累得够呛。

“亏了你这包东西，不然我们可真是坚持不到这儿。”陈四平一屁股坐在一块大石头上，熟门熟路地拉开背包拉链，从里头掏出半个面包，胡乱塞进嘴里，又取出一瓶矿泉水，咕噜咕噜灌了几大口。

胡大哥几下把拉链扯开，露出里头的东西，除了面包，还有火腿肠、方便面、矿泉水什么的，塞得满满当当，哪怕仨人吃了一路，也没见少了多少。他递给刘晓兵一根火腿肠，刘晓兵也不推辞，伸手接了，也大口大口吃了补充体力。毕竟等下要去见熊姥姥，总不好显得太过疲累。

“不过说起来，这熊姥姥在这镇上好像地位很不一般啊。”陈四平咽了一口面包，好奇地说，“感觉好像名气很大的样子。”

胡大哥咬了一口火腿肠，含混不清地解释：“据说放熊老娘当年救过不少人，还帮助过部队转移，不过她老人家深居简出，连去世了都是直接埋在了这山沟子里。村上镇里都念她老人家的好，自然对熊姥姥多有照顾，就把熊姥姥从黑瞎子沟里接到了段家村住。”

他把嘴里的火腿肠咽下去，继续说：“大概是熊姥姥在山里长大的缘故，她对这山里的草药啊啥的知道得挺多，到了村里之后，就帮村民们治些头疼脑热的小毛病，有几次据说还从阎王爷手底下抢了人回来，所以村里都感激得不得了。”

“再后来，咱们镇上想探一探黑瞎子沟，组织了人手，就是熊姥姥带队的，让咱们的探测少走了不少弯路，有这贡献，可是她老人家不图回报，做完这些之后，就搬回黑瞎子沟住了，因此镇上村里的人对她老人家都格外尊重。”

胡大哥把打听到的消息说了一遍，刘晓兵和陈四平正听得来劲儿，冷不防不远处忽地响起一人说话：“我那是嫌人多的地方吵吵，还是山里清静，能睡好觉。”这荒无人烟的山沟子里突然多出一个人来，仨人全都吓得一激灵，正吃面包的陈四平直接噎住了，憋得满脸通红，还是刘晓兵瞧见不对劲儿，正要上去帮忙，那说话的人却已经抢先一步到了他们面前。

好利索的身手！刘晓兵不禁一愣，盯着这人，只见她脊背挺得笔直，出手飞快，一扭身站在陈四平背后，一只脚放在陈四平两腿之间，搂住陈四平的腰，右手握拳，左手抓住右手，两只手从下往斜上方大力冲击陈四平的腹部。陈四平被这大力冲得往前干呕，可几次之后还没有把东西吐出来，那人眉头一皱，立刻换了姿势，把双臂放在陈四平腋下，双手往胸口中央猛按几下。

陈四平哇地吐出一团黏糊糊的面包，脸上顿时恢复了血色。刘晓兵的一颗心顿时放下了，这才有心情打量起这人的长相。老太太圆脸盘，一头花白的头发梳得整齐，气色红润，双目有神，穿一身棉布衣服，看上去干净利落，格外硬朗。

这就是熊姥姥？想到她刚才接了胡大哥的话，刘晓兵不禁暗暗吃惊。听胡大哥和米科长的讲述，算起来这熊姥姥得有七十多岁，没想到看上去也就五十多岁，比一般中年人还精神。再一想到刚刚抢救陈四平的手法，刘晓兵也不得不承认胡大哥的情报是对的，这熊姥姥果然懂些医术，有救人的本事。

“小娃子，你这俩小眼睛儿一个劲儿地往姥姥身上转悠，是找姥姥有啥事儿吗？”刘晓兵打量熊姥姥，熊姥姥也打量了仨人，这会儿突然点了刘晓兵说话，开口也是笑眯眯的，和蔼可亲。

“您……您就是熊姥姥？”胡大哥瞪圆了眼睛，不可思议地说。

“咋的，不像？你这娃子说起我的事儿就头头是道，咋见到真人儿还认不出了呢？”熊姥姥哈哈一笑，打趣道。

胡大哥挠挠头，憨笑道：“嗨，我那都是听说的，我是头回来，哪见过您啊。”说着赶紧从包里拿出一瓶水递过去，让熊姥姥解渴。

熊姥姥摆摆手：“山里泉水比这个好喝，听你们的意思，是专门进山来找我的？有啥事儿？”她嘴上说着“你们”，可目光却落在了刘晓兵的身上。显然，她已经看出这个三人小队的主导人是谁了。这老太太，有两下子！

刘晓兵心里啧啧称奇，也不打怵，当即上前一步道：“专门来找姥姥，是要问姥姥一些七十多年前的事儿，不知道姥姥有没有空？”

熊姥姥一愣，缓缓吐一口气，才说：“老太太我真是没想到，七十多年过去了，这事儿还有重见天日的一天，也是天意，你们随我来吧，一会儿太阳落山了，山沟子里虽然没有啥猛兽，可也是很危险的。”说着当先往前走去。

刘晓兵愣了愣，赶紧招呼陈四平和胡大哥跟上，心里却像开了锅，这老太太，居然知道自己要问什么！

第八章　熊姥姥的撮罗子

此刻，听到熊姥姥讲述的另一种视角下的故事，有一种莫名的穿越感，好像铁马冰河扑面而来，当年的他们也曾经在这林子的雪壳子上留下过深深的脚印。

过了那棵红松木，翻过一道山岗，就能看见山坡下正升起袅袅炊烟的树皮房子——撮罗子。撮罗子是东北山区林海雪原中鄂温克族喜欢搭建的建筑样式，一般就地取材，剥下来的整张桦树皮经过特殊处理柔化之后，一层一层搭在事先做好的房屋框架上，通常外形如同一个巨大的帐篷，帐篷里头用和好的软泥一层层涂抹，防风保暖，能抵挡住冬季茫茫林海中的凛冽风雪。

熊姥姥的撮罗子一看就有些年头了，层层叠叠的桦树皮能看得出新旧变化的痕迹，可见是长年累月地以新压旧，才能呈现出这样斑驳的岁月痕迹。

“熊姥姥，您这撮罗子盖得好啊，怕是能扛得住七八级的风雪。”刘晓兵打量一番，忍不住啧啧称赞。

熊姥姥走在最前头，闻言回头看了他一眼：“你这娃子小小年纪，眼睛倒是毒得很，我这宝贝屋子，也就你识货，旁人来看我，都劝着我搬走呢。”

“那确实不能搬走，这撮罗子在林子里可比土坯房啥的都得劲儿，冬暖夏凉，关键还不憋闷！我听长辈说起过这东西，冬天在里头点上炉子，别提多舒服了。”刘晓兵说得兴起，一副十分向往的架势。

这话题成功打开了熊姥姥的话匣子，从山岗到撮罗子的这段不足五百米的路程，俩人聊得眉开眼笑，直把陈四平和胡大哥当成了空气。他俩本来也想说两句的，可惜完全插不上话，胡大哥想递瓶水都被熊姥姥瞪了回去，只能认命地跟在后头。一路进了撮罗子里，刘晓兵和熊姥姥这才住了话头。

这撮罗子从外头看，几乎和整个林子融为一体，可是一进门，就发现里头的妙处，日常用品一应俱全，要不是仰面能从撮罗子顶上铺的桦树皮缝隙里看见射入的光线，真要以为是在哪个农村的小砖房里了。

陈四平终于开口插上一句："嚯，晓兵，你还真别说，这什么撮罗还真有点儿意思。"

"是撮罗子。"刘晓兵纠正道，"这也是劳动人民的智慧结晶了，据说当初打仗的时候，咱们这边的民兵没少借助山林子里的撮罗子做掩体反击敌人。这玩意儿用纯天然树皮做成，往林子里一戳，敌军的侦察机根本发现不了，有的时候离得远了，连步兵都能糊弄过去，掩护了咱们不少同志呢。"

"这你都知道？"胡大哥放下背包，惊叹不已。

"我从小就爱听这些，我家那片的老红军啥的我都问了个遍，小时候就爱追着他们问这些故事，有时候都听得忘了回家，我妈做好了饭还得专门挨家挨户来把我找回去。"刘晓兵哈哈笑着说。

三人说话的工夫，熊姥姥拿了三个粗陶碗出来，又到一旁提了炉子上坐着的大铜壶，给他们挨个倒了一碗水。

"这是啥？"陈四平眼睛尖，注意到碗里本来装着一点儿东西，被温水一冲，顿时化开了。

"是后头山上的黑蜂蜜，那个山头上长了不少的椴树，有野山蜂在那筑巢，我闲着没事儿的时候就去挖点儿，滋味不错，吃了滋润，你们尝尝。"熊姥姥说完，自己当先喝了一口。刘晓兵闻言喝了一口，顿时眼睛一亮，这蜂蜜和外头买的那种完全不一样，甜而不腻，喝起来有一种别样的清爽口感。

不知不觉一整碗蜂蜜水全都下了肚，抬起头来，果然从陈四平和胡大哥脸上也看到了这种惊艳的表情。

“难怪熊姥姥您不肯出山，原来这山里有宝贝啊！”胡大哥摇头晃脑地感叹。

熊姥姥拍拍腿上的灰土，笑道：“我是从小在这地方长大的，故土难离，所以自然不愿意离开这大山。”

故土难离。刘晓兵心里一动，清清嗓子，试探性地问道：“您从小就在这儿长大，那有没赶上咱们的抗日战争？”说这话的时候，他特别专注地盯住了熊姥姥的脸，生怕错过任何一丝表情。

熊姥姥意味深长地看了他一眼，笑道：“你们大老远来，肯定不是只问这么简单的问题吧？”

说完顿了顿，继续道：“我也算是赶上了吧，或者可以说，就是抗日战争把我带到这个地方来的，一住就是一辈子。”

“什么？您是什么意思，我咋有点儿没听明白呢？”陈四平挠挠头，费解地问。

熊姥姥叹了一口气：“当年抗日战争的时候，日本人在咱们镇上修筑防御工事，从各处征收民工干活，有那么一对夫妻就这么被带到了镇上，和许多人一起，每天被工头看管，男人修防御工事，女人照顾饮食起居，形同奴役。”

“当时女人不知道她已经怀了孕，等到发现的时候，他们两口子都吓了一跳，这要是被日本人发现了，八成是要没命的，况且当时那种局面，根本无法养活一个新出生的孩子，因此他俩最终决定，趁着日本人没发现逃出去。”

“可日本人把守严密，哪会那么容易逃走，他俩等了一个多月也没找到机会。就在即将绝望的时候，皇天不负苦心人，有一天晚上，月黑风高，一队人悄悄潜入了还没完工的防御工事，一把火烧着了日本人的粮仓。”

熊姥姥讲到这里，刘晓兵惊讶地发出一声轻呼，打断了熊姥姥的话。陈四平正听得入神，这会儿不满地看向刘晓兵：“你咋回事儿，一惊一乍的，你倒是认真听啊，熊姥姥讲得多好，都让你给搅和了。”

刘晓兵摆摆手：“不是，你们不觉得最后这里和咱们知道的故事高度吻合了吗？”

“什么吻合了？”陈四平一怔，旋即也轻呼了一声，“烧粮仓！”

“这放火的人，就是吕文军连长带领的那一队抗联战士！”三双眼睛齐刷刷看向熊姥姥，等待一个答案。

熊姥姥长长呼出一口气，缓缓点了点头：“没错，如果放熊妈妈没记错的话，这些人就是抗联战士。”日暮西垂，天也慢慢黑了下来。撮罗子里，炉火跳跃燃烧，给每个人的脸上都镀上了一层暗红的光彩。偶尔一声噼啪响，是火焰将干燥的木柴烧裂发出的破碎声。可是围坐在撮罗子里的几个人没有动，全都聚精会神地看着熊姥姥。

刘晓兵听到熊姥姥的肯定答案之后，却并没有那种解惑的快乐，这个答案反而让他的心里涌现出了更多的疑惑和问题。从熊姥姥的讲述里可以得知，她当年还没有出生，她讲述的这个故事，很大程度上都是来自被她称为“放熊妈妈”的放熊老娘。可放熊老娘到底是怎么得知这些的呢？刘晓兵心里隐隐有了一个猜想，但是他被自己这个猜想惊到了，因此强行按捺住没有吭声。

一时间没有谁再插话，熊姥姥慢慢吞了一口蜂蜜水，继续讲了下去：“粮仓在眼皮子底下被烧，日本人大惊失色，救火的救火，抓人的抓人，整个防御工事都乱作一团，夫妻俩抓住了这个千载难逢的机会，趁乱逃出了防御工事，在镇子里东躲西藏地狂奔了大半宿之后，遇到了放火烧仓的这队人。”

“当时情况紧急，日本兵满城搜捕，恨不得把整个镇子都掀翻，这队人也不敢在镇子里耽搁太久，因此在得知了夫妻二人的情况之后，他们决定能救一个算一个，只要他们有一口气在，就一定将夫妻二人护送到安全的地方。”

“因此，他们就带着这对夫妻，一路躲过日本兵的围追堵截，一头逃进了距离镇子最近的康平林场，想要在茫茫林海里闯出一条生路。”熊姥姥讲到这里，幽幽地叹了一口气。

这故事和他们之前听到的关于吕连长的故事几乎是两条平行线，两者发生在同一时空，可是又没有任何蛛丝马迹显示两者之间是有交集的。此刻在这样的环境中听到另一种视角下的故事，有一种莫名的穿越感，好像铁马冰河扑面而来，当年的他们也曾经在这林子的雪壳子上留下过深深的脚印。刘晓兵只觉得浑身的鸡皮疙瘩都起来了，说不清是一种什么感觉，好像自己马上就能捅破这一层窗户纸，又好像和之前认定的真相渐行渐远，掉进了另一个故事里一样，既陌生，又熟悉。

直到陈四平在旁边悠悠地叹了一句："当时他们自己都在疲于奔命，竟然还想着带着那对夫妻，女的还有孕在身，这真是豁出去了啊！"

熊姥姥点头叹道："是啊，那对夫妻长期营养不良，身体瘦弱，女人还有孕在身，根本跑不快，在那种情况下他俩都是累赘，可是他们几个却毅然决然地选择带上他们，为此放弃了原本计划好的逃跑路线，将自己逼上了一条绝路。"

"绝路？您的意思是说……"胡大哥神色古怪地讶异道。

熊姥姥脸上瞬间闪过一丝黯然："是啊，康平林场林深树密，当时大雪又足足下了好几天，这些条件本来是可以让他们成功逃脱的，可是他们最终没能全数逃出来，不是绝路又是啥呢？"

不知道哪里来的一丝凉意，让刘晓兵生生打了个寒战。熊姥姥这话背后的意思，不能不让人惊觉齿冷。

"明明能全部脱身，最终却没有全部脱身，难道当时的康平林场还出了啥蹊跷不成？"陈四平像说绕口令似的嘟囔。

熊姥姥点点头，转身给炉膛里塞了几根手腕粗的木头，火苗跳跃着，发出噼啪的爆裂声，在静谧之中显得格外刺耳。

"具体发生了什么，当时的夫妻二人也说不清楚，只记得当时大雪纷飞，风雪抽得人眼睛都睁不开。一行人顶风冒雪地在林子里七拐八绕，到后来连方向都分辨不清。更何况日本人不肯罢休，在康平林场撒下了天罗地网，要把他们一网打尽，除了调动守备队，日本人甚至还调来了许多军犬在林子里搜捕，好几次他们都差点儿被发现，实在是险象环生。”

“抗联战士们一直保护着夫妻两个，把他俩夹在队伍中间抵御风雪，中途还把自己的干粮分给夫妻两个吃。可就算这样，女人还是动了胎气，腹痛不止，一开始还能凭借一股毅力硬撑，可当身体达到极限后，她终于疼得走不动了。”

“队伍因此停滞，几个人跟女人的丈夫一商量，最后决定兵分两路，由一队护送女人继续朝山沟子的更深处撤离；另一队则想办法引开追来的日本守备队，再赶上来会合。女人的丈夫自告奋勇，加入了后一支队伍，随着吕连长和一个叫牛朝亮的战士，三个人反身扑进了风雪里，而女人则在吴进军、李生元和王一三个战士的护送下，继续朝着黑瞎子沟里逃命。”

牛朝亮！刘晓兵心中一惊，眼睛顿时钉在了熊姥姥身上。这个隐居深山的老太太，竟然能准确地叫出这支抗联小分队里每一个人的名字，要知道，连吕连长的身份都还在核实中，可这个老太太的语气却已经十分笃定，让人毫不怀疑她所说内容的真实性。

“您知道牛朝亮？”在刘晓兵惊疑不定，不知道自己是不是该直接问个明白的时候，陈四平已经脱口而出了。

而与此同时，胡大哥也开了口：“怎么可能有三个人！”话一出口，他自己似乎也觉得极为不妥，在凳子上动了动，有些不安地扇了扇衣襟。

熊姥姥打量了他一番，嘴角噙着一抹古怪的笑意，缓缓开口道：“是啊，这三个人的队伍也只是维持了不长的时间，因为很快，这支小队就只剩下两个人了。因为其中一个人，没走出去多久，就被一队追上来的日本守备队给射杀了。”

刘晓兵惊骇地站起身，连他自己都没有意识到，他拳头攥得太紧，已经抠破了自己的手掌，汗水一沾，丝丝缕缕地疼：“那个牺牲的人是谁？是不是牛朝亮？”刘晓兵听见自己的声音有些沙哑，这话问出口之后，他的心跳起码上了一百二。

熊姥姥顿了顿，摇了摇头："不是，死的是女人的丈夫，日本人像喂猪一样喂这些苦力，每顿吃的比潲水还不如，长期的营养不良早就让这个男人骨瘦如柴，风雪中的逃命也把他最后一点儿力气都耗尽了，所以在突然发难的守备队面前，他毫无还手之力，被守备队的人开枪打死了。吕连长和牛朝亮不敢耽搁，借助树木做掩护和这几个守备队的人周旋一番后，他俩兵分两路，逃了出去。"

刘晓兵忽然打断了熊姥姥的回忆："等等，您刚刚说'突然发难'，难道有那么一个瞬间，双方曾经接触过？"他一时有点儿糊涂了。"突然发难"这四个字，听上去好像前一秒双方还在友好亲切地握手，可后一秒就已经拔刀相向不死不休似的。这种感觉实在强烈，让他不得不搞个明白。

熊姥姥点点头："具体的情形，我就不太清楚了，总之，吕连长和牛朝亮各奔东西，逃进了茫茫的林海，牛朝亮在兜了一大圈后重新返回了黑瞎子沟，一个人在黑瞎子沟里转了三天，渴了吃积雪，饿了挖草根抓野鼠，等他再次追上自己的战友时，已经是第四天的傍晚了。"

"牛朝亮当时竟然还活着！"陈四平又惊又喜。

可刘晓兵的神色却越发阴郁："牛朝亮追上了队伍，吕连长却死在了离镇子最近的康平林场边上，我想这中间怕是还有好长一段故事，全都遗失了。"

熊姥姥默然半晌，终究还是无奈地点了点头："他们当时的情况，是牛朝亮归队后跟大家说的，至于吕连长后来到底怎么样了，当时谁都不知道。"

"听起来，另一队人应该成功逃过了日本人的包围吧？"胡大哥清清嗓子，开口问。

熊姥姥又往炉膛里塞了两段木头，娓娓道来："先一步逃进黑瞎子沟的吴进军、李生元和王一，以及他们护送的女人，并没有被日本兵追上，一来，当年的黑瞎子沟实在不亚于龙潭虎穴；二来，连日暴雪，让黑瞎子沟的情况更加恶劣，稍有不慎就会全部折损在里面。日本人的守备队也不敢轻易冒险，在有吕连长三人吸引火力的前提下，守备队选择了追捕沟子外的人交差，放过了他们四个。”

“这几个人因此得到喘息的机会，边照顾女人边缓慢行军，在女人彻底支撑不住之前，他们还幸运地遇到了黑瞎子沟的放熊老娘，住进了放熊老娘的撮罗子，放熊老娘熬了草药帮女人稳住了胎气，几个月后春暖花开的时候，女人生下了一个女娃娃，将孩子交给放熊老娘照顾后，女人就一个人走到黑瞎子沟的山口，在她丈夫被打死的那棵树上上吊死了。”

熊姥姥讲得又平静又缓慢，好像在讲别人的故事，可是刘晓兵却听得出来，在这像是大兴安岭泡子里的冰水一样的平静下头，熊姥姥的语调里隐隐暗含着一丝别样的颤动。他不禁微微皱起了眉，在心里大大地打上了一个问号。

“她到底还是放不下她男人，只是可惜了女娃娃，没了亲爹娘，日子一定不好过。”陈四平咕嘟吞下一口蜂蜜水，那水像是苦的，让他整张脸都皱成了一团。

刘晓兵问熊姥姥：“那牛朝亮他们几个抗联战士呢，总不会也在这座撮罗子里住到了春暖花开吧？”

熊姥姥摇摇头：“那自然不会，再说山里物资匮乏，一个孕妇更需要营养，这些战士们哪会跟她抢吃的，他们只在这里住了十天，这期间还帮放熊老娘打了些野鸡、狍子，屯了足够的吃食，这才在放熊老娘的指引下，从后头翻出了山沟子。”

“什么？他们那么早就离开了黑瞎子沟！”刘晓兵大吃一惊。他有设想过牛朝亮这一行人的几种结局，比如在这里住到开春，比如牺牲在了这里，比如……可就是没想到他们竟然会顶着寒风，硬生生翻出了黑瞎子沟。

熊姥姥缓缓道：“他们等了十天，也没等到他们连长的消息，又急着向上级复命，所以就走了。走的时候放熊老娘给他们拿了些干粮，应该够他们四个走出这片山区找到他们的大部队。”

这回换胡大哥一脸费解："熊姥姥，这故事如果是真的，知情人也就只有放熊老娘一个人，您又咋会连给拿了干粮这种细节都一清二楚呢，没道理啊！"

"难道我老婆子还会骗你们不成？"熊姥姥不满地瞪了他一眼，一拍桌子，"我能说得这么清楚，自然是有个缘故的，说来也是咱们抗联战士仁义，不肯拿群众一针一线，才有这故事往下传的机缘。"

熊姥姥说着站起身，转身走到撮罗子一角，从一个古拙斑驳的木柜子里小心翼翼地取出一卷兽皮来。三人都是一愣，见她捧着这卷兽皮回转过来，好像拿着的是什么稀世珍宝似的，心里都是各种揣测。熊姥姥深吸一口气，将兽皮卷放在四人中间的小木桌上，慢慢地把兽皮卷铺开，露出里头的一张发黄的纸来。

"这是？"刘晓兵看清了纸上的字，顿时惊讶地张大了嘴。熊姥姥眼中露出一丝得意，旋即又被厚重的哀伤掩盖，她点点头，缓缓道："这就是牛朝亮亲笔写下的借条，他将整件事都写在了上面，所以我才能知道得这么清楚。"

三人激动地围了上来，盯着那张借条，只见上头用歪歪扭扭的笔迹写着："……今抗联战士牛朝亮、吴进军、李生元、王一，因与连长吕文军失去联系，在老乡放熊老娘家中借用物资若干，包括十个苞米面饼子、五十条肉干……"

"您怎么会有这东西，您到底是谁？您和故事里的人到底是什么关系？"胡大哥不可思议地看着熊姥姥，声音都走了调儿。

熊姥姥缓缓吐出一口气："那个出生在这撮罗子里的女娃娃就是我。"

望着借条，刘晓兵先是吃了一惊，又微微叹口气，说道："要不是镇上挖出了吕连长的遗骸，我们也绝对不会一路找到这里来。"

熊姥姥端着水碗的手却是一顿："你说吕连长的遗骸是在镇上挖出来的？"

胡大哥点头道："就在康平林场边上那里，以前应该是林场放木材的仓库场地，后来林场木材都被砍伐了，镇子又不断扩大，那一片就成镇子边儿了，但是不知道啥原因一直没有被占用，就是在那儿挖出来的。”

“确定是吕连长吗？”熊姥姥神色复杂地再度确认。

陈四平和刘晓兵对视一眼，双双点头：“应该不会有错吧，据说还发现了刻了吕连长名字的钢笔呢，这还有假？”

见熊姥姥神色有异，刘晓兵迟疑问道：“难道遗骸不是吕连长的？”

熊姥姥抿了抿嘴角，摇头叹道：“那倒不是。我听放熊妈妈说，当年牛朝亮回来，养伤期间专门跟他们提到过，说吕连长和他分两头脱身，吕连长去的方向是正南，就是镇子的方向，可是黑瞎子沟口和你们说的位置之间几乎隔着整个康平林场，林场里被日本人布成天罗地网，他一个人是咋跑出那么远的呢？”

她这么一说，刘晓兵也觉得蹊跷，他们一路从镇上到黑瞎子沟口的段家村，坐车都坐了几个小时，吕连长孤军奋战，又被日军追捕，又是怎么一路逃到那里的？他和陈四平下意识地扭头去看胡大哥。

吕连长的整个故事，眼下出现了两个证人，其中一个就是胡大哥的爷爷胡老先生。可眼下似乎胡老先生和熊姥姥的话中的细节出现了一些若有若无的偏差，让刘晓兵二人敏锐地察觉出了一丝不对。

“我记得没错的话，刚才熊姥姥说过，吸引日军火力的三个人被守备队袭击的时候，是对方‘突然发难’，可胡老先生说的是他见到吕连长和牛朝亮的时候，他一个人摔下了坡，吕连长一行人救了他，对吧？”刘晓兵皱眉道。

陈四平看了胡大哥一眼，迟疑着点了点头。刘晓兵吞了一口带着余温的蜂蜜水，好像这水能让他暖和一点儿似的，之后才慢条斯理地说：“可是熊姥姥并不知道当时具体发生了啥，牛朝亮或者说是放熊妈妈，事后也没有提及。”

熊姥姥一怔，才点点头，算是肯定了他的说法。

胡大哥脑袋晃得像拨浪鼓，眼神都有了几分慌乱：“不可能的，这咋可能！说不定是我爷爷先碰到了所有人，后头他们才兵分两路的呢？”

熊姥姥眼中不禁腾起几分疑惑，目光在三人身上转了转，表示天色不早，自己去给大家做晚饭，就出去了。等她出去，刘晓兵才轻轻拍了拍胡大哥的肩膀：“真相就是一层一层挖掘的，真有疑惑，回头咱们再去问问老先生不就得了？”

“不，应该不用问了，我想，我一直以来的疑问，总算有了答案了。”胡大哥哀叹一声，捧着已经凉了的蜂蜜水，大大地灌了一口。

刘晓兵虽然很想问个明白，但是见胡大哥一副大受打击的模样，知道他怕是不愿意说了，所以也只好暂时作罢。他拍了拍胡大哥的肩膀以示安慰，然后就起身出了撮罗子，打算看看熊姥姥需不需要帮忙打下手。

一出撮罗子，山里冷冽的空气就拍在脸上，让被炭火烤得晕乎乎的脑子为之一振。熊姥姥当年尚未出生，所知的内容几乎全部都是放熊妈妈在随后多年里不断讲给她的。这样的转述本身就会带有很多个人感情和理解，在年年岁岁的反复咀嚼中，会不断变形。而胡老先生那边，同样的，在多年后的今天，记忆到底有没有偏差，是很难说得准的。当两边所说的内容有了细微的差别时，到底该如何甄别，才能得到真相？夜风一吹，脑子清醒，他心里忽然有了一个大胆的想法。

“你咋出来了，山里风凉，别伤了风。”熊姥姥抱着一小捆柴火，手里还拎着三只鸽子，看见刘晓兵，出声打断了他的思考。

刘晓兵接过熊姥姥手上的鸽子，眼中一亮：“嚯，这鸽子可挺肥啊，这三只拎着少说也有四五斤了！”

熊姥姥带着刘晓兵到了撮罗子边上一个树枝搭成的小棚子里，刘晓兵见棚子正中间地上摆着一套土陶的炉子，一看就是用了多年的老物件，熊姥姥放下木柴，生了火，拿出一个粗陶罐放在陶炉上，又从一边的水缸里舀了水灌进去烧开，这才开始洗剥那三只鸽子。刘晓兵拿了几个土豆剥皮切块，给熊姥姥打下手，俩人边做饭边闲话家常。

“说起来，放熊妈妈还在的时候，我们娘儿俩也是这样，她弄肉，我弄土豆蘑菇啥的，一块儿说说话，她就给我讲过去的事儿，别看放熊妈妈年纪大了，可脑子清楚，记性特别好，一点儿小事儿都能说得清清楚楚，有时候我逗她，一件事儿隔一段时间再问一次，她都能说得分毫不差呢。”

罐子里的水烧开了，熊姥姥把罐子撤下来，换了一口砂锅架在火上，从另一个罐子里舀了一勺猪油丢进去慢慢化开。猪油熔化，边缘不断冒出细腻的泡沫，噼啪作响。一股浓郁的香气就溢了出来。刘晓兵的心里也像这猪油一样沸腾了。

“放熊妈妈记性这么好？难怪当年的事也能一直记得清清楚楚的。”他摸摸鼻子，故意夸道。

熊姥姥点点头，一边把切成块的鸽子丢进锅里翻炒，一边笑道：“她说过，这事儿关乎几个抗联战士的清白，她就是老糊涂了也绝不能忘掉一星半点儿，不然没脸下去见祖宗呢。”

“清白？”刘晓兵一愣。

“对，就是清白。”熊姥姥在“清白”二字上加重了语气，“她说当时她出山去打探消息，日本人到处抹黑这几个抗联战士，说他们本来要烧的是镇上老百姓的粮仓，但是被他们抓了当众处决了，想借此换来老百姓的好感。所以放熊妈妈说，从那时候起她就暗暗发誓，当年的事儿她必须刻在脑子里，就等哪一天换了天下，要还几个战士清白。”

“可惜这一等就是好多年，再后来她身子不好了，就出不了山了，整天只带着我在山里过活，也算与世无争，就这么直到我十几岁那年，她一病不起，就这么去了，临走时候把那张借条交给我，千叮万嘱就是让我一定还几个战士清白。”

“我二十岁出山，最终住不惯，我就又回来了，打算再过几年，我这把老骨头实在熬不住，就把这东西传给老来看我的老邻居，让他们转交给政府。”

刘晓兵忍不住插了一句：“您为啥不亲自交啊？直接跟政府说个清楚多

好，何必非得等下去呢？”说着话，他把切好的土豆块和泡发的蘑菇码在盘子里递给熊姥姥，瞧见棚子的顶上挂着一挂大蒜，顺手摘了几个剥皮。

熊姥姥已经把土豆蘑菇下了锅，发出刺啦的脆响，她往锅里添了水，放了些盐巴，搅了搅，盖上锅盖炖着。蒸汽把她笼罩在里头，看上去像是蒙了一层烟雾一样不真实。她幽幽一叹，慢慢地说：“那毕竟是除了这个撮罗子，放熊妈妈留给我的唯一念想了，我总寻思要陪着它一辈子的。”

许是和刘晓兵聊得投缘，一回撮罗子，熊姥姥就把自己的念想交给了刘晓兵：“帮我交给国家吧，我年纪大了，不爱出山去，啥时候有个万一，怕来不及交代给别人了。”她憨厚地笑了笑，留恋地摩挲了几下卷着借条的兽皮。

刘晓兵一愣，不可置信地确认了一遍，反被熊姥姥瞪了一眼。

“你不要我就拿去烧了，省得老惦记这桩事儿，觉都睡不好。”她故意埋怨了一句，用两块粗布卷着砂锅把手，将一锅热气腾腾的炖鸽子摆上了桌。香气顿时充满了整个撮罗子，鸽子的鲜香混着蘑菇的山野滋味，让人忍不住流口水。

刘晓兵瞧着胡大哥似乎有些心不在焉，赶紧推了推他，挑眉问：“你那背包里，不是说还给熊姥姥带了见面礼吗，怎么不见你拿出来？”

胡大哥一拍脑门，赶紧拽过背包，从最底下拿出几盘自己灌的肉肠和熏的腊肉，递给熊姥姥：“想着山里虽然有肉，但是这些东西估计也不好弄，所以带了点儿给姥姥。”

熊姥姥高兴得不得了，当即收好了，道：“我跟你们说，我跟着放熊妈妈什么都学了，就是这灌肉肠和熏腊肉的本事没学到家，自己做不出来，可太想这个味儿了。”

刘晓兵啧啧称奇：“听起来放熊妈妈什么都会！”

熊姥姥露出怀念的神情来：“是啊，她只身一人在山里过活，自然得是样样全能才能过好日子，说起来，她跟着那几个抗联战士，还学会了放枪，只是可惜当时大部分子弹在吕连长身上，他没有回来，他们随身带的子弹太少太珍贵，没有多余的子弹让她实弹演习。她念叨了好多年，始终觉得遗憾呢。”

“这事儿我就想不通了，吕连长身上弹药充足，最后咋会就死了呢？按理说借助地形优势，他想脱身应该不难啊？”陈四平嘴里塞着鸽子肉，含混不清地说。

熊姥姥点点头：“这事儿我长大点儿之后也问过放熊妈妈，她说当时山中下了暴雪，大雪下了七八天，山里的地势变得格外险峻，变数太多，说不定出了什么别的意外也不一定，所以牛朝亮他们几个撤离的时候，放熊妈妈还专门答应了他们，万一吕连长找到黑瞎子沟来，放熊妈妈一定会给予全力帮助，送吕连长出山，可惜这一等，就再也没等到。”

刘晓兵在桌上用筷子划拉了几下，皱眉道：“难怪后来日本人没有搜黑瞎子沟，毕竟一群弹尽粮绝的人在山里，除了死，没有其他活路。”

“可他们万万没想到，黑瞎子沟里有放熊妈妈，更没想到的是，咱们的抗联战士竟然遇见了放熊妈妈。有她老人家在，逃进黑瞎子沟的战士们一个都没少！”陈四平一拍桌子，有点儿那个击节赞叹的意思。

这话引得一桌子人频频点头，熊姥姥也说：“说起来真是险象环生，连放熊妈妈都说这事儿惊险，当时我娘已经精疲力竭，要不是几个抗联战士四面护住她，又一直把自己的补给给她吃，她根本撑不到最后。就是这样，放熊妈妈救下她的时候她也昏睡了好多天，几个战士走了她都不知道，等她醒了，为这事儿还难受了不少日子，直后悔没有当面道谢。”

“后来几个战士到底去了哪里，放熊妈妈知道吗？”刘晓兵忙问。这个问题他想问很久了，只是今天熊姥姥说出来的信息太多，让人一时之间难以消化，他始终没有得空问，此刻问出来，也是盼着能问出牛朝亮进一步的消息，好争取早日找到他的下落。

熊姥姥却摇摇头：“放熊妈妈怕日军丧心病狂地扫荡黑瞎子沟，自己要是落入敌手，知道他们的去向反而不好，索性只帮他们离开黑瞎子沟，别的什么也没问。但是后来局势稳定了，她曾经悄悄跟我说过，当时看他们一行人的去向，恐怕是直奔了莽子河口。”

“莽子河口？”刘晓兵和陈四平面面相觑。

还是胡大哥忽地开口：“莽子河是绕过咱们这片山区最大的一条河，在整个山区之中穿行环绕，途经多地，莽子河口当年是个河运的交通要道，从那里登船的话，可以去的地方就多了，只是……”

“只是什么？”陈四平撇嘴道，“胡大哥你今天说话怎么吞吞吐吐的，有啥不能痛快说的？”

胡大哥脸一红，刚要说话，刘晓兵却替他解释了：“只是当年日本关东军占据东北，一切交通要道都在日本人的掌握之中，所以他们几个要是奔了莽子河口，就是自投罗网，所以不大可能真的去了那边，多半是中途就换了方向，对不？”胡大哥一竖大拇指，点头称是。

陈四平心有不甘，不禁嘟囔道：“这么大个山区，要是中途转了方向，不是又迷路了吗？这可让人咋找啊？还不如先去莽子河口呢，又方便追上大部队，又有人烟，不至于让咱们一点儿消息都打探不出来。”

他话音未落，熊姥姥却灵光一闪，猛地一拍大腿：“对啊！我知道哪里能打听到他们的消息了！”

“哪里？”三人齐声问。

第九章　找到牛朝亮

刻着李生元烈士名字的石头，久经岁月的打磨，竟然有几分圆润，像是一个曾经锋芒毕露的故事，在一代又一代的传承中渐渐少了血腥和锐利，增添了感慨和唏嘘，别有一种温暖。

熊姥姥说的地方是老母猪岭。东北的地名，往往起得十分生活化，什么秃子山啊，老母猪岭啊，黑瞎子沟啊，可以说有点儿看山是山、看水是水的意思，约定俗成，浅显易懂，也就叫开了，熊姥姥说的老母猪岭就是这么一处地方。据熊姥姥说，这地方大概在黑瞎子沟和莽子河口的中间，想要去莽子河口，多半要经过这里，最妙的是这地方有个老村子，比黑瞎子沟前头的段家村还大点儿，说不定能找到人打听到这几个战士的消息。

第二天一大早，三人收拾了东西就离开返程了。熊姥姥亲自把他们一路送出了黑瞎子沟。走出去老远，刘晓兵回头去看，还能看到她的身影站在山岗上，风一吹，衣摆飘摇，像是一尊雕像，遥遥相送。

他们三个人一进胡家，就看到客厅的沙发上，坐着七八个人。原来，市里对这次发现烈士遗骸的事儿极为重视，文化局的赵局长和社区的王主任来胡家登门拜访慰问来了。胡老先生泪流满面："政府对我的关怀，我老胡受之有愧啊！我跟组织撒了谎，其实，其实我没有帮助他们。"这话一出口，胡老先生像是卸下了一副重担似的，整个人软软地靠在沙发上，闭眼长叹了一声，伸手捂住了脸。

一屋子人都愣了。文化局和社区的人愣住，是因为一时之间没弄明白这胡老爷子到底说的是啥，本来开开心心来慰问，现在老爷子拒不接受不说，话里话外还透露出这事儿别有隐情的意思，弄了他们一个措手不及。而刘晓兵和陈四平愣住，是因为虽然心里已经有了猜测，然而得到老爷子的亲口证实，还是有些不可置信。

胡老先生在众人的注视下睁开了眼，伸手抹了抹眼角的泪花道："当年我确实见到了吕连长，但是并不是我一个人见到他。"

"您的意思是？"社区的王主任皱眉问道。

"当年，日军在整个康平林场设下包围圈，要求务必抓到吕连长一行人，可偏偏赶上大风雪，林场积雪太深了，想要抓住几个人显然不那么容易，因此也只能且战且行，不断缩小包围圈，将几个人往黑瞎子沟赶。"

"日军当时有两个打算，要么几个人不敢进黑瞎子沟，最终就会落入包围圈之中；要么几个人躲进黑瞎子沟，在当时那个天气之下，想要活命，几乎是不可能的事儿。日本人就是想把这几个抗联战士给活活困死。"

"可是日本人万万没想到的是，这几个人竟然兵分两路，其中三个人，竟然离开队伍，杀了个回马枪，在距离黑瞎子沟山口不远的地方，和我们撞上了。"

"你们？"刘晓兵眨了眨眼，抓住了重点。

胡老先生点点头："我们，我和我所在的这支守备队，当时因为得罪了长官，被分配到了追捕的第一线，所以他们一回身，就撞到了我们。"

刘晓兵和陈四平对视一眼，双双倒吸了一口凉气。

胡老先生继续说了下去："当时双方一碰面，我们的队长就谎称我们是被日本人逼迫才来参与追捕，骗取了吕连长的信任，队长甚至还跟吕连长他们分享了日本人绘制的黑瞎子沟的地图，想要套出其他人的下落。只是吕连长三人十分警觉，我们并没有得逞。于是队长干脆就开枪打死了其中一个人，并且试图抓住吕连长和牛朝亮同志。”

“幸好吕连长早起了防备，他和牛朝亮立刻就分散开，钻进林子里，借助地势，很快就躲开了我们。我们人数不多，也只能围住一个人，所以我们……”他顿了顿，停住了。

刘晓兵深吸一口气，替他说了下去：“所以你们就放过了牛朝亮，选择全力抓捕吕连长，并且成功了。”

屋里所有人都大吃一惊，目光齐刷刷地看向刘晓兵，又重新看向胡老先生。胡老先生眼中泛着泪光，朝刘晓兵点了点头，沉痛地说道：“是，我们成功抓住了吕连长，交给了日军，当时我们以为抓的只是捣乱的敌对分子，还为此沾沾自喜，以为是大功一件，终于能抵消之前的罪责，可以不用再守着空荡荡的林场过年了。可万万没想到，日军接手之后，竟然连审问都没审问，就将吕连长押到康平林场，就地枪毙了。”

胡老先生说完，屋里静得落针可闻，一时之间没人敢相信这个消息，脸上满是错愕。王主任继续追问：“胡老先生，您确定这是真的吗？”

只有刘晓兵因为猜到了一部分，还算平和，只是将这个真相反复在心里咀嚼几遍，也不禁五味杂陈。当年的一场侵略战争，到底将人心扭曲到了多么可怕的地步。这个真相，牛朝亮归队后一定讲给了其他人听，只是因为太过残忍，放熊老娘再三考虑后，八成并没有原封不动地讲给熊姥姥，只是在字里行间透露了少许。熊姥姥再聪明，估计也想象不到其中的曲折离奇。

刘晓兵想到这里，深吸一口气，上前一步打破了屋子里的死寂：“赵局长，王主任，我这里有一份当年的佐证，刚好可以证明这个故事的真实性，另外，黑瞎子沟的熊姥姥，也有一个关于吕连长和他的抗联战士们的故事，让我讲给领导们听。”

领导们走的时候，已经是夜里十点多了。胡大哥满面羞红地把领导们送出门，一直送到楼下，目送领导们上车，这才缓缓吐出一口气，慢慢回转。

刘晓兵和陈四平站了半晌，这会儿一屁股坐在沙发上，只觉得两条腿都好像不是自己的了。胡老先生整个人陷在沙发里，神色低落，他不断摩挲着拐杖把手。

刘晓兵心里也不好受，刚刚他把熊姥姥讲述的真相全都复述了一遍，还拿出了那张借条交给了米科长，别人的表情他没细看，胡老先生的脸色他专门瞧了瞧。这借条对胡老先生的打击，应该不小。他老人家的神情当时就垮了，从刘晓兵开始讲故事起，就再没说过一句话，一直到现在。

刘晓兵悄悄瞥了他一眼，最终也只能无声地叹息一声，嘴巴张了张，还是把到嘴边的话又咽了下去。说什么呢？什么都说不了。他本来是想问问胡老爷子当年遇到吕连长的细节，毕竟在熊姥姥的讲述里，唯一没有分明的部分，就是吕连长三人到底是怎么被突然袭击的。

胡老先生说他见过吕连长，也对牛朝亮有印象，也就是说，他亲眼见过这两个人，而其他人他没提，八成是没有见过，所以没有印象。那么胡老先生必然是在吕连长三人与其他人兵分两路出去吸引火力之后碰见他们的。而这里也有个时间差，就是在三人遭遇敌军后，熊姥姥的生父被打死，吕连长和牛朝亮分两个方向逃走了。也就是说，如果想同时见到他们俩，只能是在吕连长和牛朝亮散开之前。胡老爷子之前的故事，就一定是在说谎。因此刘晓兵在听到胡老爷子说出当年真相的时候，并不意外，此刻也就不知道该如何安慰这位老人。

当年那种情况，所有人都身不由己地被卷入了一场旷日持久的战争里，有人因此黑了心肠，也有人被逼无奈做了帮凶，胡老爷子大概就属于后者了。而他之前之所以隐瞒真相，大概也是没想到镇上会这么重视吕连长的遗骸，甚至到了连自己这种有过“一面之缘”的证人也纳入照顾范围的程度，所以他良心不安，才说出了真相。不过到底是把几位领导登门拜访的一番好意给搞砸了，老爷子现在心里怕是不好受。

刘晓兵挠挠头，正想说点儿什么来缓和下此刻的尴尬气氛，胡大哥急匆匆推门进来了，说道：“爷爷，你刚才跟领导说的都是真的？难怪你这么多年都不肯让我和我爸停止寻找烈士遗骸，原来真的是要赎罪！这事儿你咋不跟我说，你瞧瞧这事儿闹的！”胡大哥连珠炮似的边说边走到沙发边，拎起茶壶猛灌了几口。

听到“赎罪”这个词，胡老先生打了个冷战，良久才长叹一口气，慢慢地道：“是啊，当年我亲眼看着他们押走了吕连长，却根本阻止不了。本来我们商量好，假装帮着日本人追捕，只出工不出力，无奈长官早看我们不顺眼，直接把我们派到了最前线，我们这才第一时间撞见了他们三个。”

“当时的情形，实在是尴尬极了。我们也是中国人，看着自己的同胞烧了日本人的粮仓，说不痛快是不可能的，所以我就先上前搭话，问问他们是怎么做到的，套套近乎，想着以后万一自己有机会能去投军，说不定还能搭上线，也是一条出路。”

“可我没想到我们队长竟然会先开枪，这一枪直接打死了一个人，也彻底把我们推到了抗联战士的对立面，庆幸的是吕连长和牛朝亮并没有想杀我们，否则我距离他们最近，早就被他们打死了。”胡老先生的声音里透出无尽的庆幸和感激，他连连摇头，又掏出手绢来擦了擦眼角沁出的泪水。

刘晓兵早在他开口的时候，就偷偷打开了录音笔。这录音笔是他在来这镇上之前特意买的，想着自己到处打听牛朝亮，有些线索只是口述的只言片语，非常散碎，要是能录音，事后整理的时候会更方便，没想到这时候派上了用场。他也不知道自己为啥要录音，他总觉得这些话也代表了七十多年前的一种声音，不该因为立场被就此埋没。

胡老先生顿了顿，看了胡大哥一眼：“这事儿不光彩，因此这么多年我对谁都没说起过，哪怕对你爸，我也是前些年才跟他说了几句。他当时对我说，咱家能有今天，说到底都是吕连长他们手下留情，人得感恩，但是这事儿还是不要被外人知道，自己家悄悄找找，找到了祭拜下也就是了。”

“为了这个，你爸和我专门重新想了一套说辞，编造了那个被吕连长救命的故事，想着万一找到吕连长的坟，无缘无故去祭拜总是突兀，有这么个由头，也好解释。”

“可我没想到啊，镇里领导竟然会这么照顾咱们家，给的福利咱们受之有愧啊！吕连长虽然不是咱们杀的，可到底他的死跟咱们有关，咱们哪能心安理得地享受他的遗泽，这是要被人戳脊梁骨的啊！”他说到这里，情绪激动起来，脸色涨得通红，拿起拐杖用力在地板上顿了顿，发出几声闷响。

胡大哥被他说得脸红脖子粗，半晌才瓮声瓮气地说：“熊姥姥说的时候我就觉着不对劲儿，可也没想到是这样，早知道就不去祭拜了，引来这么多麻烦。”

胡老先生顺手就一拐杖抽在他腿窝子里，骂道：“糊涂东西，祭拜这事儿，再做一百遍也应该，就算惊动了镇上领导，这事儿我也不后悔让你去做，那是咱家恩人！”

胡老先生骂完扭过头问刘晓兵：“小同志啊，我知道你和米科长认识，上次就是你们一起来的我家，你看，能不能麻烦你去给米科长说一声，就说老头子我得跟他道个歉，对不起他的一番信任了。”

刘晓兵道：“胡老先生，您放心，这个没问题。”

次日一早，刘晓兵和陈四平专门跑了一趟米科长的办公室。

“米科长，情况大概就是这样了，我这录音笔里可录了不少内容，我想您听了就明白了。”刘晓兵轻轻把录音笔放在米科长面前的桌子上，想了想又道，“胡老先生也是有苦衷的。”

米科长本来还有点儿严肃，听了这句话反而笑了，他端起茶杯掩饰着喝了一口，才摇头道：“我们回来之后开会说了这件事，都觉得不算什么大问题，毕竟当时的社会背景是那样的，他也身不由己，可以理解。”

刘晓兵一怔，没想到为了这事儿镇里还专门开了个会。米科长猜到他的想法，笑道：“不要搞得好像我们多残酷似的，我们也是很讲人情的好吗？那老人家也没什么大的错误，再说年纪这么大了，又跟烈士有过接触，提供了非常重要的历史证据，要不是他，我们现在还没收集齐吕连长在镇上的活动细节呢，也没法确切落实吕连长的身份。”

刘晓兵这才松了一口气，想了想还是把录音笔往前推了推：“那我也得把这个交给你，里头录的是当年的真相，可能对你们进一步完善吕连长的英雄事迹有很大的帮助。”

米科长眼中一亮，拿起录音笔点头道：“好的，回头我把里头东西拷贝出来再还给你。”

刘晓兵点点头，对陈四平说道：“看来，咱们得去熊姥姥说的老母猪岭和莽子河镇看看了。”

一段新的行程，再次展开。山路崎岖坎坷，他们走了很久，忽然见到前头林子里，几棵粗壮的大树围拢几块山岩，矗立在林海之中，山岩下影影绰绰，好像有道石缝，活似山岩咧开一张大嘴，“嘴唇”上支着几根粗壮的木桩。这是一处山窝棚，已经十分破旧了，俩人在里头猫着腰查看一圈，还是回到山岩洞口，扫出一小块干净的地面，坐下休息。

刘晓兵摸了摸旁边支撑窝棚的粗大木桩，啧啧称奇：“看上去也只是临时避雨的地方，弄得倒是挺结实。”

陈四平四处张望着，笑道：“咱们真应该好好找找，说不定附近还有当年抗联战士刻的字呢，‘牛朝亮到此一游’啥的。”

刘晓兵也笑起来，说道：“你还真别说，说不定他们真的会留下一些记号，好让战友们能够赶上来。”

熊姥姥说过，这附近有牧羊人的小屋，他们可以借宿。两人继续前行，此时夕阳西下，山上风景如画，远处正在腾起的稀薄雾霭里，影影绰绰的羊群，三三两两地往一个方向缓缓移动。有句话叫“望山跑死马”，以前刘晓兵还觉得是一句夸张的民间谚语，今天他对这句话总算有了清晰的认知。牧羊人看着就在不远处的山坡上，可当他和陈四平追上牧羊人的时候，已经是一个小时以后了。

牧羊人是个四十岁左右的中年大哥，一脸的络腮胡子，从刘晓兵二人走下山岗就已经看见了他俩，这会儿上下打量他俩几眼，一甩鞭子，催促一旁吃草的羊群快走，口中道：“你俩是什么登山客吧，胆子可不小啊，竟然跑到这地界儿来了。再不走快点儿，可就要被大雨耽搁在这儿了，山里凉，感冒了可不是小事儿，还是快点儿走吧！”

刘晓兵解释了二人的来意，那牧羊人有些吃惊地说：“山里可不好过夜，你俩要是不介意，我在这附近有个偶尔歇脚的窝棚，倒是可以让你俩凑合一宿，虽然地方不大，也总比临时找的地方稳妥。”

刘晓兵二人正求之不得，一听牧羊人邀请，立刻就点头答应了下来。牧羊人也不多话，抬眼看了看天，鞭子一甩，已经率先走了出去。三人下了山脊，转过一道山坳，眼前豁然现出一个木石结构的窝棚来。窝棚不算太大，占地有二三十平方米，倚靠着一处低矮的山坳而建，面阳背风，窝棚旁边就是用木栅栏围起来的羊圈，看上去是经过了一番精挑细选才选中的地方，既节省材料又冬暖夏凉。

牧羊人先进了窝棚，从墙角搬了几块木柴，丢在地中央的火盆里点燃了，火光闪烁，窝棚里便渐渐暖和了起来。“我姓卢，你们就叫我老卢吧，先坐会儿吧，我去把羊关起来。”老卢示意他俩坐下，自己先出去安置羊群。

陈四平长长吐了一口气，揉了揉自己的肩膀，整个人像散了架一样坐下。刘晓兵环顾了下这个小窝棚，见窝棚虽然看似简陋，里面陈设却面面俱到，简单的生活物资几乎一应俱全，就知道这必然是老卢常住的地方，绝不是偶尔歇脚这么简单。

老卢推门进来，咧嘴一笑：“饿了吧？咱们下面条吧，这地方也没啥吃的，凑合一下。”

“那敢情好，麻烦了。”刘晓兵忙开口，肚子同时发出巨大的咕噜声。

老卢哈哈一笑，一边翻箱倒柜地准备食材，一边好奇地问：“你们是来找抗联战士的？”

刘晓兵说：“是啊，我们是来找一个叫牛朝亮的战士的，您听说过抗日联军的事儿吗？”

老卢叹一口气道：“在咱们东北，谁会不知道抗日联军？东北人可是一刻也不敢忘了他们。”

老卢叹了口气沉声道：“这山里就埋着我家的救命恩人，我爸去世前千叮咛万嘱咐，让我必须把恩人的墓地给照料好，没有他救了我奶奶，我们家就被日本兵杀绝户了。”

“你说啥？你的意思是？”刘晓兵想到一种可能，顿时挺直了脊背，死死盯着老卢。

老卢点点头：“是啊，我家恩人也是抗联战士，七十多年前，在山里救了怀着我爸的奶奶。”

“我们能去墓地看看吗？”刘晓兵吞了一口唾沫，紧张地问。此时此刻，有一个声音在他心底反复响起，催得他心里发慌。是牛朝亮吗？是他吗？是自己走了这么多的路，费了这么多的工夫，一直在找的牛朝亮吗？

从时间线上来说，这事儿完全对得上。刘晓兵心里暗暗推断：当年为了烧毁日本人在镇上的粮仓，吕连长率领五人小队潜入日本人的军营，烧毁了日军的屯粮。在被日军追捕的时候，遇到了熊姥姥的父母，带着他们一起退入康平林场。后来吕连长三人离开队伍诱敌，熊姥姥的父亲死于敌手。吕连长和牛朝亮被迫兵分两路，吕连长被俘，死在了日本人的手里，而牛朝亮最终回到了队伍中。一行人在放熊老娘的帮助下离开了黑瞎子沟，在赶往莽子河口的路上遇到了一个孕妇，并且救下了她的命，而这个孕妇，很可能就是老卢的奶奶。他的这个推断，很是合情合理！

“你奶奶是为啥跑到山里来的？按理说都怀孕了，不是应该待在家里吗？”陈四平纳闷地问。

老卢往锅里添了一把挂面，想了想道：“具体的我也不太清楚，只是听我爸讲过，当时日军占领东北，我们这里也深受其害，三天两头就被日本人拉壮丁，去帮他们伐木拉货。后来日本人还盯上了村里的女人，说是要选一批去劳军。为了保住村民的命，村长只好连夜安排村里的年轻媳妇、姑娘们离开村子，躲进山里去。”

“日本人找不到人，追进山来了？”陈四平插嘴问。

老卢摆摆手：“日本人没来，听说是粮仓被烧了，四处捉人，这事儿才作罢了。可是村长不放心，再说日本人的监工三天两头地往村里跑，一时半会儿的也不敢让女人们回来，所以这些女人就在山里暂时安顿下来，村长夜里会安排年轻后生轮流进山给她们送物资，倒也安全。”

“我奶奶当时怀孕六七个月，又是天寒地冻，本来跟着村里女人们一起躲着，不该乱走，可那天她心里烦躁，想着出来透口气走一走也没啥关系，就在我姑姑的陪同下，俩人出了躲藏地点，趁着大雪刚停出来捡柴火。结果一出门就遇到了一小撮日军，还不小心被日军发现了，俩人拼了命地跑，可到底是两个女人，哪里是一伙儿日本兵的对手，眼看就要被抓住了。”

“千钧一发之际，不知道哪里跑出来一个抗联战士，单枪匹马开枪射击，把这几个日本兵全都射杀了，可惜他也被日本兵打中了胸口，临死之前，我奶奶只问到了他的名字，他就咽气了。”

“为了纪念他，村里的女人们在山里就地埋葬了他，年年都来祭拜。后来她们都老了，还派子孙后代来祭拜，都说如果不是这个抗联战士打死了日本兵，她们所有人都会被发现，不但她们会被日本人抓走，连村子都要被日本人迁怒，下场绝不会好。”老卢说完，微微一笑，将锅子里的面搅了搅，加了些盐，盛了三碗，端给刘晓兵和陈四平，提醒他们吃饭。

刘晓兵这才缓过神来，接过碗却没吃，直勾勾地看着老卢，用颤抖的声音问道：“老卢，你们的恩人叫什么名字？”

老卢怔了怔，思忖一番才无奈地摇头：“这么一说我还真不确定了，毕竟当年只能草草埋葬，后来也一直没敢大张旗鼓地宣扬这事儿，这只是我们村里众人皆知的秘密，所以墓地也没有立碑，早年间就是个小坟头，还是我爸后来弄了一块石头，刻了字半埋在墓前，我开始跟我爸来祭拜的时候，那块石头都被土盖了大半截。”

他挠挠头，苦笑道：“所以你这么猛地一问，我也记不起来他叫啥了。”

刘晓兵沉默了半天，提出了想去祭拜一下的想法，老卢同意了。但是他向刘晓兵提出了个请求，那就是帮他的恩人寻找到身份和家人。刘晓兵心里莫名腾起一股热意，好像之前脑子里闪过的念头如今更强烈了。是啊，找到了一个牛朝亮，还有无数个如牛朝亮一样的烈士埋在祖国的山河角落里，怎么能让他们如此寂寂无名地长眠地下呢？

“老卢，这事儿我应下了，雨一停咱们就去坟上记下他的名字，我给你们查个明白！”

次日雨停，刘晓兵和陈四平在老卢的带领下，沿着山坡向下，山下就是郁郁葱葱的山林，此刻雨后如新，遍野青翠，沿着山体深深浅浅地绵延铺开，一望无际，别有一番奇绝之美。不过很快随着三人往下走，这山岭绵延、草色青葱的景色就被层层叠叠的丛林渐次遮掩住，渐渐消失在了视线里。

老卢忽地抬手朝前指了指，说道：“到了，就是前头了。”刘晓兵和陈四平一怔，齐齐往前看去。只见前头茂密的林木之间，豁然被伐开了一小片空地，面积不大，也就十几平方米，空地上草木茂盛，中央堆起来的土堆低矮，又被青草遮蔽，如果不留意，甚至会被当作一个普通的土包，和整片森林几乎融为了一体。

老卢整个人腰身挺直，顿时多了几分肃穆。随后他大踏步走到了坟前，默默站了几秒，把带来的野果子整整齐齐地码在了坟前。刘晓兵走近了才注意到，坟前果然有一方石头，方方正正地嵌在地里，像是一方盖在泥土里的印台。

老卢点点头，道：“就是为了不引人注意，连坟堆都没起太高，这样也挺好，不知情的人根本就注意不到这里还有个坟，也免去了很多麻烦。”

头顶树叶沙沙，像是几十米高空上的海，一波一波地拍打，让人的心也跟着跃动。如果能帮更多的烈士家属找到他们埋骨荒野的亲人，如果能帮更多的烈士说出他们的故事，那将是一件多么有意义的事情啊!

老卢朝坟包鞠了个躬，就取出铲子开始挖那块方形石头底部的土。这块石头被山里的沙土和落叶日积月累地掩盖，基本上只剩下顶部一点点还露在外头，要不是老卢他们年年来拜祭的时候维护过，恐怕早就啥也找不到了。幸好林子里的土富含腐殖质，十分疏松肥沃，三个人七手八脚地连挖带刨，很快就把石头正面的土清理干净了，石头上歪歪扭扭地刻着几个字，每个字的刻痕里都沾满了泥土。

“李生元。”刘晓兵嘴角哆嗦着，念出了这三个字。

吴进军、李生元、王一、牛朝亮，这四个人的名字熊姥姥只说了一次，刘晓兵却牢牢记在了脑子里，一个字都没有忘记。这几天睡觉的时候，这几个名字还像走马灯一样在他的梦里不住地旋转。

陈四平“咦”了一声，皱眉疑惑道：“李生元？这名字怎么这么熟？好像在哪儿听过似的。”

刘晓兵道：“当然熟悉了，熊姥姥说过，跟牛朝亮一起的，当时吕连长和牛朝亮去引开日军，吴进军、李生元和王一带着熊姥姥的母亲逃进了黑瞎子沟，你怎么会不熟悉？”

陈四平“哎呀”一声，说道：“原来是他呀！李生元不是应该跟牛朝亮他们在一起吗，咋会一个人跑到林子里来了？当时牛朝亮他们又在哪儿啊？”是啊，他们四个人应该在一起啊，没道理李生元一个人对敌，最终牺牲在了这里啊!

老卢也不禁皱眉，思索片刻后猜测道：“如果恩人真是你们说的那些抗联战士中的一个，那会不会是他一个人离开队伍出来探路之类的，然后被我奶奶她们的呼救声吸引过来，才有了后头的故事呢？”

刘晓兵站起身，拍拍身上的土，说道：“这倒是解释得通，可到底是不是事实咱们谁也不知道。他当年有没有留下什么遗物？难道就只留下了名字？”

老卢点点头：“就留下了名字和一把枪，枪这东西我们村里不敢留，就一起随着他的遗体下葬了，都在这坟里。我奶奶说她当年看过那把枪，什么能证明身份的东西都没有，我奶奶说也可能是怕被日本人抓住了暴露身份，才选了没有标志的枪的。”

“这里是李生元，牛朝亮他们可能因为当时风向不对，没有听到枪声，等来找的时候，村里的人们已经把现场收拾了，没了痕迹，他们就没有找到人，只能作罢。”陈四平猜测道。

刘晓兵叹了一口气，蹲下身摸了摸石头上的棱角，原本应该是锋利的棱角，久经岁月的打磨，入手竟然也有了几分圆润，像是一个曾经锋芒毕露的故事，在一代又一代的传承中逐渐增添感慨和唏嘘，少了血腥和锐利，却别有一种温暖。

“您好好安息吧，我们会去查明您的身份和故事，让您的坟头可以堂堂正正地立上一块碑。”刘晓兵轻声说。三人默默站了一会儿，才在如惊涛拍岸一般的林海潮声中转身离去。

老卢看了看刘晓兵，忽然道：“不如你们跟我去我们村里问问吧，在我们村的河岸边有几棵大树，村里的老人们从来不许任何人损伤它们，说那是村子的守护神。树旁还有一个石柱，不知道是干什么的。每次有人问起，那些老人从来不肯说出真相。说不定，这会是个线索。”

刘晓兵眼睛一亮：“那可太好了，你们村在哪儿？”

老卢呵呵笑着，指了指前方：“不远不远，就在通往莽子河口的路上，出了这片林子，第一个村子就是了。”

天刚微亮的时候，端河村的一户小院子里就亮起了灯，暖暖一团，在漫天大雾里像是一个晕黄的光点。八十多岁的赵得先背着手踱出了屋，慢慢悠悠出了院子，沿着熟悉的村路往河边溜达。端河村的名字来源于端河，端河从茫茫大山中蜿蜒向下，经两山夹道滚滚而出，是莽子河的上游河段，因有开端之意，所以称为“端河”。

赵得先年岁虽高，身板却结实，耳不聋眼不花，走路都不用扶，每天早上到端河边遛弯是他保持了多年的习惯，走上一大圈，身子热乎起来了，正好回家吃早饭。他像是一个定时的闹钟，生活十分规律，哪怕是今天这种大雾弥漫，几乎看不见几米外行人的日子，也没有落下。

今天却多少出了点儿意外，刚走到河边，他女儿赵春秀就追了上来，手上还搭着一件老爷子平时穿的外衣，可能是着急跑出来的缘故，追到赵得先面前的时候还有些气喘。赵春秀白胖的脸上微微起了一层薄汗，她随手擦了擦，把胳膊上搭着的衣服抖开，披在了赵得先身上，才笑道：“爹，今天这雾下得太大，多穿点儿。”

赵得先咧嘴一笑，穿好了衣服，走到端河岸边。这片地在村里来说属于无人照管的荒地，隔着几十米宽的端河，对面就是一望无际的老林子。老树围拢的地方，立了一块几十厘米高的四方石柱，因为年头久远，已经磨损得不成样子了。

赵得先沉声道：“老根儿，我也不知道还能来看你几回了。”

“您老来看这干啥啊？都过去多少年了，您还记着这事儿。”赵春秀埋怨地念叨。

赵得先板起脸来训道：“你懂个啥？要不是你老根叔他们几个，哪能有我咧，没有我，哪有你咧！”

赵春秀也不在意，认真把石柱上的雾水擦了擦，才劝道：“您也不年轻了，这河边也没啥人看着，您以后溜达就别往这来了，中不？前两天下雨，后道街上我张大婶就在这跟前儿摔了一跤，到现在还没起来炕呢。”

赵得先眼珠子顿时瞪圆了：“你老根儿叔他们几个当年为了咱们屯子，被日本兵活活打死在了这河沿上。如今就算摔死在这儿，我也乐意，谁也甭拦着我！”

赵春秀对自己爹实在是太了解了，就知道这样劝说无效，只能无奈叹气。

赵得先伸手扶住了石柱，幽幽叹了一口气："老喽，老喽，老根儿啊，我也老喽。指不定哪天啊，糊涂了，就把你们给忘了。到那时候啊，我可都不知道是啥情形啦，咱们村也就我们几个老家伙还知道这事儿，再年轻些的可啥都不晓得喽。你们可都得好好的啊。"最后一句是哽咽着说出口的，含混不清，等赵春秀扭头去看的时候，只看到赵得先白花花的胡子上挂着一串水珠。

赵春秀伸手搀扶住赵得先，朝石柱微微鞠躬，说道："老根儿叔，我爹岁数也大了，他啊，惦记你们，就想天天都来陪陪你们，跟你们唠唠。我这小辈的也不能拦着，以后啊，我跟你们保证，我天天陪他来，你们别怪他，中不？"

赵得先眼中一亮，顿时脸上挂满了喜色，拍了拍赵春秀的手背，嘴里呢喃着"好孩子，好孩子"，又缓慢地抬起手抹了抹眼角。

"当年你老根儿叔他们几个干兄弟就站在这几棵树的位置，浑身是血哩，日本人让他们下跪他们也不肯，日本人气得没法，最后硬逼着咱们看着他们行刑，开枪打死了他们几个。有个他们的头儿，我记得清清楚楚，叫牛朝亮的，是个好汉子，死也站着不动哩。后来日本人都走了，我爹和村里几个后生一起把人抬下来的时候，他都没闭上眼哩……"他话音没落，身后却忽地响起一个带着颤音的陌生声音。

"牛朝亮？大爷您是说牛朝亮？"声音不大，但是在这浓雾里突然钻出来，也吓了赵春秀一跳。她赶紧回过身，警惕地看过去，乳白色的雾气里，隐隐约约走近了三个人影。

"是谁？"她皱眉大声问。

"赵大爷，赵大姐，是我啊，卢兴德。"

赵春秀顿时松了一口气，笑道："兴德啊，你咋这日子回来了，这大雾天的，下山的路不好走，多危险啊！"

"嗨，在山上遇到两个朋友，他们想了解点儿事儿。"老卢指了指身后的刘晓兵和陈四平，介绍道。

刘晓兵赶紧上前急切地问道：“赵大爷，我刚刚听到您说牛朝亮？”

赵得先上下打量了一遍刘晓兵，然后问道：“你知道牛朝亮？”

刘晓兵点点头：“是牛朝亮的家属托我来找他的，我们已经走了很多地方，但是都没找到。”说着，他简单介绍了一下自己，然后目光越过眼前的两个人，落在那几棵大树上，大树的旁边还有一根四四方方的石柱子。

此时，赵得先抚摩着这块久经风霜的石柱说：“这是一个我们这些老家伙本打算带进棺材里去的故事。不过，今天总算可以讲出来了。”他咧嘴笑了笑，既苦涩又无奈，又伸手拍了拍石柱子，像是在跟老朋友打招呼。

“这四棵大树底下，埋着四个人，第一棵树下头埋的是我最好的发小，叫葛树根，是个小羊倌，就住在村头，他死的时候才十三四岁。”

雾气中万籁俱寂，只有端河的河水哗哗流动，发出隐秘又清冽的声响。赵得先的目光投向了那四棵树，嘴唇颤抖了几下，良久才慢慢继续讲述：“当年，村里来了几个负伤的抗联战士，葛树根收留了他们，让他们住在羊窝棚里，还想要跟着他们去抗日。他和我关系最好，就把我喊了过去，说要跟我告个别。我说打仗是九死一生，不想让他走，谁知他说什么也不肯，非要去抗日。偏赶上这个时候，日本人的一个小队闯进村子，把村里人都抓了起来，说是来搜查抗联战士的。”

“葛树根让那几个抗联战士躲在柴火垛里，他们却不肯，说是会连累村里人，于是就撒腿往外跑，边跑还边打枪，引开了敌人，这才救了村里人。可是，他们终究没能逃走。到了第二天，村长就带着人挨家挨户地通知，让我们来河边集合，等我到了河边，就瞧见葛树根他们几个满身是血，被日本人捆在四根木头桩子上，就是如今这四棵树的位置。”他伸手指着河边的四棵大树，泪如滚珠，无声落下。

“当时日本人在训话，我瞧见葛树根在树上绑着，当时就急了，可是我爹死死把我拉住，还捂住了我的嘴，不让我出声，我就这么眼睁睁看着他们几个被活活打死了。”

刘晓兵眼中露出一丝了然，不禁心中也是一叹，这几个抗联战士是用性命换来全村的平安啊。他转过头去看向四棵大树，缓缓问道：“所以是你们安葬了他们？还在这里种了四棵树？”

赵得先用力点点头：“这是我们端河村的英雄，当时日本人把他们的尸首扔进了山沟里，是村里人半夜偷偷去背了回来。村长说，绝不能让英雄死无其所啊。”

刘晓兵愣神半晌，才一步步走上前去，走到了四棵大树下，抚摩着树干，良久才淡淡地问道：“您又是怎么知道牛朝亮的名字的？”

赵得先的视线在几棵树上一一扫过，嘴里轻声呢喃：“除了牛朝亮，还有吴进军、王一……这些名字是他们死前喊出来的，村里人永远都不会忘。在他们牺牲后，村里人就在每一棵树前面都立了石碑，刻了字深埋在地下，表面被土层覆盖，没人会发现的。”说着话，他缓缓走到第二棵树前，蹲下身，捡起一块石头，瞄准一个位置，用力刨开了土层，没几下就露出了一块方形石面。

刘晓兵急忙凑上去，一眼就看见石面上端端正正地刻着“牛朝亮”三个字。赵得先轻轻扫开石面上的浮土，让这三个字更加清晰地现在眼前。

“这是村里最好的石匠刻出来的，当年日本人来的时候，老石匠的孙子差点儿被日本人杀了，是这个叫牛朝亮的战士一枪打死了那个日本兵，这才救下了那个孩子。如今他就在镇上住，也是子孙满堂的人了，年年也会来祭拜恩人。”他面上带着微笑，像是在讲一个温馨的家常故事。

刘晓兵一点点抚摩着“牛朝亮”三个字的每一个笔画，心中不禁百感交集。他们辗转多处，苦苦搜寻，就是为了找到牛朝亮，圆牛老爷子的心愿。这么多的日子里，他也不是没有想象过最后的结果：譬如找到一个满身弹痕、耄耋之年，却依旧双眼犀利的老人；譬如找到一座荒野上的坟茔，一把黄土，一块木板，满蓬野草；譬如彻底杳无音信，淹没在历史的长河里，连一点儿水花都不曾留下。他甚至想过该怎么千里迢迢把牛朝亮带回牛家去，每次想到自己的安排，还会忍不住给自己一个大大的赞。只是他无论如何都没想到，牛朝亮是找到了，只是找到的情况是他压根儿没有预见过的。说是无人问津，却也被一村人牢牢铭记；说是备受赞誉，却也深藏于深山，名字不曾被外界得知一星半点儿。

石头触手冰凉，刘晓兵不禁幽幽地叹了一口气：这就是抗联战士啊！寂寂无名，却又被人民牢记心中，代代不敢相忘。他们不就是因为这个才一心找寻，要个答案的吗？

赵得先撑着双膝站起身来，轻轻拍了拍大树，感慨道："我当年之所以不愿意让葛树根跟着他们走，除了怕葛树根丢了性命，更主要的是我觉得这几个小战士年纪也不大，看上去也都是十几岁，没有比葛树根大多少的样子，我觉得他们根本没法保护我们，没法保护这个国家，也没法保护住葛树根。"

"当年日本人多凶残，我亲眼所见，实在是想想都头皮发麻，可这三个小战士当时坚定的眼神我到现在都记得，他们坚信自己可以，坚信他们能打走豺狼，让天下太平。我本来不信的，可是当他们真的把那些日本兵杀了，站在这里泰然赴死的时候，我突然就信了，信未来是光明的，信咱们迟早会赢，会过上好日子。"他脸上浮现满足的笑意。

"我每天早上都到这里来，摸摸这几棵树，跟他们聊聊天。我当时应该告诉他们的，他们是最好的战士，是咱们东北的骄傲。跟他们说说现在的好日子，让他们也都高兴高兴。"他絮絮叨叨地说着这些琐事，让人不忍打断。

"但是我总在想一件事儿。他们也就是几个半大孩子，放现在还在父母怀里撒娇的年纪，他们却已经在枪林弹雨中保家卫国了。所以我想天下太平的时候，他们大概也是想回家的吧，也该去父母身边撒撒娇，在兄弟姐妹面前有说有笑，所以，你们来得刚刚好。"说着，赵得先抬起头，目光充满希冀地看向刘晓兵。

刘晓兵眼中含泪，抚摩着石柱，良久才缓缓吐出一口气："牛爷爷，我可算是找到你了，我来带你回家，去见一见你的父母、你的兄弟，也给你应得的荣誉。”他喃喃自语，手指因为用力，关节都褪去了血色。

第十章　心愿达成

只要咱们做了，那么必然也会带动别人做，星星之火可以燎原，我们能做的就是先做一颗火星子。

然而，想要挪走牛朝亮的坟几乎是不可能的。且不说山高路远，需要从端河村里把牛朝亮的遗体挖出来火化，再带回伊春乌伊岭老河口，这个过程的艰难程度凭刘晓兵和陈四平两个人根本无法完成。更何况当年为了遮掩坟茔，端河村的人们把几位烈士的遗体全部深埋地下，还在上面栽种了四棵树用来标记，经过几十年的生长，如今这几棵大树的树冠犹如四把遮天大伞，地下也必然盘根错节，想要挖出来肯定难如登天。

他们当天住在了老卢家，细想之后，刘晓兵不得不为接下来的安排挠头。怎么将牛朝亮带回去，怎么上报给老河口的相关部门，又怎么追认牛朝亮为烈士，实在不是一件简单的事儿。更何况这里不止牛朝亮一个人，除他之外还有三个人，从赵大爷的讲述来看，都评为烈士也毫不为过。

刘晓兵为这事儿思虑不定，连吃晚饭的时候都在发呆。陈四平夹了一块狍子肉，吃得满嘴流油，看着发呆的刘晓兵埋怨道："我看你一整天都在发愣，到底想啥呢？老卢给咱们准备了这么多好菜，你居然看都不看一下。"

说着他眼睛往桌面上扫了一圈，暗道可惜。

端河村如今也算是小康了，除了靠山吃山，有计划地开采木材，村里人也搞了各种养殖场，在东北地区有些名气。今天老卢端上桌的狍子肉、大雁肉和河鱼，全都是村里自己养殖的，加上老卢的手艺炉火纯青，每道菜都做得又鲜又嫩，让人吃得连舌头都要吞下去了。

“可惜现在还不到季节，羊肉还没到最好吃的时候，你俩要是冬天来啊，我那栏羊够你们吃一冬天，羊肉锅子又暖身又滋补，比这些玩意儿强多了。”老卢点了点装狍子肉的海碗，一脸惋惜地说。

陈四平的注意力被他吸引回来，摆摆手道：“嗨，老卢，刚才你说牛朝亮的事儿你有想法，是啥想法？”

老卢一愣，吃了一块嫩滑劲道的鱼肚，咂吧咂吧嘴，美滋滋地道：“不是我说你俩，这大老远的来找人，却根本没想过怎么把抗联战士带回去，真是失策。”

老卢说着抿了一口酒，才在陈四平急切的目光注视下慢条斯理地说道：“我这主意严格说起来是个笨主意。咱们这村子不算太大，但是能证明当年情形的老人也有不少还在，只要村上给你们出个证明，咱们全村都签字，有这份证明，你们就可以到县里去开烈士证明了，拿着这份烈士证明回去，不就什么都解决了吗？”

“就这主意？你咋……”陈四平正要批评几句，旁边刘晓兵已经眼前一亮，下意识地问道：“你刚说什么？”

老卢一愣，一时之间没反应过来：“我说啥了？”陈四平把原本要说的话咽下去，给刘晓兵重复了一遍。

刘晓兵眼睛一亮：“对啊，我怎么没想到呢？我光想着怎么把他们带回去申请烈士，其实可以不这么麻烦的，现在各地办手续都很方便，我们完全可以在本地办理申请，申请下来之后带着烈士证书给牛大爷看就行了啊！”

陈四平还有点儿愣怔：“啥？这主意真的行？咱们在这儿人生地不熟的，

怎么去搞什么证明呢？还要全村签字，哪有那么容易啊？”

刘晓兵看向老卢，老卢忙不迭地点头道：“嗨，这事儿容易得很，你们不知道，咱们村里这些上了岁数的老头、老太太们啊，老早就想给这几位申请烈士身份了，据说手续也递上去过几波了，好像因为这几个人的来历不明，一时无法查证，这才耽搁了下来。”

“来历不明？”陈四平不可思议地道，“他们咋会来历不明，难道你们这边连查找资料都不能吗？”

老卢摆摆手：“不是那个，申请烈士好像是得身份清晰，现在我们只有他们几个的名字，如果没有明确的资料和物证，是没法儿证实身份的，偏偏我们村里的人对他们的来历一无所知，唯一知情的葛树根也跟着他们一起牺牲了，实在没法一起追认，所以才一直耽搁下来了。”

“那个赵老爷子对这事儿不是知情吗？”陈四平纳闷地问。

老卢叹了一口气：“他也就是知道这几个人是抗联战士，但是没法提供身份证明，光凭咱们嘴里说说哪管用，要是这都管用，那还不谁家都去动动嘴皮子申请个烈士了？”这话确实有道理。老卢的话给二人指出了一个新方向，他俩手里也算是拿到了不少牛朝亮他们这一路走来的证据，正好提供了申请烈士的证明材料，这么算下来，想要在这里给牛朝亮他们几个申请烈士身份就变得十分容易了。

“这么一说，李生元的烈士证明也能办了，毕竟是跟着牛朝亮他们一起的，又是血战日本兵而死，只要牛朝亮的来历一得到证实，李生元的烈士身份也是板上钉钉了！”陈四平忽地想到还孤零零一个人埋在山里的李生元，不禁一拍桌子，大喜道。

李生元本来是跟牛朝亮他们一起奔赴莽子河口的，但是中途不知道出了什么岔子，竟然只身一人闯进林子里，结果也没能走出林子。老卢心心念念要给李生元寻找亲人，给他争取到烈士的身份，如今一听这番话，狠狠灌了一口老白干，辣得满脸通红也顾不上，当即一拍桌子表示：“这事儿你俩就别操心了，我老卢别的能耐没有，给你们跑跑腿还是没啥问题的，村里人那儿我去说，保证把全村的签字给你们要到手！”

老卢说到做到，第二天一大早起床吃了饭，就揣上纸笔出门去了。等中午转回来，手里已经捏了厚厚一叠的签名，往桌上一放，捧起茶缸子咕嘟咕嘟就往嘴里灌水。刘晓兵眼都直了，不可思议地上前去翻了翻这叠纸，抬起头讶异地问："这么快就签了这么多人？”那纸上不但有密密麻麻的签名，还有很多地方按了指印，白纸上黑色字迹和红色指印交错辉映，视觉冲击十分惊人。

老卢一脸得意地说："这下基本都凑齐了，一会儿村主任再来盖个章，这事儿就算妥了，你俩拿着这些东西直接去县里找相关单位就可以了。”

刘晓兵深吸口气，噌地站起身来，对陈四平说道："走，咱们这就出发去县里，给牛爷爷他们申报烈士！”

如今政府办公窗口讲究个快捷方便，这回申报烈士的手续齐全，事情自然进行得十分顺利。刘晓兵将所有材料整理好，来到民政办事窗口，上交了材料之后，才发现自己竟然紧张得出了一身汗。正在这个时候，刘晓兵的手机忽然响了，是林鸿雁。

“我跟你说个好消息，你听了肯定高兴！”林鸿雁的声音从听筒里传出来，听上去十分愉快，“上次你说起的老先生，我这有了确切的诊疗方案。”这实在是个天大的好消息。还有一个好消息，林鸿雁正好在这边跟进一个采访项目，此时听说刘晓兵也在，立刻问了位置然后赶了过来。正好大家都没吃饭，相约到了一家面馆见面。

林鸿雁很快就来了，一身利落的打扮，一头长发随意绾在脑后，看上去干净清爽。瞧见刘晓兵，她顿时露出一个大大的笑脸，朝这边挥挥手，几步走到他们桌边，在刘晓兵旁边坐下了。她从自己包里拿出一沓文件递给刘晓兵。刘晓兵接过文件，眼中一亮，上头是详细的关于许士光老人病情的分析和辨证。

“咋样？我可是问了不少专家，省陆军医院的张教授跟我家是世交，他说可以把老人送到陆军医院去，他愿意为老人操刀手术，还能减免费用，再加上走绿色通道，应该能省下不少钱，这样霞姐就不需要太担心费用方面的问题了。”林鸿雁吃了几口面，见刘晓兵始终在看文件不吭声，便出声解释了下。

刘晓兵点点头，叹一口气，感慨道：“难为你能找出这么详尽的手术方案，要是老人家能康复，那可真是太好了。”

林鸿雁笑笑，正色道：“但是他毕竟年事已高，身体的各方面指标都不如年轻人，这场手术很难做到万无一失，你也得转告霞姐，让他们家人都有个心理准备。”林鸿雁又问起了寻找牛朝亮的进展。陈四平当即眉飞色舞起来，绘声绘色地把这一路的经历给林鸿雁描述了一遍，只恨林鸿雁不能亲身感受。林鸿雁不禁有些羡慕地说：“真没想到你们这段时间过得有滋有味的，比我在报社的日子都有意思。”

刘晓兵正要说话，手机响了，他拿起来一看，见是老村长打来的，不禁“咦”了一声，赶紧接通了。

“晓兵啊，我跟你说，我民政局的朋友刚刚给我打电话，跟我说，葛树根和牛朝亮的烈士基本稳了，已经向上级递交资料了，但是剩下的三个人里有一个人的信息实在不全，无法递交，所以卡下来了，你们可以去民政部门问问情况。”电话那头的老村主任语气又激动又惋惜，说到最后甚至还带了几丝颤音。

“是谁的？”刘晓兵皱眉，沉声问道，心里却已经有了几分不好的猜测。果然，老村长立刻就说出了一个他意料之中的名字。

“是李生元啊。”老村长叹了一口气，“也不知道怎么回事儿，说是另外两个人，他们户籍所在地早就做了登记，寻找他们的下落，只是一直没有消息，如今他们最后一段的信息补齐，那边已经决定会来这边亲自核实，只有李生元，之前的信息根本没有，因此无法确定身份啊。”挂了电话，刘晓兵的眉头不由紧锁。这实在是太奇怪了，本来以为能一下同时解决几个烈士的身份确认问题，可现在偏偏李生元的信息不全。

陈四平见他沉默不语，想了想便道："咱们在这儿胡乱猜也没个头绪，反正回头等牛朝亮的烈士证书批下来，咱俩也得去民政局拿回来，不如到时候咱们问问具体是咋回事儿吧。这么大个烈士，难道还能真的一点儿消息都没有？"

刘晓兵瞅瞅陈四平，又瞅瞅林鸿雁，苦笑道："得，说啥来啥，这下可真有事儿干了，要是李生元真的没有过审，那咱们还真得接受老卢的委托，帮李生元找到亲人了。"

林鸿雁眨巴眨巴眼睛，忽地道："我决定了，这回我也要参加！"林鸿雁这趟来找刘晓兵他们，是因为省里最近响应国家号召，高度重视城乡建设和旧城改造，他们报社决定以此为题搞一批追踪采访，这才让她一个副主编亲自跑了一趟。只是工作顺利展开后，她反倒空闲下来，不必事事盯着。这就为她参与刘晓兵的调查提供了充足的条件。

听到林鸿雁确实有空，刘晓兵也十分高兴，要知道他和陈四平俩人想要查阅一些资料或者调查一些信息是十分困难的，可换成林鸿雁就完全不同了，她在报社上班，人脉广泛，想要查点儿犄角旮旯的事儿实在比刘晓兵他俩愣头青强多了。

办理相关手续，需要到几公里外的县城。刘晓兵等人，一大早就满怀期待地出发了。不得不说，民政部门的办事效率确实高，当天就通知刘晓兵次日去拿回李生元的资料。刘晓兵合计一番，干脆在县城找了家宾馆住了下来。林鸿雁倒是有单位安排的住处，见他俩安顿下来就先回去了。

奔波了这么久，如今总算有了个结果，刘晓兵和陈四平都恨不得卸下全身重量，昏天暗地地睡个三天三夜解解乏，所以也没再出去溜达。林鸿雁一走，他俩买了点儿吃的喝的回了宾馆，一头栽在床上就开始补觉。这一觉睡到了天黑，等刘晓兵迷迷糊糊地被电话铃声吵醒，四周已经黑得伸手不见五指了。

他闭着眼摸索着循声找到手机，迷迷糊糊地接了电话：“喂？你好，哪位？”

“刘晓兵，你猜我在干什么？”

“林鸿雁？咋啦，你干啥呢？”

“我刚才托人查了查这个李生元的资料，还真被我找到了一点儿线索，原来这个李生元一九四〇年才参军加入了东北抗联，跟随抗联辗转作战，一九四一年抗联军主力往苏联转移，留下一些小的分队牵制日军，李生元最后出现的有记录的地方是哈尔滨，随后因为辗转地方，再也没有记录了。”林鸿雁一口气说了一大堆，听上去说得口渴，停下来咕嘟咕嘟地喝水。

这消息一下子把刘晓兵给说精神了，他开了床头灯，靠在床头上，皱眉纳罕道：“你是说，他最后有记录的出现地点是在哈尔滨？那有没有说明当时他在哈尔滨干什么？”

林鸿雁说：“我是在一份哈尔滨的军需供应名单里看到他的名字的。这部分军需是苏联为了支援中国抗联，偷偷从苏联铁路运到哈尔滨的，本来是为了给抗联大部队转移提供物资，当时抗联军的签收人就是李生元，这份物资在抵达哈尔滨之后，就被抗联分发给了各个支队，目前仅保留了一份登记记录，下头的署名里就有李生元。”

刘晓兵更是诧异：“你是说这么大的军需调运，签收人居然是李生元？这么说他并不是一个普通的抗联战士，很有可能是抗联中的高级人物？”

林鸿雁扑哧一声笑出了声：“还高级人物，难道还有低级人物吗？当时抗联独木难支，又被日军包围打击，只能各自为战，我猜可能当时哈尔滨这边只有李生元所在的连队驻扎，因此只能由他们接手，应该和级别无关。”

“那之后李生元又能去哪儿呢，咱们总不能跑去哈尔滨，从哈尔滨开始找吧。毕竟这么多年过去了，哈尔滨也日新月异，很多当年的建筑都不复存在了，连个老地名都找不到了，更何况是老人呢。”刘晓兵叹了一口气，心情不免沉重起来，这恐怕又是个“无头悬案”啊。

电话那边林鸿雁却很乐观：“怕什么，咱们已经知道他前一个所在点是哈尔滨，最后的终点是端河村的山林子里，那么两点之间找一条线还不容易吗？只要慢慢朝着那个方向梳理，总会找到的。”

这话倒是点醒了刘晓兵，当初能下定决心出来寻找牛朝亮，说起来也是因为自己突然查到了一丝线索的缘故，那时候自己并没有想过会不会找到，只是坚定地认为只要做了就一定可以有好结果。正是这样的信念，才支持他一步步走到了今天。也许李生元的事他也应该看开点儿，自己运气一向不错，说不定也会进展顺利呢。

林鸿雁继续道：“我这里有一份资料，是李生元参军时候填写的个人信息，上头内容不多，但是恰好有他的籍贯。”

“什么？”刘晓兵闻言又惊又喜，“他籍贯是哪里？”

林鸿雁嘿嘿笑道：“还真是不远，就在吉林，一个叫白河村的地方。”

刘晓兵不禁猛地挺了挺脊背：“白河村？”

论起吉林省的好山好水，长白山是必须被大书特书的一座名山。从长白山的天池里流淌出来的白河途经的地方，只要形成了村落，便大都会以白河为名，譬如闻名遐迩的二道白河镇。可惜白河村实在是小，而且经过多年的行政变迁，如今在网上已经无法准确定位到这个村子了。

刘晓兵心事重重地挂断了电话，恰逢这时候陈四平端着泡面走了过来说道：“牛朝亮这事儿虽然告一段落了，可是咱们还得给人家的烈士证送回老家去，一大家子等着呢。”

刘晓兵白他一眼：“我还不知道这事儿？就算要帮李生元找家，也得等咱们把牛朝亮送回家以后啊，李生元的事儿不急在这两天，可牛朝亮的事儿就不一样了，牛家全家等着呢，哪能耽误！”

陈四平这才点点头：“咱们不是说过，应该有个民间组织帮烈士们回家，就像咱们寻找牛朝亮一样。咱们自己成立个这样的组织不就得了，算上林鸿雁一个。”

刘晓兵一怔，一拍大腿道：“你还真别说，这事儿我这几天也在琢磨，只是还没有个完整的念头，这可不是脑袋瓜一热就能办成的事儿，光凭咱们三个可撑不起来。”

陈四平皱眉不满道：“帮这么多的烈士回家，想靠任何一方的力量都是根本做不到的，但是只要咱们做了，那么必然也会带动别人做，只要有人做，那些烈士家属才不会因为看不见希望而放弃。你找几个他找几个，星星之火可以燎原你懂不？总有一天会让更多的人了解到的，只要薪火相传，就不怕断了希望。”

刘晓兵笑道：“对，星星之火可以燎原，咱们能做的就是先做一颗火星子。”

“对喽！”陈四平眉目舒展开，又问，“那咱们这颗火星子，从哪里烧起啊？”

“就从送牛朝亮同志回家烧起。”

第二天刘晓兵和陈四平去民政部门窗口拿回李生元的申报材料。

“这位李生元因为信息不全，暂时先退了回来，但是有特别标注，从他的事迹上来看，申报烈士应该是可行的，只是需要他们家人或者地方上去共同申报。”办事员大姐笑容和蔼，手指在档案袋上点了点，解释道。

许是见刘晓兵面有难色，大姐又好心地补了一句：“好多无名烈士的家属生活条件都不算太好，如果得到烈士家属身份，地方上还会给予特别帮助，对他的家人来说也是一件好事，最好能让他的家人来一趟。”

“如果他家人都不在了呢？”刘晓兵想了想问。

大姐一怔：“那恐怕就得跟他的籍贯所在地的民政部门说一声，要求他们介入了，你们这次提交的几位，除了牛朝亮和李生元，剩下的三位都属于这种情况。”刘晓兵点点头，谢过大姐，拿好李生元的档案袋，和陈四平一起离开了。

“也就是说，其实李生元的情况是可以申请烈士的，只不过因为这是异地申办，又没有籍贯所在地的参与，所以只能先退回申请，她说的是这个意思吧？”出了门儿，陈四平挠挠头，不确定地问。

刘晓兵点点头：“应该就是这个意思，就是说咱们要是想完成老卢的托付，就只能想法子找到李生元的家人了。”

林鸿雁说过，李生元当年的资料表上写的籍贯是吉林白河村，但年代太久，想要联系到他们村委恐怕很难。

“给许大爷做手术要去哈尔滨，给李生元找家人要去吉林，给牛家送信要回伊春，根本就是三个不同的方向，根本没法一站式兼顾。”陈四平觉得头疼。

刘晓兵叹口气，想了想给林鸿雁打了个电话，把这边的情况跟她说了一遍：“眼下还不知道牛朝亮的烈士证什么时候能发下来，我估计还得等上几天，不然咱们先安排许大爷的手术，你看怎么样？”

林鸿雁倒是极为爽快：“我这边已经联系好了，只要许大爷到了哈尔滨，咱们就能立刻给他安排体检，之后就可以敲定手术方案，这个你不用担心，只是你需要跟霞姐确认一下。”

刘晓兵挂了电话，转头就给霞姐打了过去。一番沟通后，霞姐也终于下了决心：“小刘啊，我们决定送我爸去哈尔滨，无论咋样，只要有一线希望我们就不放弃，一定要让我爸不再受这块弹片的折磨了，就拜托你了！”

刘晓兵欣然答应：“好，我这就把哈尔滨那边医院的地址和联系方式发给你，那边都安排好了，你尽管放心。”

许大爷的手术迫在眉睫，刘晓兵决定和陈四平兵分两路，陈四平留下来等烈士证，自己和林鸿雁先赶去哈尔滨，然后俩人在哈尔滨会合，再一起回伊春。

到哈尔滨的时候已经是傍晚了，华灯初上，整座城市被辉煌的灯火镶嵌，犹如遍地星辰。林鸿雁带着刘晓兵回了自己家。一进门，林鸿雁便问刘晓兵：“说正经的，你还真打算把这事儿当个正事儿来办啊？”

刘晓兵被她问得一愣：“啥事儿？”

“就是找烈士消息，帮烈士找家人啥的，这档子事儿。”

刘晓兵说：“这事儿我之前就想过了，总要有人去做这些，才对得起千千万万烈士为咱们这个国家如今的繁荣稳定做出的贡献。再说这事儿我都做熟了，换别人我还有点儿不放心呢。”

林鸿雁乐了：“行，看到你有这个决心，我就放心了，我也不算白帮你忙活一场。以后有啥需要我帮忙的，你就尽管放心大胆地提，我尽全力支持你。”

正在这个时候，刘晓兵收到一条短信。“霞姐他们明天一早八点的火车到哈尔滨，说是直接去医院，许老爷子精神状态还不错，霞姐说他对这次手术还挺期待的。”刘晓兵给林鸿雁转述短信内容。

“早八点到火车站啊，那也差不多，到陆军医院最快也要八点半九点了，正好他们也上班了，咱们到时候碰一下就安排体检，一点儿也不耽误。”林鸿雁说着，拿起手机发了一条微信，发完见刘晓兵看她，便解释道，“得跟张教授说一声患者抵达的大概时间，好方便他安排。”

刘晓兵点点头，心里为林鸿雁的细心点赞。许士光毕竟是个高龄老人，手术的风险极大，能争取到的任何时间都不能放过，稍有差池就有可能抱憾终生。想到这里他不禁长长吐出一口气，感叹道：“还真是幸好有你，不然光是靠我一个人，还不知道哪年哪月才能给老人家安排手术。”

林鸿雁一边给张教授回消息，一边瞟他一眼笑道：“知道就行了，如今可是在哈尔滨了，记得请我吃大餐来好好报答我啊。”当初刘晓兵给林鸿雁打电话的时候，曾经说过去哈尔滨请她吃俄罗斯大餐的话，这当口又被林鸿雁提起来，刘晓兵忍不住脸一红。说起来这到了哈尔滨的第一餐该是他请林鸿雁吃，结果抵达的时间晚了这才没给他这个机会，也是无可奈何。

他挠挠头讪笑道：“嗨，明天就去吃，明天把许老爷子安排住院，咱们就叫上张教授一起吃个饭。”

林鸿雁瞧他尴尬就觉得好笑，她强忍着才没有笑出声，故意一本正经地道：“那可不行，说好了是请我的，叫别人一起算怎么回事儿啊？”看到刘晓兵脸上烧得通红，林鸿雁不禁哈哈大笑。

当天晚上刘晓兵在林鸿雁家的客房住了一宿，第二天一大早两人就出门赶往省陆军医院。张教授已经在门口等着了，一见到他俩，张教授立刻挥手示意，等到了近前，还跟刘晓兵握了握手。张教授看起来也就三十多岁，保养得不错，双目有神，手心里一层薄薄的茧，给人一种莫名的安定感。张教授引着他俩穿过长长的走廊，到了一间病房门前，推门走了进去。

“哎呀！大兄弟，你们来啦！”霞姐正在给许老爷子整理日用品，看见刘晓兵，赶紧站起身来打招呼。许老爷子的面色倒是挺红润，眯缝着眼很快就把目光盯在刘晓兵身上，旋即露出一个笑容来，嘴里“喃喃”地说着什么。

“咱们可是有些日子不见了，许大爷的状态看着可比上回强多了。”刘晓兵上前笑着跟许老爷子握握手，对霞姐说。

“嗨，我们本来都说算了，都这么大岁数了，何必还挨一刀受这个罪呢，连街坊们都来劝。可我爸硬是要来呢，谁劝也不行，既然拗不过，我们也只能是答应了。本来大家说都来，结果我爸嫌人多吵吵，就只让我陪着来了。”嘴上说着埋怨的话，可霞姐脸上的笑意却怎么都藏不住。

“说起来我心里本来也七上八下的，可后来一想，大兄弟你给我们家找了这么靠谱的大夫，那我肯定也希望我爸少遭点儿罪，这下要是能给取出来，说不定我爸还能多活几年呢，对不？”

刘晓兵重重地点了点头。许家一路奔波，许老爷子也需要休息，刘晓兵和林鸿雁稍作停留就告辞而去，张教授做了一些基础的询问，又叮嘱许家稍后会有护士来带着他们去做体检，便也跟着出了病房。

“看来接下来没咱俩什么事儿了，只要等着手术出结果就好了。”林鸿雁一摊手，笑眯眯地看着刘晓兵，“要不然我带你去到处转转？你好像也很长时间没来哈尔滨了。”

刘晓兵正要说话，手机响了，正是陈四平打来的。陈四平的声音激动：

“晓兵，我明天就能去拿烈士证啦！”

刘晓兵闻言又惊又喜：“啥？这么快？那边民政部门给你打电话了？”

陈四平重重地应了一声，喜道：“是的，本来没有这么快，他们听说牛家的情况，办的加急，让我明天一早去取，我可终于要解放了，哈哈哈，咱们能回去跟牛大爷他们交差了！”

刘晓兵也很是激动：“那你取了证书，就买票来哈尔滨吧，我一会儿把我这边的地址发给你，你到了之后直接来这儿找我。”陈四平当即便满口答应。

许老爷子的手术安排得很快，也进行得很顺利，虽然做了六个多小时，但手术结果是成功的，对于霞姐和刘晓兵来说，这简直是一个天大的好消息。张教授也说，手术之后没有弹片压迫脊椎神经，只要稍加注意，再增加营养，恢复起来是很快的，要不了多久，应该就能在一定程度上恢复行走的能力。

不久之后，陈四平也来到了哈尔滨，刘晓兵和林鸿雁兴冲冲地赶去哈尔滨火车站接他。哈尔滨火车站历史极为悠久，最早建于一八九九年十月，当时是东清铁路的中心枢纽站，后来东清铁路成为了举世闻名的中东铁路，哈尔滨这座江边小城也随之崛起，飞速发展为东北亚极负盛名的“东方巴黎”。可以说哈尔滨这座城市的近现代历史，和哈尔滨火车站所承载的与中东铁路血脉相连息息相关，就连主城区的划分也用铁路作为参照物，极具地方特色。哈尔滨火车站前些年重建过，整个建筑又复古又崭新，矗立在地平线上，别具一格。

等待多时，终于在站前广场上接到了几日不见的陈四平。这小子背着背包，手里还紧紧抱着一个军绿色的帆布兜子，看上去破破旧旧的，刘晓兵一打眼就把目光盯在了上头。

陈四平把这帆布兜子往刘晓兵怀里一丢，指了指自己的嗓子眼儿：“大哥，我嗓子都冒烟儿了，先赏口水喝！这回我可是带了重要的线索，老卢专门交代，我就算是把自己弄丢了，也得把这玩意儿交到你手上，不然他要诅咒我下辈子变个老绵羊，天天挨他的鞭子呢。”

刘晓兵哈哈大笑，拉着陈四平来到快餐店，给他点好餐，专门买了饮料，往他面前一推，挑了挑眉："快喝，快说，不然你现在就能变成个老绵羊，我亲自抽你几鞭子。"

陈四平笑嘻嘻地喝了几口饮料，舒了口气，才指着刘晓兵怀里的帆布兜子说："这里头是领回来的烈士证书和相关证明，民政部门的同志说啊，拿着这些手续去咱们当地的民政部门加盖公章啥的，反正我也不懂，意思就是能把烈士落回地方啥的，反正你是民政口的，你懂，我就没仔细记。"

刘晓兵点点头，打开帆布兜子，见里头果然用档案袋装了一本鲜红的烈士证和几份文件，顿时感叹道："总算没白忙活。"

"也算是咱们拼了命的结果吧，连民政部门的同志都说呢，咱俩这样的人可不多，要是多几个咱们这样的，肯扎下心来找一个结果的，祖国何愁不复兴？民族何愁不强盛？烈士何愁回不了家乡？"陈四平摇头晃脑地说。

刘晓兵瞪他一眼："后头那几句是你自己说的吧？别东扯西扯的，快说李生元的事儿，老卢到底找到了什么线索，值得他这么心急火燎地去找你？"

陈四平从自己怀里摸出一个牛皮纸信封来，递给刘晓兵说："喏，就是这个了。"

刘晓兵的心跳控制不住地加速了两拍，深呼吸一口气才让自己平复一点儿。信封薄薄的，里头大概也就只有一封信。打开信封，里面竟然是一张被斜着撕掉了半边的泛黄的残片，而且从残片边缘的痕迹上看，似乎还被烧过，边缘呈现出不规则的焦黑，沿着粗粝的纸张纤维晕染扩散开来。刘晓兵捏着这张残页的手都在颤抖，他甚至屏住呼吸，生怕自己喘气劲儿大点就把这残页给吹成一把飞灰了。

林鸿雁道："你看，上头还有字呢。"

果然，这张薄薄的残页上还写了密密麻麻的小字，许是年深日久的缘故，上头的字迹也早就斑驳了，加上他刚好坐在背光处，这些字迹几乎和纸张本身的脏污颜色混为一体，影影绰绰的，看不真切。刘晓兵忙小心地把残页举起来，迎着日光一照，顿时一喜：“还真有字，这是从哪来的？”

陈四平道：“这是村里人收藏的，应该是一封信，当时日本人搜查，情况紧急，没有焚烧完全，剩了这一角残页，仔细辨认之后发现署名是李生元。老卢觉得事关重大，对咱们帮李生元找家有帮助，所以就赶紧给我送来了。”

然而经过几个人的仔细辨认，只能看清残页上面零碎的几个字，都不成完整的句子。“什么房后的柿子树，还有什么白河……”刘晓兵一边眯缝着眼勉力辨识着，一边自言自语。

“白河，会不会是在说白河村？我之前找到的资料就说李生元是白河村人来着。”林鸿雁一喜，连忙说道，“这个信不会是李生元给家里人写的吧？当时为了避免留下线索被日军追踪到，所以他只能把信烧了？”

刘晓兵翻来覆去把这残页看了几遍，才皱眉道：“虽然不知道这封信具体在写什么，可是白河和房后柿子树还是可以拿来定位，白河大概率就是林鸿雁你之前说的白河村了，房后的柿子树，八成能沿着这条线索找到他家的老房子。”

“房后种柿子树的人家未必就他们一户，怎么判断到底哪家是他家啊？”陈四平挠头。

刘晓兵指着残页上一处说道：“你还真别说，这上头还真有这么一个词儿，好像说的是隔壁有个老庙，我猜应该是这几个字，只是看不大清，咱们大可以把这条也作为一个线索。”

长白山山脉覆盖极广，依附于长白山建立的村子星罗棋布，不知道有多少，想要从中找出这个小小的白河村实在不亚于海底捞针。林鸿雁拍板：“说一千道一万，还是得亲自去白河村跑一趟才能算，你俩啥时候动身，加我一个！”

刘晓兵是个不折不扣的行动派，当晚他就买了次日一早的车票，第二天天还没亮就拉着睡眼惺忪的陈四平上了通往伊春的火车。刚从车站出来，刘晓兵便在接站的人群中一眼看到了刘洪。刘晓兵看到刘洪，赶紧拉着陈四平提着行李箱就迎了上去。可陈四平脚底下跟灌了铅似的，慢慢吞吞地不愿走。

刘晓兵疑惑地看着他，转而又明白过来："哈哈，你小子是怕回去之后就被你爷爷扣下，回不来了吧？"陈四平尴尬地点头。

刘晓兵哈哈大笑，同时拍了拍陈四平的后背："你放心，你这回干了这么件漂亮事儿，我只要去找你爷爷说接下来咱们要去做什么，你爷爷铁定会放你走的。"

"真的？"

"真的！"

"那你可千万记得你说的话，回头再出发的时候就算是和我爷爷软磨硬泡也得把我带走。"

刘晓兵哭笑不得："行行行，快点儿吧，我叔都等急了。"说完，刘晓兵拽着陈四平朝着刘洪狂奔过去。

三人一碰面，刘洪就给了他们两个一个大大的拥抱："你们两个的事，米松同志都跟我说了，干得漂亮！"

刘晓兵闻言一愣："米松？米科长？他在哪儿呢？"

刘洪一边帮刘晓兵提着行李往车站外走，一边说道："米科长公务繁忙，连口水都没来得及喝就走了，整得我这心里还怪不好意思的。"

上车之后，刘洪一边开车，一边对刘晓兵说道："一会儿咱们回村，先去老牛家。"刘洪的话有点儿严肃，刘晓兵顿时心头一紧，有种不好的预感，问道："是不是牛爷爷不大好了？"

刘洪面色沉重地点点头："原本医生说还能再挺三个月的，可最近病情突然恶化，牛家说怕告诉你这个消息给你增加压力，就一直没说，我也是今天才知道，不然的话今天牛家人就和我一起来迎接你们了。"是的，千辛万苦才给亲人正名，烈士证终于拿回来了，若不是家里有什么变故，牛家人怎么能坐得住？

车子开进村里，牛家婶子已经在门口等着了，一见到刘晓兵就赶紧迎上来："晓兵、四平，这一路上辛苦你们了，你们是我们牛家的大恩人呐，真是太感谢了！"

刘晓兵赶紧摇头："快带我去看看牛爷爷吧！"

"唉，唉，走，爹也在等着你们呢。"牛家婶子说着，赶紧带着大家往里面走。刘晓兵一边走，一边将牛朝亮的烈士证拿出来。一进到里屋，刘晓兵就看到了躺在炕上的牛朝东，他闭着眼睛，胸口不规律地起伏着，随着他胸口每一次的起伏，喉咙处都在发出"呼噜呼噜"的声音。

刘晓兵虽然不是学医的，但也知道，这在中医学上来说，便是痰气上涌已经迷了心窍。牛朝东确实快支撑不住了。牛永贵这个朴实的庄稼汉子，此时正靠在炕沿边上泪眼婆娑地看着自己的老爹，见众人进来，赶忙轻轻拍了拍老爹的肩膀说："爹，晓兵回来了，他带着烈士证回来了。"

牛朝东缓缓睁开双眼，努力地想转头往刘晓兵这边看。刘晓兵赶忙凑过去，将烈士证展开放到牛朝东的面前让他看个仔细。牛朝东盯着烈士证上的名字，忽然呜咽一声，颤颤巍巍地伸手接过来捧在胸口。

"找到了，终于找到了，谢谢你们……"

第十一章　寻找亲人

我们现在的安稳生活，幸福盛世，都是英雄们用鲜血换来的，我们怎么能享受着他们带来的一切，让他们在不知名的地方无法安眠呢？

简单的几个字，牛朝东说得特别费力，一来是他身体不行了，二来是他这会儿捧着烈士证已经老泪纵横。屋子里众人见状，都不免有些伤心，牛永贵夫妻更是不住地抬手抹眼泪。刘晓兵几个人又待了一会儿，便准备告别离开，牛永贵夫妻赶忙起身送他们。

刘晓兵极力推辞："叔，婶，你们快回去照顾牛爷爷吧，我们自己能回去，你们别送了。"

牛永贵一边点头，一边还在往外送："应该的，应该的，晓兵你可帮了我们家大忙了啊！这就是我父亲的一块心病，如今幸好你们给解决了，不然……"牛永贵说到这里哽咽得说不出话来，牛家婶子也是眼泪汪汪的，刘晓兵安慰了他们几句，忍不住叹了口气，眼角微微湿润。

走出牛家院子，刘洪拍拍刘晓兵的后背："人都有这么一天，好歹临闭眼之前，把最想办的事办成了，这辈子也算没有遗憾了。"

刘洪又转头看陈四平："走吧，去叔家喝一杯去，让你婶子给你们炒两个好菜，好好犒劳犒劳你们这两个小英雄。”

陈四平却拒绝了：“算了吧，我爷爷要是知道我回来第一件事不是去找他而是跑你们家喝酒，还不得把我腿打断，我还是回去和我爷爷喝吧。”

刘洪一琢磨，也没强留陈四平：“也是，你这一走就是这么长时间，你爷爷在家肯定惦记你，既然回来了，赶紧回去给你爷爷报个平安。”

陈四平看着刘晓兵不说话，刘晓兵如何能不明白陈四平的心思，他这是在提醒自己，可千万不要忘了去把他带出来。

“放心吧，再出发肯定喊你。”得了刘晓兵的保证，陈四平这才转头走了。

刘晓兵则跟刘洪回了家，刚一进门，就闻到一股肉香味，刘晓兵吸了吸鼻子：“哎哟，婶子给我炖小鸡了，还是婶子疼我。”

刘晓兵的婶子听到动静擦着手从厨房出来：“哈哈，就你小子嘴甜，这不你二叔说，你出去干了件光荣的大事，说你这一路辛苦了，叫我给你好好补补。”

刘晓兵这才意识到什么，赶忙说道：“叔，婶，你们可别再说我是什么英雄了，出去也别提我干了什么。”

“为什么？”刘洪夫妻不解。

刘晓兵对他们解释道：“我做这些事的初衷原本就不是为了名利，你们这么说，外面的人听到了还以为我是图什么才这么做的。再者，经过这一段时间的了解，我觉得我在那些抗日英雄面前，根本就不值一提，他们才是真真正正的英雄，我只是负责为英雄正名的人罢了。”

刘洪打趣道：“你小子还挺低调，放心吧，我在外面肯定不会说的，这不是咱们关起门来说的吗？在我心里，我特别为你骄傲，你就是咱们家的小英雄。”

“行了，饭也做好了，你们两个赶紧洗手吃饭。”农家铁锅炖出来的小鸡不是一般的香，刘晓兵吃得满嘴是油，同时也陪着刘洪小酌了两杯。饭桌上，刘洪问刘晓兵：“那你接下来是准备去帮那位李生元烈士寻找家人？”

刘晓兵点头说："从牛家的遭遇，我联想到李生元的家人，兴许他的家人也正在寻找他的消息，只是奈何没有头绪罢了。所以我觉得这个事我必须得做。"

刘洪闻言认可地点点头，不过还是有些忧心地说："事倒是正经事，不过你之前不是也只请了一个月的假，这次寻找牛朝亮已经用了大半个月，再去寻找李生元的家人，不知道又得多长时间，是否能及时赶回来。能不能再把假期延长一些呢？"

刘晓兵犹豫片刻，决定还是和刘洪实话实说："叔，我想把工作辞了。"此话一出，屋子里瞬间安静了。

"你这孩子说什么傻话，那公务员的工作是能说辞就辞的？现在不知道多少人眼巴巴的想考都考不上呢，你考上了还不珍惜，怎么还要辞了？"二婶先着急了。

刘洪也说道："是呀，你那工作不是挺好的，怎么突然就想辞职了。"

刘晓兵轻叹一声："叔，你说，当时抗日联军多少人，多少是正式编，多少是地区自发组成的民兵队伍，人数实在是太多了，更是不知道有多少牛家这样的家庭，到现在都不知道家人在哪儿，还有多少李生元这样的英雄，牺牲后默默无闻，连根在哪儿都不知道。"

刘晓兵说到这，眼眶发红："咱们现在的安稳生活，幸福盛世，都是他们用鲜血换来的，我们怎么能享受着他们带来的一切，让他们在不知名的地方无法安眠呢？"

屋子里再次陷入安静，刘洪也是个分得清是非曲直的人，刘晓兵的话确实震撼到了他。可是他沉默了一会儿之后还是对刘晓兵说道："我知道，你是个好孩子，你不忍心让那些烈士默默无名地埋在土里，叔也不忍心，可你要想清楚，做这些事的前提是需要活着，活着就需要钱，没钱寸步难行，更何谈去为烈士寻亲呢？"

刘晓兵不是没想过这个问题，但经历了这些，他心里也明白，现在若是让他放下这些事不做，跑回去继续上班，他的心思也不会在工作上，反而不好。可又该如何做下去，总不能等到退休吧？

刘晓兵郁闷地灌了口酒，刘洪见他流露出失落的神色，按着他的肩膀语重心长地安慰：“你想为烈士寻亲的心是好的，只是这事做起来也需要钱呢，你辞职之后没了收入岂不是寸步难行？所以你还是听我们的话，先别辞职，慢慢等待机会。”

刘洪好心好意的规劝也不无道理，刘晓兵只得一边叹气一边点头。这时，外面忽然传来一道爽朗的笑声：“哈哈，想辞职专心搞烈士寻亲的事业吗？其实我可以赞助的。”

说着，房门被吱嘎一声拉开，一道青春靓丽的身影走了进来，刘晓兵一看到这人，顿时脑袋嗡的一声，正是和自己积怨已深的白晓燕。她主动提赞助，他却不敢收。见到刘晓兵的样子，白晓燕扑哧一笑：“怎么？见我跟见了鬼似的？”

刘晓兵赶忙摇头：“没有没有。”

刘洪夫妻也热情地邀请白晓燕坐下：“吃饭了没？来来来，一起吃点儿。”

白晓燕将手中的篮子放在了炕上，摆摆手说道：“吃过了来的，这是白天刚摘的蓝莓，带来给叔叔婶婶尝个新鲜。我就是听说刘晓兵找到牛爷爷的兄弟，还开了烈士证回来，赶紧来凑个热闹。”

刘洪夫妻本想推辞，但白晓燕执意要他们留下，刘洪只好答应。

白晓燕一双灵动的大眼睛笑盈盈地看着刘晓兵：“你们这次出去，都遇到了什么新鲜事？不妨和我说说！”这大半夜的过来，就是为了这个？刘晓兵总觉得不对劲，不过还是将这一路上发生的事情都给白晓燕讲了一遍。

白晓燕听得津津有味，末了还有点儿意犹未尽地说：“那也就是说，你接下来还得出发去长白山那一片，为烈士李生元寻找亲人？”

“嗯。”刘晓兵点头。

白晓燕眼珠子一转，紧接着从怀里掏出个荷包放在刘晓兵面前：“这里面是五千块，是我资助你下次行动的钱。”

刘晓兵赶紧送回去，拒绝道：“不用不用，上次出去带的钱也没花多少，还够用。”

白晓燕说：“我刚进门都听到了，听说你要辞职专门去搞烈士寻亲这件事，没想到你小子还能有此等格局，所以我真的决定开启专项资金赞助你，你就放心大胆地干，我帮你稳定后方，你看如何？”

“这个，我考虑一下吧，其实眼下除了找到李生元的家人之外，我也不知道自己接下来要做什么，要不等我把李生元的事处理完，咱们再商量。”

白晓燕闻言露出一个看透一切的微笑：“那也行吧，心急吃不了热豆腐，那你就慢慢考虑，我就回去了。”

白晓燕说完起身告别，刘洪夫妇和刘晓兵赶忙起身相送。走到门口，刘洪突然抬腿对着刘晓兵的屁股就是一脚：“你小子还在这愣着干什么？没看外面天都这么黑了，人家一个小姑娘自己走回去多不安全，你先送她回家，自己再回来。”

刘晓兵抬头看看白晓燕，她笑盈盈地看着他，完全没有半点儿要拒绝的意思。村里的夜晚格外安静，夜幕深邃，星斗璀璨，刘晓兵和白晓燕安安静静地走着，中间始终不远不近，隔着两三米的距离。

白晓燕笑问：“你好像很怕我？”刘晓兵顿时将脑袋摇得如拨浪鼓一般。

白晓燕毫不犹豫地戳穿刘晓兵：“我看你是在为当年的事情心虚吧？”刘晓兵的表情顿时异彩纷呈。白晓燕观察着刘晓兵的反应，半晌后才道：“当年的事，我确实还没原谅你。可当年的事归当年的事，为烈士寻亲的事归为烈士寻亲的事，大是大非面前，我是可以做到摒弃个人情感的，难道你做不到吗？你如果为了当年的事，就拒绝一个诚心诚意出资赞助的投资人，那可真是有失格局了。”

白晓燕说得入情入理，刘晓兵也跟着点头，直到将白晓燕送到家门口，眼见着她马上就要步入家门，刘晓兵才说了一句：“你说的话，我都会好好考虑的。”

白晓燕笑道："如果你这件事做好了，我们之前的恩怨就一笔勾销！"说着，白晓燕伸出手，做了个击掌的姿势。刘晓兵犹豫了下，也会心一笑，伸手击掌："那咱们两个，就一言为定！"

转过天，牛朝东没有遗憾地走了。在终于找到了牛朝亮之后，这位老人心愿已了，安心地离开了人世。参加完牛朝东的葬礼之后，陈长江老爷子也同意了让陈四平跟刘晓兵一起寻找李生元烈士的家人。

两个人很是兴奋，马不停蹄地立刻向着吉林出发，从他们家到和龙，开车最快也要十几个小时，于是二人决定中间在鸡西休息一夜，第二天再出发前往和龙。当天傍晚，二人便抵达了鸡西。鸡西曾经是煤炭资源城市，在煤炭开采的那几年，整个城市发展迅速，城市建设也随之日益翻新。虽说如今政策变了，鸡西的煤炭资源也开采得差不多了，倒也不算落后。

二人找到一间小旅馆便住了下来，放好行李，便出门找了家刀削面店吃饭。鸡西本地的刀削面堪称一绝，二人要的辣汤刀削面，吃得浑身冒汗。店内这时候走进来四个三十多岁的男人，坐下之后也要了四碗辣汤刀削面，一边吃一边赞不绝口："老板，别看你不是鸡西人，这面的味道做得那是相当正宗了，就连我们这些鸡西人吃了都挑不出毛病来。"

老板闻言便笑呵呵地答道："哎呀，东北都是一家，口味也都差不多。再说这店从我爷爷辈就传下来了，我们虽然是从吉林过来的，也在这生活六七十年了，怎么也算半个鸡西人了吧！"

刘晓兵和陈四平闻言对视一眼，秉承着不能错过一丝信息的想法，刘晓兵主动问道："老板，正好我们要去吉林，跟您打听个地方，您知道和龙这个地方吗？"

老板闻言眼神也亮了："我知道呀，我家祖上就是从那来的！"

刘晓兵欣喜道："那您知不知道和龙有个叫白河村的地方？"

店老板摇了摇头说："这个我就不知道了，我们已经离开那边很久了，小伙子，你们找白河村干什么？"刘晓兵也没隐瞒，便将自己这次去白河村的原因说了出来。

老板闻言惊讶不已，赞叹道："你们两个年轻人真是好样的，居然要为烈士寻亲，不过这事怕是难了。先不说村名更改是常有的事，再说那些年乱得很，好多士兵打完仗回家，发现自己家里人早都不知道在战乱中逃到哪里去了，人海茫茫，活人寻亲尚且不容易，何况是烈士呢。"

刘晓兵叹道："不容易也得找呀，对了老板，您家是怎么跑到鸡西这边来的，也是躲避战乱吗？"

老板闻言哈哈一笑："不瞒你们说，我爷爷也是有军功的老革命战士了，当年他是一路打过来的。"

恰巧这会儿也不大忙，于是老板便和众人讲起了他爷爷的故事："我爷爷当年就是东北抗联中的一员，当时日本人看中了鸡西这块的煤炭资源，我爷爷就是那时候来的，后来打完仗回家发现找不到家人了。那时候你们也知道，信息不发达，寻亲不容易，我爷爷索性就回到鸡西，留了下来。"

老板说到这儿又忍不住哈哈一笑："其实主要还是为了我奶奶，我爷爷在打仗的时候和我奶奶看对眼了。"

刘晓兵和陈四平到底都是二十多岁的小伙子，一听这话，顿时嗅到一股战火飞扬中的爱情味道，于是忍不住八卦起来："您爷爷奶奶是怎么相爱的呀？"

老板侃侃而谈："当初我爷爷参加战争，不幸受伤。那时候伤员大多是放在百姓家养伤的，我爷爷刚好就被安排在我奶奶家，我奶奶对他细心照料，人又温柔漂亮，我爷爷就喜欢上我奶奶了呗。"故事听着平平无奇，但又处处透着美好甜蜜。

"那您爷爷今年高寿？"

"九十八了。"

那就是还健在的意思了？刘晓兵和陈四平交换了个眼神，问道："我们两个有个不情之请，想去看望一下老先生。顺便跟老先生打听打听一位抗联烈士的消息。"

老板闻言表情稍微有些为难，说道：“这我们也不是不欢迎，若是我爷爷现在还清醒着，想必他是很愿意支持你们的。只是自从六年前我奶奶去世之后，我爷爷就患上了老年痴呆，而且这病情一年比一年严重，如今我爷爷的智商就像几岁小孩似的，也不知道能不能提供给你们想要的信息。”

陈四平闻言面露失望，刘晓兵却说道：“即便如此，这位老先生也是革命前辈，我们两个都很钦佩这样的革命前辈，即便老先生已经想不起过去的事，为表敬重，我们还是想去探望一下。”

老板夫妻对视一眼，这才点点头说：“也好，兴许爷爷看到你们两个，听说了你们要做的事，也能开怀，说不准还能想起些什么呢。”

这倒真是没准的事，对于这些老兵来说，印象最深刻的便是战争岁月。兴许提起烈士的问题，还真能刺激到他记忆中的点，从而让他想起点儿什么。不过刘晓兵也没抱太大希望，只是单纯地想去看看老兵，表达一下自己的敬重之情罢了。

老板答应了他们两个的请求，不过不能立刻关闭店铺和他们回去，马上就到客流密集时刻了。老板对他们两个说等忙完这个饭口便关店带他们去看爷爷，在这期间他们两个可以在店里等，也可以出去溜达溜达。刘晓兵和陈四平各吃了一大碗刀削面，正撑得慌，听到老板这么说，刘晓兵便拽着陈四平出去了，说是消消食，实际上是找了家超市买了些营养品和水果。既然是上门探望革命老兵，总得提点儿东西。二人买完东西又在外面逛了一圈，瞧着饭口差不多过去了，这才重新往面店走去。

店里这会儿已经没有客人了，夫妻二人正在收拾后厨。见二人回来，老板娘立马笑盈盈地探头出来说道：“你们两个稍等一会儿，等我把这里收拾完，咱们立马就走。”路上，刘晓兵和陈四平了解到，这家人姓孙，老爷子名叫孙德才，参加过抗日战争，也参加过抗美援朝，是个不折不扣的老军人。也是因为一直在外面打仗没时间回家，等回家的时候才发现家人早就不知道去往何方，于是便回来做了奶奶家的上门女婿，俩人一辈子恩爱，生了一子两女，现在在儿子家养老。

孙家的住房不大，一共也就七八十平方米的样子，祖孙三代人住在一起难免有些拥挤。不过家里倒是收拾得很干净，孙老爷子独居在一间卧室里，房间里靠墙摆放着一排书架，床头放着张轮椅，还有一些老人的日用品。老爷子这会儿正坐在床上捧着个柚子扒皮，模样像极了小孩子。从老爷子的穿戴上能看出来，老人的晚年过得也不错，穿着虽然简单朴素，但都很干净，一头银发也梳得整整齐齐的。

开门的动静惊动了老爷子，他抬起头疑惑地看向刘晓兵和陈四平。孙老板赶忙上前对他解释道："爷爷，这两位是为烈士寻亲的志愿者，听说您是打过小日本的英雄，所以来看看您。"

果然如刘晓兵想的那样，老爷子虽然糊涂了，但记忆中对抗日战争的印象还是很深的。一听孙子提起打日本，立马来了精神，将手中的柚子狠狠一丢骂道："他妈的！那帮小日本来一次我打一次！在哪儿呢？给我报名！我要去！"

刘晓兵和陈四平见到这一幕，都不由得有些眼眶发酸。

孙老板回头无奈地说："老爷子糊涂了，每天都跟小孩子似的，只有提起小日本和抗日战争的时候反应激动一些。"

刘晓兵说道："是啊，那个年月的人不容易，老先生也是为国家和平做出过巨大贡献的人。"

这位老人已经快一百岁了，雪鬓霜鬟，皮肤松弛，眼神也不复从前的清明锐利。刘晓兵小心地问："老先生，我们正在找一位叫李生元的抗联战士的信息，您认识他吗？"

老人听到这话，目光流露出思索，仿佛正在回忆着往昔岁月。房间里一片寂静，刘晓兵也不禁捏了一把汗，因为他知道，老人认识李生元的概率应该很低。之所以这样直接提问，他也是抱着死马当成活马医的态度，毕竟，如今健在人世的抗联老兵已经不多了。时间一点点过去，刘晓兵眼中的希冀慢慢变成失望，就在他要放弃的时候，不可思议的一幕发生了。

老人忽然哈哈大笑地拍拍刘晓兵的肩膀：“哈哈，李生元！你小子来啦！怎么样？长春的那批物资平安送到了吗？”

刘晓兵闻言顿时眼前一亮，老人虽然糊涂，却糊涂着将他认成了李生元。这简直是“山重水复疑无路，柳暗花明又一村”啊！刘晓兵激动得连话都说不出来了，狂喜着胡乱点头。

孙老先生见他疯狂点头又是一阵哈哈大笑：“你小子可以啊，我就说你行。”刘晓兵也不知道怎么回答老先生的话，于是便又跟着点头。

孙老先生紧接着便拉起他的手回忆起往昔：“哎，我记得你刚入伍的时候，整天愁眉苦脸的，我当时就关注到你了，还以为你是不愿意当兵，结果一了解才知道，你走的时候你老婆刚怀孕，你放心不下家里的老婆。这一转眼，都一年多了，也不知道你老婆生没生，是男孩还是女孩？”

刘晓兵听到这儿，心里顿时咯噔一下。有门！有门！这李生元是有家里人的，还是有后代的。这对他此次为李生元寻亲来说简直是一个重磅消息。

孙老先生继续说道：“现在战火飞扬的，书信半路丢失也是常有的事。再说咱们现在也不稳定，你老婆的消息也不稳定，不过我已经给通信连那边送去消息了，让多留意一下你家的信件，一旦有你老婆的消息，立马就送回来。”

刘晓兵紧张地问道：“那有苗头了吗？”

孙老先生说到这里的时候，却愣住了。刘晓兵的心顿时悬在了半空之中，眼巴巴地等着孙老先生说下文。然而等了许久，也没有下文。孙老先生低着头似乎很累地喘了几口气，然后抬起头对自己的孙子孙媳闹了起来：“我饿了，我要吃饭！现在都几点了，你们也不给我做饭吃！你们是要虐待死我吗？我饿了！”

这是又糊涂了，孙老板赶紧上去哄劝：“您一个小时之前刚吃过饭，您忘了吗？您摸摸肚子，饿吗？”

“我饿！你们骗我！我明明没吃饭！我都好几天没吃饭了！”孙老板费了好半天劲儿才将孙老先生的情绪安抚下来，之后孙老先生躺在床上睡着了。刘晓兵也不好再问，便带着陈四平退了出来。

孙老板有些抱歉地看着他们两个说：“我爷爷自从得了老年痴呆以后就总是这么糊涂着，前几年就总喜欢把家里人认作他的战友，这两年智力可能退化得更严重了，倒是很久没再喊过我们战友了，没想到今天还真能想起点儿事情来，可也时间不长。”

刘晓兵忙说道：“您这说的是哪里的话，我原本想的也是能问出来点儿啥就问问，主要还是慰问老兵，你们可千万不要自责。”

刘晓兵和陈四平又在孙家喝了两杯茶，聊了一会儿天，便准备离开了。临走时，孙老板说道：“回头我再仔细问问，兴许老爷子什么时候精神头好还能想起来，要是又说出了什么有关李生元的信息，我就给你们打电话。”刘晓兵心里说不出的感激，今天虽然有了意外收获，但孙老先生的记忆断断续续，看来这趟白河村还是一定要去的了。

第二天一大早，两人出发上路，下午天黑前便赶到了崇善镇。这地方之前叫崇善社，如今已经叫崇善镇了，属于延边朝鲜自治州，所以朝鲜族风味极重。二人将车子停在镇中心一家商场前，放眼望去，许多饭店都带有浓重的朝鲜特色。两个人来到一家朝鲜小饭店，各点了一碗冷面，刘晓兵便问老板和老板娘知不知道白河村这个地方，认识不认识抗联老兵，结果夫妻二人连连摇头：“白河村没听说过，也不认识抗联老兵。”

刘晓兵闻言不免有些失望，不过也能理解。这老板夫妻二人年纪看起来也就三十岁上下，店面也不是家里传下来的，不知道也正常。就在刘晓兵愁眉不展之时，这小夫妻却给了他一个极为有用的消息。

夫妻二人对他说道：“我们崇善有一处革命烈士纪念碑，也就是烈士陵园，我觉得你可以去看看，那里面记载了每位为国捐躯的烈士的籍贯、年龄之类的信息，兴许就有白河村的烈士。”

刘晓兵闻言眼前一亮，没想到这地方居然还有一处烈士陵园，那一定得去看看呀！就算找不到要找的人，也一定能从守墓人那里打听到许多有关烈士的故事！由于对这地方比较陌生，路也不熟悉，等刘晓兵和陈四平赶到烈士陵园时，天已经彻底黑下来。烈士陵园是没有大门的，站在入口处，便能看到夜色下的墓碑。

夜色沉寂，一座座墓碑庄严肃穆，下面睡着的，都是为这大好河山抛头颅洒热血的英雄！刘晓兵知道，这些烈士墓的墓碑下，尸骨可能都是不完整的，甚至有很多只是衣冠墓，烈士的身体早已在战场中化作了肉泥。看着这一座座墓碑，如何能不心生敬意？

按理说天黑是不应该进陵园的，但此时刘晓兵完全没那些忌讳，带着陈四平朝着纪念碑走去。站在纪念碑前，他默不作声地缓缓弯腰行礼。就连平时一向活泼的陈四平，此时此刻也显得无比安静严肃，跟着刘晓兵一起鞠躬。行礼结束之后，刘晓兵才对着墓碑低声说道："各位前辈，若你们在天有灵的话，还请保佑我能帮那些未能回家安眠的烈士们找到他们的家人。"

话音刚落，身后突然传来一道低沉的声音："嘀嘀咕咕什么呢？烈士们活着的时候为了保护国家、保护子孙后代已经很累了，就不要麻烦他们了吧。"

刘晓兵赶忙转身，便见身后立着一位五十岁左右的男人。此时能站在他们背后说话的人，八成便是这崇善烈士陵园的管理员。这男人看着两人，好奇地问道："你们这么晚了跑到烈士陵园，不害怕？"

刘晓兵微微一笑："我们是来为烈士寻亲的，刚才在这许愿，是希望这些已经得以安息的烈士，冥冥之中能保佑我们为他们的战友找到家人。"

男人闻言，微微露出惊讶之色，打量着两人说："大晚上的，别站在外面说话了，跟我去那边的值班室吧。"

说是值班室，其实只是守墓人住的小房子，方便每日打扫陵园，防备无知的人来破坏陵园。进了值班室，刘晓兵看清了他胸前的工作牌：陈德志，崇善烈士陵园管理员。不到二十平方米的空间内，只摆着一张床和一张桌子，东西都用箱子装着放在床下面，显得有些凌乱和拥挤。

陈德志倒了两杯水，随手递了过来说：“喝点儿水再说吧。”

刘晓兵道谢后将水杯接过来，喝了一口之后才道：“我们也不想叨扰烈士们的安宁，实在是时间有限，这才大晚上跑过来。”说着，两人便将此行为李生元寻亲的目的告诉了陈德志。

听完他们的讲述，陈德志惊讶地说：“想不到你们两个年轻人居然有心做这种事，烈士们若知道后辈中还有你们这样心怀烈士的年轻人，必定很欣慰啊！”

刘晓兵听到这样的夸赞不好意思地连忙摆手：“哪里哪里，没有烈士们哪有我们现在的好生活。我们没生在那个动荡的年代，不能上战场保家卫国，也只能尽自己的绵薄之力为烈士们做些事情，和前辈们相比，我们这根本算不了什么。”

陈德志却一脸严肃地说：“正是因为现在是太平盛世了，生活欣欣向荣，才很少有人能有你们这份心。你们做的事很有意义，都需要什么帮助，我或许能尽点儿绵薄之力。”

刘晓兵问道：“您可知道白河村在哪里吗？”

陈德志闻言点了点头：“我从小就是这里的人，当然知道白河村在哪里！我可以告诉你们路线。”

刘晓兵听闻顿时振奋不已，紧接着又问道：“那您这里有没有烈士们的生平履历，还有家庭背景一类的资料？这些有名有姓的烈士，应该有记载着他们身份信息的基本资料，还有参加抗日的过程记载资料，没准就有哪个烈士和李生元是同乡呢。”

陈德志认真思索片刻，说道：“这个资料当然是有，不过不在我这儿，而是在档案馆。如果你们想看的话，我倒是可以和民政部门的领导打个招呼，看看是他们帮你们将需要的档案找出来，还是让你们进去看。”

刘晓兵赶紧对陈德志道谢：“那可实在是太感谢了，我们互相留个联系方式吧，档案馆那边如果有了消息，您直接给我打电话就行。”

陈德志点头道：“没问题，你们两个小子从外地跑到这儿来，应该还没休息吧，留下电话就赶紧回去休息，养足精神才好继续下面的行动。”

刘晓兵连连点头，和陈德志互相交换了电话才带着陈四平离开。陈德志的话相当于给刘晓兵打了个强心针，而且陈德志也很热心，第二天就传来了消息。于是，在陈德志和当地民政局的帮助下，刘晓兵顺利找到了一份档案，档案上写明，一名烈士的家就在白河村，爸爸是白河村人，妈妈是邻村上天村人。刘晓兵高兴得几乎要跳起来，他与陈四平迅速告别众人，朝着上天村出发。

开了一个多小时的车，二人进了上天村，在村民的指点下，刘晓兵和陈四平来到村主任家门口。这个村主任的家还挺气派，宽敞的院子里停着两辆农机，铺着水泥地面，得走上水泥台阶才能到房子门口，房子是那种两间大瓦房，整个房子外面都贴着瓷砖，看着干净又漂亮，是如今很标准的新农村建筑。

刘晓兵站在门口喊道：“村主任在家吗？”他这一喊，屋子里便有一位五十岁上下的女人走了出来。女人身形微胖，长相喜庆，穿着朴素干净。她走到门前好奇地看着刘晓兵和陈四平问：“你们是？”

陈四平笑着说道：“我们是来自伊春的志愿者，专门为了寻找烈士家属来的，目的是送烈士回家，经过调查发现烈士的家乡可能是你们村的，您是村主任的夫人吧？”

女人闻言哈哈大笑：“什么夫人，我是村主任他妈！我儿子去村里的养殖基地检查去了，中午应该能回来，你们先进来吧。”

两人进了院子，好奇地四处打量着，不住地交口称赞这里的新面貌。女主人热情地请两人进屋坐下，爽朗地说道：“我们村里除了几个贫困户之外，家家现在基本都是这样的了。现在不是搞什么新农村新风貌吗，我儿子大学毕业之后就回来当了村主任，搞得还挺有模有样的，带着村里建设了木耳养殖基地，还有各种畜牧养殖基地，我们村现在也算是小有名气的富裕村了。”

女主人在说起自己儿子的时候，满满都是骄傲。正在说话，外面忽然传来一个声音：“妈，家里来客人了吗？我在院子里就听你一个劲儿地夸我。”

“我儿子回来了，他就是你们要找的人。”从门外走进来一个身高一米八的大男孩，看着也就二十几岁，五官线条硬朗，皮肤不算白，是很健康的那种古铜色。

村主任这么年轻，刘晓兵大为意外，赶忙笑着打招呼：“你好，我叫刘晓兵，这是陈四平，我们俩是为烈士寻亲来的，希望能得到你的帮助。”刘晓兵当即又将自己此行的目的简单说了一遍。

对方恍然大悟，继而咧嘴一笑：“原来如此，这么有意义的事我肯定要帮助你们了。你们好，我叫龚常胜，是这个村的村主任，你们把烈士的信息再详细说说，只要能帮上忙，我肯定尽全力。”

大约二十分钟之后，龚常胜听了两人的讲述，也是颇为唏嘘感慨，沉吟片刻说道：“你们是要找一户姓李的人家，这家人祖上参加过抗日战争，而且一直没回来，房子后面还有一棵柿子树，是不是？”刘晓兵连连点头称是。

龚常胜说：“那么久远的事，我肯定是不清楚了，我爸妈岁数也不大，我爷爷奶奶都不在了，所以未必能想起来村子里是否有过这么一户人家。不如这样吧，你们跟我一起去咱们这边的木耳养殖基地，我们村子里的女人现在都在那边干活，她们平时聊得多，知道的事也多，兴许能问出来一些消息。”

事不宜迟，几人一同来到木耳养殖基地。龚常胜先带着他们参观了基地，参观结束后，龚常胜便将这里的干活的人全都叫到了一起。

龚常胜先是介绍了刘晓兵和陈四平二人，然后又将他们的来意尽数告知给工人们。

“大家可记得咱们村之前有过这么一户人家？或者是听自己的长辈传下来过这么一个故事？”龚常胜这么一问，人群开始讨论起来。片刻之后，有一个五十岁上下的中年妇女走了出来：“我听我妈妈说起过这个故事。”

第十二章　烈士后代

我早就想好了，相比安稳的生活，我更愿意作为烈士寻亲的志愿者。人活这一辈子，不是平平淡淡、顺风顺水就好，而是要有价值。

见有人知情，刘晓兵和陈四平顿时眼前一亮，龚常胜也很是高兴，于是便将她喊了出来，让她讲讲这个故事。龚常胜称呼她刘婶，按照刘婶的说法，这个故事还是她奶奶讲述的。

抗日时期，村子里有个刚结婚的小媳妇很可怜，才过门几个月，丈夫就参军走了，留下怀孕的她照顾着年迈的婆婆，靠着种地生活，村子里的人都看不过去，所以能多帮衬一些就多帮衬一些。好在条件虽苦，那小媳妇肚子里的孩子倒是保住了，肚子也一天一天跟着大起来。不过当时战况不好，很快日本兵就打到了这里，在当地抗日联军的掩护下，村子里的人跟着他们一起逃跑。那小媳妇当时都怀孕八个月了，虽然跑起来很不方便，但是也得跟着跑。后来那孩子就生在了逃跑的路上，还是刘婶的奶奶亲自接生的呢。

刘晓兵听着这些，心情是说不出的复杂，赶忙问道："那后来呢？这小媳妇带着孩子回来了吗？"

刘婶摇摇头："听我奶奶说，那小媳妇生完孩子之后身体虚得很，又带着个孩子，自然跑不快。再加上当时逃跑的人里面有许多老弱人员，于是队伍就分成了两拨，跑得快的先跑，跑不快的在后面，后来也就失散了。”

刘晓兵问：“那后来你的爷爷奶奶回来了，是吗？”

刘婶闻言点点头：“是的，不过当年很多人都没能回来，有路上遇到日本兵被打死的，还有生了病缺医少药病死的，战争实在是太残酷了。”

陈四平开口问道：“这个故事中的小媳妇，莫非就是李生元的媳妇？她丈夫叫什么名字？”

刘婶说道：“这个我就不清楚了，不过我知道她家在哪儿，小时候我奶奶还带我去看过。”

刘晓兵高兴地说：“那您现在可以带我们去看看那家吗？”

“当然可以。”说着，刘婶便起身带着他们朝着村子深处走去。

刘晓兵本以为她说的那户人家就住在这个村，结果刘婶带着他们走出了好远，一直穿过一片农田，这才停下，然后指着面前几间早已破败不堪的小房子说道：“就是这里，不过这边早就荒废了，房子都塌了。”

这房子历经几十年的风雨，早就已经残破不堪，一半都已经坍塌了，即便是没有坍塌的那一半，也已经残破得不成样子。房子外围稀稀拉拉地插着几根篱笆，可见这是之前围着院子用的，现在早就看不出当年的样子了，院子里也早已长满荒草。在房子后面，陈四平果然找到了一棵柿子树，但已经彻底枯死，干枯的枝丫看上去没有半点儿生气，再不见往日枝繁叶茂的光景。

空气一阵静默，过了好久，龚常胜才开口打破沉默：“这个是不是你们要找的烈士家？”

刘晓兵十分沉重地点了点头，叹道：“看着像，只可惜找到往日的住宅没什么用，我们需要找到烈士的后人。”

龚常胜笑着说道：“没关系，能找到烈士家曾经住过的房子，就一定能找到烈士后代。”

陈四平也说：“对，现在是万里长征已经走了九千九百九十里，马上就胜利在望啦！”

这天晚上，刘晓兵和陈四平告别龚常胜之后，便回到了镇上，刚刚在旅馆办理了入住，林鸿雁便打电话过来。她说找到了技术人员，把李生元的那封残缺不堪的信复原了。

林鸿雁说：“李生元这封信其实是一封家书，家书上面说，他走之后一段时间日本兵就打了进来，村子里的村民被迫在抗日联军的掩护下朝着延吉方向撤退，然后走到一个叫上南沟的地方时，李生元的老婆生了，生了个男孩，孩子很健康，他们后续还会带着孩子一起往延吉撤退。信中李生元的老婆对李生元说，让他安心打仗，她会好好保护他们的孩子，他们母子期待战争结束他平安归来的那一刻。当然了，这是大概意思，因为信件毕竟是残缺的。”

听到这个消息，刘晓兵大为震动，同时也十分兴奋和激动，他把今天在李生元老家的收获也告诉了林鸿雁，两人不由同时感慨起来。林鸿雁的电话打得很及时，刘晓兵这回确定了下一步的目标：前往上南沟。

面对刘晓兵的踌躇满志，林鸿雁有些担心地问：“这样一来的确是缩小了寻找范围，不过这年代太过久远，变故太多，怕不是短时间之内就能探查明白的事。你的工作如果耽搁太久，会不会不太好？”

刘晓兵早有打算，所以他想都没想就回答林鸿雁：“如果在假期结束之前，我还不能帮李生元找到他的后代，那我就不回去了，这个事绝不能半途而废。”

“所以你是要辞掉工作继续找了？那你接下来的路费，还有一系列需要开销的地方怎么办？”林鸿雁考虑得很现实，毕竟没有钱寸步难行啊！可刘晓兵早就想好了，就算再难，他也要做下去。

“暂时还没想那么多，我手里还有一些钱，应该还能坚持一段时间。如果不够的话，实在不行我和陈四平走到哪儿，就在哪儿找些散工做，攒点儿钱再出发，这样一来虽然可能会慢上一些，但不会停。”

林鸿雁沉默半晌，说道：“你们如果这么做的话，吃苦不说，行动速度可能更是龟速，不如这样吧，我现在收入还可以，我支援你们。”

刘晓兵赶忙告饶："不用不用，我还没到山穷水尽的地步呢，要不这样，等我要用钱的时候，一定找你帮忙！"有了林鸿雁的承诺，刘晓兵心里暖洋洋的，他当然不是为了林鸿雁承诺的资助，而是觉得如果大家都能拿出这样的诚心和精神，那么为烈士寻亲这条路，必然会越走越亮堂！

第二天，两人离开了旅馆，直奔林鸿雁昨天说的上南沟。因为有了先前的经验，刘晓兵到了地方之后，先打听村主任家住在哪儿，然后直奔目的地。这上南沟的村主任是个上岁数的老人，见到刘晓兵和陈四平居然是来为烈士寻亲的，很是热情地把两人让进屋。简单了解了一番情况后，老村主任皱着眉头想了一会儿，便说道："我这边倒是认识三户人家都和你说的情况吻合。"

刘晓兵询问："那这三户人家都没找到自己的烈士亲人吗？"

"应该是没有，她们当时都是孤身一人逃难到这儿的，肚子里都有孩子，前后脚都生在这儿了，生完孩子就没法走了。"说到这儿，老村主任轻叹一声，"都是战士家属，不容易啊，丈夫在外打仗，她们带着孩子流离失所，肯定要照顾一点儿的。"

"那现在她们还健在吗？"刘晓兵带着一丝希冀问道。

老村主任摇摇头："人早都没了，不过后人都还在，目前有一户在隔壁村，还有一户住得也不远，我可以带你们去看看。"

路上，村主任将这几家人的情况告诉了他们。这三家，其中一家女人生完孩子之后便在此地落脚，独自带着孩子生活，女人勤劳肯干，加上村民的帮衬，虽然清贫一些，但也还算过得去，儿子学习很好，后来赶上改革开放，下海经商赚了不少钱，回来把老妈接走了。所以这次见不上，不过还有联系方式，如果另外两家都不是的话，倒是可以打个电话问问。

另外一家，女人生完孩子没多久，就收到了丈夫在前线已经战死的消息，隔了几年，便改嫁到了别的村去，那家人很好，对她的孩子视如己出，她后来又生了一个女孩，日子过得倒也和美。

说到这儿，老村主任叹口气，说最后这家的女人生孩子的时候是难产，又加之躲在矿洞里条件艰苦，虽然当时是孩子和大人都保住了，这女人却留下了个下红的病症。这下红的病症对于当时的女子来说是顽疾，便是每个月的月信来时，都淅淅沥沥地得来上大半个月，虽然短时间之内要不了人的命，但身体越来越差，拖不上多少年人就没了。

那时的条件实在是太艰苦了，女人生完孩子连一年都没熬过去，就病倒了，后来临去之前，将孩子托付给了一户心善的人家领养。那孩子虽然没多大出息，但人品不错，踏实肯干，后来被隔壁村一家没有儿子的看上，做了上门女婿，如今也算儿孙满堂了。

说着话，老村主任带着他们先去了第二家。当年的孩子如今也是七十多岁的老人了，见到他们来倒是挺热情，听村主任说明原委后，他表示自己应该不是刘晓兵他们要找的人。

老人唏嘘道："我母亲虽然改嫁了，但一直也没给我改名，我继父家里姓朱，我本姓乔，肯定不是你们要找的人。而且我父亲没得早，当兵的第一场仗人就没了，我母亲得到消息的时候，我父亲都去世半年了，还是同乡的战友辗转打听才将消息送到我们手里。"

看来，这位乔姓老人的情况明显不符合，不过刘晓兵想了想，问道："那您父亲确认烈士身份了吗？"

乔老爷子无奈地摇了摇头："当年局势乱，日本兵打进来的时候，都是紧急征兵，死的人更是不计其数，哪有时间顾及这些。后来追认烈士的时候，我母亲碍着自己改嫁了，没好意思去，这事就不了了之了。不过这也成了我母亲一辈子的遗憾，她临走之前还念叨着说对不起我爹。"

刘晓兵问道："那您有没有去再为您的父亲申请一下烈士？"

乔老爷子说："我去了，可是因为年代太久了，证据不足，没办成，这也是我心里的一大遗憾。"

说着，乔老爷子犹豫了下，说道："你们既然是为烈士寻亲的，是不是也可以为烈士亲属寻找烈士，我想拜托你们……"

不等他说完，刘晓兵已经明白了，郑重点头答应道：“可以，我们先前刚刚帮一位烈士家属寻找到了牺牲的亲人，追认了烈士。我们也明白证据不足对于烈士家属来说是多无奈的一件事，所以愿意帮您。”

乔老爷子顿时热泪盈眶：“给你们添麻烦了啊，你们需要钱吗？我可以出钱的。”

“不用。”刘晓兵说道，“您只需要将您父亲的资料和您这边所知道的情况都整理一下告诉我就行，其余的我们来办。”

乔老爷子连连点头，说道：“我也收集了不少我父亲参军牺牲的证据，只是一直没能找到我父亲的确切死亡地址和遗骨，这事才一直没成。”

说着，他从自家立柜里珍重地掏出一个包裹交给刘晓兵：“这里就是我所找到的全部信息了。”

刘晓兵打开查看，里面的东西不多，最上面的是一封信。信似乎写得很仓促，上面说他和乔老爷子的父亲乔刚一起参军抗日，结果刚和抗日部队集合就打仗了，乔刚上战场便牺牲了，他们也是节节败退，所以一直到乔刚牺牲后一个多月，他才有机会给乔刚的家里人写这封信。

信的前半段说的是这个，信的后半段基本都是安抚的话。让他们家里人不要太伤心，国家有难，他们这些男人早都做好了为国牺牲的准备。信的最后还说，乔刚临终之前有话留下，说他媳妇若是能遇见个好人的话，便改嫁吧，不必一辈子为他守寡，就是肚子里的孩子，若觉得拖累，也可以不留下。

刘晓兵看得眼眶发红，心情沉重地收起信件，对老人说道：“我会尽力帮您办的，您放心吧。”

乔老爷子点头，同时又从柜子里拿出一个荷包往刘晓兵的怀里塞，一边塞一边说：“你们要帮我跑事情，少不了有要用钱的地方，这个你们拿着。”

刘晓兵赶忙拒绝：“我们是志愿者，拿了您的钱算怎么回事儿，这个钱是一定不能收的。”乔老爷子还要硬塞，刘晓兵说什么也不收，拉着陈四平就一起跑出来了。

到了外面，陈四平有些不解，问道：“当时咱们帮牛家寻亲的时候还收了点儿钱，怎么到了乔老爷子这儿，你又不要了？”

刘晓兵解释道：“那时候我只是想着帮个忙，现在不一样了，现在我是真的想当志愿者了。再说了，牛家的钱，后来我不是也还回去了吗？”

“那倒是，不过你可想好了，这要是当了志愿者，天天在外面跑，你那体制内的工作可真就做不了了。”

刘晓兵不以为意地笑道：“我早就想好了，体制内的工作是不错，但相比之下，我更愿意作为烈士寻亲的志愿者。人活这一辈子，不是平平淡淡、顺风顺水就是好，要有价值。”

接下来，老村主任带着他们去了另外一家，也就是那个被收养的烈士后代。这位老爷子的身体看着不是太好，他们进屋的时候，老人还躺在炕上，见他们来了，十分费力地从炕上爬了起来。

老村主任赶忙让他躺下，关心地问道：“你这病了怎么也不和你女儿说一声。”

老人苦笑：“唉，女儿工作要紧，我没什么大碍，用不着叫她回来。”

陈四平心直口快，问道：“那您怎么不去跟您的女儿一起生活？”

老人摆摆手：“她在城市住楼房，我不习惯，我在农村生活了一辈子，不想走。”

老村主任看出刘晓兵和陈四平这是误会了，解释道：“老卢的女儿是很孝顺的，只要有假期一定回来看，而且一直想把老卢接进城，还来求我帮忙劝过，就是老卢这个人脾气倔，说什么就是不肯走，谁都拿他没办法。”

躺在炕上的老卢却轻叹一声：“我一来是不适应外面的生活，二来是想着，我留在这儿，兴许哪天我还能等到我家人的消息。”

陈四平试探着问道：“您说的家人，指的是？”

老卢神情落寞道：“我也不知道我有没有家人，当年我父亲参军走了，我母亲也去世了。不过我看新闻，听说也有一些军人因为打仗的关系，在外地成了家娶了媳妇的。我想我父亲可能也在外面娶了媳妇，兴许我还有兄弟姊妹的。”

刘晓兵赶紧问：“那，您知不知道，您父亲的名字叫什么？”

老卢叹口气，淡淡说道：“我的亲生父亲名叫李生元。”此话一出，刘晓兵和陈四平一愣，继而大喜，他们东奔西走要找的人，就在眼前！

“那您为什么姓卢啊？”陈四平的嘴比机枪还快。刘晓兵给他使了个眼色，心说刚才老村主任不是都说了，这位老人是被好心人收养的，那时候他年纪还小，跟着养父的姓也是正常的。

果然，老人解释道：“我的本名其实是李国栋，希望我能成为国之栋梁的意思。不过我母亲去得早，我就被养父母收养了。养父母没有儿子，就又给我起了个名字，叫卢成栋，也是希望我成为栋梁的意思。他们也没瞒着我被收养的事，对待我和对待亲生儿子是一样的，不过我自己总是念着自己是被收养的，看到养父母那么辛苦连饭都吃不上还要供我读书，我就良心难安，于是就主动下学帮他们务农了，到底也没成为什么国之栋梁。”

老人打开了话匣子，继续说道：“这么多年，我也不知道我父亲是不是又成家了。我小的时候，天天盼着我父亲退伍回来找我，后来一直等不到我父亲，我还特地去民政部门打听有没有叫李生元的革命烈士，结果找了好几个，和我父亲的情况也不吻合。”

老人说到这里，有些疲惫，语气也稍显落寞：“我现在就想，可能是他退伍之后找不到我和我母亲，就又成家了，我现在就指望着，哪一天也有我的兄弟姊妹来找到我，带我去我父亲的墓前拜上一拜，我这心愿就满足了。”

刘晓兵眼窝有些潮湿，哽咽着说道：“老人家，您的父亲并没有再组建家庭，而是在一次行动中，孤身一人牺牲在了大山中。因为没有亲属认领，身份无法确认，所以一直没有烈士身份，我们这次来，就是为了找您，给李生元一个烈士身份。”

卢老爷子闻言猛地从炕上爬了起来，情绪十分激动：“你说的是真的？

那我父亲现在葬在哪里？”

刘晓兵和陈四平如实相告，卢老爷子情绪更为激动：“我得去看看，我得去看看。”

刘晓兵见状赶忙说道：“您先别激动，您现在还病着，怎么也得等您的身体休养好了再去，而且在去之前，您还得配合我们一下，先将您父亲的烈士身份给确认了。”

“是是是，得确认，得确认。”卢老爷子连连点头，说着说着眼泪吧嗒吧嗒地往下掉，“我以为我这辈子很苦，孤身一人到死都惦记着看看我父亲，原来我父亲也在等着我去接他回家呀！”

刘晓兵和陈四平相顾无言，心中同时酸楚起来。随后，刘晓兵将自己所知所闻统统告诉了老人，还有拿到的修复信件一类的物品，全部都交给了卢老爷子。直到刘晓兵他们将所了解的都讲完，已经是半夜时分，于是刘晓兵他们当天便住在了老人家里。

第二天一早，众人刚吃过早饭，老村主任便带着几个人来了，一进门便介绍道：“这几位家里都有长辈参加了抗日战争，不过也都是因为各种各样的原因，没能找到烈士。”老村主任介绍完，众人便热情地将刘晓兵和陈四平围在中间，一顿寒暄过后，刘晓兵和陈四平便让他们将长辈参加抗日战争的情况，以及为何没能找到烈士的原因一一道来。

这几个人中有几个本来就是本村的，有几个是家里长辈参加了抗日战争，家眷逃到这里来的。没找到烈士也是各有各的因由，比如有去部队报道路上就碰到日本兵牺牲了的，还有去了之后就再无音信的。抗日战争时期，整个北方基本是全民皆兵的状态，有名有姓的烈士自然是有，可真的还有太多太多牺牲后连个名字都没有留下的无名英雄。一直聊到中午，刘晓兵把所有情况都记录下来，才将他们送走，并答应一定会帮助他们落实烈士消息的事。下午，刘晓兵正盘算着这些烈士该如何寻找时，卢老爷子已经穿戴整齐说要和他们去办手续。

刘晓兵闻言不免担忧："您身体还没好，不然再休息休息，等彻底好利索了再行动也不迟。"

卢老爷子却坚持道："我这原本也不是什么大病，何况我父亲这事一日不落实，我心里就一日不踏实。再说你们上午说话我也听见了，你们两个也不是光忙我自己的事，你们还有那么多事要做呢，我这边的事早解决早利索。"

卢老爷子说到这里顿了顿才继续说道："我心里盘算着，等我父亲的烈士身份确定了，我得去一趟我父亲的埋骨之地，将他的坟迁出来，和我母亲葬在一起。"

刘晓兵点了点头说："是啊，若是能将他和您的母亲葬在一起，想必他九泉之下也会安慰。"

卢老爷子颇为遗憾地叹了口气："唉，就是我这个姓名，怕是改不回来了，一来户口都上在了卢家，这么多年左邻右舍、亲戚朋友的都叫习惯了，老了老了，再改口也难；这二来，我心中虽然有亲生父母，可到底养父母将我辛苦抚养长大，养育之恩大过天，我也不好找到亲生父亲就翻脸不认养父母呀。"

陈四平闻言说道："不过就是个名字，名字也就是个代号，什么张三李四，王二麻子，随便叫都行，养父母也有恩情，没必要非得姓李。"

这话有点儿太直接了，刘晓兵白了他一眼，对卢老爷子说道："您别听我朋友胡说八道，我倒是觉得，您这样的考虑是对的。若是李生元前辈泉下有知，知道他的儿子是这样一个懂得感恩的人，想必也会很欣慰的。"

卢老爷子发自内心地笑了起来："你这小伙子可真是会说话，原本我心里还有点儿郁闷的，听你这么一说，顿时开怀了不少。不过你这朋友说的也不错，名字就是个代号，话糙理不糙。"

接下来的事情就简单了，当天晚上刘晓兵和陈四平便带着卢老爷子来到了县里。民政部门这个时间已经下班了，刘晓兵和陈四平决定先带着卢老爷子在旅店住上一晚，手续明天一早去办，这样办完手续，还能趁天黑之前将卢老爷子再送回去。

他们定的是双床标准间，考虑到卢老爷子年纪大了，为了让他睡得舒服些，便让他自己单独睡一张床，刘晓兵和陈四平将就将就挤一张床。夜里，刘晓兵打开电脑一边琢磨着什么，一边不断敲击键盘，陈四平在旁边看得一清二楚，惊讶地问道："你这就写辞职信了？"

刘晓兵一边打字，一边说道："是啊，其实早就该写了，我这一个月的假期眼看着也没几天了，既然是已经决定了的事，拖着也没什么意思。"

陈四平说："那你可想好，等你哪天不做这个志愿者了，再想回体制内可就难了。"

"到时候的事到时候再说。"刘晓兵这几天经常在脑子里琢磨辞职的事，虽然一直没行动，但早已在心里拟了不知道多少遍辞职信的草稿，此时写起来也是得心应手，很快便完成了。发送到领导邮箱时，他才发觉这个决定其实也没那么难做。而且当鼠标点击发送的那一刻，他甚至还有种松了口气的感觉。与此同时他内心还有点儿激动，要脱离约定俗成的生活轨迹，去做自己喜欢并且觉得有意义的事情。

第二天吃过早饭，刘晓兵便陪着卢老爷子去民政部门办手续，因为之前在寻找牛朝亮的时候，便已经将李生元的烈士认定流程办得差不多了，只差最后家属认亲这一步，所以，卢老爷子手续办得很是顺利。

不到中午，他们手续就办完了。民政部门表示等烈士证办下来会直接寄到村支部，到时候村里的工作人员会将烈士证送去的，这样也免得卢老爷子一大把年纪还要再跑一趟。

刘晓兵原本想的是等这边手续办完，就送卢老爷子回去，结果卢老爷子还想要去迁坟。但这次刘晓兵就没有时间陪着老人去了，于是便商量了一番，最后决定将卢老爷子送到黑瞎子沟，让当地的工作人员陪着他去迁坟。

告别卢老爷子之后，刘晓兵和陈四平便返回了胜利村。到村口的时候天刚擦黑，他们并没有第一时间将车子开进去，而是停在了村口。刘晓兵神情严肃地对陈四平说道："我知道你之前跟着我一起办事是因为陪着你爷爷守墓腻味了，就是想出去跟我放放风。不过接下来可不一样了，我是准备将这件事当作事业来做的，所以接下来你可想好了，是跟我一起做，还是像你之前想的那样，去哈尔滨找个工作，做你自己想做的事。”

陈四平想了想说：“我是没什么意见的，只是不知道我爷爷能不能答应。”

刘晓兵笑道：“你爷爷肯定是会支持你的，对于他来说，守护烈士墓，守护烈士的精神，才是你最应该干的事业啊！”

陈四平苦笑摇头：“说是这样说，真要去做就未必了。你先去办你离职的事情吧，等你的事情办完了，咱们再来说这个事儿，反正也不急。”

“那也行，回头等你想好了给我来个消息。”

“成。”

两人在村口商量完，这才分别回家，刘晓兵刚进门，叔叔和婶子就准备好饭菜等他了。饭桌上，刘晓兵将自己已经辞职的事情和盘托出，原以为叔叔婶子会很激动，结果这俩人却是出乎他意料地平静。

刘洪拍拍他的肩膀语重心长道：“你现在也已经长大了，凡事可以自己拿主意了。你早先提出要辞职，专门去做为烈士寻亲这个事的时候，我就知道早晚有这么一天，既然如此，那就放开手去做吧。”

得到了刘洪的认可，刘晓兵放下了心，夜里躺在床上给林鸿雁发消息：“我已经正式辞职了。”

紧接着林鸿雁的电话便打了过来，刘晓兵刚一接通，便听林鸿雁在电话那端激动道：“你到底把工作辞了？还真准备搞烈士寻亲事业？”

“我怎么听你这语气，还有点儿兴奋？”

“啊，那倒没有，就是觉得你真男人。”

“这话我怎么听着怪怪的！”

“别说那些了，你接下来准备怎么办？”

“我准备成立一个烈士寻亲志愿者协会，地点的话就选在哈尔滨吧，与此同时开个志愿者论坛，你看如何？”

“可以呀，那论坛上都要发什么内容？”

“我打算将论坛分成三个版块，一个版块用来交流，也就是咱们将需要寻找的烈士信息发上去，可以让知情人士为咱们提供线索；另外一个版块则将咱们已经完成的寻亲任务撰写成小故事发上去，这样既可以让大家明白为烈士寻亲的意义，也可以普及一下抗日战争的知识，通过抗日英烈与其家庭的辛酸血泪，提醒大家勿忘国耻。”

“这第三个版块便是善款方面的了，后面肯定会有人捐款的，我准备把这些善款明细都列出来，至于花销在哪里了，也尽量保证公开透明，绝不贪群众一针一线。”

林鸿雁笑着说道：“你的计划很周密，很好，看来不是一日之功。”

“只是初步计划，还不知做起来如何呢。”

“我相信你做起来也会做得很好的，有没有需要帮忙的？尽管开口。”

“还真有。”刘晓兵倒不客气。

林鸿雁也笑着吐槽他：“你还真是不客气，说来听听。”

刘晓兵说道：“你也知道，我这文笔不是那么好，平时平白直叙地记录记录档案还可以，要说讲述寻亲过程，以及将烈士以及烈士家属的故事讲出来，我怕是写不好，还得拜托你这个大编辑呀。”

林鸿雁沉默片刻，笑着说：“那我要是帮你撰稿，你这志愿者论坛的位置，是不是得给我留一个？”

刘晓兵心头一喜：“那是自然，你就算秘书长了！”

林鸿雁哈哈笑道：“那你就是会长了，会长吩咐，使命必达！”

说完，两个人都不约而同地笑出声来。

第十三章　志愿者论坛

我们这哪里算得上英雄，真正的英雄是那些保家卫国的战士，和他们的付出比起来，我们做得太微不足道了。

刘晓兵原本因为要辞职而导致的略微压抑的心情，经过和林鸿雁的这几句调侃交谈，统统都消失不见了。林鸿雁对这件事也表现出极大的热情。不过在招人这方面，两个人倒是犯了难。既然要创建论坛，论坛管理和资料整理都需要人来忙活。可刘晓兵自己都即将失去体制内工作，生活没个保障，更别说拿出多余的钱来雇人了。最后两人商量决定，论坛刚创建起来想必也没什么热度，关注的人也会很少，这样一来，需要做的管理和资料整理工作想必也不会很多，那便由林鸿雁暂时管理，等后续再说招人的事情。

第二天早上，刘晓兵便去了单位，打算去提辞职的事情。结果同事们一听他要辞职都纷纷劝他留下。刘晓兵去意已决，正在和大家说话时，他们部门的陈科长走了进来说："哈哈，晓兵是个好样的，年轻人有理想、有抱负、有格局，我很欣赏。"刘晓兵赶忙起身打招呼，他们部门的科长名叫陈东，如今四十多岁，长相憨厚，慈眉善目，刘晓兵打心底里尊敬这位科长。

陈科长笑着说："你发到我邮箱里的辞职信我看过了，不过我还有事要和你说，你跟我来一趟办公室。”

两人前脚刚走，同事们便开始相互咬耳朵。

“刘晓兵办事周到，工作态度勤勤恳恳，人又踏实谦虚，陈科长一直都很喜欢他的，还有意于着重培养他，没准将来科长升迁，科长的位置就是刘晓兵的，这大好的前程都不要，你说他是图什么？”

“每个人的理想抱负不同呗，兴许人家志不在此呢。”

“反正要是我的话，我会舍不得这大好前程。”

“哎呀，要我看呢，科长这么器重他，肯定不会让他走的，刘晓兵也就是这么吵吵一阵，科长肯定有办法打消他这不靠谱的想法。”

“也是，科长肯定不舍得放人。”

此时在办公室内，陈科长的态度还真被刘晓兵的这些同事给猜对了。

“晓兵啊，辞职信我已经看过了，只是这辞职的事，我劝你还是慎重考虑。”

刘晓兵抿了抿嘴说：“科长，这就是我慎重考虑之后的结果。我知道这份工作很珍贵，可经历了这一个月，我实在没办法再老老实实地回来上班。我若回来过安稳生活了，肯定会每日都惦记着那些无名英烈，觉得对不起这些浴血牺牲的前辈们。”

科长闻言轻叹一声，很是惋惜地说：“晓兵啊，你也知道的，咱们这单位想出去容易，再想进来就难了。”

刘晓兵点点头：“科长，这个道理我知道，正所谓一个萝卜一个坑，身在其位，就做好这个位置该做的事。所以我觉得，既然我已经打算走了，还不如将这个位置留给真正热爱的人，这个坑我就不占了。”

陈科长说道：“晓兵啊，你确定不再考虑一下了？其实实话跟你说，你这段时间的表现很好，我有意提前给你转……如果你以后好好干，咱们这个部门的负责人，以后非你莫属啊。”

刘晓兵苦笑一下：“科长，您就别拿我开玩笑了，这世上没有两全事，我要去为烈士寻亲，单位的事确实顾不上了。非常感谢您对我的信任和器重，但我这次是认真的，没开玩笑。”

陈科长沉思了一下，说道：“既然这样，我就说一下上级领导的决定……你的事情其实我已经汇报上去了，领导对你大加表扬，经过商议，决定不批准你的离职申请，但是可以给你一个带薪长假，让你去做你想做的事，也算是咱们部门对寻找烈士工作的贡献。以后有什么困难，尽管跟我们说。”

刘晓兵愣了一下，随后便惶恐地说道：“陈科长，这可不行啊，我这次去为烈士寻亲，可不是几个月就能结束的，我准备开设个论坛，搜集全国各地的烈士线索，为那些没有烈士名分的烈士正名。这个项目一旦开展，那可能就是几年，甚至十几年，做一辈子都是有可能的，我也不能一直放假啊，何况还是带薪长假，这也不符合规定啊。”

陈科长笑道：“你想什么呢，带薪是只发基本工资，至于假期，先给你三个月，如果你干出成绩来了，后面再给你增加；如果干得不好，那你趁早给我回来上班！”

刘晓兵感动得眼角含泪，离开民政局的时候，他站在门口深深地回望了一眼，才忍着眼眶的泪水扭头离开。眼前的工作暂时告一段落了，但他的人生，才刚开启崭新的篇章。

回到家，刘晓兵便准备全力着手创立烈士寻亲志愿者协会的事，协会的地点就定在了哈尔滨。一来哈尔滨是省会，办事方便；二来交通便利，寻找烈士毕竟要天南海北地走；三来志愿者协会总得有人帮忙打理，这事暂时可以交给林鸿雁。

夜里，刘晓兵给陈四平发短信：“你考虑得怎么样了？是准备跟着我一起干，还是准备去哈尔滨找份工作，或者是留下和你爷爷一起守墓？”

陈四平的回信来得十分快：“守墓是不可能守墓的，这辈子都不可能守墓的，但我这两天已经试探过我爷爷的口风了，我如果要出去找工作，他能打断我的腿，但我要是和你一起再继续追寻烈士，他可能会很高兴。”

刘晓兵看着陈四平的回信哭笑不得：“所以你是迫于你爷爷的压力准备继续和我干了？”

“也不全是因为我爷爷的压力吧，主要是我担心你，你连车都不会开，这寻找烈士难免东跑西颠的，没个人给你开车多麻烦。”

“对呀，咱们后面还得弄辆车。”说起车的问题，刘晓兵有点儿犯难，之前他们用的车是村里的，二叔虽然有支配权，但也是暂时借给他们用，短时间可以，若是长时间就不好了。可他们后续还要用车，这可如何是好？

还没等刘晓兵想好车的问题怎么解决，第二天一早出门的时候，他就发现家门口停着一辆黑色越野车，大气稳重，虽然有点儿旧，但比村里那台车好很多。这谁家车？怎么停在他家门口了？他看着还有点儿眼熟，但具体是谁的却想不起来了。“二叔，咱家来客人了吗？”刘晓兵一边站在院子里刷牙，一边含糊不清地喊刘洪。

刘洪闻言从屋里钻出来，看了一眼说：“哎？这不是小白丫头的车吗？怎么停咱们家门口了？”

刘洪话音刚落，副驾驶的车门就打开了，白晓燕从上面下来，笑着说：“我在这儿，刚在车里和陈四平说话来着，所以没第一时间下来。”

白晓燕话音刚落，主驾驶的车门紧跟着打开，陈四平也跳了下来，走到刘晓兵身边，搭着他的肩膀笑道：“你昨天晚上不是说咱们后续行动缺一辆车吗？我想了想，咱们就算是买二手的，也没钱，与其如此，不如出去拉个赞助。”

刘晓兵太阳穴突突地跳：“所以你把赞助拉到白晓燕头上了？”

白晓燕挑衅似的挑起眉毛：“怎么样？被自己愧对的人帮助的滋味不好受吧？”

刘晓兵不由得阵阵心虚：“大小姐，您如今日理万机，日子过得蒸蒸日上，就别揪着过去那点儿事不放了，我知道我对不住你，我想办法弥补行不行？”

陈四平挤了挤眼睛：“就是，实在不行的话，我让晓兵以身相许！”

白晓燕抬手给了陈四平一巴掌，然后双手掐腰，对刘晓兵说道：“看你那个一脸抗拒的样子，我主动帮你，怎么好像害你似的？”

刘晓兵苦笑道：“这车就算二手的，也得个七八万吧？”

白晓燕笑道：“这个你就不用管了，这车也开了几年了，买的时候就是个二手的，不过我开得仔细，保养得也不错。但是现在种植基地规模越来越大，这车用不上了，刚好适合你们上山下河的，你们就拿去用吧。”

刘晓兵还在犹豫，白晓燕说：“得了，这个事就这么定了，再说我也不是给你的，我是给陈四平的，你爱坐不坐。陈四平，你就说你要不要吧？”

陈四平闻言忙不迭地点头：“要啊，当然要了，这傻小子不要我要，这人情他不收我收，反正就当你借给我们的，以后协会成立了，你就是荣誉会长！”

白晓燕笑得弯了腰：“还是四平会说话，那这件事就这样定了，车归你们了，拜拜。”说完，她挑衅地看了刘晓兵一眼扭头就走。

直到白晓燕走远，刘晓兵这才一脸幽怨地看向陈四平：“你们两个一唱一和的，荣誉会长都给我整出来了？”

陈四平闻言撇了撇嘴：“人家捐了一台车啊，我的哥哥，当个荣誉会长咋了？再说这都是口头随便一说，谁还当真啊？你这个榆木脑袋，死心眼儿！”

刘晓兵苦笑道：“那好吧，既然她说了这车是给你的，我就不管了，反正我也不会开车！”其实刘晓兵倒不是死心眼儿，他原本就亏欠白晓燕的，现在反而还接受了白晓燕的好意，他这心里有点儿说不出的滋味。

刘晓兵进屋和陈四平吃过早饭，二人便开着白晓燕赞助的车直奔哈尔滨。这个距离不近，他们是临近中午时出发，晚上才到达。林鸿雁已经在自家楼下定好餐馆等着他们了，他们一到便美美地吃上了一顿。

当天晚上好好地睡了一觉，第二天一早，林鸿雁便陪着他们一起跑手续。本来以为办这个事是很容易的，但真正跑起来才发现事情没那么简单。创建志愿者协会需要的条件很多。因为按照相关规定，协会成立需要满足该协会满五十人、有办公场所、协会章程、验资报告、注册资金等条件。满足这些条件之后才能去当地民政局申请成立。然而无论是其中的哪一条，他们都不符合，首先协会算上林鸿雁这个兼职志愿者，也不过才三人，所以在第一步，他们就卡住了。

陈四平倒是心宽："办不下来就不办了呗，不过就是个名头罢了，咱们没有这个名头也可以办自己的事。"

林鸿雁丢给陈四平一个白眼："你懂什么，现在是要号召爱心人士一起帮助咱们追溯烈士，后期还可能会有人捐款。如果没有组织，没有募捐资格，哪天若是有人追究起来，那可就是非法的了！"

陈四平这才明白问题的严重性，怪不得刘晓兵之前说什么也不肯接受大家主动给的钱，看来凡事都要讲究个名正言顺，这话还是有根据的。

"那现在怎么办？咱们总不可能在大街上拉五十个人一起去办手续吧？"林鸿雁皱了皱眉头转头看向刘晓兵，"你也是在民政局工作的，有没有特殊情况？"

"公事公办，特事特办，为老百姓解决难题"一直都是民政局的基本宗旨，虽然刘晓兵之前只是档案室的一名工作人员，但也知道民政局办事并不是不能通融。于是三人一商量，便准备去民政部门先了解一下再说。三人直奔民政局而去。到了民政局，林鸿雁便出示自己的证件，说是有采访任务，很顺利便见到了民政局的一位领导。这位领导是一位五十多岁的中年女子，姓薛，圆脸、大眼睛，可以看出年轻时是个美人，说话也很温和。不过当她得知林鸿雁他们是来请求通融申请协会的，脸上的笑容便淡了许多。

"林主编，您写的稿子我看过，用词犀利，敢于直面问题，批判不正风气，很有风骨，可这帮人走后门的事不像是您的作风啊。"言外之意，她不会帮忙做走后门的事的。

林鸿雁闻言也不尴尬，说道："薛主任，这后门偶尔还是要走一下的，毕竟成立烈士寻亲志愿者协会也是一件好事。”

薛主任闻言表情愈发不愉快：“既然是好事，何必要走后门，为什么不能按照手续来申报呢？”

林鸿雁笑道：“薛主任您先别生气，我们的这个情况有些特殊，还是请我们这位同伴来跟您说吧，哦，对了，他也是民政部门的。”

薛主任表情已经很不愉快了，耐着性子说：“那好吧，我给你们五分钟时间，麻烦挑重点说，等下我还有个会。”

其实她这么说已经是看林鸿雁的面子，否则早就下逐客令了。见薛主任脸色不太好，刘晓兵便开口解释道：“事情是这样的，在一个月之前，我偶然帮助一家人寻找抗联烈士，在做这件事的时候，我发现原来在抗日期间有那么多的烈士连名字都没留下，他们的家人也无法联系。于是我们几个便想成立一个为烈士寻亲的志愿者协会。不过成立协会的条件实在是太严苛了，我们达不到条件，所以想着来您这问问，能不能特事特办。”

刘晓兵说完，薛主任神情略微一滞，随后说道：“原来是这样，为烈士寻亲不但是好事，而且是很有意义的事，看来刚才是我误会你们了。”说着，薛主任就张罗着喊人倒水，刘晓兵赶忙说：“主任您快别忙活了，我们不渴，就是着急想办这个事，不知道究竟能不能办成。”

薛主任还是让人拿了几瓶矿泉水进来，然后和蔼地问道：“你们和我说说，你们这志愿者协会成立之后，都准备做什么？”刘晓兵等人便将商议好的计划说了出来。

当薛主任听到刘晓兵为了这份公益事业，甚至连发展前途大好的体制内工作都要辞掉的时候，由衷地称赞道：“你们这些年轻人着实不错，我很欣赏，只不过这件事我一个人定不了，所以我也不好直接答应。不然这样，待会儿我把这件事跟领导说一下，你们先回去等消息。回头有消息了，我第一时间通知你们。”

话说到这里，接下来要做的也就只能是等待了，不过看薛主任的态度，刘晓兵觉得这件事应该八九不离十。结果这一等，差不多十天过去了。林鸿雁期间催问了一次，但也没什么下文，只说还在研究，于是众人只能耐着性子继续等，就在刘晓兵的耐心都快消磨没了的时候，消息终于来了。薛主任打来电话让他们去局里一趟。几个人都很高兴，在约定的时间赶到民政局，结果让他们没想到的是，就在民政局的门口，居然受到了特殊的接见。

来人是民政局的副局长郭云，而且林鸿雁居然还认识。两人一见面便握手寒暄，随后林鸿雁便把刘晓兵和陈四平做了一番介绍。刘晓兵很是意外，赶忙上前问好，郭云微笑着与刘晓兵握手道："你就是这次志愿者行动的发起人啊，果然是年轻有为，长得也是一表人才。听说你为了做这个事业，都打算把民政局的工作辞了，我很佩服你啊。"

刘晓兵被夸得脸都红了："哪里哪里，我就是岁数小，不喜欢按部就班的生活。再说为烈士寻亲也是一件有意义的事。"

郭云说："成立寻亲志愿者协会，非常有意义，但是现在条件不成熟，你们可以先把论坛做起来，等条件具备了，再成立协会。对此我们也想表示一下支持。我们有个老办公楼，离这里不远，里面有些空房，如果你们愿意的话，我就让人收拾一间出来，作为你们的办公室，如何？"

刘晓兵惊讶地张大嘴巴，说道："您……您没开玩笑吧？"

郭云见到刘晓兵如此震惊的模样，笑容愈发和蔼："没开玩笑呀，你们几个年轻人的事迹我已经了解过了，想到你们为了烈士们如此无私奉献的精神，我都自愧不如。给你们一间办公室，一来是方便你们，二来是督促我自己，向你们无私奉献的精神学习。"

刘晓兵自然是感激不尽，而且郭云办事也是雷厉风行，当天下午就让人把办公室收拾了出来，又给配了一些办公用品，办公室便可以正常使用了。带着惊喜，刘晓兵等人来到办公室。这办公室的面积虽不大，但简单干净，差不多十几平方米，桌椅用品一应俱全，甚至还有一台饮水机，这条件对于他们三个来说绝对够好了。

现在办公室有了，刘晓兵干劲儿十足，很快便开始着手网站论坛的事。网页设计的事，用不着他操心，林鸿雁已经找人解决了。这位林大主编还撰写了两篇稿子，其中一篇写的就是刘晓兵帮牛家寻找烈士，另外一篇便是帮助李生元寻找后人的事。林鸿雁不愧是大编辑，文字功底相当扎实，刘晓兵读着她写的文章，明明都是自己经历过的事，却在读她的文字时不禁又产生几分热血沸腾的感觉，恨不得现在就撸袖子上阵再去帮那些革命烈士做一些有意义的事。

从这天开始，三人都开始忙碌起来，刘晓兵和林鸿雁继续完善论坛，陈四平也没闲着，开始在网上发布信息，寻找相关的烈士线索。在大家的努力下，大约一周之后，论坛正式启动上线，刘晓兵先将林鸿雁的两篇文章发上去，然后又将现在需要找的几位烈士信息都发上去，期待有关人士能在下面留言，同时还要对论坛进行推广。

郭云抽空也来参观指导，并且给他们提出了一个宝贵意见，就是将这个论坛当作一个抗日战争的科普教育平台。这确实是个好主意，要不怎么说领导就是领导，高瞻远瞩啊！郭云还找来了网络安全部门，给论坛进行了安全升级，加了一套防火墙。刘晓兵满怀感谢，自然也没闲着，马上按照郭云的建议，在论坛上发布了一些抗日战争的历史知识。

抗日战争十四年，这里面囊括的信息太多了，刘晓兵等人忙了一段时间，搜集到了不少相关的烈士线索，同时也对抗日战争的历史进行了一番梳理。但是由于论坛新建，知道的人很少，虽然论坛的内容日渐丰富，却一直没有什么实质性的进展。

一天，林鸿雁拿起手机一看，顿时眼睛瞪得老大，她激动地把手机递给刘晓兵。刘晓兵伸手揉揉眼睛，怀疑自己没睡醒："这……这是真的吗？"林鸿雁给他看的页面是市新闻网，网站上最新的一篇文章便是表扬他们几个人创建志愿者论坛为烈士寻亲的事迹。刘晓兵激动地往下看，里面还简单讲述了他们之所以做这件事的经过，在文章的最后，还附带上了他们论坛的网址。新闻标题是《当代新青年追溯烈士身份，为无名烈士正名，热血青年，民族大义》。刘晓兵心情无比激动。这可是官方媒体啊！官方都主动表扬他了。顿时一股自豪感油然而生，刘晓兵感觉自己的腰板都瞬间挺直了许多。

林鸿雁将手机从他手中抽走，笑呵呵地说："这当然是真的了，看来应该是薛主任上报的事引起了官方的重视，加之你又将这件事办得有声有色的，官方媒体都忍不住站出来支持你了。"

刘晓兵高兴得不得了，恨不得嚎一嗓子。不过他还是忍住了，直到转身走进卫生间洗脸，他都还高兴得有些恍惚。林鸿雁又给他看了几次手机。这几次是各地方媒体的态度，有的是转发了官方媒体的文章，有的是自己撰稿，但不外乎都是对刘晓兵他们的赞扬。这一大清早就搞得这么激动，刘晓兵不免有些晕乎乎的，如同飘在云端。

林鸿雁一边看新闻，一边对刘晓兵说道："这下好了，有了官媒的发声，接下来关注到此事的人会越来越多，看来咱们注定要做成这件事。"

刘晓兵这才后知后觉地回过神来。一开始的激动和兴奋过去之后，他表情忽然开始有些凝重。林鸿雁看出他表情的变化，十分不解："你这是怎么了？之前咱们做这事没人支持的时候你就整天愁眉苦脸的，现在官方都站出来支持咱们了，我怎么还是看不出你半点儿高兴的样子来呢？"

刘晓兵微笑道："我不是不高兴，只是想着，如今关注这件事的群众越来越多，我就更要约束好自身行为，成为一个榜样人物，不能叫群众寒心，更不能做出任何有可能产生不良影响的事情。"

刘晓兵轻叹一声："我感觉自己身上的责任，好像突然就重了起来。"

陈四平闻言撇嘴吐槽："我看你就是矫情，没人关注的时候想让大家关注，现在大家都关注了，你反而在这叽叽歪歪的。"

林鸿雁则安慰他道："如今你确实是公众人物了，将来做事可能会受到一些舆论的约束，不过做人问心无愧便好，我相信你是个正直善良的人，你没问题的。"

陈四平还是撇嘴，又嘟囔了一句：“矫情得厉害。”

刘晓兵忍无可忍地对着陈四平的后脑勺就是一巴掌：“不会说话就好好和林鸿雁学着点儿。”

陈四平捂着后脑勺和林鸿雁告状：“你看到了吧？是不是看到了？咱们的公众人物居然动手打人了，这将造成多么不好的负面影响，我代表群众强烈谴责你！”

看着陈四平孩子气的样子，林鸿雁和刘晓兵相视一笑。他们刚准备打开论坛，郭云便敲门进来了，一进门就满脸高兴地恭喜他们：“恭喜呀，现在连官媒都点名表扬你们了，想必有官方护航，只要你们行得端、做得正，将来的路会越来越好走的。”

刘晓兵赶忙谦虚：“其实我们做的这点儿小事算不得什么，都是应该做的。”

郭云道：“昨天你们那个论坛还只有我和你原来的领导关注，现在看看有多少人关注了。”

刘晓兵当即打开电脑登录论坛，一看数据，他顿时惊呼一声，现在论坛已经有十万多人关注了，而且这个数字就跟滚动的字幕条似的，一直在往上跳。论坛进展得很顺利，过不多久就有申请做志愿者的人打来了电话。刚巧对方相距不远，通话后不过一个小时，便来了两个年轻人。刘晓兵热情地招呼他们坐下，聊了几句后得知，这两个人是亲兄弟，一个叫秦昊，一个叫秦明，烟台人，常年从事海鲜进出口生意。

烟台是真正的革命老区，后由大名鼎鼎的许世友将军担任司令员的胶东军区就在这里。一九三八年二月三日，日军侵占了烟台，为了迫使烟台人民屈服，以实现其长期统治的目的，使用了极其残暴的法西斯手段。他们在伪军的配合下，反复进行清乡“扫荡”，推行抢光、杀光、烧光的三光政策，残害和屠杀烟台人民。

可以说，烟台人民在抗日战争中有着无数的血泪史，秦昊和秦明兄弟两个也听说了不少抗战期间的故事。他们深深为那些牺牲的烈士感到惋惜，并发自肺腑地想为他们做些什么，于是兄弟俩经常去慰问烈士家属，并经常对其中一些贫困家庭进行援助。为了证明他们说的都是真的，二人还拿出了这些年用于慰问烈士家属，以及资助烈士后代孩子上学的票据。

刘晓兵听着他们的讲述震撼不已，想不到这两兄弟居然做了这么多事。他接过票据一一查看。秦昊认真地说道："我们给您看这些，不是为了标榜我们做了多少好事，而是想向您证明，我们是真心实意地想为牺牲的烈士做些什么。在关注到您的事迹之后，我们很是激动，终于遇到了志同道合的人，所以就想着，如果我们也能加入志愿者组织，一起为烈士们做些事情，这是很有意义的。"

秦昊说话间，刘晓兵已将他递过来的票据大概看了一遍。根据厚厚的一沓票据可以看出来，秦昊兄弟两个这些年资助了好几个贫困烈士家庭的学生，并且多年来一直坚持慰问烈属，还照顾着好几位老兵。看着这兄弟两个，刘晓兵有些激动地说："真是太惭愧了，和你们做的事比起来，我做得实在太少了，你们都是英雄啊！"

秦昊有些不好意思："我们这哪里算得上英雄，真正的英雄是那些保家卫国的战士，我们慰问烈属，探望老兵，也是尊重敬仰英雄而已。"

秦明也说道："没错，我们这些年了解到很多日军在烟台的暴行，那时候烟台遍地都是特务机关，杀害了无数爱国人士和八路军战士。他们的手段惨无人道，令人发指。甚至还曾经制作绞人机，把人推进去活活绞成肉酱……所以知道得越多，我们就越觉得，我们这些生活在和平年代的人，应该为那些牺牲的先辈烈士们做些什么。和他们付出的比起来，我们做得太过微不足道了。"

刘晓兵心中也是燃起一团暖意，他情不自禁地握住了两人的手，发自肺腑地说道："真的很高兴认识你们，从今以后，咱们就是并肩作战的战友了。"

刘晓兵想了想说："我想去探望一下咱们当地的老兵和那些烈士家属，

看看能否为他们做些事情。”

秦昊笑着说：“没问题，其实我们已经安排好了行程，后天一早就出发如何？”

秦昊两兄弟说完正事后时候也不早了，不好耽误刘晓兵和陈四平休息，便起身告辞。第二天，刘晓兵便四处采购礼品和物资。他们考虑得很周到，那些老兵都是从艰苦年代过来的，即便是现在生活条件好了，他们也不喜欢一些华而不实的东西，所以买的礼物多是一些米面粮油之类的生活物资，和一些孩子用的文具以及课外读物、辅导资料之类的东西，总之是家里的老人孩子都考虑到了。这些都做完之后，第三天天还没亮，他们便按照计划出发，前往看望老兵。

路上，陈四平靠着椅背一边打哈欠，一边抱怨：“我以为我这段时间已经适应了早起的节奏，没想到居然天不亮就要起来。对了，咱们第一家去的是哪儿？”望着车窗外一片绿油油的原野，陈四平开口问道。

“是一位住在乡下的老兵，路程有点儿远，不过，他的故事很多。”开车的秦昊笑着说。

“故事很多？这个好，我最喜欢听那些打仗的故事了。”陈四平笑了起来。

刘晓兵用胳膊肘捣了捣他，说：“记得一会儿拿上纸笔，咱们尽量把那些故事都记下来，全部留作资料。”

“没问题，保证完成任务！”

第十四章　老兵的故事

中国大地上，洒遍了烈士们的热血，不屈的英魂似在呐喊，回荡在众人的脑海之中，又如一座座丰碑矗立在时空之中，守护着中华大地，壮烈而神圣。

经过一番长途跋涉，他们终于赶到一位老兵家中。拎着礼品进门时，老兵正在院子里活动筋骨打太极拳，很是从容大气。老人家满头白发，最起码有八十多岁了，精神头儿却很好。

“钟老前辈！我带着两位为烈士寻亲的志愿者来看您了！”

老人闻声看向他们，赶忙停下打拳，快步上前迎接：“我盘算着这几天你们就该来了，每天早上都让我老婆子多煮些饭，果然把你们盼来了，累了吧，快快快，进屋吃饭。”

老人家如此热情，刘晓兵十分感动，进门之后将礼物放下，米面粮油摆了一地。老人家坚持不收，最后还是陈四平说这是全国人民捐赠的，老人家才满怀欣慰地不再多说什么。

恰好是早饭时间，老人家张罗着吃饭，又问起刘晓兵和陈四平，得知他们一直在为烈士寻亲，而且陈四平还是烈士墓的守墓人，他很震撼，紧紧地拉住两人的手说：“好孩子，你们辛苦了，我替我那些战友，还有所有为了新中国牺牲的人们，谢谢你们！”

刘晓兵也是握紧了老人的手，凝望着老人布满沧桑，却洋溢着幸福的脸庞，感慨地说道：“我们实在是担不起您这一声谢谢，若没有你们的无私奉献，我们哪里能过上如今的好日子，是你们保卫了我们的平安与宁静。我们此次前来，就是专程来感谢您的。”

陈四平也说道：“是啊，能够亲眼见一见当年的抗战老兵，听一听那些抗战故事，这是我们的福气。我们路上商量过了，一定要认真记录您的故事，并且讲给大家听，让大家永远记住您，永远不要忘记新中国的来之不易。”

老人家眼眶湿润，擦了擦眼睛，笑着说：“这有什么！我们就生在那个年代，不论是为自己还是为后代，那都得义无反顾。依我看，你们这些后辈也没比我们差到哪里去啊，若是你们和我老头子同岁，没准咱们还是战友嘞！”

老人家说到这里，忍不住长叹口气：“就是可惜了我那些牺牲的战友了，现在这么美好的生活，他们是享受不到了。要是还活着，他们也能看看祖国的大好河山，看看你们这些意气风发的后辈们。”

话题有些沉重起来，此时早饭端了上来，老人家赶忙话锋一转：“来来来，吃饭了，你们想听故事，等会儿吃了饭，我给你们讲上一天。”

饭桌上，两位老人不住地给刘晓兵他们夹菜，老人家笑着说：“我们都快九十岁的人了，新陈代谢慢，吃多了不消化，你们年纪轻轻的还在长身体，多吃一点儿有好处。”

陈四平扑哧笑了出来：“钟爷爷，我们都多大了还长身体，再说我们这么吃，吃的可都是您老人家的退休金呀。”

钟老前辈的老伴笑着开玩笑：“你们钟爷爷的退休金可高了呢，你们放心吃，不怕吃穷你钟爷爷。”

陈四平闻言好奇问道：“钟爷爷，您一个月退休金有多少呀？”

钟老前辈笑眯眯地看向陈四平：“怎么？你是准备根据我的退休金盘算

自己该吃多少东西吗？”

陈四平嘿嘿笑着解释：“没有没有，我就是好奇，像您这样年纪的老兵，国家给您什么待遇？”

老人家慢慢放下了筷子，仔细想了想才回答陈四平：“我十三岁的时候就参加了队伍，抗日战争、解放战争、抗美援朝，我全去了。像我这样退下来的老兵，是有战功的，国家很是优待我们这批老兵，所以除了退休金和高龄补贴之外，还有退役补贴，所以我们现在每个月发到手的钱，根本就用不完。就算你们每天都来吃，也不用怕把我给吃穷喽。”

说着说着，他的神情便不自觉地落寞下来，叹气道：“唉，我现在是享福了，不愁吃不愁穿，还有你们这样的后辈来看我，我那些战友啊，他们是一天好日子也没过过。”钟老前辈说着，双眸逐渐潮湿。

“那个年代原本就物资匮乏，尤其是在抗美援朝的时候，运送物资的铁路、公路、桥梁被炸毁，物资运不到前线，那时候可真是勒着肚皮上战场。数九寒天的时候，一人一天只能吃一个土豆，那土豆冻得跟冰块一样硬，啃都啃不动。”钟老前辈说到这些不禁哽咽起来，刘晓兵听着也是眼眶微湿，饭桌上的气氛再次凝固了。

老奶奶见状忙嗔怪道：“你说你这么大年纪了，一吃饭你就讲过去的事，惹得孩子们都吃不下饭。来来来，都多吃点儿，等会儿吃完了，想听什么故事，再让钟爷爷给你们讲。”钟老前辈闻言呵呵一笑，也是赶忙招呼大家吃饭。

刘晓兵莞尔道：“没关系的，钟爷爷，您说的这些我们都特别爱听，如果您不介意的话，我还想听您多讲讲当年的故事，回头我都写成文章，发表在我们的论坛上，也让大家多学习学习前辈们的精神，多了解了解当年的历史。烈士虽然已经不在了，但烈士的故事、烈士的精神，应该世世代代地传承下去。”

饭后，刘晓兵几个人搬了板凳过来，围着老人家，听他讲过去的故事，陈四平拿起了笔，随时准备记录。钟老前辈拿出了自己这些年珍藏的军功章和一些纪念品，摆在众人面前，仔细凝视着，认真地回忆了半晌，才缓缓开口讲述起来。

“我小的时候，家里很穷，靠着给地主放羊，租种一点儿土地，勉强生活。后来日本人就打过来了，烧杀掠抢，地主都跑了，我们就更没了活路。十三岁那年，我跟着做生意的二叔去了城里，本来想找个营生，可是城里也乱糟糟的，我就跟着人家一起偷偷贴标语，宣传抗日，为此还被日本人抓住过。再后来，咱们的队伍打过来了，我就和几个小伙伴一起参加了队伍……”他缓缓地讲述着，仿佛又回到了往昔。

讲他从一个小战士，参加了很多次战斗，慢慢成长为一名光荣的共产党员，后来，又随部队开往抗美援朝的战场。那些战火纷飞的岁月，仿佛随着他的讲述，在众人面前慢慢展开了一幅真实的画卷，金戈铁马，南北转战，在中国大地上，洒遍了烈士们的热血，不屈的英魂似在呐喊，回荡在众人的脑海之中，又如一座座丰碑矗立在时空之中，守护着中华大地，壮烈而神圣。

故事讲了一个又一个，直到日头渐渐升高，一上午的时间很快就过去了，老人家依然没有讲够。刘晓兵和秦昊等人认真地听着，时而打断，询问一下细节。陈四平则是拿着纸笔仔细记录，可记着记着就跟不上了，索性把纸笔扔到一边，拿出录音笔录音，自己则专心地听起了故事。房间里静悄悄的，老兵的声音虽已有些不太清晰，又夹杂着口音，却仍然铿锵有力。他腰板挺得笔直，如一棵崖边的苍松，遍体伤痕，却蓬勃雄健，倔强峥嵘。到了十一点多的时候，老人家才停了下来，神情略显疲惫，却依然很是兴奋。

“让老人家歇一会儿吧。”秦昊低声说道，刘晓兵点点头。在沉重的历史面前，似乎一切语言都显得过于浅薄，他能做的，唯有铭记。

“也不知道那帮伙计现在如何了，是不是和我一样变老了，要都还是当年牺牲时的模样，那可不得了了，回头等我们见了面，他们还不得嘲笑我现在这副样子。”钟老前辈自嘲地笑了起来，他指了指自己的腿，叹气道，“这条腿当年被美国鬼子的子弹打透了，始终也没痊愈，每到阴天下雨就疼得厉害，现在坐久了就没知觉。唉，老了，不中用了。”

陈四平赶忙起身，扶起老人家活动，刘晓兵和秦昊、秦明则在老人家里四处找活，当得知他们住的房子有些漏雨，便自告奋勇，找来了材料，开始修补屋顶。一直忙到了下午一点多，才总算做好了一切，在两位老人不住的感谢中，刘晓兵等人又给老人留下了一些慰问金，这才放心离开。

他们出门的时候，老人家身形笔直地伫立在门前，和刘晓兵等人挥手告别，一直到车子转过弯，老人家的身影彻底消失在视线当中，刘晓兵这才转过头来说道：“钟爷爷的精神面貌真的太好了，虽然都快九十岁了，这精气神儿就是不一样，身体也很结实。”

秦明也收回了目光，对刘晓兵说：“你说得对，老兵们的精神面貌大都很好，但身体状况就不一样了。有一位姓陈的老兵现在住在养老院，因为年轻时在战场上受过很严重的伤，之后一直没有痊愈，已经卧床十多年了。”

刘晓兵一听，心里一沉，问道：“咱们接下来要去看望这位老兵吗？”

还不等秦明解释，陈四平忍不住问道：“他没有儿女吗？怎么住进养老院了？”

秦明说道：“陈爷爷是一位痴情的人，当年上战场的时候还没结婚，结果战争一打就是好多年，那时候通信又不发达，等他回来的时候，初恋心上人已经另嫁他人了。所以，他就一辈子都没结婚，始终是一个人，自然没儿没女了。咱们的下一站，就是去看望他。”

刘晓兵感慨道：“为了初恋心上人，一辈子没结婚，这就是忠贞的人吧，对爱情如此，对民族如此，对国家亦如此。”

就连一向吊儿郎当的陈四平闻言也连连点头：“是啊，以前经常在电视上看到这样的事情，没想到今天咱们也遇到活的了。”

“什么话？人家本来就活着。”

“啊，我的意思是说，这样的老兵越来越少了，他们都是历史的亲历者，咱们得好好珍惜保护，否则再过几年，要想找老兵就难了。”

陈四平的话让几人同时点头，颇为唏嘘感慨。工夫不大，他们便在一家养老院见到了这位陈姓老兵。这里居住的环境还不错，一间二十平方米的房间虽简单朴素却也干净，屋子里没有半点儿异味，床褥也很干净，可见护工照顾得很用心。

刘晓兵和秦昊等人把带来的水果等慰问品放下，说明来意，又做了一番自我介绍。陈老很高兴，热情地和他们聊起来。不过刘晓兵还是能够看出来，陈老的身体状况不大好，就连多说几句话都很吃力，很多时候都要靠手势来表达。

秦昊说，这位老人家今年已经九十二岁了，当年是从抗美援朝的战场上负伤撤下来的，后来伤好之后就转业到了地方，还是一位基层干部，但身上的隐疾时常发作，困扰了他多年。

刘晓兵神色凝重，看着这位卧床的老兵，便拿出了准备好的五千元慰问金，轻轻放在了老兵的手中。可还没等他开口说话，陈老便连连摇头，说什么也不肯收钱。

秦昊无奈地说："忘了跟你们说，陈老从来不肯要我们的东西，钱更是一分不收，他总说他现在这个样子，也用不到钱，而且他的病都是国家给免费治疗的，不能再收任何人的钱。"

"可是您现在身体不好，虽然国家给治疗，我们也想略表一下心意，您看……"刘晓兵试图说服陈老，可他说什么也不肯收。最后还是陈四平上前，在刘晓兵耳边低语了几句，刘晓兵这才眼前一亮，笑呵呵地找来了养老院的负责人。

随后，他便以陈老的名义，把五千元的慰问金捐给了养老院。这些钱虽然不算多，但是给老人们改善一下生活还是足够了，也算是代表陈老为养老院做了些事。养老院负责人也很高兴，他当即表示，一定会把这笔钱用到实处，真真正正地花在老人身上。这个处理方法很是得当，陈老也不好再说什么。他们又与陈老聊了一会儿之后，老人突然从枕头下面拿出一个手帕，缓缓打开，里面露出一沓现金。

刘晓兵不解地看向陈老，还没等询问，陈老便把钱递了过来说：“这些是我这个月资助战友家的钱，你们回头记得帮我汇过去，谢谢你们了。”

刘晓兵面露疑惑，秦昊见状解释道：“老人家每个月都要给他的一位牺牲的战友家里汇一笔钱，之前一直都是我帮着做的。但至于为什么要这样做，老人家从来没说过。”

刘晓兵和众人的目光落在了陈老身上，陈老叹了口气，总算是说出了自己心里的秘密：“当年在战场上，我身负重伤被抬了下来，大家都说我是英雄，但实际上，我这条命是一位战友救下来的。那时候我们在朝鲜战场上，正攻打一处高地，一天一夜都没打下来，美军飞机又来轰炸，一颗炸弹刚好落在我的旁边，在爆炸的一瞬间，一位战友扑过来将我压在了身下，我才侥幸捡回一条命，而他却牺牲了，尸骨无存啊！如今每每想到我能享受着国家给的退休待遇，他的家人却生活得很艰难，我这心里就非常难过，所以，这是我唯一能够弥补和感谢他的方式……”

刘晓兵顿时明白过来，不由肃然起敬。秦昊十分郑重地接过陈老递过来的钱，说道：“您老人家放心，我们一定会准时寄过去的。”

陈四平半晌没有开口，此时忽然问道：“陈老，我有一个问题，不知道该不该说。”

陈老笑着说：“小伙子，你尽管说，随便问，只要我知道的，都可以告诉你。”

“您老人家这些年来，有没有想过，再去见一见当年的初恋心上人？”陈四平的问题提出来，所有人都看向了他，刘晓兵更是一个劲儿地给他使眼色，心想你这是哪壶不开提哪壶啊，人家单身了一辈子，你这不是添堵吗？

陈老听到这个问题，没有立刻开口，而是沉默了半晌，才悠悠地叹了口气：“其实，我这笔钱就是寄给她的。”房间里再次陷入了沉默，刘晓兵等人面面相觑，都有些不理解陈老这个话到底是什么意思。

陈老凝望着前方，仿佛在回忆着往昔岁月，叹气说道："这件事，我从来没跟人说过，但最近这段时间，我感觉我可能快要不行了，如果再不说，可能就再也没机会了。其实，当年救我一命的战友，就是她嫁的丈夫，但我们在一个战壕里并肩作战了那么久，我竟然不知道……"

陈老的声音哽咽起来，慢慢开始讲述起了这个深藏在他心底许多年的秘密。他说，当年他参军去了部队，经历了几次生死战斗，队伍打散了，自己也身负重伤，数次辗转才捡了一命，但也跟家里失去了联络。等抗战胜利后，他终于回到家，可没想到，当年的初恋心上人以为他已经牺牲，所以就嫁了人，当陈老见到她的时候，她的孩子都已经两岁了。

陈老很受打击，压根儿听不进她的解释，连夜回到了部队，对这件事始终耿耿于怀。后来陈老又随部队去了抗美援朝的战场，他作战勇敢，多次立功，受到嘉奖，还做到了连级干部。由于战斗减员很大，部队经常整编，那个救他一命的战友，就是在那时认识的。

对方名叫徐守卓，跟他年龄差不多，入伍时间稍晚几年，是个普通战士，两人还是老乡，所以很快就熟络了起来。但在几个月后的一次战斗中，敌机俯冲轰炸，阵地陷入火海，徐守卓为了救陈老，自己壮烈牺牲。

陈老也是受了重伤，被送回国内治疗，伤愈后他念念不忘自己的救命恩人，于是就回到家乡，想要去对方家里探望。但他刚回到家，还没等去徐守卓家，就得知了一个让人十分意外，而且简直是晴天霹雳的消息。

徐守卓，就是他当年初恋心上人的丈夫。而且，徐守卓在结婚前就知道陈老，也知道他们过去的事。也就是说，徐守卓在战场上和陈老并肩作战，其实他早就知道陈老是谁，却只字未提自己的身份。家里人告诉陈老，当年有消息传回来，说是他已经牺牲，苦等了两年后，在家里人的催促下，他的初恋情人才不得已嫁了人，生了子。但婚后她一直闷闷不乐，她的丈夫为人很正直，待她们母子很好，却始终无法代替陈老在她心中的位置。后来战争愈发激烈，徐守卓也参了军，离开了家。所以，她一直是自己一个人生活，艰辛带娃，一直到丈夫牺牲。

知道了这件事，陈老内心无比难过，很受震撼，他明白了徐守卓拼了命救自己的缘故，是他知道自己的妻子内心深爱着别人，所以，他用自己的命来换陈老的命，目的可能就是为了让陈老以后回到家乡，能和心上人重聚。这样的一个人，该有多么高尚伟大？

陈老无法面对自己的内心，更无法面对甘愿牺牲的徐守卓。从此之后，他一直没有娶妻，也没有去看望初恋心上人，而是每个月从自己的工资里拿出一部分，以战友的名义匿名寄到徐守卓家里。几十年来，他始终坚持这样做，从没有中断过。至今，对方也不知道寄钱人的真正身份。但是现在，这很可能是他最后一次寄钱了。

听完了陈老的故事，刘晓兵等人集体陷入了沉默，都被这一段令人落泪惋惜的故事深深感动。

“唉，其实像我这样的人，有什么值得他去救的呢？我倒宁愿那次死在战场的人是我，他能活下来……”陈老说着已经是老泪纵横，刘晓兵也擦了擦眼睛，郑重地说：“请您老人家放心，我们一定把这笔钱送去。”

“送去？”陈老闻言一愣。刘晓兵点头说：“没错，那位徐老英雄是烈士，看望烈属是我们应该做的。再说这几十年过去了，难道您就不想知道一下，他家里人过得如何吗？”

这个提议得到了大家的一致赞同，陈老也是默然良久，终于还是点了头说：“也好，那你们就替我去看看她还在不在，过得好不好。”

刘晓兵的神色沉重了下来，他知道陈老已经是九十二岁高龄，他当年的初恋心上人，很大概率会不在人世了。

秦昊也点头说：“陈老，我们这两天就准备动身，您有没有什么想交代的，可以告诉我们。”

陈老摇了摇头：“没有，你们只要帮我去看看就行了，千万不要说这些年寄钱的人是我。”

刘晓兵点了点头："我明白了，您老人家好好休息养病，有了消息，我们会第一时间通知您的。"

这时候，陈老的吃药时间到了，刘晓兵等人便问了陈老家乡的地址之后，又安慰了老人家几句，起身离开了。陈老的故事让他们百感交集，陈四平更是迫不及待，便问秦昊什么时候动身，赶往陈老家乡。

秦昊笑着说："陈老的老家离这儿有几百公里呢，倒是不急这一时，你们在这儿多待几天，再动身也不迟。"

陈四平连连摇头："不行不行，你没看陈老的身体都很差了，咱们一天都耽搁不得，得尽快，否则陈老要是等不到消息，那就是一辈子的遗憾了。"

刘晓兵也说："几百公里的路程也不算远，我看咱们可以加快一下进度，争取早点儿出发。"

秦昊看了看天色，已经有些晚了，于是想了下说："既然这样，那咱们现在就去下一站吧，本来打算明天再带你们走的，那就抓紧点儿，早点儿出发。"

说到这儿，秦明接道："接下来的这户烈属，家庭情况比较特殊，算是这些烈属中最困难的一户，老人当年参加老山战斗牺牲了，儿子又因为村子里着火救人牺牲了，也被评了烈士，儿媳妇为了全家的生计出门打工养家，家里只有老奶奶带着个孙子生活，日子很是艰难。"

秦昊也说："是的，而且他们家的烈属身份认定出了点儿状况，等你去了就知道了，这件事恐怕也有些麻烦。"

刘晓兵点了点头，听秦昊的话，这户烈属的确比较特殊，而且父子两代人都是烈士，十分难能可贵。想到这，他将目光投向了车外的远山，心中不禁生出了热切的期盼。大约一个小时后，天慢慢黑了下来，他们来到了一个村子口。然而借着车灯的光亮，刘晓兵隐隐约约看到前方似乎有几个孩子在打架。而且看样子，还是一个孩子正在和几个孩子对峙。

"去看看。"刘晓兵打开车门就往那边跑去。待跑得近了一些，刘晓兵他们便听到这些孩子的吵架内容了，那几个孩子正在使劲儿地挖苦这个落单的孩子，说他是没爹没妈的野孩子，是他奶奶从垃圾堆里捡来的。男孩为了和他们争辩，一张小脸涨得通红，双方时不时还要推搡两把。小男孩孤身一个人，面对对方几个小孩，自然落于下风。

孩子们童言无忌，可这话也未免太伤人。见到这个情况，秦昊出言呵斥："你们这些混账东西，又欺负东东！"见秦昊上前护住那个孩子，刘晓兵和陈四平对视一眼，心想：难道这孩子就是秦昊提起的烈士家属？

那个叫东东的孩子听到秦昊的呼喊，转头看向秦昊，目光一接触，孩子的委屈如洪水决堤般再也按捺不住，猛地钻进秦昊怀中，"哇"的一下大哭着说道："秦叔叔，你帮我做证，我不是我奶奶捡来的孩子，我爷爷是烈士，我爸爸也是烈士，他为了救村民牺牲的！我妈妈现在只是在外地打工，所以才不在我身边的。"

一旁的陈四平脸色一寒，撸起袖子走了过去。其实他只是想吓唬吓唬那些欺负人的孩子，结果那些孩子一看到有大人来了，"呼"的一下就四散跑开，压根儿没给他机会。

刘晓兵皱眉道："这帮小孩怎么能这么说话，他们经常这样欺负你吗？"

东东哽咽着说道："他们都欺负我没有爸爸，妈妈也不在身边，总是拿这件事嘲笑我，奶奶知道了，也找他们爸爸妈妈理论过，他们爸爸妈妈当时还打了他们屁股。结果他们就更记恨我了，逮住机会就嘲笑我。"

刘晓兵也是从村里出来的，自然明白每个村子里都有那么几个调皮捣蛋的孩子，但东东是烈属，他的爷爷和爸爸都是烈士，这样受欺负就不应该了。刘晓兵揉揉东东的小脑袋安慰道："他们只是嘴巴上说说，并不能影响什么，更改变不了你的爷爷和爸爸是烈士的事实，所以你也不必和他们计较。你是英雄的孩子，英雄的孩子心胸更要宽广些，是不是？"

东东闻言果然不再掉眼泪："那是自然，他们都是不懂事的小屁孩，我才不跟他们一般见识呢，他们都不知道烈士是什么意思。"

刘晓兵笑着点头说："就是，等他们长大一些自然能明白的，那咱们回家吧？"

他们先回车上取了慰问品，然后才让东东带着他们往家里走去。穿过眼前这条街，走进一条小巷子，再拐个弯，就到东东家门口了。门前一位衣着朴素的老奶奶正拄着根拐棍满脸焦急地等待着。见东东是秦昊他们给领回来的，这才微微松了口气："我还想着这浑小子怎么这么晚了还没回来，原来是遇见你们了。"

老奶奶注意到他们手里拎着的大包小包的东西，忙不好意思地说："你们每次来都拿这么多东西，真是太谢谢你们了，这么晚还特意过来。"

秦昊笑着说："奶奶，给您添麻烦了，我们过来得有些急，也没事先打招呼。"

老奶奶闻言忙说："对了，我刚好煮了地瓜粥，就是没什么好菜，我再擀点儿面条，做个打卤面，你们一起吃一些，别嫌弃简陋就好。"

老奶奶说着招呼秦昊和刘晓兵等人进了屋，便忙活着张罗饭。刘晓兵哪里好意思让老奶奶一个人忙活，赶忙凑上前去帮忙。老奶奶一边忙着烧水擀面条，一边和他们说话。当听说刘晓兵他们一直在为烈士寻亲时，老奶奶一激动险些切到自己的手。

"那个，既然你们是为烈士寻亲的志愿者，能不能帮我个忙？"老人家说到这里，声音微微有些哽咽起来。其实她的年龄并不算太大，背脊却微微佝偻着，一双手也很粗糙，布满老茧，那显然是岁月留下的见证。

刘晓兵想起了秦昊的话，大致已经明白她要表达什么了，说道："我来的路上已经听秦大哥说了，您的丈夫和儿子都是烈士，您是想让我们帮忙寻找您的丈夫吗？"

老奶奶点点头，又摇摇头。她擦了擦眼睛，边切面条边说："唉，我家的事情说来话长，你们远道赶来，又累又饿的，先吃饭，吃完再说。"老人家不再言语，刘晓兵看着这一幕，内心却很不是滋味。从老人刚刚哽咽的模样就能看出来，这件事在她心里一定很沉重很沉重，不知道压了她多少年。而且，这一定也是一个很长很长的故事。

不一会儿的工夫，水烧好了，面条也煮好了，老人又炸了一大碗鸡蛋酱，这才招呼他们吃饭。餐桌上，一盆地瓜粥，几个水煮蛋，还有清炒小白菜和一些酱菜，再就是一盆手擀面和鸡蛋酱。虽朴素，但不失家庭的温暖。老奶奶看着饭桌上的饭菜，不好意思地笑着解释："饭菜有点儿简陋，你们不要嫌弃。"

"哪里哪里，我最爱吃打卤面了。"刘晓兵一边笑着，一边用实际行动表明自己真的不嫌弃。他动作麻利地给自己捞了一大碗面条，然后又给陈四平捞了一碗，一边捞还一边对老人家说道："就您这一手擀面条的手艺，外面想吃都吃不到，这可是正宗的手擀面，看着就劲道、好吃，有钱也买不到啊。"

老奶奶听到刘晓兵这么说，这才释怀地笑起来，同时又热情地往刘晓兵他们碗里夹了两个荷包蛋。吃饱喝足后，老奶奶先将孙子安顿睡了，这才回来和他们说话。

"我听说你们是为烈士寻亲的志愿者，所以我有个不情之请，我想着，能不能拜托你们，帮我找找我老头子葬在哪里。"

老奶奶对刘晓兵他们讲述道，自己叫苏桂荣，一九六二年生人，丈夫大她两岁，二十世纪八十年代初期参军入伍，后来去了老山前线，牺牲在了那里。可是时至今日，她也不知道丈夫葬在哪里。而且，多年前的一场大火，把她丈夫的烈士证也一起烧毁了。

第十五章　烧毁的烈士证明

金红两色的军功章上，『八一』两个字刚劲有力，即使已经被火熏黑，仍没有减少丝毫分量，反而更加熠熠生辉。

刘晓兵情不自禁地拉住了苏奶奶的手，轻声安慰道："苏奶奶，我之前查过相关资料，从对越反击战到老山战斗，咱们的烈士遗体一直都是妥善处理，其中大部分安葬在了云南文山州麻栗坡县的烈士陵园，还有一些就地火化，骨灰被家属带回了老家。不知道您的丈夫当年葬在哪里了呢？"

苏奶奶摇了摇头："我知道他葬在烈士陵园，可是我不知道那个地方在哪儿。当年我丈夫牺牲之后，他的战友亲自登门给我送来的烈士证明，我也一直都好好保存着。当时那个战友对我说，我丈夫的遗体已经火化，会在烈士陵园建成后移到那里，到时候我凭着这张烈士证明，就可以去那个陵园，亲自去看看他。"

"我真的好好收着这张烈士证明的，本来打算去看他的，可是那时候他父母岁数大了，身体不好，没法出门，就一直拖了下去。后来，孩子长大了，娶了媳妇，他的父母也去世了，我就又想着去看他。结果天不遂人愿，那年秋收，家家户户收回来的粮食都存在院子里，结果不知道怎么就起了火，火势很大，发现时就控制不住了，一家挨着一家着起火来。”

“那时候，年轻的腿脚利索的，还能逃跑。可那些老人和小孩很多都被困在了家里，我儿子见状，冲进火海就去救人，后来等所有人都跑出来的时候，我儿子身上已经烧得没有一块好皮了，等把他送去医院，还没来得及抢救，人就没了。”

“那张烈士证明，也在大火中烧没了。从此就只剩下我和儿媳妇带着孙子相依为命了。虽然我儿子救火属于见义勇为，救了十几个人，国家给评了烈士，也给发了抚恤金，但我们孤儿寡母的，生活艰难。儿媳妇这些年一直在外面打工，每个月省吃俭用，给我们寄钱回来。但是这两年，小孙子也长大了，一直跟我闹，说同学们欺负他，不相信他爷爷是烈士。所以我就想着，去补办一张烈士证，然后带孩子去看望他爷爷。”

“可是我去补办烈士证的时候，工作人员告诉我说，由于我丈夫牺牲的那个年代太久远了，他们那里信息不全，他们会帮助我一起查明信息，同时也希望我能提供更多的信息，但是这场大火，已经把什么都烧没了……”

听到这里，刘晓兵已经明白了。二十世纪八十年代，文件还是以纸质的形式存档，而纸质文件保存的条件苛刻，经年历久很多文件缺失难以验证也是常有的事。但是要补办烈士证，的确需要相对完备的信息来证明身份，可如今已经过去了三十多年，苏奶奶身体又不好，补办这些证明难度确实很大。

刘晓兵现在也算是经验丰富了，略一思索，他心里便已经有了主意。既然是战友送来的烈士证明，按照老山战斗距离现在的时间来推断，不出意外，那位战友如今应该还健在。于是刘晓兵便说出了自己的打算，那就是先去找到那位战友，然后再核实苏奶奶丈夫的烈士身份，自然容易很多。秦昊等人也颇为认同这个主意，只要有了那位战友的帮助，认证身份的事情就好办了。

苏奶奶一脸感激，拉着刘晓兵的手，不住地说：“真是太感谢你们这些好心人了，时不时来探望我们，给我们送了不少的东西，现在还要麻烦你们帮我这么大的忙。”

秦昊连忙说："您快别这么说，这都是我们应该做的，您家爷爷为国捐躯很是伟大，我们这些后辈能生活在和平幸福的年代，都是这些先烈的功劳，我们做的这些，和先烈们比起来，实在是太微不足道了。"

刘晓兵也说："苏奶奶，您丈夫这件事就交给我们来办吧，我想老山战斗距离现在时间也不算长，我们连抗日战争的烈士都找到了，这个难度应该不大，您放心，我们一定尽最大努力，保证完成任务。"

苏奶奶激动不已，忙说道："那可真是谢谢你们了，你们等着，我再去给你们擀点儿面条……"

刘晓兵赶忙拉住了苏奶奶，他明白，苏奶奶其实是想表达一下谢意，不过他实在是吃不下去了："苏奶奶，这都是我们应该做的，而且国家一直也很重视烈士，我们回去之后，一定会想方设法，尽最大努力帮助您。"

苏奶奶点了点头："唉，不瞒你说，村里其实也经常来看望我们，也给我们帮了不少忙，但是这个烈士证的事情，我真的是无能为力。"

接下来刘晓兵便详细询问了苏奶奶丈夫的情况。苏奶奶说，她丈夫姓孙，叫孙学友，是一九八四年八月参加的老山战斗，当时是十四连的一名步兵，牺牲于一九八五年三月。烈士证明是当年五月份被送回家中的，据孙奶奶回忆，来送烈士证明的那位军人名叫周广荣，和她丈夫是一个连队的战友。

"我知道的信息差不多就这些，另外还有几封当年我丈夫写的信，可惜也都被烧毁了。不然的话，还能多一些证明的东西。"说到这里，苏奶奶忽然想起了什么，忙起身说，"对了，还有一件东西，我去拿给你们。"

片刻后，苏奶奶拿了一个铁盒子过来，郑重地打开，只见里面用手帕包着什么东西。她一层层地打开手帕，一枚有着明显火烧痕迹的军功章便出现在众人面前。

"这是当年和烈士证明一起送回来的，那个战友说，我丈夫在部队拿到了一等功，这就是他的军功章。"

刘晓兵看着这枚军功章，金红两色的军功章上，"八一"两个字刚劲有力，即使已经被火熏黑，仍没有减少丝毫分量，反而更让它有种熠熠生辉之感。苏奶奶小心翼翼地捧着这枚军功章，目光悲戚，神色却充满了深情。刘晓兵和陈四平肃然起敬，秦昊也表情肃然。

“这个，你们拿着。”苏奶奶将军功章递给了刘晓兵。

刘晓兵伸出双手，郑重地接过，然后对苏奶奶说：“您放心，苏奶奶，我们一定会尽力找到周广荣老先生的！”

“放心，我放心，事情交给你们，我最放心了。”苏奶奶连连点头，眼睛里忍不住泛上了泪花。她大概是不想年轻人看着她掉眼泪的样子，用袖子擦了擦眼睛，努力露出笑容。

刘晓兵一言不发，心里却如大海般波澜起伏。除了全心全意去完成苏奶奶的嘱托，他不知道自己该说些什么去安慰苏奶奶。尽管有了这么多为烈士寻亲的经验，他仍不知道应该在这个时候如何表达自己内心汹涌的情感。正在这个时候，门外忽然传来了一阵敲门声。

“谁呀？”苏奶奶急忙拭了拭眼泪，打开了门。门才开，一个身影就像炮弹一样猛地弹了进来。苏奶奶下意识地侧了侧身，那“炮弹”便“哎哟”一声，扑倒在了地上。刘晓兵吓了一跳，仔细看，才发现这“炮弹”好像就是他们来的时候，跟东东打架的孩子。

苏奶奶怔住了：“强强？”强强的脸上还挂着眼泪和鼻涕，衣服上灰扑扑的，还印着好几个鞋印子。看样子，是被揍得不轻。

“这个小崽子！良心都被狗吃了！你个小白眼狼！”随着一连串的怒骂，走进来一位中年男人。这男人三十多岁，方脸，平头，脸被晒得黝黑，身材结实有力，一双眼睛里满是恨铁不成钢的怒火。

“哟，这不是全子嘛，你这是干什么呀？好好的，打孩子干什么？”苏奶奶扶起了强强。强强“哇”的一声哭了起来。

“苏婶，我们是来给你赔罪来了！”被称作全子的中年男人，一脸愧疚地对苏奶奶说。

苏奶奶怔住了：“赔罪？”

“对！”全子说着，转头瞪向强强，“都是这小崽子干的好事，放学之后带头围着东东，要不是邻居张大爷跟我说，我还不知道这个事。”

他越说越生气，额头上青筋都暴了起来：“这小白眼狼！我早就告诉过他，我这条命是孙吉兄弟救的，要是没有孙吉兄弟，我早就死了，我全家也得被大火烧死。这个小崽子，敢这么对我恩人的儿子，看我不扒了他的皮！”说着，他便一把揪住强强，扬手就要打。强强吓得张大了嘴巴，哇哇大哭。看强强的样子，已经被揍得不轻了，所以这个全子还真不是来演戏的，而是诚心诚意地道歉。

刘晓兵有心想要上前拦一下，却被陈四平一把按住了。陈四平没受过这种窝囊气，东东的爷爷和爸爸都是烈士，东东还被人欺负，他更看不下去。他现在恨不能自己就是全子，狠狠地给强强来两巴掌。

“哎呀，全子，可不能打！他还小呢，小孩儿之间闹着玩，不当事的！”苏奶奶急忙过来护住了强强。

“苏婶你别护着他，今天我要让他长长教训，做人不能没良心！”

“全子叔？强强？”这时候，东东揉着眼睛，走了出来。东东看到全子这样拎着强强，不禁怔住了。

“东东来得正好！”全子说着，把强强拎到了东东的面前，呵斥强强道，“给东东道歉，否则今天晚上我用皮带抽你！”

全子的话，让强强哭得更厉害了。但哭归哭，他可没说半句道歉的话，全子气得挥起巴掌就要打。

东东忙上前拉住了全子说道：“全子叔，我不怪强强。”

全子顿时怔住了：“啥？不怪他？”强强也怔住了，他错愕地看着东东，连淌到了嘴边的鼻涕都没来得及抹一把。

东东看了刘晓兵一眼说道：“他们只是嘴巴上说说，也不能影响什么，也改变不了我爷爷和我爸是烈士的事实。我不和他计较，因为我是英雄的孩子，英雄的孩子心胸要更宽广！”

刘晓兵差点儿乐出来，这孩子，几乎是一字不差地把自己之前劝他的话，都复述了下来。秦昊的脸上，也露出了笑意。反倒是全子，满脸通红，抬腿照着强强的屁股就是一脚，训斥道：“看看人家东东，再看看你！”

“东东，东东，什么都是东东，他那么好，你咋不认他当儿子？！”强强一下子就爆发了，“学习是东东好，吃饭是东东香，过年的好东西都得先给他！凭啥？”

全子看着强强，不由得怔住了，他本来就是个粗人，半晌，刚想张嘴骂道：“你这个……”

“我这个啥？我这个小崽子、小白眼狼！”他瞪着全子，愤怒地吼，连眼睛都红了。

“哈哈……”陈四平忽然笑了起来，所有人，都向他看了过去。

“四平，你干什么呢？”刘晓兵一阵尴尬，顿时低声呵斥。

“哈哈哈，你听听他骂孩子啥呢，小崽子，小白眼狼，那他是啥？”

“怎么说话呢！”刘晓兵唯恐陈四平闹出什么乱子，忙捂住了他的嘴。

“我又没说错。”陈四平拂开刘晓兵的手，不满地道，“他这么骂孩子，那自己岂不是老白眼狼？”

众人闻言全都扑哧一声大笑起来。

“笑什么笑？”全子愤愤地照着强强的屁股踢了一脚，然后看着刘晓兵等人问苏奶奶，“苏婶，这几位是谁呀？”

苏奶奶说道：“哦，这几位是帮烈士寻亲的志愿者。秦昊请他们来，帮你孙叔补办烈士证的。”

全子闻言也是肃然起敬，然后从兜里掏出一叠钱，要塞给刘晓兵，说道：“两位小同志，孙叔的事就辛苦你们了。一点儿心意，请你们千万要拿着。”

“这可不行，我们不能收钱。”刘晓兵赶忙拒绝。

全子顿时急得连眼睛都红了：“孙吉兄弟为了救我，救我们家人，救村子里的人，牺牲了。他走的时候还那么年轻，家里老的老小的小，原本日子就过得不容易。我们都想给苏婶钱，可是她说什么也不要，我们给她买的东西，也都被她原封不动地退回来，我们心里怎么能过意得去？”说到这儿，这个壮汉眼中竟泛起了泪花。

刘晓兵和阵四平这才明白，为什么苏奶奶的日子过得这么清苦，原来是因为她不肯要村里人的任何帮助和金钱。

“我孙叔是烈士，我孙吉兄弟为了全村人，走得也很惨烈。我们尽不到心意，这心里一直憋屈得很，你拿着这个钱，就算是帮了我的大忙了！行不行？算我求你了，小兄弟。”全子的一番话说得掏心掏肺，几乎快要流下眼泪，听得人心里怪不是滋味儿的。

“全子哥，不是我不帮你这个忙，是我不能以我个人的名义去收你这个钱。”刘晓兵解释，“这样吧，我们有一个专门为烈士寻亲的网站，你可以到网站上去捐款，就等于捐到了对公的账户里。我们所有的善款都会有收支明细，绝不会乱花一分钱，账目也都是公开的，有政府监管的。”

“嗐，咱能不能别上那个什么网，我们这些乡下人，家里哪有电脑啊？你就拿着吧，我相信你们的为人！”全子说着，硬把钱塞给了刘晓兵。

“全子哥，不行，我们在全国各地都有志愿者，要是我们到处伸手要钱，那岂不是乱套了吗？”说着，他笑呵呵地把这个钱塞回给了全子，“谢谢你的好心，但是咱们必须得走正规捐款渠道。以前咱们战士打仗的时候，也从来没有拿过老百姓一针一线，现在我们做的是替他们寻亲的事儿，更不能这么做。”

全子看了看刘晓兵，最终还是叹息了一声，点头道：“行，有你们这样的人替烈士们寻亲，大家伙才是真放心。你们这些年轻人了不起！”

刘晓兵笑了笑，和陈四平、秦昊、秦明一起，向苏奶奶和东东告别。“对了，”刘晓兵拿出了刚才的军功章，把它递给了东东，“东东，我们马上要启程了，这是你爷爷的军功章，你可以和它道个别。”

东东先是一怔，紧接着便一脸郑重地双手接了过来。他久久地看着军功章，眼睛一眨不眨地盯着它，仿佛看到了自己的英雄爷爷，腰杆挺得直直的，一字一句地说道：“爷爷，您放心吧，我长大以后，一定要做跟您和爸爸一样的人！”

他稚嫩的声音，此刻是那么坚定，令人动容。苏奶奶欣慰地看着自己的孙子，眼中再次泛起泪花，秦昊更是由衷地点了点头。强强看着东东的样子，眼睛闪闪亮亮的，愧疚之中，似乎又带了些钦佩。刘晓兵心里更是有着说不出来的暖意与欣慰，看来革命的坚定意志，英雄为人民服务的信念，后继有人了。

从苏奶奶家走出来，大家的心情久久不能平静，走出很远，四个人都没有说话。

“嗐，我说，咱们能不能不这么沉重？”陈四平最先打破了这种沉寂，扬声说道，“不管怎么说，孙爷爷的后代这么优秀是值得庆幸的事儿啊！咱们就尽快找到孙爷爷的战友，然后尽快替他补办好烈士证，用行动表达咱们的心意，不就行了？”

陈四平的话，让刘晓兵不由得笑了出来：“你小子现在也行了，思想觉悟不是一般得高啊！”

“我这好歹跟你这个秀才一起工作了这么长时间，思想觉悟能不提高吗？近朱者赤，近墨者黑呀！”

秦昊笑道：“今天实在是辛苦你们了，你们早点儿休息，明天我们再讨论一下怎么出发的事情。”事情总要一样一样来，刘晓兵和陈四平都点了点头，先回去休息。

第二天一早，刘晓兵和陈四平刚起床，秦昊和秦明就来了，他们带来了一个不好的消息：陈老住院了。他是昨天夜里因为心脏病而晕倒被120急速送往医院的，负责人刘院长守护了陈老整整一夜，今天一早，就给秦昊拨打了电话。刘晓兵一听心猛地一沉，来不及吃早饭，就跟陈四平随秦昊、秦明急匆匆地赶往了医院。医院里，陈老带着呼吸器躺在病床上，正在昏睡。

刘院长充满担忧地对他们说：“昨天你们来可能触动了老人的心弦，造成了他情绪上的波动。这也是正常的，他毕竟是九十多岁的老人了，回忆起从前心里难免有所触动……”

刘晓兵的心里有些内疚，对陈四平说：“我看我们就别耽搁了，赶紧出发吧，陈老年龄太大了，经不起闪失，咱们争取早日帮他完成心愿。”

陈老的事情急，孙爷爷的事情也急，两件事情要是能同时办好，就皆大欢喜了，此时的刘晓兵恨不能分成两半。秦昊想了想，说：“这样吧，咱们兵分两路行动。你们去帮陈老寻找他的初恋心上人，我和我弟找孙爷爷的战友吧。”

“如果是这样，那就最好了！”刘晓兵高兴地看向了秦昊，“兵分两路，事情同时进行，事半功倍。”

于是接下来，双方便分头行动，刘晓兵和陈四平按照陈老给的地址，一路辗转，来到了陈老的家乡。这是一个藏在青山绿水里的小山村，刘晓兵和陈四平来到这儿的时候，正是清晨。一路上山路蜿蜒，一轮红日在山间喷薄而出，阳光穿透薄雾，洒下道道金光。远处的青山延绵起伏，林间有薄雾缭绕，不远处的小山村里有炊烟袅袅升起，一切都美好得像是一幅笔墨丹青图。

“是托了各位烈士的福，在寻亲的同时也欣赏了咱们祖国的大好河山。”刘晓兵一边看着这美好的景致一边感慨。

“是啊，其实就连这些景色也是托了烈士们的福，要不然，咱们哪能保住这大好的河山呢？”陈四平的话，倒让刘晓兵更加感慨了。那时候的人民都生活在水深火热之中，战争让这片土地满目疮痍，如果不是这些烈士用自己的鲜血和生命换来了祖国的和平，哪有今天如此宁静的美景呢?

俩人一边说一边走，不知不觉间已经到达了村口。陈四平看到一个蹦蹦跳跳的小男孩，从村里跳着走出来。这小男孩七八岁年纪，手里捧着一对儿小面人儿，虎头虎脑的，特别可爱，便不禁喊住了他：“哎，小朋友，请问，你知道村主任家在哪儿吗？”

小男孩停住脚步，打量了一下陈四平，问：“你们是谁呀？”

“我们是来找村主任的。”刘晓兵说。他本来想说是替烈士寻亲的志愿者，但想到这只是一个孩子，跟他说那么多，也不一定能理解。

没想到小男孩咂巴着嘴道：“你这说了不等于没说吗？”

说罢，他伸手指着进村的这条小路，道：“你就顺着这条路往前走，看着一棵大槐树就往左转，有个大门上贴着“福”字的就是。”

这小孩，还真是人小鬼大。刘晓兵笑着向他说了声“谢谢”，小男孩便蹦蹦跳跳地走了。

“你说，李奶奶还能活着吗？”陈四平问刘晓兵。李奶奶的名字叫李月琴，正是陈老的初恋心上人，徐守卓烈士的妻子。

“不好说。”刘晓兵叹了口气，陈老九十多岁，是非常高寿的，可是并不是所有的老人都如此高寿。陈四平没有说什么，其实他也觉得李奶奶很可能已经不在人世了。即便如此，他仍然抱着一丝希望，盼望着能见上李奶奶一面，亲手把陈老的钱交给她。

村主任的家很快就到了，刘晓兵刚要上前去敲门，门却开了。

“哟，你们是？”开门的是一个身材不高却相当结实的男人，四十多岁，穿着一件白衬衫，袖子高高地挽起来，露出晒得发红的手臂，一看就是一个实干型的人。

“您是村主任吧？我叫刘晓兵，这位是陈四平，我们是替烈士寻亲的志愿者。”刘晓兵急忙介绍自己和陈四平。

“嗯，我就是，你们是帮烈士寻亲的志愿者？”村主任打量了一下刘晓兵和陈四平。

“我们想要找徐守卓烈士的妻子——李月琴奶奶。”刘晓兵开门见山地说道。

村主任的脸上闪过了一抹惊愕之色，紧接着问道：“你们是从烟台来的？”

陈四平“咦”了一声：“你怎么知道？”

村主任爽朗地笑了，他向刘晓兵和陈四平伸出了手：“我是青芒村的村主任，周广坤。从烟台汇过来的钱，都是经我的手，给李奶奶家送去的。”周广坤的手十分有力，笑声也十分爽朗，给刘晓兵留下非常深刻的印象。

“你们两位，还没吃饭吧？”周广坤热情地说道，“早饭还热着，先吃饭，我带你们去李奶奶家。”

青芒村山路崎岖，没法开车，刘晓兵和陈四平急着赶路，天不亮就出发了，一路走上了山，这会儿肚子已经饿得直打鼓了。听周广坤这么说，刘晓兵原本有一点儿不好意思，但周广坤的神态从容自然，倒让他觉得没那么尴尬。陈四平更是自来熟，一边跟周广坤聊着天，一边往屋里走。

从周广坤那里，刘晓兵和陈四平得知，青芒村虽然地处偏远地区，却有一门了不起的手艺——捏面人儿。面人儿也称面塑，是一种艺术性很高的传统民间工艺。中国的面塑艺术早在汉代就已有文字记载。它以小麦粉、糯米粉为主要原料，再加上石蜡、蜂蜜等材料，经过防裂防霉处理后，制成柔软的各色面团，再捏成栩栩如生的小面人儿。

青芒村地处山东菏泽附近，受山东菏泽的面塑流派李派的影响，面塑自有一番灵动之气。原本，青芒村的村民们只是把捏面人儿当成茶余饭后的娱乐，或者是哄小孩的传统手艺，偶尔会有人挑着摆满了面人儿的担子下山，到附近的城镇转悠一圈儿，卖些钱。自从一个发掘民间非物质文化遗产的节目组来过之后，青芒村的面塑手艺便被很多人知晓，经常来人到村里拍照和采访。只可惜，青芒村的山路太崎岖，否则成为旅游区不在话下。这几年市里已经准备修路，打造青芒村面塑旅游区，相信到时候，村里的发展和村民们的生活，都会越来越好。刘晓兵和陈四平听着周广坤的介绍，不由得纷纷点头。

“其实呀，我早就关注你们的事迹了。我还登录过你们的论坛，替烈士寻亲，你们这些年轻人做了不少贡献。真是办实事的好代表呀！”

刘晓兵没想到周广坤还登录过他们的论坛，不禁有点儿意外。听到周广坤的夸奖，他还有点儿不好意思。“周主任，您过奖了。”刘晓兵笑道，“李奶奶这么多年，多亏您照顾了。”

“照顾烈士家属，本来就是应该的。”周广坤说，“只可惜，你们要是早来两年，就能看见李奶奶了。”

“李奶奶去世了？”尽管已经有心理准备，但这会儿听到周广坤这么说，刘晓兵和陈四平还是感觉到震惊。

“对，李奶奶在两年前就去世了。”周广坤点了点头，遗憾地说，“不过她孙子现在也在村里住，还是我们村挺有名的面塑艺人呢。”

李奶奶和徐守卓的孙子，叫徐成，比村主任小几岁。他从小就喜欢面塑艺术，原本已经大学毕业，在城里找了工作，但由于李奶奶身体不好，他便辞了职，又返回家乡了。徐成一边照顾老人，一边继续发掘面塑艺术。之前非物质文化遗产项目组采访的人，就是徐成。

“这么说，他还是个名人？”陈四平问，他们走访了这么多的烈士家属，好像还是头一回遇到名人。看得出周广坤很以徐成为荣，虽然一边哈哈大笑地说着“没有”，却一脸的自豪。他这么一说，刘晓兵和陈四平便更加想要见到徐成这个人了。

吃完了饭，周广坤便带着两个人出了门。他们走了十分钟左右，便看到了一个简单而朴素的小院子。小院子的门是开着的，院子里的爬山虎顺着搭好的棚子肆意生长，形成了一个小凉亭。凉亭下摆着一个长长的桌子，桌子上摆着各种工具，还有一个插满了面人儿的架子。

一个穿着青色衬衫的中年人，坐在桌边认真地揉搓着手里的一块面，非常专注，以至于刘晓兵他们走近，都还没有反应过来。看起来，这就是徐成了。周广坤刚要张口说话就被刘晓兵拉住了，周广坤看到刘晓兵的示意之后，不禁点了点头。三个人静静地站在门口，看着徐成把一块面，揉成一个圆柱，然后轻巧地一弯，做成了一个极为漂亮的水袖，粘在了已经捏好的面人儿身上，一个漂亮的嫦娥面人儿，就完成了。

徐成这才松了口气，抬眼便看到了周广坤和刘晓兵他们。“哟，周主任！”徐成忙把捏好的面人儿插在架子上，站起身来，“您来了怎么也不喊我一声，在这里站多久了？”

“我本来是想喊你的，但是这两位小同志不让啊。”周广坤笑呵呵地向徐成介绍起了刘晓兵和陈四平，“这两位是为烈士寻亲的志愿者。”

“你好，我叫刘晓兵，这位是陈四平。”刘晓兵向徐成伸出了手。

“你们好。”与刘晓兵和陈四平握了手，徐成便彬彬有礼地问道，“你们找我，是有什么事吗？”

“其实我们是受徐守卓老先生的战友所托，来探望李奶奶的……”刘晓兵的话，顿时让徐成的神色为之一动。

“我爷爷的战友？就是那位每个月都往我们家汇钱的那一位吗？”他问。

刘晓兵点了点头，徐成的脸上闪过一抹了然，他邀请刘晓兵等人来到凉亭旁边的小茶几边落座。小茶几是石头制成的，四个小石头圆凳，古朴雅致，可见徐成也是一个很有品位的人。

“您几位先坐，我去取一样东西。”说罢，他高声地喊了两嗓子，“怀先，怀先！”

“唉！”脆生生的声音响起，一个小人儿从外面飞奔了进来，却是先前给他们指路的小男孩。

“周伯伯好！哎，是你们啊？”怀先跟周主任打了招呼，又瞧见了刘晓兵和陈四平，不禁奇怪地问道，“你们不是找周伯伯吗？怎么找到我家来了？”

刘晓兵笑着对这个机灵的小男孩说：“我们找你伯伯，就是为了要找你家。”

“嗐！那你刚才怎么不直接问我呀？”怀先说到这儿，又想起什么似的，啪的一声拍了一下自己的脑门，“哦，对了，刚才你们不认识我！”

小家伙反应也太快了，自问自答，根本不用别人来回答。大家瞧着他这么可爱，都不禁笑了起来。徐成也笑了，他轻声地呵斥道：“行了，别在这里耍宝了。这几位都是咱们家重要的客人，这位是刘叔叔，这位是陈叔叔，你先帮伯伯和叔叔们泡茶，我去取点儿东西就来。”

说罢，他又对大家说道：“这是我儿子怀先，他喜欢开玩笑，大家别介意。”

“不介意不介意，我就喜欢这样的孩子，聪明才调皮，像我。”陈四平打从心眼儿里喜欢这个小家伙，却又不失时机地连自己也一同夸奖了。

“徐怀先，是怀念革命先烈的意思吗？”刘晓兵问。

“不错，”徐成点了点头，看刘晓兵的眼睛里闪过了一抹赞许，“他出生在一个和平的年代，但是绝不能因此而忘了革命先烈对我们和平生活的贡献。所以，我就给他取名叫怀先。”

“是个好名字！”刘晓兵连连点头。

“泡茶啊，怎么我都开始泡茶了，你们还没说完呀？”在大家伙说话的工夫，怀先竟然已经提着个热水壶，开始泡茶了。他的动作熟练沉稳，有模有样的，大家禁不住又笑了起来。

“你们先坐，我去去就来。”徐成说着向大家点了点头，转身走进了屋子里。

“我说怀先啊，你这动作也太专业了，哪儿学的呀？”陈四平最先坐在了怀先的旁边，问他。

“嗐，帮老徐同志接待客人多了就熟练了呗！穷人家的孩子早当家，没办法。”

本来刘晓兵已经举起茶杯喝了一口，听到怀先这一番话，差点儿笑喷出来。

“你这小家伙，学相声的吧！”陈四平大笑。

“怀先这个孩子，性格特别活泼，也特别聪明，学习成绩也很好。尤其热爱主持，说相声也是一绝。”周主任自豪地说道。

“还行吧。”怀先一副不以为意的样子，让大家伙更觉得喜欢了。

“你们就别再夸他了，这孩子太皮，再夸非上天不可。”徐成手里拿着一样东西走了过来，刘晓兵立刻站了起来。

“这里面有我奶奶生前写的一封信，和另外的一些东西。她走之前，特意叮嘱我把这些留好，如果有一天有人来找她，就把这个交给他……”徐成在说这番话的时候，似乎想起了自己的奶奶，脸上浮现出了一抹凄然之色。

他顿了一顿，将手里的东西递给了刘晓兵。这是一个深蓝色的粗布小包，方方正正，上面还绣着一个红色的五角星。刘晓兵伸出双手，把包接了过来。这个包虽不大，分量却很重。它装满了一个人对另一个人的思念，和恨不重逢未嫁时的怅惘，令人唏嘘。在场的人神情凝重，谁都没有说话。

“对了。”许久之后，刘晓兵想起了陈老对自己的嘱托，急忙拿出了一个厚厚的信封交给徐成，“这是徐守卓老先生那位战友托我们交给李奶奶的，他的身体很不好，也许这是最后一次了，所以他特地请我们把这笔钱送过来……”刘晓兵说这番话的时候，心里也难免充满酸楚。

徐成却摇了摇头：“这位老先生寄过来的钱，我奶奶一分都没有动过。这些年所有的钱都存在这张卡里，奶奶去世的时候，让我把这张卡和信放在一起，都放在这个包里了……”

第十六章　此生不悔

他凝神望着前方，像是在穿过时空望着什么人，或是某段岁月，虽然面色宁静，胸中却有着波涛汹涌的冲击。

李奶奶竟然一分钱都没有用！“李奶奶这么多年，一个人带着孩子，这日子过得多不容易啊！为什么一分钱都不用呢？”陈四平难以置信地叫了起来。

徐成淡淡地笑了笑，提起茶壶，给自己倒了一杯茶，说道：“我奶奶一生要强，她不仅没有用这位老先生的钱，连村里人的接济也都没有要。我奶奶常说，我爷爷是为国捐躯的，有铮铮铁骨，所以我们做人也要挺直了腰杆。凭着一双勤劳的手，完全能养活自己。”说到这儿，徐成想起什么似的，拿出手机，调出了李奶奶的照片给刘晓兵他们看。

“这位，就是我的奶奶。”照片上是一位笑得很慈祥的老奶奶，满头银丝挽成一个干净利落的发髻，穿着蓝色的衣裳，坐在树下，身后是一片绿油油的庄稼地，宁静而美好。尽管已经满面皱纹，仍然可以看出，她年轻的时候，是一位清秀的美人。

“李奶奶很可敬。当初一位姓刘的先生找到村里，说有位徐老先生的战友要给她汇钱的时候，她就断然拒绝。但村里看她一个人带孩子实在太苦，就擅作主张地替她留下了。李奶奶虽然不同意，但大概也是看在村里一片好心的分上，最终还是留下了。真没想到，李奶奶竟然一分钱都没有用！”周主任听到李奶奶竟然没有用这些汇款，也十分意外。这位李奶奶，还真是要强。

“可是，这么多年，李奶奶到底是怎么过的呢？”刘晓兵感觉到了深深的心疼。

“我奶奶很勤劳，她每天都起得很早去田里干活，有时候也会帮村里的人做一些事情，以劳换钱，但她很有原则，从来不多收人家一分钱。为了养活我父亲，她确实吃了很多苦，所以父亲从小也很要强、孝顺，而且也一直对我说，我一定要好好学习，回报奶奶。”徐成提起奶奶，神色也变得充满了温情。

“李奶奶很要强，也很和善。她的孙子是我们村第一个大学生，还特别喜欢孩子们。李奶奶捏得一手好面人儿，徐成上大学那会儿，她还经常会在农闲的时候教孩子们捏面人儿哩！”周主任道。

看得出李奶奶是一个好强而又热爱生活的人，她并没有被坎坷的命运而压弯了腰，而是逆流直上，还把徐成培养成了非常优秀的人，而且，还为家乡的面塑艺术做出了贡献。刘晓兵和陈四平都更加敬佩这位李奶奶了，难怪陈老用情如此之深。

他们在徐成家又坐了一会儿，听徐成讲了很多关于李奶奶的事情，才起身告辞。尽管徐成再三挽留他们在家里吃晚饭，他们都拒绝了。他们只想快一点儿回到陈老那里，把李奶奶留给他的东西带回给他。见刘晓兵再三坚持，徐成只好跟怀先一起，把刘晓兵和陈四平送出了家门。刚走到门口，怀先忽然跑回到屋里，把一个小面人儿送给了刘晓兵。

“这是我奶奶捏的。”他说，“送给你们吧。”

刘晓兵一怔，再看这面人儿，捏的是一个穿着蓝色衣裳的小姑娘，梳着两条长长的辫子，甜甜地笑着，很是可爱。

“你们可要小心点儿拿着，别给它碰碎啦！”怀先不放心地叮嘱。

“好。”刘晓兵点了点头，“我一定好好拿着它，好好保存，谢谢你，怀先。”

见刘晓兵的态度极其郑重，怀先这才放心地点了点头，高兴地笑了。徐成微笑着拍了拍怀先的头，与刘晓兵互换了联系方式之后，方才与刘晓兵他们挥手道别。

“你们才来没多久，要不先别急着走吧，在我家住个一两天？”周主任有心想要留刘晓兵和陈四平，但两个人依旧拒绝了。

“我们其实也很喜欢这里，想在这里多待几天。这里风景美，又有这么好看好玩儿的面塑艺术品，可惜，陈老的身体让我们特别担心，我们还是尽快回去，把李奶奶的东西交给他，我们也安心了。”刘晓兵由衷地说道。

周主任能够体会到他们的心情，便点了点头，从家里拿了几个煮好的鸡蛋和几根香肠，塞给刘晓兵，要他们带着路上吃。刘晓兵正欲推辞，陈四平已经大大咧咧地接了过来，说了声“谢谢”，还冲刘晓兵挤了挤眼睛。无奈之下，刘晓兵只好也谢过了周主任。

“等我们旅游区建好以后，你们一定要来啊！”周主任对刘晓兵和陈四平说道，“我准备在村子里建一个革命烈士纪念馆，到时候，邀请你们来一起剪彩！”

“行！”这次，刘晓兵可没推辞，反而特别高兴地点了点头。

告别了周主任，刘晓兵和陈四平一起走下了山。陈四平一边走，一边吃，一边不住地咂着嘴巴说“好吃”。刘晓兵无奈地摇了摇头，陈四平直接把一个剥好的鸡蛋塞进刘晓兵的嘴里。刘晓兵想躲没躲掉，咬了一口鸡蛋，拿在手里，无奈地道：“你说你，非拿村主任的东西干什么？都说了不拿群众一针一线，你还非拿人家的吃的！”

“咋了？丢人哪？”陈四平嘴巴里嚼着香肠，瞪着眼睛，说话声都是呜呜的，“我既没拿针，也没拿线，吃些鸡蛋、香肠充饥还不行？我大清早饿着肚子走这么远山路，我说什么了？在徐成那儿坐了半天，本来早饭就消化得差不多了，又喝一肚子茶，饿得我眼睛都发绿了，我说什么了？还让我饿着肚子往山下走，这一走就得是一两个小时，我不得饿抽了？”

他一边说，一边举着鸡蛋，在刘晓兵的眼前晃：“身体是革命的本钱！那抗日战争时期，老百姓还给八路军送吃的呢，现在都啥年代了？我给烈士寻亲还不能吃几个鸡蛋了？”陈四平激动之余，嘴里的鸡蛋渣子都喷到了刘晓兵的脸上。刘晓兵嫌弃地擦了擦脸，把陈四平推到了一边。陈四平哼了一声，倒没记仇，反而递给了刘晓兵一根香肠。刘晓兵这次倒没推辞，直接接了过来。

“哎，你说，李奶奶知不知道给她寄钱的是陈老啊？”

陈四平的话让刘晓兵也沉思了下去。

“我猜，十有八九是知道的。”从周主任和徐成的介绍来看，李奶奶是一个有大智慧和大格局的人，估计早就猜到了汇款的人是陈老。

“唉，问世间情为何物啊！”陈四平说着，重重地咬了一口鸡蛋。

刘晓兵和陈四平一刻也没敢耽搁，下了山，就乘大巴赶往火车站，然后乘高铁返回了烟台。

陈老的状态确实比他们想象的还要差，刘晓兵他们匆匆赶到医院的时候，陈老已经住进了ICU病房。刘院长这几天一直不眠不休地守在ICU病房外。大概是精神一直太紧张的关系，坐在ICU病房门外长椅上打盹儿的刘院长，听到脚步声，蓦然惊醒，惊慌失措地喊着：“来了！来了！醒了？陈老醒了？”

“刘院长，是我们！”刘晓兵立刻扶住了刘院长的肩膀。好歹刘院长也是五十多岁的人了，刘晓兵真怕他紧张过度，伤着了身体。

“啊，是小刘，你们回来了。”刘院长稳下神来，这才意识到眼前的人是刘晓兵和陈四平，而不是通知他坏消息的医生和护士。他长吁了一口气，摘下眼镜，揉了揉眼睛，说：“哎呀，不好意思，从你们走了以后，陈老的情况就一天比一天糟糕。在医院的建议下，住进了ICU病房。唉，我怕他醒来之后找不到人，又怕他……”

刘院长似乎很不愿意说后面的话，他苦笑了一下，继续道：“我就在这儿守着，守了三天，刚才实在忍不住，打了个盹儿，错把你们当成医生和护士了……”

刘晓兵看着脸上写满了疲惫的刘院长，不由得心生不忍，说道：“刘院长，您太累了，这么累下去可不行啊，您的身体也很重要。”

“是啊，刘院长，别陈老没醒呢，您再进去了……哎哟！”陈四平的话还没说完，刘晓兵就啪的一下打在了他的肩膀上。

“嘻，你打我干什么？我这不是逗刘院长，让他笑一笑嘛！”陈四平揉着肩膀，不快地说道。

刘晓兵无奈地提醒了一句：“这里是医院！”

两个年轻人的互动，确实让刘院长的表情放松了下来。“谢谢你啊，小陈。你们这一路辛苦了，找到李奶奶了吗？”刘院长问。

“李奶奶已经去世了，就在两年前。”刘晓兵如实地说。刘院长“哎呀”了一声，不无遗憾地叹了口气。

“不过，我们见到了李奶奶的孙子，他告诉我们，李奶奶去世前，给陈老留了一封信。”刘晓兵说。

刘院长点了点头：“相信陈老看到这封信，也会非常高兴的。”

本来，刘晓兵想劝刘院长回去休息一下，但刘院长因为担心陈老醒过来找不到人，说什么也不愿意走，还反过来劝刘晓兵和陈四平回去休息一下。然而，这时候的刘晓兵和刘院长的心情是一样的，谁也不愿意错过陈老醒过来的时候，也都有一个没能说出口的担忧：他们都害怕看不到陈老的最后一面。双方都礼让了一番，但也都推辞了一番。最后，刘院长和刘晓兵都明白了，对方其实跟自己有着一样的心情，便都笑了一笑，不再劝对方了。

“得，你们俩在这儿坐着，我去买点儿早饭。人是铁饭是钢，咱得把自己的身体养得倍儿棒，才能照顾好陈老。”陈四平说着，转身下楼买早餐去了。

刘院长和刘晓兵便坐下来，聊了聊关于陈老的情况，以及刘晓兵去寻找李奶奶的见闻。听闻徐守卓的家乡要开发成面塑艺术旅游区，刘院长连连点头说：“相信陈老听到这个消息，一定会非常高兴的。”

刘晓兵也点了点头，如果陈老醒过来，听到自己的老家即将建成面塑艺术旅游区，那该有多高兴啊！而他一直惦念的战友的后代也如此有出息，他一定会觉得非常欣慰。两个人说话的工夫，陈四平已经买来了早餐。他们吃着早餐，还时不时地往 ICU 病房看去，他们都相信，陈老说不定什么时候就忽然睁开眼睛，醒过来了。

刘晓兵和陈四平忙了几天，已经异常疲惫。刘院长知道劝不动他们，便让他们在长椅上睡一会儿。这一次，刘晓兵倒是没有推辞，和陈四平坐在长椅上，没多一会儿就睡着了。看着两个年轻人这么有责任心，又这么善良，刘院长不禁流露出了钦佩的神色。“陈老，这两个孩子真是尽职尽责又尽心，希望您快点儿醒过来呀！”刘院长默默地祈盼着。

都说念念不忘，必有回响。刘晓兵和陈四平睡了没多一会儿，就被刘院长摇醒了：“快，陈老醒了！要见你们！”

“啊？醒了！”“醒了！”刘晓兵和陈四平跳起来，一边揉着眼睛，一边往 ICU 病房里跑。陈老躺在病床上，戴着吸氧面罩，望着他们，像是在微笑。

“陈老，您醒了。”刘晓兵放轻了声音，生怕惊着老人了。

陈老微微地点了下头。刘晓兵正要说话，却忽然抬头，看了眼站在病床旁边的医生。医生向刘晓兵点了点头，他的表情有些凝重，刘晓兵的心里，顿时明白了。陈老，恐怕已经是弥留之际，留给他们的时间不多了。难言的酸楚袭上心头，刘晓兵的胸口像压了一块大石头，但他知道，自己不能在这个时候表现出来。于是他尽量让自己镇静下来，用温和的语气说道：“陈老，我们去了您的家乡青芒村，也去了李奶奶家。”

陈老的眼睛顿时亮了起来，他虽然什么都没有说，但眼睛里饱含了太多的期待和迫切。刘晓兵这个时候，却又不知道如何张口了。他觉得自己在已经快走到生命终点的陈老面前，提起他心爱之人的死讯，实在说不出口。

陈老像是明白了什么似的，眼睛里的光芒慢慢地暗淡下去，他微微地闭了闭眼睛，又缓缓地睁开了。再次睁开的时候，他的目光已然变得平和与豁达。是啊，他曾是一名战士，上过战场，看了太多的生离死别，陈老早就对生死另有一番感悟。这绝对不是在和平年代出生的我们能够领悟的。陈老微微地向刘晓兵点头，示意他可以告诉他真相。

刘晓兵由衷地感觉到钦佩，便说道："陈老，李奶奶已经于两年前去世，我们这一次，见到了他的孙子。"尽管已经做好了十足的心理准备，在听到李奶奶已经走了的消息的时候，陈老的脸上还是浮现出了沉痛的神色。

"这是李奶奶的孙子让我交给汇款人的。他说，李奶奶去世的时候，曾把这些交给他，说如果有人来找她，就把这个给对方……"刘晓兵说着，将那个蓝色粗布小包拿了出来。

当听到刘晓兵这样说的时候，陈老的身体微微地颤了一颤，目光里也闪过了一抹汹涌的情愫。他再一次闭上了眼睛，似乎是在整理思绪。刘晓兵也没有着急，只是这样静静地托着那个布包，等待着。过了大约一分钟的时间，陈老才平静下来，向刘晓兵点了点头，示意他帮自己把布包打开。

刘晓兵小心翼翼地将布包打开了。他的动作很轻，生怕稍一用力，或加快一点儿速度，就惊扰了陈老和他那段尘封已久的情愫与美好回忆。布包打开，露出一封信和一张银行卡，刘晓兵抬眼看向陈老，陈老又一次点了点头。刘晓兵便轻轻地打开了信封，这信封是牛皮纸质地，最常见的那一种。里面装着的信纸，已经微微地泛了黄。看起来，这封信很久前就已经写完了，但一直没有寄出来。

"解放，你还好吗？"听到这名字，陈老的神情便猛地滞了一滞。原来，李奶奶早就猜到汇款的人是陈老了。

"我其实听到有人要汇款给我们的时候，就已经猜到这个人是你了。本来，我不想要你的钱，也想过很多次，把钱退还给你，但最后，还是没有退……"刘晓兵念到这儿，顿了顿，悄悄地看了一眼陈老。

陈老目光闪动，但神色还算平静。

刘晓兵见状，这才放了心，继续念道：“当年你参军抗日，我心里头舍不得，但也明白你这么做是为了国家。那时候的日子真苦啊，我每天都盼着收到你的消息，见到你的人，甚至想过要去找你。可处处都是日本鬼子，村子里每天都会传来谁家的战士又战死了的消息。我爹和我娘，还有村里所有的人都说你已经死了，他们每天都逼着我嫁人，可我相信你一定会回来娶我。我一心一意就想嫁给你，做你的女人，和你有一个家……”

刘晓兵眼睛里泛起泪花，眨了眨眼，让模糊的视线略微清楚些，继续念道：“但我还是没拗得过我爹和我娘。嫁人的那天，我就已经死了。除了成婚的那一天，我就再也没有跟徐守卓说一句话，也不愿意看他一眼。我心里想的都是，如果你真的牺牲了，那我也没什么好活的，如果不是因为怀了孩子，我可能真的去地下找你了。我没想到，有一天，你会回来。你还活着，真好，可我已经不能再做你的女人了。你什么都没说就走了，解放啊，如果我那时候就死了多好。

“徐守卓是个好人，他从来没有怨过我一句，只是跟我说，要怨，就怨小鬼子，硬生生地拆散了一对鸳鸯。我不爱他，他不怪我。后来，徐守卓也参加了人民解放军。他走的那天对我说，如果他能和你一起上战场，就用他的命，换你的命，让你回来跟我好好过日子。我当时就想，这真是个傻男人，命怎么能换呢？没想到，他真的用他的命，换了你的命。可这时候，我又怎么能重新跟你在一起呢？

“我对他有愧，对你也有愧，有多少次我真的想死，但看看孩子，我还是决定活下去。我要好好活在你们拼命换来的好日子里，教育孩子成才，让他也像你们那样，为国家的建设出力。

“之所以收下了这些钱，也是希望让你减少一些愧疚。几十年了，你的汇款一直没有间断过，我想对你说一声‘谢谢’，谢谢你这么多年来，一直惦记着我们娘儿俩，谢谢你没有怪我。

“我如今也年纪大了，孩子也长大成人，成家立业，孙子都有出息了。

我已经没有什么牵挂，身体这副样子，我也做好了随时离开的准备。你不必再汇款了，好好保重。祝好，李月琴。”

下面的日期，是八年前。陈老的眼中满是泪光，他凝神望着前方，像是在穿过时空望着什么人，或是某段岁月，虽然面色宁静，胸中却有着波涛汹涌的冲击。每个人都沉默着，仿佛也都穿越回到了那个战火纷飞的年代，看到一段纠结着爱与痛的爱情悲歌。

“陈老，这是李奶奶捏的面人儿。”刘晓兵轻轻地唤着陈老，将小面人儿放进了陈老的手里。

陈老垂下眼帘，看着这小面人儿，一直在眼中打转的泪忽然决堤而下。梳着两个小辫的小姑娘，笑意盈盈的脸庞，不知道，是不是像极了年轻时候的李奶奶。陈老轻轻地握着这个小面人儿，轻轻地抚摩着她的脸庞，动作轻柔得像是在抚摩自己的爱人。

空气像是凝固了一般，大家的眼睛都湿润了。默默地陪伴了陈老一会儿，刘晓兵抬头看了看医生，又看了看刘院长。刘院长沉吟了片刻，示意大家都出去，让陈老一个人待一会儿。刘晓兵便把蓝布包和信放在陈老的手边，银行卡则压在了信的上面。他刚想离开，陈老一把抓住了他的手。

“陈老，您有话要说？”刘晓兵轻声地问着，抬眼看向陈老。

陈老微微地点了点头。这时候的陈老，已经说不出话来了，陈四平灵机一动，立刻给陈老递过去一支笔和一张纸。陈老把笔握在手里，大家走出病房，把空间留给了陈老。

“哎，你说，李奶奶为什么不把信寄出来呢？”站在病房外，陈四平悄声问刘晓兵。

刘晓兵摇了摇头：“我也不知道。”

也许经历了那样的岁月，才格外珍惜生命，李奶奶知道，她的接受是陈老唯一的念想与支撑。战火纷飞，我希望你好好活着。如果你牺牲，我会替你好好生活，仰望每天的太阳。这种心情大概就是战争年代的战士家属们的心愿吧。

他们在病房外默默地守护着，这期间，秦明发来信息，告诉刘晓兵他们找到了孙爷爷战友的消息，刘晓兵回了几句，又告诉了他现在陈老的状况。秦明一声叹息，对这位可敬的老战士和李奶奶的故事，也充满了惋惜，唏嘘不已。

时间一分一秒地过去，坐在长椅上的刘晓兵抓着手机，迷迷糊糊地睡着了。

不知道过了多久，他再一次被叫醒了。他睁开眼睛，看到的是医生和刘院长沉痛的表情。刘晓兵的手机，直接掉在了地上。片刻之后，他和陈四平一先一后地奔进了病房。陈老静静地躺在病床上，一只手捏着李奶奶的信，另一只手则握着那个小小的面人儿。

“陈老留下一封信。”刘院长说着，把信递给了刘晓兵。

刘晓兵双手接过，打开信，里面夹着的正是那张陈老给李奶奶汇款的银行卡。

那张信纸上，只有四行字：

请把我的骨灰，送回老家。

钱交由刘晓兵处理。

此生不悔。

敬礼！

刘晓兵仿佛看到穿着军装的陈老，向自己敬了一个庄严的军礼。此生不悔。守着一生的痴恋，终身不娶，他不悔。披上这身军装，为国而战，他更不悔。刘晓兵的眼泪，再也克制不住地汹涌而出，陈四平也默默地擦起了眼泪。

“陈解放同志，他经历战争的洗礼，也感受了和平岁月的安宁，他守护着心中最纯美的爱情，走得很安详。”这句话是刘院长在陈老的葬礼上说的，刘晓兵把这句话，深深地印在了心里。陈老的葬礼举行得庄严而朴素，正如他一生的风格。葬礼过后，刘院长准备亲自把陈老的骨灰送回他的家乡。

刘晓兵把钱分成了三部分：一部分捐给了陈老的家乡，用于家乡面塑艺术旅游区的建设；一部分捐给了养老院，用于改善老人们的生活和环境；另一部分则由刘院长代劳，捐到了为烈士寻亲的网站上。

原本，刘晓兵是想全部捐给养老院的，但刘院长的话点醒了他。刘院长说："如果陈老在天有灵，他一定会希望你替更多的烈士寻找到他们的亲人、恋人和战友。"

"是啊，晓兵，咱们得有经费，才能做更多的事，为更多的人寻亲啊！"陈四平也支持刘院长的想法。刘晓兵想了想，最终点了点头。网站想要进行良性运营，就必须有财力方面的支撑。他想，把网站做好，把为烈士们寻亲的事进行下去，才是真正不负陈老和那些爱心人士之托吧。

赶来参加陈老葬礼的秦明和秦昊，带回了孙爷爷的战友周广荣的消息。由于八十年代的资料搜寻不易，秦明和秦昊为了找到周广荣，确实经历了一些波折。好在他们终于找到了。

周广荣老爷子的腿在战场上受了伤，现在住在女儿家里。所幸他女儿就住在距离烟台一百多公里的地方，开车就可以到。秦明和秦昊去拜访了周广荣老人，老人虽然腿受了伤，但精神头儿很好，听说秦明和秦昊为了帮战友孙学友补办烈士证明而来，老人十分感动。

据周广荣回忆，他和孙学友的关系一直很好。在一场战役里，孙学友和周广荣都受了伤。周广荣的伤势较轻，很快就恢复过来，而孙学友却再也没能跟他一起并肩作战。再次回忆起战友牺牲，对于周广荣来说，依旧是一件让他痛苦的事情。他停顿了很久，才继续告诉秦明和秦昊，他记得，当时照顾他们的后勤护士姓张，叫张彤，他有张彤的联系方式，经常过年过节互致祝福。

秦明介绍完情况，就把张彤的联系方式给了刘晓兵。不得不说，这兄弟俩的效率很高，能够得到张彤的联系方式，也让刘晓兵很是振奋。刘晓兵马上给张彤打了电话，接到刘晓兵的电话，张彤并不意外，她告诉刘晓兵，周广荣已经提前给她打过电话了。

张彤告诉刘晓兵，她现在居住在云南，她还记得孙学友之前的事情，愿意协助提供证明。刘晓兵由衷地谢过了张彤，并且和她约定，等到了云南之后再与张彤联系，张彤爽快地答应了。挂了电话，刘晓兵便向陈四平和秦明、秦昊两兄弟说明了情况。听到事情比想象中的顺利，大家都欣慰地点了点头。

“你们辛苦了，后续的事情，我们来办就好。”刘晓兵由衷地向秦明和秦昊表达了感谢。

“这有什么好谢的，都是为了同样的初心，再说，我们现在也是志愿者。”秦明笑着说道。

“可不！一家人不说两家话，你们还谢什么。”秦昊也点头道。

刘晓兵便不再客气，他和陈四平一同告别了秦明、秦昊，便踏上了前往云南的旅程。出发前，刘晓兵一直在查找从山东到云南最省钱的出行方式，竟然是乘飞机，这可把陈四平高兴坏了。

“看，坐飞机多好！快，办事有效率！”坐在飞机上，陈四平高兴得像个孩子。

刘晓兵无奈地摇头苦笑着说：“别说得我好像虐待你似的，咱们经费有限，当然得选最经济实惠的。这次是因为路程远，交通不便，加上机票打折，咱们肯定得选最省钱的方法……”

“知道了，知道了！”刘晓兵的话还没有说完，陈四平就打断了他，“经费有限，这次是个例外，下次就别想着坐飞机了。”陈四平果然察觉到了重点，刘晓兵不禁笑了出来。

乘坐飞机果然很快，他们很快到达了昆明，又从昆明转机到了文山。下了飞机，刘晓兵就给张彤打了电话。张彤完全没有想到刘晓兵能来得这么快，两个人加了微信，张彤给刘晓兵发了个定位，并简单聊了几句，便约定下午三点见面。刘晓兵和陈四平先是找了个旅店，又在旅店旁边的小饭店随便吃了些东西，便出发了。

张彤已经退休，现在住在距离市中心不远的一个老式小区。看到刘晓兵和陈四平这么年轻，张彤十分惊讶："你们这么年轻，就为烈士寻亲做了这么多事，可真是太厉害了！"

"您也很年轻呀。"陈四平笑呵呵地说道。

张彤顿时笑了起来，虽然已经六十多岁，但张彤的气质和打扮，确实让她看上去非常年轻。她的家里整洁干净，装修简单，却相当雅致，看起来也是一个很有品位的人。张彤邀请他们进来之后，给他们倒了水，又端来了水果，才坐下来聊天。提起孙学友，张彤不禁回忆起了当时的情形。

"孙学友同志的坚强和乐观，给我的印象特别深。我那会儿是护士，刚工作没多久就救治伤员，我甚至有很多次都想跑回家去……"回忆起从前，张彤说话的声音微颤，仿佛一直努力地克制着汹涌而来的情感。

"虽然在学校学了很多知识，可是当我面对受了那么严重创伤的伤员的时候，心理压力特别大。我记得孙学友从战场上被人抬回来的时候，全身大面积受创，他的军装浸透了鲜血，跟肉都粘在了一起。我替他处理伤口的时候，手都是抖的。孙学友同志不仅没喊一声疼，还反过来安慰我，让我不要怕。我当时……"

说到这儿，张彤再也说不下去了，她的眼泪扑簌簌地流了下来。刘晓兵默默地看着张彤，他甚至不知道应该如何安慰对方。毕竟，他没有经历过那个年代，无法完全体会到张彤的悲怆心情。过了大约五分钟，张彤才慢慢平静下来，不好意思地说了声"抱歉"。

"没关系，我们能理解。"刘晓兵由衷地说。毕竟在这么多次替烈士们寻亲的过程中，他听到了太多感人肺腑的故事，虽然不能切身体会，但至少能够理解张彤的情感波动。

张彤说了声"谢谢"，又继续说道："我从孙学友同志的身上看到了战士们为了祖国，早就把个人生死与得失置之度外的爱国精神，从那以后，也再没有想过逃离工作岗位。说起来，我真的应该感谢他，可惜他没能挺过来，牺牲了……”虽然已经过去了那么多年，但是提起当年的事情，张彤仍然记忆犹新。

“他牺牲的那天，还特意叮嘱我们，千万不要悲伤。他是为了守护祖国的和平而牺牲的，他尽到了身为军人的职责，他的牺牲是值得的。他要我们在祖国和平以后，给他捎个信儿……”在诉说的时候，张彤几度哽咽，刘晓兵听得亦是热泪盈眶。

“哎呀，看我，你们是要给孙学友同志补办烈士证的，我却拉着你们说了这么多。”张彤擦了擦眼泪，不好意思地说。

“怎么会，我们都很感动，而且，我们将来也会把您说的这些写成文章，发在网上，让更多的人听到和知道保卫和平的战士们是怎么战斗、怎么视死如归，又是怎么把祖国和平的重任扛在肩上的。这样，大家才会永远铭记历史，珍惜如今的幸福生活。”刘晓兵真诚地说。

“那可太好了！”张彤高兴地连连点头，又道，“对了，我记得当时连队是驻扎在一座山上，孙学友同志也葬在了那座山上。后来，战役结束之后，他的遗体被迁葬到麻栗坡烈士陵园。”

“那我们可以请烈士陵园那边给我们出一个证明吗？”刘晓兵问。

“我不知道这件事情的流程是怎么样的，但我跟部队的老领导还有联系，我现在就帮你们联系一下，问问老领导这件事情应该怎么办。”说着，张彤便拿起手机，拨通了一个电话。能够得到张彤的帮助，无疑让事情变得更加顺利，刘晓兵和陈四平都十分感谢张彤。

在得知刘晓兵和陈四平的来意之后，对方非常高兴，当即便要刘晓兵接电话。军人有军人的脾气，那就是直截了当，绝不拖泥带水。刘晓兵爽快地接了电话。这位老领导姓郑，如今已经七十多岁了，刘晓兵就很自然地称呼他为郑爷爷。听到刘晓兵这么叫，郑爷爷高兴得哈哈大笑，他告诉刘晓兵，孙学友是他带过的最勇敢的兵，上阵杀敌，视死如归，一腔热血，是个好战士！老爷子的一番话说得铿锵有力，不难想象当年他在战场上，指挥战士们奋勇杀敌时的风采与魄力。

但说到孙学友牺牲的时候，老爷子的声音也出现了些许的哽咽。他沉默了片刻，又说道："你们这些年轻人，也是好样的，给烈士们做实事，值得大家学习呀！这样吧，我来负责联系烈士陵园那边出证明，我也手写一份证明，让有关部门盖章。放心吧，这件事交给我了！"

"谢谢郑爷爷！"刘晓兵高兴地说着，又忙道，"您哪天有空，我去拜访您。"

刘晓兵是带着高兴与感激的心情来问这句话的，他也是来找人家帮忙的，于情于理，都应该去看看老人家。没想到，郑爷爷直接回复了一句"没空"。"啊？"刘晓兵不禁傻在了那里。

"你这个小娃娃不聪明，我要去办证明，哪来的时间见你。你就等着吧，我办完证明让张彤联系你们。"说完，郑爷爷直接挂断了电话。

刘晓兵哭笑不得，第一次看到刘晓兵吃瘪的陈四平倒乐出了声。

"你这个小娃娃不聪明，郑爷爷都说要去办证明了，你还问人家有没有空！"陈四平学着郑爷爷的语气数落着刘晓兵，刘晓兵一阵无奈，又不好当着张彤的面儿修理陈四平，只好把手机还给了张彤。

"你们的郑爷爷就是这个脾气，你可千万别介意啊，小刘。"张彤笑着对刘晓兵道，"他年轻的时候带兵打仗，一分一秒都紧迫得很，所以就养成了这样的性格。我年轻那会儿做护士的时候，也没少挨他训，经常被他训哭呢。没想到过了这么多年，这老领导的脾气，一点儿都没变。"

"能理解，"刘晓兵连连点头，"带队出征，不雷厉风行怎么能行！那是保卫家园的战役，容不得半点儿马虎。"

"唉，是啊！"张彤点了点头，似乎又回到了那场硝烟四起、烽火连天的战役里，出现了片刻的失神。刘晓兵和陈四平谁也没有打扰她，直到张彤轻轻地叹息一声，从那段回忆里走出来，才意识到什么似的，不好意思地笑了。

"真是抱歉，这人呀，就是有意思。明明都是那么多年前的事儿了，年纪越大，还越记得清楚了。”正说着，门从外面打开了，一个相貌和善的男人拎着大包小包地走了进来，看到刘晓兵，他立刻笑着问道：“这两位就是志愿者吧？”说着，他便走来与他们握手。原来，这位是张彤的爱人周军，也是一位退役老兵，所以看到刘晓兵和陈四平，就格外亲近。

“快去做饭吧，都几点了才回来！一会儿再聊天，两个小同志都饿了。”张彤嗔怪地说道。

“我这不是想着志愿者同志好不容易来一趟，多买些好吃的嘛。”周军的脾气看起来很好，他乐呵呵地说，“我先做饭，一会儿聊。”

“本来想请你们去饭店的，但想着你们大老远来，还是在家里吃卫生又实在，我家老周手艺不错，你们尝尝。”张彤说着，又招呼着刘晓兵他们吃水果。

刘晓兵本来不好意思在张彤家里吃饭，但人家已经开始忙活上了，也不好直接走，只好谢过了张彤。反倒是陈四平闻到了菜香，高高兴兴地去厨房帮忙了。陈四平是个自来熟，刘晓兵也不管他，跟张彤聊起了天。张彤对于刘晓兵的工作很是好奇，问了他许多问题，在听说刘晓兵是辞了职，专心做志愿者，还建立了网站的时候，她发出了由衷的赞叹：“你们这些年轻人，真是太有追求，太正能量了！”说着，她向刘晓兵要来了网址，打开笔记本电脑，登录了网站。

“哎呀，你们的网站，就叫替烈士寻亲呀？”张彤到底是上了年纪，戴上花镜，才能看清屏幕上的字。

刘晓兵挠了挠脑袋，笑道：“一直没有想好叫什么名字，所以就暂时用这个了……”

刘晓兵本来想说，叫这个简单直接，大家都知道怎么回事，但看到张彤明显有些失望的表情，便没有说出口。

“还是得有个好名字，你们好好想想，这么重要的事业，必须有个响亮的名字才行啊！”张彤笑着说道。

刘晓兵点了点头，沉思起来。

“名字的事一会儿再说，咱们先吃饭！”周军说着，把做好的菜端到桌子上。

刘晓兵这才发现，桌子上已经摆好了六菜一汤，荤素搭配，简直色香味俱全。

“我们真有口福啊！”陈四平这个吃货由衷地赞叹。都说厨师最高兴的就是有人喜欢自己做的饭，周军听到陈四平这么说，果然高兴。大家围绕着桌子而坐，张彤和周军都热情好客，刘晓兵也不客气地开吃。

周军的手艺果然好，四个人边吃边聊。周军忽然问刘晓兵，他有几位战友都想要为烈士寻亲的事业做点儿事，能不能建一个群，他把大家都拉进来。

刘晓兵听到周军的话，突然有种茅塞顿开的感觉。是呀，建一个群，把秦明、秦昊，还有一些志愿者和想要为烈士寻亲的爱心人士都加进来，大家互通信息，相互帮助，力量就更大了。这次寻找周广荣老先生的事情，就给刘晓兵带来了相当大的触动。他第一次感受到人多力量大的效率，如果有了群，那就不仅仅是像现在这样双管齐下，而是可以很多事情同时进行，会有更多的渠道和资源，也能帮更多的烈士们寻找到自己的亲人，那才是真正的事半功倍。

“周叔叔，您真是太智慧了，我怎么没早想到！”刘晓兵恍然大悟道。

“你们年轻人每天那么忙，哪像他这个退休的老家伙，待着没事儿，就知道看手机。”张彤笑着说，“不过，你周叔叔自从知道你们在做的事情之后，就在他的战友群里说了，他的战友们都很愿意支持你们呢。”

“对，”周军点头道，“我也没想到，我一提起你们，就有很多人跟我说，他们看过你们的事迹，说是连组织上都表扬过你们！哎呀，我真是高兴啊，这么厉害的小同志要来我们家，哈哈！”

周军说着举起杯，跟刘晓兵和陈四平碰了碰，又道：“我的战友们啊，天南海北，哪里都有，你们要做的事情，只要能帮上的，他们都愿意义务帮忙。还是那句话，人多力量大，和平年代，咱们也得让那些为国出征、为国捐躯的烈士们找到亲人，让英魂回家！”

“哎，等等，周叔叔，您刚才说什么？”刘晓兵的眼睛豁然一亮，瞬间站了起来。

“我，我刚才说什么了？”周军被吓一跳，见刘晓兵这样目光灼灼地盯着自己，便回忆起刚才的话来，“我说人多力量大，和平年代，咱们也得让那些为国出征、为国捐躯的烈士们找到亲人，让英魂回家……”

“对！就是这一句，让英魂回家！”刘晓兵重重地拍了一下手说道，“我们的网站，就叫‘英魂回家’！”

“英魂回家？好名字！”陈四平也拍手笑赞道，“这名字，太好了！”

“是呀，英魂回家，真好，真好呀！”张彤连连点头，又不禁想起了在战场上牺牲的烈士们，眼中再次泛起了泪花。

周军拍了拍张彤的背，他轻轻地吁了口气，道：“咱们大家伙的心意，其实都是一样的。曾经一起浴血奋战的战友们，有的牺牲了，有的还活着。活着的人，都想为那些牺牲的战友做些事情，尽点儿力。如果真的可以帮上忙，哪怕一点点，也算是成全我们了。”

这番话说得刘晓兵和陈四平都莫名感动，刘晓兵的眼睛，甚至已经湿润了起来。明明是一个大男人，却在替烈士寻亲的过程里，变得越来越容易动感情，也不知道是好还是坏。他吸了吸鼻子，重重地点了点头。

说干就干，在餐桌上，刘晓兵就建好了群，把陈四平、林鸿雁、秦明、秦昊，还有张彤、周军，全都拉进了群里。这边周军也开始往群里拉了几位想要成为志愿者的战友，秦明和秦昊两兄弟也拉了几个爱心人士进来。就这样，在很短的时间内，群里就有了一百多名成员。

刘晓兵等人坐在桌前，不住地回复消息，和大家打招呼，不知不觉已经晚上十点多。意识到时间太晚了的刘晓兵急忙站起来，准备告辞，周军和这两个年轻人大有相见恨晚之意，非要留他们住下来。老两口的房子虽然不大，但儿子在外地，房间还空着。刘晓兵怕打扰两位老人，还是拒绝了。

张彤和周军拗不过便说好，让刘晓兵和陈四平明天睡到自然醒再联络。刘晓兵和陈四平晚上都没少吃，走出张彤家，陈四平说自己吃得实在太撑，想走一走。云南的夜晚既凉爽又惬意，刘晓兵也乐得走一走。于是两个人拿出手机打开了导航，一路慢慢地走着。

“今天这一趟，收获太大了！”陈四平拍拍自己的肚子，满足地道，“吃了一顿大餐，烈士证明托郑爷爷帮忙办了，还取好了网站的名字！哎呀！真是太知足了！”

刘晓兵笑着看陈四平，调侃道：“我猜，这几件事里，最让你知足的就是饱餐了一顿。”

“啥话？我就那么没出息？”陈四平瞪起了眼睛，“你敢说周叔叔的手艺不好？你敢说你吃得不香？”

“哈哈，好，周叔叔的手艺真是太好了，我吃得也香。不过，我觉得最大的收获，一个是取好了网站的名字，还有一个，就是建了群。我现在算是知道了，什么叫众志成城。”刘晓兵说。

“对啊，那个故事是咋说来着？”陈四平挠了挠脑袋，道，“一根筷子，一折就断了，十根筷子就费点儿劲儿。”

“说得好！”刘晓兵哈哈大笑，拍了拍陈四平的肩膀，“你现在不仅思想觉悟高，语言概括能力也提高了啊！”

“嗐，中心思想就是大家伙团结在一起干实事儿，众人划桨开大船！”陈四平乐呵呵地道。

两个人一边说一边走，回到旅店的时候，已经是半夜。刘晓兵和陈四平简单洗漱了一下，倒在床上就睡着了。两个人结结实实地睡了一大觉，这几乎是他们从去到烟台以后，睡得最踏实的一觉。

第十七章　丰碑矗立

这些感动、这些鼓励，都化为他肩上的责任。让英魂回家，让一代又一代的中华儿女，铭记先烈曾走过的岁月，洒下的热血，守护的信仰。

睁开眼睛，刘晓兵立刻被窗帘缝隙里透过来的阳光晃得再次闭上了眼睛。手机不断地响起提示音，刘晓兵拿起来，才发现微信里多了许多条验证申请，都是申请加群想要成为志愿者为烈士寻亲尽一份力的爱心人士。刘晓兵急忙一一验证，然后挨个打招呼，正忙得不亦乐乎的时候，他的手机响了，是林鸿雁打过来的。刘晓兵刚一接通，耳边就响起了林鸿雁充满了笑意的声音。

“怎么样，睡醒了？”刘晓兵揉了揉眼睛，诧异林鸿雁是怎么知道自己刚醒的。

“我看你在群里说了早上好，你也不看看现在几点了！”林鸿雁爽朗的笑声响了起来，刘晓兵这才意识到，这会儿竟然已经是中午了，而自己刚才发出的问候，是清一色的早上好，顿时尴尬至极。

“放心吧，大家伙肯定都知道你昨天为了孙学友烈士的事儿忙活到半夜，谁也不会怪你的。”刘晓兵苦笑着摇了摇头，反正现在再一一撤回已经是不可能了，那就这样吧。

“你昨天找我是有什么事？”林鸿雁问，“你说有一个很重要的事要跟我说！”

“对！”刘晓兵昨天在睡觉前，本来是想给林鸿雁打电话的，但怕她已经休息，就发了一条消息，告诉她自己有重要的事跟她说。林鸿雁果然没回话，刘晓兵又累又困，直接就睡着了。林鸿雁一大早看到刘晓兵的消息，估计他昨天睡得晚，也没有贸然打扰他，而是关注着群里的消息，在看到刘晓兵在群里发了问候消息，才打来了电话。

一提起自己要说的事儿，刘晓兵立刻来了精神，把取好的网站名字，告诉了林鸿雁。“英魂回家！这名字太好了！”林鸿雁欣喜地说着，又喃喃地重复了一遍，“英魂回家……”

“你怎么了？”刘晓兵忽然觉得林鸿雁的状态不太对，她平时是一个很活泼的人，像现在这样沉默不语的情况可不多。

“有点儿感动而已。”林鸿雁吸了吸鼻子，笑道。这会儿的她，倒不太像一个大主编，而像一个小女孩儿。刘晓兵没有来由地感觉到林鸿雁有那么一点儿伤心，只是不知道为什么。不过，既然林鸿雁不愿意说，刘晓兵便也不再问了。俩人交流了一下目前的情况，然后讨论了一下群内的管理和志愿者的招募事宜，就挂断了电话。

刘晓兵放下手机，看到陈四平也在拿着手机，不断地按着，好像在回消息，而且这家伙的脸上一副春风得意的样子，好像有那么点儿情况。意识到刘晓兵正在观察自己，陈四平立刻清了清嗓子，摆出一副正儿八经的姿态说道：“那什么，我把白晓燕也加到群里啊，人家好歹也赞助一辆车呢。”

“我说你怎么笑得那么开心，原来是在跟白晓燕聊天啊。”刘晓兵笑道。

“我跟她说工作的事儿呢！”陈四平话说得一本正经，但脸上却有掩饰不住的红晕，“人家也想做咱们的志愿者呢！你可不要因为从前的事儿而拦着人家，不让人家参与正事儿啊！”

刘晓兵被陈四平逗得笑了出来：“怎么可能呢？人多力量大，从前的事都过去了，咱们现在就是一心一意办正事儿。”听刘晓兵这么一说，陈四平才露出了笑脸，欢天喜地地把白晓燕加进了群里。

处理了群里的一些消息之后，刘晓兵和陈四平才简单吃了口饭，又给张彤发了消息。张彤询问刘晓兵他们，愿不愿意跟她和周军一起去跟一些老战友们见一见。能够与昔日上过战场的英雄们见面，刘晓兵和陈四平当然很高兴，他们就跟随张彤和周军一起拜访了几位参加过老山战斗的退伍军人。这无疑又是一个非常难忘的夜晚，看到两位帮助烈士寻亲的年轻人，老人们异常感动，拉着他们的手，久久不愿松开。

“太好了，孩子们啊，你们能做这件事太好了。那些牺牲的老战友，在天有灵也会非常欣慰的。祖国没有忘记他们，你们这些后辈也没有忘记他们。他们值得被铭记啊！”

刘晓兵重重地点头，这些感动、这些鼓励，都化为他肩上的责任。既要帮助烈士们找到亲人，让英魂回家，又要把这些故事，这种感动，这些怀念传播出去。让一代又一代的中华儿女，铭记先烈曾走过的岁月，洒下的热血，守护的信仰。让孩子们珍惜今天的幸福生活，为了祖国的和平和强大，努力学习，为祖国贡献自己的力量。这一晚，刘晓兵和陈四平一起听了很多激动人心而又令人感动的往事，听着这些往事，看着这些老人像孩子一样地又哭又笑，跟他们一起唱军歌，整个人仿佛都浸透在感动的海洋之中。

“我现在算是明白了，为啥我家老爷子每次一喝多，回忆起从前就会又哭又笑的。”陈四平对刘晓兵说道。

刘晓兵笑着点了点头。就在这个时候，张彤拿着电话兴奋地跑过来说：“小刘，快接电话，郑老说证明开出来了，明天你们一早就去取，然后去找相关部门！”

“办好了？这么快？”刘晓兵几乎不敢相信自己的耳朵，郑爷爷的效率也太高了吧！“喂，郑爷爷，我是晓兵。”刘晓兵急忙接过电话，在张彤的引领下，走到了一个安静的角落。

郑爷爷嗯了一声说："明天你七点到我这儿，拿着证明就去补手续，就这样吧，挂了。"还没等刘晓兵谢谢他，郑老爷子就把电话挂断了。这真是雷霆之势，闪电般的速度！刘晓兵又无奈，又由衷地钦佩。这个郑爷爷，也太可爱了。

"他老人家就是这个性子，明天让你周叔叔开车送你们去。"张彤一点儿都不意外，她接过手机，笑着对刘晓兵道。刘晓兵点点头，郑爷爷真的是他见过的所有人里最有风格的一个。这还挺酷的。既然郑爷爷有令，刘晓兵和陈四平不敢耽搁，第二天一大早就起床，在周叔叔的带领下去找郑爷爷。

郑爷爷的家离张彤家并不远，在一个部队大院儿里，院门口种着一株苍翠茂盛的柏树。周叔叔把车子停在院外，刘晓兵又在小区旁边的水果店买了些水果，大家一起走了进去。院子里的绿化很好，花朵绽放，树木青翠，鸟声阵阵，温馨而祥和，阳光也很灿烂，偶尔可见小孩子在院里跑来跑去，老人们正在健身器械旁边锻炼着身体。一行人走进一个单元楼，上了楼，敲响了楼梯左侧的一个房门。

门很快就开了，开门的是一个相貌温和的老奶奶。看见他们，老奶奶立刻高兴地笑了起来："哟，来了！"

"赵老师好，这两位是帮烈士寻亲的志愿者同志，小刘和小陈。"周叔叔向这位奶奶介绍着，又转头对刘晓兵他们说，"这位是郑老的爱人，赵老师是大学教授，为祖国培养了很多栋梁之材，我们都称呼她赵老师。"

赵老师顿时笑了起来："哎呀，我都退休多少年了，还叫什么老师呀！你们就叫我赵奶奶就好了。"

"赵奶奶好！""赵奶奶好！"刘晓兵和陈四平都礼貌而热情地叫起了赵奶奶，把买来的水果递给了赵奶奶。

"哎呀，来就来，还买什么东西。你们做的这个事，本来就是公益事业，还自己花钱买东西！"赵奶奶的话说得极为通透，她接过水果，把刘晓兵一行人引进屋里。

这是一个非常整洁干净的家，虽然都是老式家具，上面却盖着精致的镂花帘儿，古朴而又带着岁月的悠远，墙边是一排书架，书架上摆满了军事书，一位老人坐在书桌边，正在伏案看着报纸。他戴着一副眼镜，头发已经花白。听到刘晓兵他们来，老人抬起头来，看向了他们。这位老人有着一双鹰一般犀利的眼睛，神态严肃，面庞的线条都透着军人的坚毅。这位，想必就是郑老了。

“郑老，这位就是跟你通电话的小刘，这位是小陈，替孙学友同志补办烈士证的。”周军向郑老介绍着刘晓兵和陈四平。

“郑爷爷好！”刘晓兵和陈四平都向郑老打着招呼。

“好。”郑老微微地点了下头，动作迅速，依旧是一副绝不拖泥带水的爽快。他从书桌后面“走”了过来，刘晓兵这才发现郑老是坐在轮椅上的，他脸上的笑容立刻有了几分凝重。像是发现了刘晓兵的情绪变化，郑老笑着拍了拍自己的腿：“打仗的时候受了伤，上了年纪就越发站不住，索性直接坐着了。”

郑老说得洒脱，刘晓兵的心里却涌上了一股感动，由衷地说了一声：“郑老，您辛苦了……”

“为人民服务！”郑老郑重其事地说了一句，神态正式，大家全都笑了。但笑过之后，却又都忍不住感动得有点儿想哭。从战场上走下来的战士们，有哪一个是没有负过伤的呢？可是他们却把这身伤，看得那么淡，从来不曾抱怨，依旧充满了阳光地迎接每一天的生活，这不也是军人意志的体现吗？

“来，这是证明，你拿着这些，去民政部门，找商主任，电话我打过了，直接去。”

“也不急于这一时。这一大早上的孩子们辛苦到这儿连口水都没喝，你就赶他们走！亏得孩子们惦记你，还给你买了水果。”赵奶奶板着脸，语气却透着一股亲切。

“买什么水果？我不吃水果！给孙学友出个证明，我就吃人家的水果，这算是什么老领导！”郑老爷子板着脸呵斥。

“你这个老家伙，就这么教条！”赵奶奶说着，又转头对刘晓兵说，“你郑爷爷就这样，有事必须马上办，办完了才能说别的。”

刘晓兵笑了：“郑爷爷做事情有效率，我们得向郑爷爷学习。”

“嗯，你看看人家小刘的思想觉悟，他要是只会那些客套和没用的东西，还能做志愿者替烈士寻亲？”

刘晓兵的话让赵奶奶禁不住笑了出来，她瞪了郑老一眼，然后对刘晓兵道：“那你们先去，办完了回来吃饭。”

“好！”刘晓兵说着，向赵奶奶和郑老告别，就和陈四平走出了郑老家。周军要开车送他们去，刘晓兵再三推辞都没有用，只好辛苦周军再跑一趟。

“这个郑爷爷可太可爱了，咱们俩屁股都没挨着凳子，就被撵出来了。这倔脾气可跟我爷爷有一拼！”从郑老家走出来，陈四平便对刘晓兵说。

刘晓兵笑了起来：“要是郑老和你爷爷的脾气调一下，你乐意不？”

陈四平的脑袋立刻摇得像拨浪鼓：“我爷爷再着急，好歹也能让我屁股挨一下凳子，哪怕是下一秒钟就挨鞋底子呢，也落了个休息一会儿。”刘晓兵和周军哈哈大笑。

“你们的郑爷爷啊，当年带的军队，可是有‘雷霆之师’的称呼。他可是个了不起的老领导啊！”

刘晓兵点头，看郑老的行事风格，不难想象当年他率领战士们上阵杀敌的英姿与风采。如今郑老虽然年逾七十，但仍然犹如挺拔的松柏，令人敬佩。说话间，车子已经到达了民政局。在多方佐证之下，这一次的烈士证补办得非常顺利。民政部门的商主任还特意跟刘晓兵握手，感谢他为孙学友烈士所做的一切。原来他早就关注了烈士寻亲的网站，还匿名捐了款。

刘晓兵没有想到，替烈士寻亲的这项事业竟然得到了这么多人的支持，也由衷地感动。商主任与刘晓兵互加了微信，并且告诉刘晓兵，如果有需要他为烈士寻亲事业尽一份力的话，随时与他联系。

刘晓兵拿到烈士证以后，第一时间跟秦昊取得了联系。秦昊闻听烈士证已经补办成功，高兴地欢呼起来。他说，要是苏奶奶听说孙爷爷的烈士证已经补办成功，一定会非常高兴，东东没准儿会高兴得跳起来。

与秦昊结束通话后，刘晓兵便小心翼翼地收好了烈士证，和陈四平、周军一同回到了郑老家。张彤也到了，正和赵奶奶一起说着话。看到烈士证办回来了，郑老满意地点点头，这才让他们坐下来。

“看你这架势，烈士证要是没办回来，你都不让孩子们坐。”赵奶奶给刘晓兵和陈四平端来了茶，又板着脸数落。郑老哈哈大笑，也不争辩，反而关切地问起了关于烈士寻亲的事情。刘晓兵讲了一些他们的经历，郑老听着连连点头。赵奶奶这边已经在着手准备午餐了，周军是大厨，也急忙站起身来，帮郑奶奶去忙活。

刘晓兵和陈四平陪郑老在客厅说着话。当听刘晓兵说起孙学友的儿子也是一位可敬的烈士之后，郑老不禁连连点头说：“孙学友这小子一身铁骨，培养出来的儿子也肯定差不到哪儿去，是好样的！”

“是呀。”刘晓兵说，“他的孙子还说要向他学习，成为像爷爷和父亲那样可敬的人呢。”

“好，太好了！”郑老高兴得双手猛地拍了一下。

就在这个时候，刘晓兵的手机响了，是秦昊发过来的视频请求。刘晓兵接了起来，手机屏幕里就出现了秦昊的脸。

“晓兵，你方便吗？东东想和你视频。”

“方便。”刘晓兵笑着点头。

于是东东便立刻凑到了摄像头前：“刘叔叔，你真的把我爷爷的烈士证补办回来了吗？”

“是真的。”刘晓兵笑着点了点头，把烈士证拿出来，举到了手机摄像头前。为了让东东看得清楚，他又翻了翻里边的内页。当东东看到内页里，清清楚楚地写着爷爷孙学友的名字的时候，眼泪顿时掉了下来。

“好了好了，你这孩子。都告诉你等刘叔叔回来再看，你非要去打扰人家。”苏奶奶的声音响了起来，她走过来，对刘晓兵说，“真是辛苦你了孩子，等你回来奶奶还给你擀面条！”

东东又凑过来好奇地问：“刘叔叔你在哪儿啊？为什么你后面墙上有那么多的奖状？”

刘晓兵身后的墙上贴满了奖状，他笑着对东东说：“我现在就在你爷爷的领导家，你想不想听他跟你说说话？”

“想！”听说是爷爷的领导，东东的眼睛顿时亮了。

刘晓兵看向郑老，郑老点了一下头，然后刘晓兵便将手机对准了郑老。看着屏幕里的东东，郑老笑呵呵地问他：“你叫东东对吗？”东东用力地点了点头。

“你好，东东，我叫郑世锋，是你爷爷的上级领导，你可以叫我郑爷爷。”

“郑爷爷，我爷爷他当年上战场，是不是很勇敢？是不是很厉害？”东东听说自己是在跟师长说话，激动得连声音都在发抖，一张小脸儿也红红的。

“东东同学，我负责任地对你说，你爷爷是一个非常勇敢的战士，他非常优秀，作战英勇，听从指挥。在老山战斗中，他为了完成任务，用自己的生命为后续的战斗胜利赢得了时间，是位了不起的战斗英雄！”郑老的声音铿锵有力，在整个客厅回荡。东东在屏幕那边表情郑重地看着郑老，眼睛里有泪在闪耀，紧紧地咬着牙关，双手紧攥着，看得出他很想哭，却努力地忍耐着。

“所以，我代表全体战士，向孙学友同志表示感谢！”说着，郑老敬了一个军礼。东东忍住眼泪，他后退两步，高举起手臂，向郑老敬了一个少先队礼。站在东东身边的苏奶奶，悄悄地抹着眼泪，努力不让自己哭出声来。

郑老跟东东说完话，又跟苏奶奶聊了几句，问她在生活上有没有什么困难，需要提供帮助的尽管说。苏奶奶连连摇头，称自己没有任何困难，村里和乡亲们都会经常关照自己的生活，给了很多帮助，她已经很感谢了。说到这儿，苏奶奶又突然顿了顿，欲言又止。

“弟妹，你需要什么，尽管说！”郑老道，“只要是我郑世锋能办到的，义无反顾！”

苏奶奶迟疑了一下，道：“我想问问，我能不能申请，把孙学友的坟迁回到烟台？”

“没问题！”郑老道，“孙学友同志是我们的战斗英雄，理应回归故里，绝对没有问题，烈士陵园那边，我来负责沟通。”

苏奶奶顿时松了一口气，充满感激地说道：“谢谢领导，我们……我们都谢谢您了！”她的话刚说完，东东便高兴地扑上来，问道：“奶奶，我们是不是可以去云南啦？”东东的话刚说完，苏奶奶脸上的笑容便凝固了。是啊，他们哪里来的钱去云南呢？

“机票你们不用管，我来负责。”郑老道。

“不不不，这可不行！”苏奶奶忙道，“绝对不能让您破费！”

苏奶奶拒绝得很坚决，其实，就算有钱，他们老的老，小的小，又怎么经得起从山东到云南的辗转跋涉？看出了苏奶奶的窘迫，刘晓兵沉吟了一下，问郑老：“郑老，我们能不能替苏奶奶把孙爷爷的骨灰护送回去？”

郑老思索了一下，道：“应该可以，我打个电话，问一下具体事宜。”说罢，他摇动轮椅进了书房，打电话去了。

刘晓兵便对苏奶奶说道：“苏奶奶，郑老已经帮忙联系烈士陵园，看看能不能由我来帮忙把孙爷爷的骨灰申请迁出。您先别着急，有消息我第一时间通知您。”

“好，好！”苏奶奶连连点头，眼中再一次泛起了泪花，“多谢你啊，小刘，多谢你……”东东伸出小手替奶奶抹着眼泪，虽然不能去云南让他有点儿失望，但他又很心疼奶奶。

挂断视频之后，秦昊摸了摸东东的头，道：“去不上云南，有点儿失望？”东东点了点头，旋即看了一眼奶奶，然后又摇了摇头。

秦昊笑了："那就等你以后长大了，工作了，赚了钱，带奶奶去云南，好不好？"

"好！"东东的心里，再一次燃起了希望的火焰，他重重地点头，然后说道，"我一定好好学习，将来工作了，就带奶奶去云南，去看我爷爷战斗过的地方！"

"好！"秦昊由衷地笑着点头，苏奶奶也欣慰地笑了。

郑老真不愧是"雷霆之师"的率领者，他很快就联系好了烈士陵园。烈士陵园那边说，如果家属无法过来，可以出具一份证明，由委托人带证明原件和相关手续前去办理。这真是一个非常好的消息，刘晓兵急忙把这个消息告诉了秦昊。

秦昊高兴坏了，他回复刘晓兵，说现在就让苏奶奶写一份委托证明，给刘晓兵快递过来。紧接着，秦昊又发来一条小视频。视频是东东录的，他郑重谢过了郑老和刘晓兵，并深深地鞠了躬。大家都对这个懂事的孩子赞不绝口，郑老还特意送了东东一个坦克模型。

说话间，饭菜已经端了上来。赵奶奶的手艺真心好，周军也做了两个拿手菜，桌上丰富的菜肴，看得陈四平口水都要滴下来了。大家围坐在桌边，边吃边聊。刘晓兵发现，只要不谈工作，郑老就格外和蔼随和。他非常健谈，也非常幽默，颠覆了之前给刘晓兵留下的严肃、强势的印象。就连陈四平也感觉到这种轻松，话也多了起来。

"郑爷爷，您知道我刚才在想什么吗？"陈四平问。

"想什么？"郑老问。

"我在想，幸亏您没让我们马上去烈士陵园，要不这么大一桌子好吃的，我可一口都吃不上了！"陈四平的话让大家都笑起来，郑老更是哈哈大笑。

这一次的云南之行收获很大。他们不仅给网站取了名字，还建立了一个为烈士寻亲的互助群，将可以帮助的范围再次扩大。自从把孙学友烈士的骨灰带回烟台之后，以刘晓兵和陈四平为主要发起人的"英魂回家"志愿者团队人数已经扩大到了一百二十五位，信息采集和处理的效率也越来越高了。

这天，刘晓兵和陈四平刚刚走进办公室，门外传来一个洪亮而熟悉的声音：“晓兵啊，四平呢？”刚喝了一口水的陈四平听到这声音，顿时噗的一声，将水喷了出来，立刻慌得站起来，一边抓过纸巾擦着被他喷到键盘上的水，一边慌张地看向来人，竟是连话都说不出来了。

“怎么，臭小子！你爷爷长得吓人还是怎么的，看见我就吐了？”陈长江作势要打陈四平。

陈四平“哎哟”了一声，道：“爷爷，您怎么突然来了啊？”

“怎么，我就不能来？”陈长江冷着脸说道。

陈四平紧张地看着陈长江，小心翼翼地问：“爷爷，您这次来是？”

“怎么，怕我把你抓回去？”陈长江瞪起了眼睛。陈四平被说中心事，不禁挠着头，嘿嘿地笑了起来。

“陈爷爷，喝水。”刘晓兵给陈长江端来了水，然后笑着问道，“陈爷爷您来了怎么也不跟我们说一声，我们好去接您。”

“嗯，还是你会说话。”陈长江接过水杯来，喝了一口，笑道，“我纯粹就是想要给这小子一个突然袭击，看看他到底有没有好好干活。”

“嗐，弄了半天，您是来视察工作的啊！”陈四平终于松了口气，“我现在可是特别认真工作呢！您看看我现在还在写抗日故事，给网友们普及抗日知识呢！”说着，陈四平指了指自己的电脑。

“这一点我可以做证，四平现在真的是很认真地在工作，我们网站上有很多抗日题材的故事，都是四平在写。”刘晓兵笑道。

刘晓兵也是最近才发现陈四平的这个特长的，平时擅长插科打诨的天赋，用到写故事上就变得格外生动灵活。很多网友喜欢看陈四平用这样的风格来写故事，在进行讲座的时候，小朋友们也很喜欢他幽默活泼的风格。刘晓兵索性就让陈四平在工作之余来写一些抗战题材的故事，陈四平也乐得做这样的工作，乐在其中。

“晓兵说你认真工作，那就是了。”陈长江的话，让陈四平顿时撇了撇嘴，结果又换来陈长江的一声呵斥。

“那陈爷爷还有没有别的指示？”刘晓兵笑着问。

“指示谈不上，倒确实是有一件事想要请你们帮忙。”陈长江道，“我想找你们修墓。”

“修墓！”陈四平顿时怔住了，“修谁的墓？”

陈长江闻听陈四平这么问，气得扬起巴掌就作势要打：“你说修谁的墓？你太爷爷和我守的是谁的墓？你这个不孝的子孙，你说修的是谁的墓？”从小就被爷爷收拾怕了的陈四平，顿时躲到了刘晓兵的身后。

这时候，办公室的门被打开了，林鸿雁诧异地站在门口，问：“发生什么事了吗？”

“林大主编！”陈四平像看到救命稻草一般，逃到了林鸿雁的身后，道，“有位老同志，来了就打人！”

“哦？”林鸿雁看向了陈长江。

“这位小同志，你别信他！这小子整天满嘴跑火车，胡说八道！”陈长江气得向陈四平瞪眼。

“鸿雁，这位是陈长江爷爷，伊春乌伊岭老河口‘胜利烈士墓’的守墓人，也是陈四平的爷爷。”说罢，又对陈长江道，“陈爷爷，这位是林鸿雁，是我的同学，她跟我们一起创立了帮烈士寻亲的志愿者组织，也是一家报社的副主编。”

“哎哟，是报社主编呀！”陈长江充满欣赏地看着林鸿雁说，“小小年纪就是主编了，真优秀！我这孙子不成器，多亏您照顾了！”

“陈爷爷，您可千万别这么说，四平很优秀，而且我们现在都是同事。我早就听说过您的事迹，一家几代人守着烈士墓，很是令我感动呢！”

林鸿雁说着，坐了下来，然后关切地问：“您最近身体还好吗？”

“老骨头了，哪有什么好不好的。”陈长江叹了口气，把自己想要委托刘晓兵帮忙修缮烈士墓的事又说了一遍。

“您也知道，伊春是远近闻名的东北抗日游击根据地的地区，东北抗日联军的几位高级将领率抗联战士，曾多次由老河口路线往返苏联，并在这里建造密营，多次与日伪军发生激烈的战斗。我们胜利村呢，原本叫马掌屯，是因为屯子形似马蹄掌而得名。后来，抗联在这里打了一场大胜仗，干掉了三百多个日伪军，于是马掌屯便改成了胜利村，为的就是纪念那次胜利，以及在战斗中牺牲的抗联战士……”陈长江打开了话匣子，这段历史，陈四平听得耳朵都快要起茧子了，但看到林鸿雁听得认真，便没有吭声，而是老老实实地坐在那儿，也跟着听了起来。

“‘胜利烈士墓’里，安息着一九三九年在那场战斗中牺牲的三十六名烈士。他们牺牲的时候，平均年龄只有十九岁，年龄最小的还不到十五岁，都是最好的年纪。他们把最好的年华和生命，献给了祖国，永远地留在了胜利村。我父亲，在三大战役中受了伤，回到村里，做了义务守墓人。我记得他当年走的时候，嘱咐我一定要守好这个墓，因为那些烈士长眠在我们村，我们就得替整个胜利村、替全国人民守护好他们的英魂，这才对得起他们，对得起他们的牺牲……”

说到这儿，陈长江的声音哽咽了起来。林鸿雁听到动情之处，眼中亦泛起了泪光。刘晓兵默默地看着陈长江，内心也翻涌着汹涌的情愫。陈四平看着陈长江，忽然发现爷爷似乎比从前更加苍老了，他脸上的皱纹，和因为常年风吹日晒而变得黝黑的皮肤，都是那么可敬，可这些，他竟然都习以为常，并不在意。

“从我爹接手‘胜利烈士墓’到现在，已经过了八十多年了，咱们的烈士墓都已经被雨雪风霜侵蚀得不像样子，我早就想修缮烈士墓，可我一个老头子的力量实在太薄弱。现在既然这小子在为烈士们服务，我就想让他给我干这个事儿——把烈士墓给我修了。”

“啊？爷爷，我哪有钱修烈士墓啊？”陈四平刚才还被自己的爷爷感动着，这会儿听到陈长江让他去修缮胜利烈士墓，不禁叫了起来。

“那你们平时帮那些烈士，都是怎么帮的？”陈长江问他。

“爱心人士募捐的善款啊……”说到这儿，陈四平恍然大悟，啪地一拍脑门，“哎呀，明白了！”

“哼，亏你还是志愿者呢，榆木脑袋！”陈长江骂道。

林鸿雁笑了起来，她对陈长江道：“陈爷爷，这件事情就交给我们了。咱们是为全国的烈士们服务的，家乡的烈士也不例外。你们需要什么帮助，就尽管开口。只要是我们能做到的，义不容辞。”刘晓兵点了点头，林鸿雁便站起身来，与陈长江告辞去开会了。

修缮烈士墓的事情，就这么决定了，但具体事宜，则需要更详细的计划。刘晓兵和陈四平决定回村一趟，找工程队来做一个预算，然后跟村里申请看看能有多少修缮款，余下的将通过“英魂回家”网站面向全国爱心人士募捐。

这项工作进展得很顺利，通过刘洪的申请，乡里拨了一部分款，爱心人士们也热心地捐款。甚至工程队听说是给烈士们修缮墓碑，没有收取分文的人工费。就这样，除了购买材料以外的剩余款项，刘晓兵都给大家退了回去。

在募捐的过程中，胜利村的这段光荣的抗战历史，也同时得到了有效的宣传，让更多的人知道了，在这样的一个小村子里长眠着三十六位抗战英雄。“胜利烈士墓”修缮完毕之后，许多人自发地来到烈士墓前扫墓，数米高的墓碑庄严挺拔，碑前摆满了鲜花。

陈长江看着这一幕，看着放满了鲜花的“胜利烈士墓”，激动得老泪纵横：“这座丰碑，总算是矗立起来了。”

“哎呀，爷爷您哭个什么劲儿啊？您不早就盼着烈士墓能更气派，来扫墓的人更多吗？现在愿望实现了，您还哭上了。”陈四平站在陈长江的身边，咂着嘴巴说道。

“你懂个屁！我这叫喜极而泣！”陈长江板着脸呵斥。

“是是是，您喜极而泣，就不用谢我了。总说我没出息没出息，也不看看今天‘胜利烈士墓’变得这么气派，是谁的功劳……”陈四平的话还没说完，就又挨了陈长江一巴掌。

“小兔崽子，烈士墓本来就应该有这么气派！这些烈士就应该被铭记，被善待！而且，这也是乡里对烈士们的重视，全国人民对修缮烈士墓的支持！”陈长江的嗓门大，骂起人来像炸雷。

陈四平被震得耳朵嗡嗡作响，他一边捂着耳朵，一边点头：“对对对，对对对，我多余，这烈士墓修得这么好，跟我半点儿关系都没有！”他的话还没说完，屁股就挨了陈长江一脚。陈长江踢完陈四平，转身就走。

“哎，爷爷，您干什么去啊？”陈四平虽然浑，但也很担心爷爷，不禁在陈长江的身后喊道。

“我去给你做好吃的！堵住你的嘴！”陈长江倔强的声音响了起来。陈四平嘿嘿地笑了起来。

“这回，你不再说你爷爷对你不好了吧？”刘晓兵笑着走了过来，问陈四平。

“好是好，但让我守在这儿，我还是不乐意。”陈四平耸了耸肩膀说，“男儿有志在四方，我啊，就觉得专心做替烈士寻亲这件事儿挺好，我还要继续把这件事儿做到底。”

“好，”刘晓兵笑着点头，“那咱们就把这件事儿做到底。”

修缮了家乡的烈士墓之后，刘晓兵发现陈四平的干劲儿更足了。刘晓兵很好奇地问陈四平发生了什么，怎么突然间干劲儿这么足。陈四平想了想，笑着说道：“因为咱们干了正事儿，我爷爷现在可是相当支持我。我从小到大，爷爷从来没有这么支持过我，我还觉得如果不好好干，都对不起我爷爷啊！再说我爷爷这辈子，也挺不容易。”

陈四平转过身去，背对着刘晓兵，不知道是不是悄悄地抹眼泪去了。刘晓兵拍了拍陈四平的背，道：“那咱们就好好干。有了爷爷的支持，干劲儿十足啊！”

“那是！”陈四平吸了吸鼻子，嘿嘿地笑了。

两个人正说着话，刘晓兵的手机响了，来电显示是湖南的一个电话。刘晓兵接起来，还不等说话，那边就响起了一位老人的声音，问他是不是“英魂回家”的刘晓兵。

刘晓兵急忙说了声“是”，对方便松了一口气，说了声“可找到你们了”，便哭了起来。刘晓兵急忙安慰对方，陈四平也从电话里听到了哭声，急忙示意刘晓兵打开免提。两个人在电话里安慰了老人好一会儿，老人才慢慢地放松下来，用混合着方言的话问刘晓兵：“你们，能不能收殓遗骨啊？”

“爷爷，您说的是收殓遗骸吗？”刘晓兵问，“谁的遗骸？”

老人的声音再一次哽咽了起来：“抗战英雄，两千多位抗战英雄的遗骸啊！”

老人的话，让刘晓兵和陈四平全都怔在了那里，他们惊骇地久久说不出话来。空气里安静得只剩下了老人在电话里哭泣的声音，大约过了五分钟，刘晓兵轻声对老人说：“爷爷您先平复一下心情，慢慢跟我们说，好吗？”

老人应了一声，旁边好像有人给老人递了水，询问他的情况，紧接着，一个中年男人接过了电话。这位中年男人叫吕双旭，湖南辰溪人，今年四十八岁。他的父亲吕铁强，年轻的时候参加过抗战，也是一位老兵。

吕双旭在县城工作，他曾多次想要接年迈的父亲去城里享福，但老人说什么也不肯走，说是枣子林里有他要守的墓，绝对不能走。那个墓，吕双旭是知道的，里面埋葬着两千多位抗战英雄。只不过，因为年代久远，墓碑又遭到了破坏，导致许多墓都找不到了。

吕铁强是村里为数不多知情的老人，也只有他能凭着记忆找到大部分的抗战英雄墓。如果他走了，这些英雄的墓就将不再会有人记得，也不再会有人问。所以，吕铁强宁愿一辈子待在这个医疗条件和生活条件都很落后的地方，也不愿意搬到城里去。

吕双旭拗不过老人，便也不再强求。但这几年，老人的身体越来越不好，他自己还没退休，没法辞掉工作回家照顾老人，就想到了“英魂回家”的志愿者们。如果能够把这些阵亡将士的遗骸好好收殓，重新建立纪念碑，并且联络到这些将士的家人的话，老人就可以放心地安享晚年了。

吕双旭把想法对自己的父亲说了，吕铁强立刻激动了起来，马上要来了“英魂回家”联络人的电话，把电话打了过来。听完吕双旭的话，刘晓兵非常感动。他向老人表达了自己深深的敬意，并且表示自己会立刻动身前往湖南。

吕双旭也没有想到刘晓兵会这么爽快地答应，激动得说不出话来。刘晓兵和吕双旭互相加了微信，吕双旭又给刘晓兵发送了位置，两个人约定好等刘晓兵到了之后再联系，便挂断了电话。

“我的天啊！两千多位阵亡将士的遗骸！”陈四平难以置信地叫了起来，“怎么会有这么多的遗骸在枣子林那个地方！”

刘晓兵面色凝重，沉声说道：“具体的情况到了才会知道，我们需要马上行动。”

陈四平也赞同这件事情，两个人跟郭云打了招呼，然后又在管理群里宣布了一下即将动身去湖南的消息。林鸿雁的电话马上打了过来，她表示自己也要跟刘晓兵他们一同出发，而且，她的费用自理，不走公款。

“你怎么会突然想要去湖南？要报道新闻？”刘晓兵问。

“你不要把我想得那么功利好不好？难道我就不能自费为阵亡将士们做些事吗？”林鸿雁无奈地笑道，“我也是‘英魂回家’项目的主要发起人之一好吗？”

话倒是这么说，林鸿雁不仅是“英魂回家”项目的主要发起人之一，还为这个项目提供了最有力的支持，是他们的顾问之一。但是这位主编大人一向工作非常忙，请假随同刘晓兵一起去收殓遗骸，难道仅仅是因为想要为这件事情尽一份力吗？

“嗐，我说晓兵哥，你怎么还怀疑起林鸿雁来了？办好事，还问人家的动机，这是干啥？”陈四平无奈地问刘晓兵。

“我也不知道，我总觉得，林鸿雁这段时间的状态不太对劲儿。”刘晓兵若有所思道。

“咋，还能有啥不对劲儿？难道是想要辞职加入咱们？”陈四平想了想，似乎也只有这一种可能性了，“那也没事儿，只要她愿意，咱们这边没问题，电脑还有两台空着呢，办公室也够坐。她来了，人手多了，更好做事儿了。”

陈四平的话让刘晓兵笑了起来。也许真的是自己想得太多了，刘晓兵觉得，林鸿雁最近总是一副心事重重的样子。但是问她怎么了，她又不肯说。也许这次湖南之行，能让她打开心扉吧。

三个人买好了去往湖南的机票，很快便乘飞机前往湖南。飞机上，林鸿雁坐在临近窗户的位置，沉默地看向窗外。窗外云海翻涌，阳光照得云海上一片金色，映在林鸿雁的眼中，竟然有一种淡淡的忧伤之色。这忧伤太浓烈，好像她随时都要哭出来。

第十八章　枣子林抗战英雄墓

葬坑里大多是被共同埋在一起的遗骸，姓名都没有记载，更不知道他们的家在何方。他们被永远地留在了这里，无名无姓，长望苍穹。

坐在林鸿雁身边的刘晓兵和陈四平相互对望了一眼，这时候的陈四平也开始赞同刘晓兵的观点——林鸿雁确实有点儿不对劲儿。陈四平给刘晓兵递了个眼色，示意他去问一问。刘晓兵摇了摇头，他了解林鸿雁，如果她自己不想说，再怎么问她也不会说。除非她决定敞开心扉，自己说出来。

“喂，林大主编，你从上飞机到现在一句话都不说，到底是咋了？”既然刘晓兵不想问，那陈四平就自己问。他可不是个喜欢把话憋在肚子里的人！

林鸿雁看着陈四平，微微地笑了笑：“饿了。”

“嗐，我说呢！”陈四平立刻从包里翻出一袋花生米，丢给了林鸿雁，“早说啊！你们这些女生，整天就知道减肥，饿着肚子容易抑郁知道吗？赶紧吃，多吃点儿。”说着，他又拿出了两块巧克力，塞到了林鸿雁手里。林鸿雁点了点头，剥了一块巧克力吃了下去。

刘晓兵默默地看着林鸿雁，不知道为什么，他总觉得她的眼睛里含着泪。林鸿雁并没有感觉到刘晓兵正在看着自己，她默默地看着窗外，再一次陷入沉默。

枣子林位于湖南省怀化市辰溪县，刘晓兵一行人抵达怀化市后，便与当地志愿者会合了。志愿者叫肖楠，是一位退役军人，今年三十五岁。他是辰溪当地人，对辰溪十分了解。当他看到刘晓兵在群里发布的信息之后，主动要求当向导，陪刘晓兵他们一同前往枣子林。有当地的志愿者当向导，真的是再好不过了。肖楠开车载着刘晓兵他们驶往辰溪县枣子林。路上，他向刘晓兵等人介绍了辰溪县的情况。

辰溪县历史悠久，古称辰阳、辰谿，隋文帝开皇九年（公元 589 年）因辰水流经而改名为辰溪县。从已出土的文物发现，远在新石器时代，就有先民在这里栖息繁衍。辰溪地形以山地和丘陵为主，而枣子林坐拥马儿坡、牛儿坡两个山头，林木参天，依傍辰水，优越的地理位置赋予它重要使命——治疗伤病的后方医院。一九三九年至一九四五年，救治了长沙三次会战、常德保卫战、衡阳保卫战、雪峰山会战共六次会战的七万多名重伤将士。

“这么说，枣子林里埋葬的那些遗骸，很有可能是在抗战中牺牲的伤员了？”刘晓兵问。

肖楠点头：“很有可能。”

车子里一阵沉默，记得吕双旭曾说过，枣子林里埋葬着的两千多名英烈，墓碑都遭到了毁坏，甚至已经没有几个人记得他们的墓在哪里。如果不是吕铁强老人，这些为国捐躯的将士们，可能就会永远地长眠于寂静山林之中，不会再有人记得他们的名字，也不会有人知道他们是谁，被埋葬在哪里。这样一想，刘晓兵就恨不能肖楠把车开得快点儿，再快点儿。

枣子林终于到了，车子顺着山路一直向前，村子的入口处，站着一位戴着眼镜、打扮斯文的中年男人。看到刘晓兵他们，中年男人远远地便向他们招手，这一定是吕双旭了。大家下了车，一一与吕双旭打了招呼。

吕双旭告诉他们，父亲吕铁强一大早就在等着他们了。只不过，老人家现在的身体不太好，昨天又因为进林子染了风寒，被他劝说留在家里等待了。

不难理解一个守了那么多年墓的老人，在终于见到希望时的迫切心情。刘晓兵一行人怀着敬意，与吕双旭一同来到了吕家。

吕铁强老人早就站在门前等待着他们，他的背已经佝偻，紧紧地攥着手里的拐杖，翘首以盼地看着刘晓兵他们来的方向。看到刘晓兵等人，吕铁强老人立刻迎了上来。“爸，您怎么还是出来了？”吕双旭无奈地说着，忙上前扶住了老人。

“你总让我在屋子里等，我能坐得住吗？”吕铁强不悦地说，又转头去看刘晓兵等人，“你们就是‘英魂回家’的志愿者同志吧？”

“对。”刘晓兵点头，上前握住了吕铁强老人的手，“吕爷爷，您守了这么多年的英雄墓，辛苦了！”

吕铁强紧紧地握着刘晓兵的手，眼泪顿时流了下来。他几番张口，却都没有说出话来，只是不住地点头。看着吕铁强老人的样子，大家的眼睛都湿润了。

“爸，人家志愿者同志奔波了一路，咱们先让人家进屋休息一下吧。”吕双旭笑着说道。

“啊，对，快，进来坐，进来坐！”吕铁强这才回过神来，邀请大家进院。吕铁强的家是一个朴素的农家小院，几间平房，院子里种着枣树，养着鸡鸭，充满了生活气息。刘晓兵把带来的慰问礼品送给了吕铁强，起初，老人说什么也不肯要，直到刘晓兵说这是他们从哈尔滨大老远背来的一片心意，老人这才感动地收了下来。

吕双旭的爱人已做好了饭，见客人来了，她便将饭都端了上来。村里条件有限，但食物却相当丰盛，饭菜也可口。大家一起坐在桌边，聊起了天来。吕铁强的老伴很早就去世了，吕铁强一个大男人带着孩子不容易，村子里的乡亲们就这个帮忙带一下，那个帮忙照顾一点儿，把吕双旭养大了。吕双旭吃百家饭长大，倒也出息，成为枣子林第一个大学生，现在在县里的一所初中当老师。他的心愿很简单，就是可以为家乡培养更多的人才来建设祖国。

“我父亲年轻的时候参加过抗战，后来因伤退役。他的身体，也是因为在抗战的时候受了伤，而落下了病根。我们想着，县城里的条件要比乡下更好些，所以想带他去县城住。但他就是放心不下这里的战士们……”

“我怎么放得下哟！”吕铁强叹了口气，“这些都是曾经一起并肩作战、奋勇杀敌的战友，后来全都负了伤。我命大，活了下来，可是其他人，却全都牺牲了。我怎么能扔下他们自己走！”

吕铁强讲起了当年的故事。枣子林不是一个普通的山头，这里不仅是抗战时期一个规模庞大的后方医院，更是一座安葬两千余名阵亡将士的陵园。吕铁强在参加湘西会战时受了伤，与几千名伤员一起，被送到了枣子林的后方医院。当年的医疗条件有限，尽管已经全力救治，可仍有数以千计的战友牺牲了。由于抗战还在继续，这些牺牲的将士们，就被安葬在了枣子林。

胜利的号角吹响，驻扎在这里的中国军队独立三十二旅修建了占地面积达两万两千平方米的抗战陵园，一坟一碑，安葬好两千余名英烈，留下寻亲线索后，一九四五年随后离开了辰溪。这些牺牲的将士们平均年龄不超过二十七岁，他们用自己的身躯构成防线，让和平的阳光普照大地，为祖国而捐躯。可他们的墓碑，却没有逃过人为的毁坏。后方医院遗址和陵园，最终被摧毁。

吕铁强原本是安徽人，他重伤治愈后，无法再上前线，他的家人也早就在战火中失散。吕铁强没有选择去寻找自己的家人，而是留在了这里，留在埋葬着昔日战友的土地上。吕铁强把所有墓碑的位置牢牢地记在了心里。

他经常上山去祭奠他的战友们，默默地记着他们埋葬的地方。可是随着年龄的增大，他上山的次数越来越少。山中的野花开了一遍又一遍，地上的落叶铺了一层又一层。岁月流逝，吕铁强悲伤地发现，有许多墓，他找不到了。说到这儿，吕铁强再一次露出了悲戚的表情，眼中更是泛起了泪光。

“爸，这些事情，不是我们能够左右的，您已经尽力了，就不要再为这件事情伤心了。”吕双旭安慰着父亲。吕铁强没有说话，他满是皱纹的脸上写满了悲痛。

“志愿者同志们，如果你们真的能把他们的遗骸收殓，为他们立碑修墓，我就算是到地下，也有颜面去见我那些战友啊！”七十多年过去了，吕铁强心心念念的全都是为战友们修墓，让后人能够记住他们的英雄事迹。因而，看到刘晓兵他们，老人把全部的希望都放在了他们的身上。这份希望，是责任，沉甸甸的。刘晓兵等人毫不犹豫地将它接过，扛在了肩上。

“您放心吧，吕爷爷，我们一定会为他们收殓，修墓、立碑！”刘晓兵的话，让吕铁强再一次激动了起来。

“你不是看我岁数大，跟我儿子一起骗我吧？”吕铁强声音颤抖，目光烁烁地看着刘晓兵问。

“您放心，我们‘英魂回家’志愿者团队，已经为一百多位烈士找到了亲属，护送烈士骨灰回家，修建烈士墓碑，只要是跟烈士有关的事儿，我们样样都做。现在，我对您说的话，每一个字都算数。收殓、修墓、立碑的事儿，我们‘英魂回家’一定管到底！”刘晓兵一字一句地说道。

吕铁强连连点头：“好，好！”

吃过饭，尽管刘晓兵等人迫切地想上枣子林去看一看，但被吕铁强拒绝了。他是最着急的人，却必须保证志愿者们的安全。

“天要黑了，山路不好走，不急于一时，你们休息一下，明天一早，咱们就出发。”既然吕铁强这么坚决，大家也不好坚持。所幸吕铁强家还有两间房，条件虽然不像城市那么好，但也干净舒适。乡下的环境很安静，傍晚时分，大家都坐在院子里聊着天。

吕铁强由于一直在盼着刘晓兵他们来，前一天晚上连觉也没有睡好，早早地就休息了。原本就是八十多岁的老人家，又染了风寒，今天其实已经是硬撑着了。刘晓兵等人非常感动，他们望着不远处的那片树林，想到那里长眠着两千多名牺牲的抗战将士，心情愈发地凝重。

“一旦挖掘和收殓遗骸的工作开始，我们这几个人人手肯定不够呀。”

陈四平有些担忧地道。

“真正开始挖掘工作，必定不能只是咱们这几个人。”刘晓兵其实也一直在思考这件事情，他第一时间和大家一起赶了过来，就是为了确认一下现场情况，再研究下一步要怎么办。两千多名将士遗骸的收殓工作还真的不简单。

“我们可以调动社会的力量来帮助我们啊，”林鸿雁笑着说道，“别忘了，我们还有直播这个法宝呢，直播的影响力，可是很大的。”

“对呀，咱们还能直播呢！”陈四平可是知道直播的影响力有多大，他跟刘晓兵一块儿直播过几场，直接给“英魂回家”网站带来了整整六千块的善款，由此也可见网友们的影响力有多大。

“我们可以在网站上、在群里、在直播平台上发布我们需要帮助的信息，相信会有很多爱心人士来帮忙。”肖楠也点头赞同。

“让你们费心了，我真的是很感动。”吕双旭由衷地说道，“因为你们，我父亲的心愿终于可以实现了！那两千多名英烈的英魂，也终于可以安息了。”

“不必客气，我们的工作就是为烈士和烈士家属们服务。”刘晓兵笑着对吕双旭说。吕双旭感动地点了点头，纵有千言万语也无法在这时诉说。想着明天要早早起床出发，大家聊了两句就纷纷准备去休息了。

刘晓兵看着站起身准备走回房间的林鸿雁，问道：“你最近有心事？”林鸿雁的身体微微地顿了顿才回过头来，看向刘晓兵。她的表情依旧是那种带着忧伤的、充满了心事的样子。刘晓兵问她：“你愿意聊聊吗？”

林鸿雁想了想，然后笑了笑：“等忙过这一阵吧，我整理好思绪，再找你聊一聊。”

“好。”刘晓兵点了点头，“如果有需要我帮忙的，就尽管告诉我。”

林鸿雁笑了：“晓兵，谢谢你。”

林鸿雁突然的道谢，让刘晓兵感觉到有点儿不好意思。他挠了挠头说：

“这有什么好谢的，同学之间相互帮忙，不是应该的吗？”林鸿雁抿着嘴唇浅浅地笑了，这笑容很温暖，刘晓兵也不自觉地笑了。

旅途劳累，乡村的夜晚又很安静，这一夜大家都睡得很好。一大早起来，大家都闻到了一阵阵饭菜的香味。陈四平第一个跑出了屋子，见一位大娘正笑呵呵地端来两碗面放在桌上。

“小同志，你们醒啦？”大娘热情地问道。

“醒了醒了，您是？”陈四平急忙揉了揉眼睛，努力让自己清醒点儿。

“这是邻居吴阿姨，听说你们来了，左邻右舍的乡亲们都要过来看看你们。”吕双旭笑着说。

就在这时一位老大爷提着个竹篮走了过来，笑呵呵地说道：“小同志们都醒啦？昨天就听说你们到了，怕你们累，也怕人多吵着你们，就没敢过来。今天给你们送过来点儿我家腌的土鸡蛋，你们尝尝。”话音刚落，又来了两个乡亲送来了食物。这时候，刘晓兵几个人也都出来了，看到乡亲们都拿来食物，感动得说不出话来。

“志愿者同志们，你们就别跟我们客气了。我们这枣子林里的英雄们啊，全指望你们帮忙收殓和安葬呢。”

“是啊！这些英雄在树林里风吹日晒的，都没个安稳的居处，每次想起来，大家伙心里都不得劲儿，不忍心啊……”

“听说上战场的时候，都是一群年轻力壮的大小伙子呢，为国捐躯的时候都是风华正茂，唉！”

“乡亲们放心吧！现在是太平盛世，咱也得让英雄们有个安稳的住处。我们今天就上山去看看，然后讨论出方案，就开始收殓烈士遗骸！”刘晓兵对这些乡亲们道。

“好！”

“好，好！”

“辛苦你们啊！”大家伙说着，把好吃的食物摆满了桌子。

“大家伙都来了！”吕铁强走过来，笑着跟大家问好。

“铁强叔，这回你就能放心跟你儿子去城里了。这些志愿者都说了，肯定会帮英雄们把墓建好。”乡亲们看到吕铁强，不禁笑着对他说。

“好，好！”吕铁强高兴地连连点头，看得出老人家今天的状态非常好。原本他想留乡亲们在这里吃饭，但大家伙儿却怕打扰到刘晓兵他们，只说了几句话，就纷纷告辞了。这里的民风质朴，令刘晓兵他们非常感动，大家这一顿早餐，吃得很饱。

早上八点多，一行人便出发了。大家沿着小路上山，山上长满了郁郁葱葱的马尾松，夹杂着落叶乔木，满眼都是青翠。风吹动树叶，阳光从树叶间洒下来，像会跳跃的光团，跟随着刘晓兵等人一路向上前行着。

踩着满地落叶和松针来到山头，刘晓兵看到了一处空地，吕铁强告诉他们，这里就是安葬英烈们的马儿坡，以前山上全是密密麻麻的坟堆与墓碑，可是二十世纪五六十年代全部毁掉了。刘晓兵心中满是悲戚，大家环顾四周，林中鸟声阵阵，微风吹过，树叶沙沙作响，似是在轻声低喃。

“英烈们，我们一定会为你们修碑立墓，让你们安眠！”刘晓兵在心里默默地说道，“如果有你们的亲人在寻找你们，我承诺，一定会送你们回家！”

他在这边默默地想着，突然听到陈四平喊了一声：“这儿有东西！”刘晓兵回过神来，却不见陈四平的身影，他不禁喊了一声：“四平，你在哪儿？”

“这儿！我在这儿！”陈四平的声音从左前方传来，原来他不知道什么时候跑到了树林深处。刘晓兵急忙奔了过去。

“快看，这是什么？”陈四平见刘晓兵跑过来，急忙指着一块石头，让刘晓兵看。这是一块残缺的石头，上面刻着字，只可惜已经被风雨侵蚀得看不太清楚了。

“这应该是一块石碑的一部分。”刘晓兵说。

“我们再看看这周围有没有它的主体。”林鸿雁说着，举步向前走去。

如果是碑体的一部分，至少可以找到它的主体，刘晓兵和其他人也分头向四周走去。

吕铁强的年纪大了，上山的这段路程对他来说，已经是非常辛苦的过程。吕双旭扶着他，坐在了一块树桩上休息。看着年轻人们在树林里走着，寻找着，他不禁摇头叹息："真的是年纪大了，越想要记住的事，就越是记不住了。"山，还是那座山，可是他已经垂垂老矣，连记忆力也不行了。

"爸，咱们枣子林说小不小，但说大也不大。有志愿者同志们在这儿，咱们肯定能找到他们，放心吧！"吕双旭唯恐自己的老父亲太难过，便劝慰着他。

吕铁强点了点头，笑道："你不用担心，人不服老不行啊。好在现在有你们这些年轻人，我可以安心了。"

说话间，他们听到那边林鸿雁的声音响了起来："快来，你们快来！我好像发现石碑了！"刘晓兵急忙奔了过去，陈四平也奔向了林鸿雁声音传来的方向。林鸿雁发现的，是一块残缺了一角的石碑，上面也隐约刻着字。

刘晓兵蹲下来，仔细地辨别着石碑上的字。经过了太久的雨雪风霜，只能隐隐约约分辨得出石碑上刻着"一三〇师三八八团三十二年十月"这几个字。

"一三〇师？！"肖楠惊叫了起来。

"你知道？"陈四平忙问。

肖楠点了点头："一三〇师是一支长年战斗在鄂西和湘北的英雄部队，师长朱鸿勋在湖北公安县藕池口战斗中为掩护士兵和百姓被日军飞机投弹炸死，二〇一四年民政部将他列入第一批著名抗日将领英烈名录。我熟悉的周严海老兵就在这支部队服役。"原来是一支英雄部队！

"那么说，长眠在这里的这位英雄，应该是参加鄂西会战负重伤后送来抢救伤重不治的。"刘晓兵沉吟道。

肖楠点头："应该是。"他们轻轻地把残石放在墓碑的旁边，然后深深地鞠了一躬，才继续查看起四周。踩着松软的土地，他们走了十几分钟，又陆续看到了几块残碑。这些残碑大多用的是容易风化破碎的红砂岩，这就使得大多数墓碑上的字难以辨认。

“看起来，我们必须得寻求专业人士帮忙收殓才行啊！”刘晓兵由衷地说道。

大家继续向前走，在牛儿坡灌木丛中，他们发现了一块躺卧着的石碑。已经恢复了一些体力的吕铁强，在吕双旭的搀扶下走过来，告诉大家这是一位英雄的弟弟为哥哥立的碑，年深月久，风雨洗刷，字迹已无法辨认，但留下的故事，却在枣子林口口相传。

两千多具英烈遗骸，他们的墓碑无一例外地被破坏，多数难以找到名姓，这让刘晓兵他们的心里都像是压了一块大石头，连气都透不过来。他们大致查看了一下，能够确定的墓碑不计其数，葬坑多达二百多个。葬坑，跟只墓葬一人又立墓碑墓穴不同，葬坑里大多是被共同埋在一起的遗骸，姓名都没有记载，更不知道他们的家在何方。他们被永远地留在了这里，无名无姓，长望苍穹。

刘晓兵这会儿再看这片枣子林，眼中满是敬意与悲伤。他拿出手机，拍摄了照片和视频，然后由林鸿雁拟稿，上传到了直播平台和网站上，同时，也在群里打了招呼。

“英魂回家”志愿者团队，正式面向全社会寻求帮助。消息发布以后不到两个小时，他们就已经接收到了很多愿意提供帮助的爱心人士的信息。刘晓兵专门建立了一个“辰溪枣子林抗战英雄墓志愿者爱心群”。

曾是新闻工作者的一位志愿者称，他曾专门报道过枣子林陆军医院。枣子林抗战时期陆军医院遗址，与潭湾镇隔河相望，距辰阳古城四公里。医院建于一九三九年，占地面积达两万三千平方米，全都由简易木板房构成，设有院长办公室、医务室、病房、药房、手术室、太平间（当地人称“落气台”）和哨卡等。当年，因为日本封锁运输通道，抗战物资奇缺，许多伤员因缺医少药得不到及时救治而悲惨死去。这也就难怪为什么在枣子林里，会有这么多的英烈遗骸了。

有一位刚刚加入了志愿者群的大叔，在群里讲述了关于枣子林的一段故事。当年他的大伯一家七口人靠一艘大木船跑运输为生。常德战役后，辰溪所有民船被国民政府征用，大伯船上有船工和纤夫共二十五人，被编入了辰溪船队。大伯一家起早贪黑，装运战略物资顺流而下到常德等地前线，逆流而上将伤兵从前线运到枣子林陆军医院救治。每支船队配备护卫及医护人员五人，伤员上船逐一登记，医院接收伤员时要与登记册逐一核对，一旦数字有出入，就要严查原因。大伯说最多时候一天有二十多艘船运送伤员到枣子林医院。

一位八十多岁的老兵在听到了这个消息之后，让他的外孙给刘晓兵打来电话，跟他回忆起当年他在枣子林入院时候的经历。

“原来的枣子林医院手术室与病房连在一起，手术时没有麻醉药，伤兵忍不住大叫，为了不影响病房里伤员的情绪和康复，后来，医院不得不将手术室迁到三百米外的马儿坡。在离手术室五十米的地方修建了落气台。”

落气台，即是露天停尸坪。回首往事，老人不禁在电话那端哽咽了起来：“小日本鬼子可恨哪！我亲眼看着战友们死去，有时一天落气台要摆放一两百具尸体……那些装尸体的木箱子不够用，尸体无处放，只好把尸体一摞一摞地堆起来。有时医院一天死亡两三百人，没有箱子装就用一块破布裹着掩埋在马儿坡山上……孩子们，你们为英烈们收殓遗骸，真是做了件大好事啊！他们都是为国捐躯的英雄，都是英雄啊！”

刘晓兵重重地点头。他们不敢说自己做得有多好，但他们会尽力去做好。让英魂得以安息，让英烈们收到我们这些后辈的敬意。随着征集信息在网上的传播，一位权威人士与刘晓兵取得了联系，也让“辰溪枣子林抗战英雄墓”计划得到了极为有力的支持与助力。这个人就是湘江大学的考古系教授——王谷芳。王谷芳教授主动提出带领自己的助手，一同前往枣子林，协助“英魂回家”志愿者们一同收殓英烈遗骸！

能够与王谷芳教授联系上，刘晓兵真是高兴坏了，他和王谷芳教授先通了一个电话，在王谷芳教授的指点下，刘晓兵拟定了招募收殓英烈遗骸的志愿者信息。想要加快收殓英烈遗骸，必须有一个很大的团队，有很多人参与才行。同时，“英魂回家”网站也开始积极地筹集善款，为修建抗战英雄纪念碑专用。

在发布了招募志愿者信息的第二天，就收到了社会各方爱心人士的消息。数以百计的志愿者前来参加收殓行动，有利用暑期热心公益的青少年，也有全家一同前来的爱心家庭。而王谷芳教授，也在学校展开了收殓英烈遗骸的志愿者招募活动，得到全校上下师生的积极响应。

来自全国各地的志愿者们，相继来到了辰溪枣子林。这个从前救治抗战伤员的陆军医院遗址，此刻聚集的，尽是为了收殓先烈遗骸的志愿者们。辰溪枣子林一下子热闹了起来。

在阳光灿烂的盛夏，大家在王谷芳教授的带领下，走上了山去。大家分成小组，分别到葬坑挖掘英烈遗骸。让大家痛心的是，有的遗骸被树根缠绕，有的枯枝长在骸骨上，有的遗骸甚至被白蚁筑了巢。湖南雨水充沛，枣子林的环境如此恶劣，英烈们的遗骸保存欠佳，根本无法采样。王谷芳教授说，再晚些，英烈们就无法找回亲人了。

志愿者们全副武装——戴上帽子和冰袖，左手铲、右手刷，蹲在葬坑里，一层又一层地铲土。他们的挖掘工具和鞋子沾满了泥土，但都毫不在乎。他们轻轻地扫下外层泥土，双手捧起英烈骸骨，生怕弄疼了他们，再小心翼翼地将遗骸装入贴上了编码的袋子，等待团聚时刻的到来。

热了，累了，困了，饿了，他们都舍不得休息。因为他们知道，一位英烈，连接着一个家庭，两千多位英烈，连接的就是两千多个家庭。他们多行动一步，就能多点亮一些希望。

刘晓兵在众多网友的建议下，对收殓活动全程进行了直播，尽管没有人去理会那部一直直播的手机，但网友们的热情一点儿都没有减少。

这是刘晓兵第一次碰触英烈的遗骸，他刚刚摸到骨头的时候，既敬畏，又有些难过。这些英烈遗骸被损坏得如此严重，大部分躯体已经遗失或消逝。

湘江大学的学生们参与人数最多，他们年轻的脸上带着庄严凝重的表情，小心翼翼地清理着英烈遗骸上的尘土。阳光洒在他们布满了汗水的脸上，仿佛每一个人都在闪闪发光一般。林鸿雁如实地记载了这一幕，她说："七十六年前，一群青年人为了民族安危奔赴前线，七十六年后，又一群青年人用双手丈量他们的归家路……"

时间过得飞快，"英魂回家"志愿者组织连同王谷芳教授所带领的大学生志愿者们，历时两个月的寻找，发现葬坑共二百四十个，先后六次行动，出土两千一百余位英烈遗骸及帽徽等物品，出土石碑五块。

复旦大学基因实验室的负责人，也与刘晓兵取得了联系，他们愿意为英魂搭建 DNA 数据库，刘晓兵可以把志愿者们采样的抗战英烈遗骸样品送往复旦大学，有专门的工作人员进行基因鉴定，为英烈们寻亲。

这绝对是一个天大的好消息！刘晓兵高兴得连声道谢，连忙把这个好消息告诉给了大家，陈四平当时就欢呼了起来，兴冲冲地与刘晓兵击掌。

在收殓英烈遗骸的工作取得了阶段性的成果之后，刘晓兵等人又开始忙碌起了修建抗战英雄墓的事情。由于辰溪县有着悠久的历史，更是湖南乃至全国的抗战大后方、抗战反攻的前哨阵地，所以志愿者们建议将抗战英雄墓修建成像云南腾冲的国殇墓园那样，为已经找到遗骸的英烈们各立一块碑，查不到姓名的就刻上"无名英雄"，这才对得起英烈们。

刘晓兵在网上征集了网友们和捐款的爱心人士的意见之后，决定在枣子林修建抗战英雄纪念碑，并以绕圈的形式，围绕纪念碑修墓碑，给英烈们一个家，给后辈们一个祭拜瞻仰之地。

然而枣子林的山路崎岖，几十年来的落叶层层叠叠，路面松软，下了雨，会变得泥泞不堪。如果想要让更多的人前来祭拜先烈，并且方便工程车辆进出，就必须进行第一件事情——修路。刘晓兵和大家一起再次在网上发布了号召爱心人士捐款的信息。这一次，他们得到了相关部门的大力支持。

通往抗战英雄陵园的主体道路很快就挖掘完成，山顶纪念碑及纪念广场的地基也已经打好，很快，纪念碑基座和碑体都将被浇灌上水泥。刘晓兵和陈四平，还有鸿雁、肖楠至此才算长长地松了一口气。

“枣子林抗战英雄陵园”，终于完工了！当他们站在巍峨的抗战英雄纪念碑前，仰望着那一行庄严的字迹，看着五星红旗飞扬之时，大家全都激动得流下了泪水。

最欣慰的非吕铁强老人莫属了。纪念碑落成的那一天，他跪在纪念碑前，紧紧地抱着碑体，激动地流下了眼泪。

“战友们啊！我终于了却了心愿，终于活着看到你们都入土为安了！就算到地下，我也能好好面对你们了！你们……安息吧，安息吧……”

刘晓兵、陈四平和林鸿雁三个人，把在辰溪枣子林为英烈收殓时所收集到的感人故事，都整理出来写成文章发布在网上，这些文章被多家媒体和网友转载、转发，影响力进一步扩大。前往枣子林悼念英雄的人们络绎不绝，甚至有很多学校还组织了研学活动。

辰溪县还专门成立了展区，可以供游人参观相继被列入省级文物保护单位的皂角坪机场、南庄坪兵工厂、湘西会战第四方面军司令部遗址、重伤医院及抗战碉堡等一批抗战遗址。看到“英魂回家”的这次活动取得了这么圆满的成果，大家都很欣慰。

而这次活动，也让“英魂回家”网站为更多人所知晓，直播平台的粉丝涨到了二十几万人，志愿者爱心群也从最初的一个扩大到了三个。粉丝和志愿者数量的增加，意味着有效处理信息的速度更快了。一切都在朝着好的方向发展，林鸿雁也向大家敞开了心扉。

原来，她的心里一直压着一个秘密。她的爷爷是当年抗美援朝的志愿军，壮烈牺牲在朝鲜战场上，尸骨至今也没有寻到。

“我爸很早就想要寻找我爷爷的下落，也尝试着通过朋友和相关部门寻找，但一直没有消息。”林鸿雁说话的时候，脸上再一次浮现出了悲伤的神色，“现在，我爸身体一年比一年差，每天念叨的，就是寻找我爷爷的下落……”

“嗐，你怎么不早说呀！”陈四平一拍大腿，道，“咱们是干啥的呀，咱们是专业给烈士寻亲的呀！咱们自己家的烈士要是都找不着，那还怎么帮别人寻亲啊？！”

林鸿雁又好气又好笑地看了看陈四平说：“要是都像你说得那么简单就好了，我爷爷他可是去抗美援朝的啊！”

抗美援朝的意思是，林爷爷的牺牲地，很有可能是朝鲜。在朝鲜寻找烈士的难度，必定比在国内寻找的难度大多了。

刘晓兵思考了片刻后，对林鸿雁道：“虽然跨国寻找烈士的难度大，但并不是没可能。我们还是要去找一找，你要方便，就把爷爷的资料整理一下给我吧，我们联络群里的志愿者们，大家一起想办法，总比你一个人独自寻找要快。”

林鸿雁点了点头，她拿出随身携带的笔记本，把这几年找到的关于爷爷的资料全都发给了刘晓兵。

林鸿雁的爷爷叫林有方，是四野十三兵团四十军一一八师的战士，一九五〇年第一批进入朝鲜。林有方这一走，就再也没有回来。寒来暑往几十年，林有方的妻子一个人把三个儿子拉扯长大。她一直在等，从桃李年华等到耄耋之年，她爱的人，一直没有回来。

“其实，我奶奶一个人，挺不容易的。”林鸿雁叹了口气道，“她一个人拉扯三个孩子，那时候真的很苦。我听我爸说，当年家里很穷，他们三个男孩，正是能吃的年纪。为了能让他们吃饱饭，我奶奶就用家里分到的细粮去换别人家的粗粮，一斤白面换二斤玉米面，然后还到菜市场去捡被人扔掉的白菜叶、葱叶。”

回忆着父亲曾讲给自己听的事，林鸿雁不禁微微地红了眼眶：“我大伯曾跟我说，他是家里的老大，所以就需要多分担一点儿家里的事情。因为买不起煤，我大伯和二伯出去捡别人家烧煤剩下的煤核，为这，我二伯还被恶狗咬伤了腿。为了供他们读书，我奶奶拼命地工作，那时候，曾经有人想要收养我爸，我奶奶也没答应。我奶奶说，她不能让我爷爷回家的时候，见不到孩子。”

“她坚强地支撑着这个家，把我爸他们都供成了大学生，也没等来我爷爷，直到她走了，我爷爷也没回来。”林鸿雁再也说不下去了，她难过地哭了出来。刘晓兵和陈四平默默地看着林鸿雁，谁也没有想到，林鸿雁平时那么干练直爽，也有情感如此细腻的一面。两个大男人尽管在为烈士寻亲的事情上安慰了许多人，却不知道应该如何安慰身边这个最亲近的人。他们只能默默地陪伴着林鸿雁，直到林鸿雁慢慢地冷静下来。

“咱们把林爷爷的事情发布到网上去吧，说不定，咱们能找到跟林爷爷在同一支部队的战友呢！只要有一点点消息，咱们就能顺着这个消息，找到更多的线索。”刘晓兵对林鸿雁说道。

“就是，星星之火可以燎原！”陈四平也附和。

林鸿雁拭去泪水，点了点头。就这样，大家伙便一起研究着，拟定了一份寻亲启事，发布到了“英魂回家”网站上。

一九五〇年十月十九日，中国人民志愿军在司令员兼政治委员彭德怀的率领下，跨过鸭绿江，奔赴朝鲜战场，二十五日，揭开了抗美援朝战争的序幕。伟大的抗美援朝战争，是保卫和平、反抗侵略的正义之战，抗美援朝战争的伟大胜利，是中朝两国人民和军队团结战斗的伟大胜利，是维护世界和平与推动人类进步事业的伟大胜利。在这场战争中，上演了许多可歌可泣的英雄故事。

林鸿雁发布的文章引来了许多网友的留言，他们纷纷向林鸿雁表达了他们的问候，同时也回忆起了家中长辈抗美援朝的故事。从这些回忆里，大家仿佛亲身经历了老兵们波澜壮阔的一生，充满了敬意与感动。然而，让大家感到失望的是，潮水般涌来的信息里，并没有关于林鸿雁爷爷林有方的消息。

这份寻亲启事，虽然影响在不断地扩大，却也如大海捞针一样，没有获得任何有效信息。没有别的办法，大家能做的，只有等。

这天中午，刘晓兵忽然接到了一个陌生人的电话。电话是一位云南的志愿者苏玉山打来的，他告诉刘晓兵，在云南乌木村，几位农民在山上发现了许多大铁桶，铁桶里竟然装满了遗骸！他们在铁桶里发现了臂章，猜测极有可能是抗战将士的遗体。他们已经上报了相关部门，估计山上还有很多这种铁桶，问刘晓兵他们能不能来一趟，协助相关部门挖掘，为烈士遗骸取样。

装在铁桶里的烈士遗骸！这消息震惊了办公室里的三个人，刘晓兵当即决定，立刻出发前往云南。

第十九章　远征军的遗骸

书信，是传递信息与思念的信物，可是对于林爷爷和林奶奶来说，他们的书信、他们的思念，可能隔着的是奔流的鸭绿江，也很有可能隔着生和死。

林鸿雁这一次依旧坚持与刘晓兵他们同行，但刘晓兵却劝住了她。

“我知道你现在的心情，非常想要为烈士寻亲尽一份力。但你毕竟还有工作要做，要知道，你的工作，对于我们‘英魂回家’志愿者组织，也有很重要的意义。”

林鸿雁特意向报社申请了关于烈士寻亲的专栏，每天的工作量也不小。刘晓兵虽然能够理解林鸿雁想要为烈士寻亲尽更多力的心情，但她留在工作岗位上也是同样为烈士寻亲做贡献。

“是啊，你在哪里都是为了咱们烈士寻亲做贡献，更何况，你留守在大本营，万一有你爷爷的消息，也能及时去看看啊！”陈四平也劝说林鸿雁。

这段时间以来，大家都消瘦了不少。刘晓兵和陈四平带队进行烈士遗骸收殓工作，被晒得很黑，而林鸿雁更是消瘦得几乎只剩下了一双大眼睛，再加上她心事重重，又多添了一抹忧伤。刘晓兵看着她，都觉得有点儿心疼。

“吃点儿好的吧，”陈四平说，“看咱们林大主编瘦的，给她好好补一补。”陈四平虽然是个吃货，但是这次却是发自肺腑地想要犒劳一下林鸿雁。

林鸿雁笑了：“行，那今天去我家吃吧，正好我爸也想见见你们，好好感谢你们为寻找我爷爷做的这么多事……”

刘晓兵他们明天就要出发去云南，出发前先去看一看林鸿雁的父亲也好。毕竟他老人家的身体最近一直不太好，又惦念着林爷爷的事情，更加忧心。刘晓兵没有迟疑地答应了，陈四平听说能去家里吃饭就更高兴了。他们天天都忙着工作，刘晓兵和陈四平这两个大男人，都不太会做饭，对于家常菜，陈四平可是相当地渴望了。

事情就这么决定了，林鸿雁赶紧拿出手机给父亲打了电话。林鸿雁的父亲林昌盛闻听林鸿雁邀请了刘晓兵他们来家里吃饭，高兴坏了，连忙答应下来，又问刘晓兵他们都喜欢吃什么菜。刘晓兵笑着说自己吃什么都行，陈四平倒是毫不客气地报了好几个菜名儿，什么锅包肉、鱼香肉丝、辣子鸡。

“咱们是去探望林叔叔，顺便吃个饭，你怎么弄得好像是去饭店点菜似的？”在林鸿雁和父亲继续沟通菜单的时候，刘晓兵又好气又好笑地对陈四平说。

“嗐，你这就不知道了吧？”陈四平活动着因为输入烈士信息而酸痛的手臂，说道，“老人家最喜欢看到小辈们吃吃喝喝非常开心的样子。别看我爷爷平时凶得像只老虎，每次看到我吃饭香香的，都笑得可慈祥了！”

“你呀，你真是常有理！”刘晓兵无奈地笑着摇头。

“好了，晚上咱们直接回家吃饭就行！”林鸿雁放下电话高兴地说道。

“好。”刘晓兵点头。

刘晓兵和陈四平习惯了出差，他们的旅行袋总是放在办公室，以方便他们随时拎起来就走，所以也没有什么好收拾的。他们把手头的信息全部分类录入电脑里，又在“英魂回家”志愿者管理员群里给大家分配好了信息收集任务，今天的工作才告一段落。

傍晚时分，三个人到达林家，林鸿雁的大伯和二伯全都来了，看到刘晓兵和陈四平，他们都高兴地上来和他们握手。林鸿雁的大伯名叫林和平，二伯叫林富强，父亲叫林昌盛。长辈们把三个年轻人迎进来，热情地招待他们坐下来。几盘菜已经摆上桌了，林鸿雁的母亲正和两个伯母在厨房忙着做饭。听到刘晓兵他们来，赶紧跑出来看他们。饭菜的香气和浓浓的亲情气息，一下子就将刘晓兵和陈四平紧紧地包围了。两个人吸着鼻子，感受着这种充满了生活的气息。刘晓兵都觉得自己有那么一点儿想家了。

“这两个孩子真是不容易，为了烈士们这么奔波，看看脸都晒得这么黑了。”林鸿雁的母亲——钟秀霞阿姨一直很喜欢刘晓兵和陈四平，看到他们现在又黑又瘦，心疼得不行。

“他们两个的心愿，就是让你们晚上找不着。”林鸿雁笑着打趣，长辈们全都笑了起来。

“就你最皮！行了，你们先坐下来吃东西，还有两个菜，马上就好！”钟阿姨说着，按着刘晓兵的肩膀让他们都坐下来。

刘晓兵毕竟是客人，不好太拗钟阿姨的好意，便与陈四平一起坐在了桌边。钟阿姨又让两位伯母也都坐下来，自己去厨房忙活去了。林昌盛给刘晓兵他们拿来了饮料，由衷地说道：“你们这两个孩子，好啊！年纪轻轻就有这么高的思想觉悟，帮了不少烈士找到了亲人！我们家老爷子的下落，也让你们费心了。”

“应该的，林叔叔可千万别客气。当年老人家也为咱们的祖国和平做出了贡献啊！”刘晓兵说。

“您三位的名字，也挺有意思，”陈四平说，“三个人的名字加起来，就是和平、富强、昌盛。”

“哈哈，小陈有眼光啊！”大伯林和平笑着说道，“我们兄弟的名字是父亲后来给改的，他上战场之前特意给我们改了名字，希望我们的祖国能够和平、富强、昌盛。我想，他就是怀着这样的愿望参加志愿军的。”

“是啊，我爸去参加志愿军的时候我们都还小，对他好像没有什么印象。

我们的母亲，是一个沉默寡言的人。那个年月实在是太苦了，她什么都不说，每天都忙碌于家务和养活我们的生计之中。”二伯林富强叹息着，说道，“对于我父亲，她也不常提，有时候我们问起她来，她就给我们看父亲的照片，告诉我们，他是英雄，等打完了仗，就回来了。”

“母亲要强，”林昌盛说，“家里家外，都是她一个人在扛。爷爷奶奶去世得早，外公外婆也在战乱中去世了，她无依无靠地把我们哥仨养大，很不容易。我有时候，会看到她晚上拿着父亲的照片，悄悄地抹眼泪，但第二天，就又精精神神地面对工作和生活。”

刘晓兵感动地听着，难以想象，在没有任何依靠的那段艰苦的岁月里，奶奶一个人是怎么支撑过来的。“奶奶不容易，她也很伟大，在这么难的生活里，她还把您三位全都供上了大学。在那个年代，大学生可是极为难得的。”刘晓兵由衷地说。

“是啊！那个年代，真的苦啊！”林昌盛点了点头，“当初，我大哥考上了上海交通大学，他成绩优异，本来校方想要他留校任教的。我大哥也想留在上海，想把我们的母亲接过去，可母亲说什么也不愿意。问她为什么，她也不肯说。她也不愿意搬到城里住，只是守着原来的老房子住。后来，我们就知道了，她不是不想去大城市，也不是不想进城享福，而是放不下我父亲，她怕我父亲回来，找不到她。”听父亲讲起奶奶和爷爷的爱情，林鸿雁不禁湿润了眼眶。

“婆婆不容易，公公当年上战场的时候，她才二十八岁，正是好年华。公公这么一走，杳无音信，她一个人默默地守着这个家，再苦再难，也没扔下过一个孩子。”大伯母王慧感慨地说，“我记得，我和你们大伯结婚那会儿啊，婆婆把一个镯子给了我。那个镯子，就是公公当年送给她的唯一的念想。她一直舍不得戴，送给我的时候，对我说，我是林家的长媳，也是两个小叔子的长嫂。长嫂如母，这个家，以后就交给我了。我真是心疼婆婆！这么多年，为这个家她付出了太多了，以至于身体都累坏了。”说到这儿，王慧不禁落下了泪来，大家全都沉默了。

刘晓兵不由得想起曾经有一句话：“从前车马很慢，书信很远，一生只够爱一个人。”书信，是传递信息与思念的信物。可是对于林爷爷和林奶奶来说，他们的书信、他们的思念，可能隔着的是奔流的鸭绿江，也很有可能隔着生和死。

“母亲，没能等到父亲回来，”已经年近八十的林和平，说到动情之处，眼中不禁泛起了泪光，“她走的时候，拉着我的手对我说，如果有可能把父亲找到，她想跟父亲合葬在一起。她说，生的时候没能相守，死了以后就在一起长眠吧！”

奶奶，一个人在家里默默地照顾着孩子，守护着这个家；爷爷，在战火硝烟中摸爬滚打，行军渡过冰河，踏过鸭绿江，奔赴战场保家卫国。后来，战争取得了胜利，祖国迎来了和平，孩子们都长大了，爷爷，却没有回来……

这也许是另一种形式的浪漫吧。守候了一生一世的爱情，催人泪下，就连刘晓兵和陈四平这两个毛头小子，也禁不住红了眼眶。

“奶奶为咱们家，为咱们祖国的和平，也做出了贡献啊！”刘晓兵由衷地说道，“所有的烈士家属，都像烈士一样，是为了祖国和平和抗战胜利做出贡献的，都一样可敬。”

“没错！”陈四平也连连点头，“歌里不是唱了吗？军功章啊，有我的一半，也有你的一半。”

“说得真好，你唱两句听听。”林鸿雁逗陈四平。

“唱就唱！”陈四平一点儿不怯场，当即便站起来，亮开了嗓子。

十五的月亮，
照在家乡，照在边关。
宁静的夜晚，
你也思念，我也思念。
我守在婴儿的摇篮边，

你巡逻在祖国的边防线；

我在家乡耕耘着农田，

你在边疆站岗值班。

啊丰收果里有我的甘甜，也有你的甘甜；

军功章啊，有你的一半，也有我的一半。

……

陈四平从小就爱唱歌，当时他被爷爷逼着守墓的时候，他就常对着山和旷野唱歌。陈四平动情地唱着，钟阿姨也已经把菜端到桌边，坐下来，一同听陈四平唱歌。

一曲唱罢，大家都红了眼眶。见长辈们的脸上都有悲伤的神色，刘晓兵不禁感觉到了担心。他知道，林鸿雁的父亲身体不太好，不适合长时间处在悲伤的情绪里。于是刘晓兵拍了拍陈四平说："哎呀，你这嗓子行啊，以后有活动，你可以当咱们志愿者团队的台柱子。"

陈四平那么聪明，一下子就理解了刘晓兵的用意，他得意地挺起了胸膛："我上学的时候就是金嗓子，你忘了？"

"忘了，就记着你艺术节上台表演节目的时候，把学校的舞台踩蹋了。"他们学校的舞台的地板，是木头的，年久失修，陈四平上学的时候还挺胖乎，一上台，还没等唱歌，舞台就"咔嚓"一声塌了，陈四平就这么掉了下去。刘晓兵讲的这一段回忆，让大家伙全都笑了起来。

陈四平挠着脑袋，笑道："这证明我是重量级歌手！"大家再一次哈哈笑起来。

"行了，咱们先吃饭吧，亏得这两个孩子这么活跃气氛。人家孩子们明天出发，还想着今天过来看看咱们，好孩子啊！"大伯林和平笑着拍了拍刘晓兵和陈四平的肩膀，然后示意他们赶紧拿起筷子，"来来来，吃饭，吃饭！"

气氛不再像刚才那么凝重，林家的长辈们纷纷拿起了筷子，刘晓兵和陈四平也不客气，拿起筷子吃了起来。这顿饭他们吃得太香了，用陈四平的话说，香得他几乎能把自己的舌头吞下去。林家的长辈们看着他们吃得这么香，也都很高兴，作为大厨的钟阿姨和两个伯母，也都慈祥地笑着，不断地给他们夹着菜。

这天晚上，对于刘晓兵和陈四平来说，无疑是太珍贵的一晚了。刘晓兵和陈四平，充其量也不过是孩子而已。两个离乡太久的孩子，在今天晚上，在林家，感受到了深深的亲情。刘晓兵和陈四平回家的时候，已经是十点多了。

“今天，特别感谢你们。我爸和我大伯、二伯都很感动，也特别欣赏你们。谢谢你们为了我们家所做的一切。”晚上，林鸿雁给刘晓兵发来了信息。

“客气什么，今天我和陈四平都吃得太饱了，叔叔和阿姨用这么丰盛的饭菜招待我们，我们还不好好出力？”刘晓兵回复。

林鸿雁发来了一个笑脸：“早点儿休息，等你们回来，还来我家吃饭。我妈说，还给你们做好吃的。”

刘晓兵笑着又回复道：“行，我相信，我们很快就能找到林爷爷的。”

对话框里，显示了很久“对方正在输入中……”。

最终收到了一条回复：“嗯，我相信。”刘晓兵道了声晚安，便放下了手机。

“四平。”刘晓兵呼唤了一声，躺在旁边卧室的陈四平回应了个“嗯”。

“你说，是不是其实很多时候，让咱们坚持下去的，就是因为‘相信’？那些烈士的家属，当年也是因为相信对方一定能回来，才会一直等待，等待了那么多年？”

“是吧，”陈四平翻了个身，把双手枕在脑后，望着天花板，说，“如果没有这种信念，咱们抗战也不会胜利，祖国也不会和平，更不可能有咱们幸福的生活了。”

他想了想，又道：“要是没有‘相信’，咱们也不可能长途跋涉了那么长时间还没有放弃，最终把牛朝亮的遗体找到。都是因为‘相信’，对吧？”

“对。”刘晓兵也点头。

当年，那些英勇抗战的战士们相信祖国会迎来和平，相信后代会沐浴着灿烂的阳光，过上幸福快乐的生活。那些战士的家属，也都相信他们的亲人会胜利归来，解甲归田，安居乐业。而他们这些为烈士寻亲的志愿者，更相信，他们一定可以帮助这些烈士寻找到他们的家人。这种相信，或许，还有另一个名字，叫作希望。

第二天一早，刘晓兵就和陈四平赶往机场，乘飞机赶往云南。发现铁桶的地方，位于云南施甸县太平镇乌木村的一处山林。在当地志愿者苏玉山的带领下，一行人驱车前往乌木村。

苏玉山是太平镇人，他的外公当年参加抗战，牺牲在四川。他就是通过“英魂回家”志愿者团队的寻亲信息，才找到了外公的下落。他的外公，被安葬在四川某地的烈士陵园里，已经在那里等待了他们几十年。苏玉山对“英魂回家”志愿者团队充满了感激，申请加入了“英魂回家”，成为了一名志愿者。他们开车到达乌木村的时候，乌木村的村主任已经和村民们在村口等着了。

看到刘晓兵他们，村主任黄连胜急忙迎上来，那些村民们也都走过来，纷纷与刘晓兵打着招呼。“走吧，到我家坐坐，我们给志愿者们说说情况。”黄连胜是个消瘦干练的中年人，他引着刘晓兵和陈四平一同来到了他的家。云南当地的房子，大多是木房，依山而建，颇具特色。大家一起坐下来，黄主任给刘晓兵他们倒了当地的茶，跟他们讲起了发现铁桶的经过。

乌木村地处云南边境，是一个偏远的小山村。山上遍地是野草，有很多的野草可以入药，这是大自然的恩赐。村民们闲暇之余经常进山采草药补贴家用。五天前，连绵的雨水让山路变得异常泥泞。习惯了劳动的村民们待雨一停，就结伴往树林深处走去。他们本想多采些蘑菇和草药，所以走得比往常采药的地方更深入一些，来到了以前并没有到过的山坡。雨水把地表的泥土冲刷掉了一层，露出了一个沾满了泥的、锈迹斑斑的铁桶。

挖到铁桶的消息，很快吸引着其他村民们围拢过来，虽然因为铁锈，一时打不开铁桶，但大家伙全都兴奋了起来。他们以为挖到了宝藏，于是大家在一起合计了一下，决定再往深处挖一挖，看看有没有更多的铁桶。随着村民们越挖范围越大，越挖越深，更多的铁桶也暴露在大家的视野中。

一个村民忍不住好奇打开了一个铁桶。等他看清里面的东西，立刻吓得“嗷”的一声叫出来，直接坐到了地上。他本以为铁桶里装的是金银财宝，没想到，竟然是累累白骨！大家伙全都慌了神，紧接着，他们又打开了其他的铁桶，令他们震惊的是，现场发现的这十几个铁桶里，装的全是尸骨！村民们都被这些尸骨吓坏了，有个胆大一点儿的村民，小心翼翼地上前查看了一下，从里面找到了一枚臂章，竟然是中国远征军的臂章。

“中国远征军！这些尸骨难道是埋在这儿的抗战将士？”那个村民惊叫道。他的猜想一下子提醒了大家，这里是云南，是边境，更是曾经滇西战役打响的地方。而这些白骨，说不定就是抗战将士遗骸！

大家都觉得这个村民说得有道理，毕竟，谁不是听着抗战故事长大的呢？村里也曾有几位抗战时期的老兵，如今只剩下了一位九十四岁高龄的南站平。大家兵分两路，一村民带着臂章去找南站平老人询问，另一村民赶紧去找村主任。

村主任很快到达现场，紧接着村民也带回了南站平老人的回复——这枚臂章，正是当年抗战时期远征军所佩戴的！由此可见，大家的猜测没有错。黄主任立刻给有关部门打电话，把这个情况上报。相关部门很快就派来了工作人员，但遗骨数量之多他们也是始料未及。而最关键的是，收殓遗骸是一件比较专业的事情，想要为这些英烈认定身份，寻找亲属，还有后续一系列的相关问题，他们全无经验。

前来的工作人员中，有一位一直关注着“英魂回家”烈士寻亲的志愿者，他就是苏玉山。在请示了领导之后，苏玉山联系了“英魂回家”。“我们这边会全程协助你们，需要帮什么忙，尽管说。”苏玉山说，“我们领导正在赶过来的路上，我们对收殓遗骸完全没有经验。而且这么多的遗骸，还涉及一个非常重要的寻亲问题。我们可以提供采样、建立 DNA 信息库和所有需要的信息，但寻亲和收殓这种事情，恐怕仍要以你们为主导。”

说话间，苏玉山的领导——周亚民主任也来到了乌木村。周亚民是一位五十多岁的中年男人，他的声音洪亮，眉目坚毅，为人和善。看到刘晓兵和陈四平，周亚民很是高兴，他热情地与刘晓兵、陈四平握手，道：“可把你们给盼来了！说实话，这是我们第一次应对这种情况。面对这么多先烈的遗骸，我们真的是非常紧张，很担心有哪个环节处理得不对、不及时。这毕竟是为国捐躯的将士们啊！可能他们的家人正等着他们回家，所以我们就迫切需要你们来指导我们工作。”

“周主任，您太客气了，指导谈不上，但是我们会尽全力来协助你们的。”刘晓兵说。

“你们为辰溪枣子林抗战英雄墓所做出的贡献是有目共睹的，我相信在咱们的合作之下，一定能把这些英烈的寻亲和收殓工作做好！”周亚民很有信心。

大家没有太多的寒暄，一同来到了后山，先看一下情况。后山，被挖掘出来的铁桶已经被安置到相对宽敞的地方，从发现铁桶的地方仍然可以看出，很有可能还有其他存放英烈遗骨的铁桶被深埋在地下，没有被挖掘出来。

“我们没有贸然再继续下去，觉得还是找你们一起来，更有把握。”周亚民说。

“谢谢周主任的信任。”刘晓兵由衷地说道，“我们不仅需要人手，还需要一位鉴定专家，您看您那边有这样的人吗？”

“专家是有的。”周亚民点了点头，至于人手，村民们有许多自发前来帮忙的，相关部门也会组织一些人成立专项小组。刘晓兵也在志愿者群里发出了招募，很快，就有很多当地以及周边县市的志愿者来到了乌木村。专门为收殓这些铁桶里的英烈遗骸的专项小组正式成立了。

白骨不会说话，但是鉴定专家可以发现很多线索。从挖掘出来的臂章上可以看出，他们是中国远征军。根据牙齿可以判断，这些抗日英雄都非常年轻，二十岁左右，正值青春年华，本应是享受美好的学习和生活的年龄。可是，他们却为了祖国的和平，为了抗击侵略者，穿上军装，扛上枪，踏上了抗日的征程。

刘晓兵拍下了挖掘出来的臂章和其他遗物，将照片传给林鸿雁，请她帮忙查询部队及番号。林鸿雁很快就带来了回复，有一位北京大学抗日战争史研究员张海教授，将很快抵达云南，与刘晓兵他们会合。张海教授已经七十多岁了，但仍不远千里来到了乌木村。

经过考证，张海教授确认了这些铁桶是二战时美军用过的汽油桶，装的是中国远征军将士的骸骨，而这些将士为中国远征军第一路军。随着英烈们的身份信息一点点被发现，张海教授为大家揭开了一段尘封了七十多年的中国军队远赴缅甸抗日的历史。

一九四二年春，为了保卫滇缅公路，支持国际反法西斯军事斗争，中国派出十万军队赴缅甸对日作战。虽然中国远征军装备落后、补给绵长，但他们以视死如归的牺牲精神，痛击日本帝国主义。中国远征军伤亡六万七千人，总共歼灭日军四万余人，收复了缅北大小城镇五十余座，为二战的胜利做出巨大的贡献，赢得了世界反法西斯同盟国的尊重。

在最初的对日作战中，中国远征军面对复杂的作战环境，受到挫折，失利后退回云南，十万的远征军在云南的施甸县驻扎下来，依靠怒江的天险，与日军周旋，进行了大小数场惊心动魄的战斗。

一九四三年十月至一九四四年三月，中国远征军发起缅北、滇西的大作战，歼敌四万余人，帮助收复缅甸众多国土。但是，远征军也伤亡非常惨重，每天战斗下来都有大批将士死亡。而令人最为痛心的是，很多的伤员由于得不到及时治疗而死亡。

抗日将士都是为了保卫国家和民族而牺牲了自己的生命，他们的死重于泰山，人们不忍心看到这些英雄尸横遍野，就用“铁桶”作棺材，把英雄的尸骸装在里面，用他们的敬意，保存了英雄们的尊严。

他们正值青春，本来人生之路还很漫长，但是他们为了国家的安宁，宁愿跋山涉水，远赴缅甸抛头颅、洒热血，用自己的生命换来祖国的稳定和强盛，而且，他们绝大多数都没有留下姓名，但他们都有一个无限光荣的名字：抗日英雄。

张海教授在向大家讲述这段历史的时候，大家都听得热泪盈眶，对于这些年轻的将士，更起敬意，也更加心疼。大家都有一个共同的心愿——替英烈们找到家人，找到回家的路。

刘晓兵、陈四平和志愿者们小心翼翼地清理着英烈们的遗骸，又配合相关部门进行了 DNA 采样，继而向外界公布了寻找中国远征军第一路军将士家属的信息。

就在这项工作接近尾声的时候，刘晓兵又接到了一个电话。打来电话的，是一家路桥公司的负责人佟传毅，他告诉刘晓兵，就在离乌木村不远的公路施工现场，发现了一个疑似墓碑的石碑，问刘晓兵能不能去看看。事关英烈，刻不容缓，刘晓兵立刻安排好手头上的工作，让陈四平暂时负责带队，迅速前往佟传毅所说的地点。

还没到施工现场，远远地就看到了站在路边的几个人，为首的一个人穿着蓝色的工服，戴着工程帽，想必就是佟传毅了。“是刘晓兵同志吗？”佟传毅一眼就认出了刘晓兵，他急忙迎上来，与刘晓兵握手。

“你好，我是刘晓兵。”刘晓兵伸手与佟传毅相握，“谢谢你能给我打电话。”

“这都是我应该做的，咱们先去看看石碑吧！”佟传毅边说边走到那块石碑前，“我们一开始发现这个石碑的时候，把它当成了一块普通的石头，因为被泥土包裹得太结实了，根本看不清到底是个啥。本来我们想要把它铲走的，幸亏我提前让挖掘机停一下，去看了一眼。”

佟传毅伸手拂了拂石碑上的泥土，问道：“刘晓兵同志，您看看，是不是英烈的墓碑？”

刘晓兵猜测这极有可能就是牺牲将士墓碑。但本着认真负责的态度，他走到近前，用手一点一点拂去了石碑上的泥土。当云南当地典型的红色土壤被拂去，一行方正浑厚的字迹便映入了眼帘。虽然已经被岁月磨去了棱角，但仍可以辨认得出，上面刻的字是：中国远征军第一零三师 *** 团营长庄卓远。

果真是英雄！刘晓兵立刻后退，深深地鞠了一躬。佟传毅和其他工人们也纷纷敬礼。这又是一位中国远征军的可敬先烈，七十多年的尘土掩埋，默默地守护着这片土地，默默地等候着家人的出现，等待着重见天日的那一天。若不是修路施工，不知道这位英雄还要在这里长眠多久，他的家人又是如何翘首以盼，等待着他的归来。

刘晓兵给陈四平打电话，告诉了他这边的发现。陈四平立刻喊上了相关部门的两名员工，一同驱车前来与刘晓兵会合。佟传毅也急忙上报上级，暂停施工，以便让刘晓兵等人先进行英烈遗骸收殓。

“英魂回家”网站和直播平台同时发布了关于庄卓远的信息和寻亲启事。很快，刘晓兵就收到了一条振奋人心的消息——庄卓远的亲人找到了！庄卓远，中国远征军第一零三师某团营长，毕业于黄埔军校，参战四次，四次战役均立功。一九四二年，日军攻陷缅甸后，入侵滇西。中国远征军奋起反击，怒江阻击战打响。一九四四年五月，部队渡江前，负责侦察敌情的庄卓远被敌人发现，慷慨就义。

他离开家的时候，唯一的女儿庄秀萍，才八个月。庄卓远的妻子，在女儿三岁的时候，就去世了。去世前，妻子把所有跟庄卓远有关的资料，都交给了自己的哥哥。庄秀萍是听着父亲的故事长大的。舅舅王连喜经常会给她讲抗战的故事，每一次她都把故事里的战斗英雄想象成自己的父亲，听着听着，眼睛就变得泪汪汪的。庄秀萍的舅舅和舅妈对她视如己出，舅舅念及庄秀萍无父无母，对她更是格外照顾。可舅舅就是舅舅，舅舅代替不了父亲。

庄秀萍从小就捏着父亲的照片，盼着父亲回来。她每天放了学，就坐在院子里，望着门外那条小路，总想着父亲有一天会突然出现。可惜，她等了一天又一天，等了一年又一年，等到她长大了，上了班，嫁了人，当了母亲，也没有等来父亲的音信。

如今，她已经两鬓苍苍，年逾古稀，终于等来了父亲的消息。在儿子的陪同下，庄秀萍来到了云南，当她接过父亲的骨灰时，早已经泪流满面。那一声“爹啊”，触动了多少在场的志愿者，大家全都流下了眼泪。庄秀萍紧紧地拉着刘晓兵的手，对他一遍又一遍地说着感谢的话，对发现了父亲遗骸的佟传毅，更是感激不尽。

“庄奶奶，客气了！为英雄找到家，这本来就是我们应该做的啊！”刘晓兵笑着对庄秀萍道。

佟传毅也笑呵呵地说：“能发现庄营长的墓，是我的荣幸哩！”

看着年轻人们真诚的笑脸，庄秀萍将头点了又点。原本，庄秀萍定于第三天便携父亲的骨灰回河南，但第二天，有一位年轻人联系上了刘晓兵。这个年轻人是云南阳光养老院的社工，他告诉刘晓兵，他们养老院的沈志清老人看到了庄卓远的新闻之后，让自己一定要联系上刘晓兵，因为他曾是庄卓远的战友。刘晓兵得到这个消息十分振奋，庄秀萍更是激动万分。刘晓兵开车载着庄秀萍和她的儿子一同前往阳光养老院，拜访沈志清老人。

沈志清老人的房间洒满阳光，听社工说，他一大早就做好准备，等待着刘晓兵他们的到来。沈志清老人穿着一件干干净净的浅蓝色衬衫，脸上带着温和的笑容，尽管已经九十多岁，背也微弯，但交谈时条理清楚，思维也相当地灵活。

老人告诉庄秀萍，他曾是中国远征军第一零三师某团的连长，是庄卓远的战友。庄卓远为人沉稳，话也不多，但作战英勇，非常睿智，战士们都很敬重他。当年，他们在强渡怒江之前，庄卓远出去侦察敌情，被敌人发现。他与敌人展开战斗，击毙对方三人后，壮烈牺牲。说着，沈志清老人把一个牛皮纸信封交给了庄秀萍。

“这是你父亲在出去侦察前交给我的。当年强渡怒江前夕，正是战势最为紧张的时刻。你父亲，总是想着士兵们还都是一群孩子，所以，他要去做最危险的任务。他说，如果他回不来了，就把这个交给他的家人。那个年月，我们每一个人其实都做好了牺牲的准备，早就把生死置之度外。”

沈志清老人说着，轻轻地叹了口气：“只是我没有想到，你父亲真的没有回来。”庄秀萍听着沈志清老人的讲述，用颤抖的手打开了那个信封，信封里是父亲的两枚军功章，她泣不成声。整个房间里响彻的，都是庄秀萍的哭泣声音。

沈志清老人也红了眼眶，继续说道：“我曾经找过庄卓远家人的下落，可是你们的那个村庄在战乱里已被毁坏，我四处托人寻找，也没有找到。后来战争继续打响，我又回归了部队。”

庄秀萍生活的村子，早就毁在了日本鬼子的炮火之中，她的母亲带着她，跟外婆和舅舅一起去到了距离原来村庄一百多公里的地方生活了。沈志清老人曾几番寻找，也没有结果，只好带着遗憾离开了。没想到，一则新闻，让他终于找到了战友的后代，终于不负重托，将庄卓远的遗物交给了他的女儿。

“这回，我就算是死了，也有底气见你父亲了。”沈志清老人笑着说道。

庄秀萍拭了拭眼泪点头，除了“谢谢”，再说不出来其他话。历史没有遗忘，人们也不会遗忘那些为了祖国和平而捐躯的烈士，他们将永远被铭记。

“沈老，您也参加了抗美援朝吗？”刘晓兵问。沈志清老人点了点头。

“您当时的部队番号是？”尽管知道希望渺茫，但刘晓兵仍然想要试一试，哪怕万分之零点一的希望，也许希望就藏在一次次的尝试里呢。

沈志清老人报了一个番号，刘晓兵眼睛里的光芒暗淡了几分。“怎么？”沈志清老人察觉到了刘晓兵神色的异样，便问道。

“是这样的，沈老，我们‘英魂回家’志愿者团队的创始人之一，也是一位烈士的后代。她的爷爷参加了抗美援朝志愿军之后就再也没有回来，我们四处寻找她爷爷的下落，但是至今没有一点儿线索。”刘晓兵据实回答道。

“他是哪个团的？告诉我，我来问一问我的老战友们。”沈志清老人道，“他们虽然都老了，但是微信群也一样玩得很熟哩！”沈老的话，让大家都笑了起来。

“沈老不愧是‘90后’啊，这么潮。”陈四平笑道。

“嗯，‘90后’这个说法好，非常好。”沈老连连点头，他拿出手机，动作虽然缓慢，却相当地熟练。刘晓兵报了林鸿雁爷爷的部队番号和姓名，沈老在群里让他的战友们帮忙寻找，还加了刘晓兵的微信。

刘晓兵把带来的慰问礼物交给了沈老，陪他聊了一会儿天，才与庄秀萍老人和她的儿子一同离开了阳光养老院。翌日，庄秀萍带着父亲的骨灰和遗物，登上了回河南的飞机。

送走了庄秀萍老人，陈四平问：“晓兵哥，你说，咱们这回真的能找到林有方爷爷的线索吗？”

“希望有。”刘晓兵笑着回答。

有希望，就有回响！

第二十章　英魂回家

我们不是英雄，但我们曾经离英雄很近。历史将永远被铭记，英雄将永远被纪念。如今山河已无恙，我们带您回家！

正如刘晓兵一直坚信的那样，一个半月之后，他等来了沈志清老人的电话。沈志清老人告诉刘晓兵，他的一位老战友，帮他打听到了林有方所在部队的战友的下落。刘晓兵听闻这个消息的时候，差点儿不敢相信自己的耳朵，直到沈志清老人再一次把这个好消息告诉他，他才欢呼了一声，连声谢过了沈志清老人。

与林有方同在四野十三兵团四十军一一八师的袁国忠老人，现在就住在吉林省通化市，今年已经八十六岁了。“听说那位老战友的身体也不是很好，你们还是尽快联系。”沈志清老人把对方的联系方式给了刘晓兵之后，笑道，“像我们这些在战场上摸爬滚打的老家伙，能活到现在，都是托那些战友的福了。不知道还能撑多久，你们啊，尽快去！”

“您快别这么说，您啊，一定寿比南山。”刘晓兵也笑着对沈志清老人说，“不过您放心，我们也很想见到袁爷爷，会尽快出发的。”

“好，你们早点儿去，我就借你们的吉言，多活几年。”沈志清老人哈哈大笑着说。刘晓兵笑着与沈老结束了通话，立刻把电话打给了林鸿雁。

“你说真的？真的找到了跟我爷爷同一个部队的战友？四野十三兵团四十军一一八师？”林鸿雁的反应，跟刘晓兵一样，都怀疑自己听错了。

刘晓兵笑着告诉她，是那位云南老兵沈志清老人帮忙找到的。林鸿雁那边，竟然沉默了下去。“喂？”刘晓兵还以为林鸿雁把电话挂断了，不禁呼唤了一声。

电话那端，却传来了林鸿雁轻轻地抽泣声：“谢谢……”

“哎呀，谢什么呀？”刘晓兵可没想到一向开朗乐观的林鸿雁会掉眼泪，顿时有点儿慌了神，“上次不是说了吗？要是连咱们自己家的烈士都找不着，那还怎么帮别人找？”

林鸿雁被刘晓兵逗得笑了出来：“那咱们尽快出发？”

刘晓兵说：“尽快出发！”

吉林通化距离哈尔滨并不远，林鸿雁的父亲林昌盛闻听找到了父亲的战友，当即激动地联系了自己的两个哥哥，林和平和林富强都高兴得落下泪来。他们已经找了六十多年都没有音信的父亲，今天终于有了线索。三位长辈说什么也要跟林鸿雁和刘晓兵一起出发，林鸿雁劝不住三位长辈，想到他们终于找到了爷爷下落的心情，她便也不再劝，由陈四平开车，载着三位老人和林鸿雁、刘晓兵，一同向吉林通化进发。

袁国忠老人住在乡下，跟自己的儿子、儿媳、孙子、孙媳，以及重孙住在一起，可谓真正的四世同堂。已经八十六岁高龄的袁国忠老人，在战争中受了伤，现在走路仍需要借助拐杖。刘晓兵、陈四平和林家人的到来，让老人非常开心，他高兴地与他们一一握手，然后仔细地端详着林家的三兄弟，连连点头：“你们都长得像有方，眼睛最像，三兄弟都像！”林和平点了点头，想张口说些什么，眼泪却已然溢满了眼眶。

“来，坐，先坐。”袁国忠老人拍了拍林和平的肩膀，邀请他们坐下来。大家就在院子里，围绕着袁国忠老人坐了下来。袁家的院子很大，院子里种着牵牛花，顶着火红鸡冠的大公鸡雄赳赳气昂昂地溜达着，一只大黄狗就卧在他们身边摇着尾巴。袁国忠的儿子和儿媳端来了热茶和点心，也在他们旁边坐了下来。落日的余晖洒在院子里，那样宁静而美好。

“看到你们，我可真高兴啊……”袁国忠说着，转头看向了林和平三兄弟，“看到你们，就跟看到有方一个样……”

“袁叔叔，我父亲他……”林富强张口问道，“他……”他的话，说不下去了。

袁国忠当然知道林富强说的是什么，对于每一个烈士家属来说，他们最想知道的，就是自己亲人的生死，其次，就是他们牺牲在了哪里。袁国忠的脸上，浮现出了一抹凄然，说道：“我和你们的父亲在同一个团，他还救过我的命。只不过，我们在金城战役中失散，后来，就再没有了联系……”林家人脸上的神色，都暗淡了下去。

袁国忠轻轻地叹了口气，继续道：“那时候的战况激烈，你们的父亲是非常优秀的战士，也是第十三班班长。我们大部队撤离金城的时候，由他带队吸引敌方火力，掩护大部队撤离。他是个战斗英雄，了不起！”

林家的三兄弟点了点头。林鸿雁轻轻地挽住了父亲的手臂，原本面色凝重的林昌盛面色稍缓，轻轻地拍了拍林鸿雁的手。其实，他们都很清楚，林有方有很大的可能性已经牺牲了。只是他们不想就此放弃，已经六十多年了，他们唯一的心愿，就是把牺牲在异国他乡的亲人接回家来，叶落归根。

“袁爷爷，您能给我讲讲我爷爷的事吗？”林鸿雁问。爷爷走的时候，林昌盛才不过几岁，林鸿雁更加不知道爷爷的样子，因而十分想知道爷爷的事情。

袁国忠点了点头。回忆起往昔，袁国忠的神色里也多了几分怅惘。“我还记得那一天，我们行军过冰河，夜间行军，踢烂了脚趾，那时候我还小哩，疼得直掉眼泪。林有方就把我背起来，背着我走了大半程。他还告诉我，当了兵，就是个男人了，不能再哭鼻子。我们今天所有忍下来的疼，吃过的苦，我们的后辈，就再不可能吃了。我就是从他的身上学到了一个士兵应有的品质，明白了军人应该有怎样的钢铁般的意志。”

听着袁国忠的叙述，林家人的眼睛都慢慢地湿润了。刘晓兵和陈四平也都感动得说不出话来。

袁国忠老人的声音低沉而缓慢，眉头紧紧地锁在了一起，他回忆道：“我们是从辽宁安东入朝的，渡过鸭绿江到的第一个地方就是朝鲜的新义州。我们都没有想到，刚进入朝鲜就遭到了美军的阻击。

“我第一次见这样的景象，天上全是美国的飞机，不断向我们进行机枪扫射、丢燃烧弹和照明弹。这个照明弹一丢，你就算在地上捡根针，敌人都看得清清楚楚。我身边的战友很多都是响应号召志愿入伍的学生，第一次经历这样的残酷战争，很多人都直接吓哭了。

“当然，我也哭了，但只掉了几粒金豆子，就看见了你们家的林有方。他就站在离我不远的地方，表情坚毅。我又想起了他曾经跟我说的话——‘当了兵，就是个男人了，不能再哭鼻子。我们今天所有忍下来的疼，吃过的苦，我们的后辈，就再不可能吃了’，我牢牢地记着这句话，忍住眼泪，攥紧了枪。

“有一次我正在上厕所，就听见天上响起飞机声，然后我脚边一亮，石头都烧起来了，才晓得是敌机丢了燃烧弹和照明弹。我第一反应就是躲起来，还好之前接受过军事训练，知道怎么借助地形来隐蔽。我滚到旁边的一个水沟里才躲过敌机的燃烧弹，不然就只有牺牲在朝鲜了……”袁国忠的脸上，有淡淡的笑意，但看在大家的眼里，全都变成了敬佩。

“袁爷爷，我给您录一段视频吧，您有什么话，想对我们这些年轻一代说的吗？”陈四平说着，拿出了手机。

袁国忠老人微微地点了点头，道：“我想说，我们这些战士啊，在战场上摸爬滚打，闻惯了硝烟，见惯了伤亡。战场上顾不了生死，拯救我们的兄弟姐妹，再危险都不怕。现在的幸福生活实属不易，都是烈士们用性命换来的，一定要好好珍惜啊……”袁国忠老人由衷地说着，大家也都由衷地感慨。

陈四平默默地录完了视频，收起了手机，心头翻起汹涌波浪。

在袁国忠的家里，有一个玻璃柜子，玻璃柜子里摆着的全都是袁国忠的军功章，有一面墙上挂满了奖状。在抗美援朝胜利五十周年纪念册上，刘晓兵他们看到了一首诗："美帝侵朝大发疯，烽烟卷尸遮半空；生灵涂炭江山破，哀鸿遍野血泊中。志愿军，大反攻，痛歼豺狼建奇功；奏凯班师庆胜利，朝鲜山川烈血红。"看着这些字，林鸿雁的眼圈又微微地红了。林家的三位长辈，更是难掩激动之情。

袁国忠送给了林家的三位长辈一件非常珍贵的礼物——他与林有方的合影。这张照片，是当时志愿军战地记者为他们拍摄的。照片上，林有方和袁国忠穿着军装，笑得开怀。林鸿雁凝视着爷爷的照片，心里默默地说道："爷爷，等我，我一定会带您回家！"

与袁国忠爷爷的相聚，让刘晓兵他们得到了非常重要的线索——林爷爷和袁国忠爷爷是在朝鲜的金城失散的。

"据我所知，在朝鲜当地，有很多为志愿军建立的烈士墓碑，或许我们可以想办法联系那边，看有没有线索。"刘晓兵提议。

林鸿雁点了点头，随即轻轻地叹息："我已经委托朋友帮忙寻找金城当地的烈士陵园，看有没有我爷爷的名字了。可是，那里毕竟是异国他乡，我担心未必会有结果。"

刘晓兵也点了点头，他知道林鸿雁的担忧不无道理。

"嗐，实在不行，咱们就去呗！"陈四平大咧咧地道，"既然咱们连牛朝亮烈士都能找得着，林爷爷肯定也能找得着！"

"去朝鲜？"刘晓兵怔了怔，旋即点头，"行！"

刘晓兵的干脆，反而让林鸿雁怔住了："真的要去朝鲜？"

"对。"刘晓兵点头，"我这段时间也查了不少资料，在抗美援朝这场战争里，咱们国家为进行抗美援朝战争共消耗各种作战物资 560 余万吨，战费 62.5 亿元人民币，相当于当时的 25 亿美元。中国人民志愿军在战争中牺牲、负伤和失踪人数总和达到了七十四万余人……”

“七十四万？”陈四平怔住了。林鸿雁的表情也凝重了起来。

“所以，我们不仅可以帮助鸿雁找到林爷爷的下落，也可以帮助很多牺牲在朝鲜的烈士找到家属，是一件非常好的事情。”刘晓兵说，“我打算上报有关部门，申请出国替烈士寻亲。”

“行，是时候扩大咱们的工作范围了，出国寻亲！” 陈四平猛地击了一下掌，大声地宣布。刘晓兵和林鸿雁都笑了起来。

出国为烈士寻亲，就像是阳光透过薄雾，照在了三个年轻人的身上，那道光虽浅，却是落在他们肩头的重任。刘晓兵没有想到的是，前往朝鲜为烈士寻亲的申请，得到了相关部门的大力支持，很快，他们的审批手续就办下来了。“英魂回家”烈士寻亲志愿者团队，将再一次踏上新的征程。

刘晓兵在网站和直播平台上发布了关于为抗美援朝的烈士寻亲的文章，很快，就收到了全国各地网友们的留言。网友们对于“英魂回家”的支持让刘晓兵感动，而许多想要寻找烈士的家属们，更是纷纷在文章下面留言，请刘晓兵帮忙寻找亲人。才不过几天的时间，浏览量就破亿，而留言数量也近万条。

刘晓兵逐一看着这些留言，心里涌上各种滋味。这些留言，全都是对亲人的守望与呼唤，更是对他们前往朝鲜替烈士们寻亲的鼓励，是他们出发的动力。

沈志清老人、袁国忠老人，还有许多老兵，给刘晓兵打来了电话，一是为他们的这次行动叫好；二是叮嘱他们出门在外，要好好照顾自己。

除了感动，刘晓兵他们就只剩下了感谢。这一次的出发，他们有信心，一定会为更多的烈士家庭找到失散、失踪的亲人！但是，前往朝鲜也有一件比较棘手的事情，那就是——语言不通。刘晓兵、陈四平和林鸿雁，谁都不会说朝鲜语。

“这可怎么办？”陈四平挠着脑袋问，“咱们上哪儿找翻译去啊？”

“要不，在网站上公布一下，招募一名翻译？”林鸿雁道，“只是这样可能需要时间。”

刘晓兵笑了：“我知道一个人，可以帮我们的忙。”

“谁？”“谁呀？”陈四平和林鸿雁异口同声地问。

“白晓燕。”刘晓兵笑答。

“白晓燕？”陈四平惊道，“她会朝鲜语？”

“别忘了，现在的白晓燕可是企业家，她会的东西可不少。”刘晓兵笑道，“我记得她的果园，就曾经接待过朝鲜的参观团，当时的翻译，就是她自己。”

“我的天，她这么厉害的吗？”陈四平瞪大了眼睛，“我怎么不知道！”

“可能是你没问吧。”刘晓兵笑了，“说服白晓燕跟咱们去朝鲜的事儿，就交给你了。”

“行，没问题！”陈四平拿起手机就给白晓燕打电话。

白晓燕闻听要去朝鲜为烈士们寻亲，毫不犹豫地答应了下来：“你们什么时候出发，告诉我时间，我把这边的事情安排好，就跟你们走。”

陈四平说：“大概三四天之后吧，你的事情要多久能安排好？”

白晓燕很爽快地答应道：“两天吧，然后我就出发去找你们。”

“真是太好了！”林鸿雁由衷地说着，又长长地叹了一口气，“能得到大家这样热心的帮忙，我真的很感动。”

没有想到，一切都能进行得这样顺利，更没有想到，每一个遇到的人，都能如此尽心尽力地帮助他们。爱出者爱返，福往者福来，说的大概就是这样的一种付出与回馈吧。

一个四人小分队就这样组成了，三天以后他们如期出发，乘飞机抵达了朝鲜，迎接他们的是朝鲜当地的中国人民志愿军烈士陵园的负责人李篆全。白晓燕用朝鲜语向李篆全讲述了林鸿雁爷爷的事情，李篆全非常感动。

白晓燕翻译着李篆全的话：“金城战役是抗美援朝的最后一战，中国人民志愿军歼敌七万八千余人，将南朝鲜军四个师都打残了，帮助我们收复阵地一百六十余平方公里，有力地配合了停战谈判。其实，我们朝鲜人民都应该感谢你们中国人民志愿军。如果不是你们，我们哪里能像现在这样，过上和平宁静的生活？其实这几年，我们也非常渴望为这些牺牲在朝鲜的烈士们找到中国的亲人。这么多年以来，我们也在努力做这方面的工作，但找到的烈士亲属，还是寥寥无几。现在能和你们达成合作，就太好了！那些烈士回家有望啦！”

“是呀！”刘晓兵连连点头，“能够与你们取得联系，对于那些寻亲的烈士家属们，真是非常好的消息了。这几年，也多亏了你们的积极合作，我们才能找到牺牲在这儿的烈士们。”

“都是应该的。”李箓全和刘晓兵他们一边聊着，一边驱车开往金城志愿军烈士陵园。

金城志愿军烈士陵园位于金城地区，这里安葬着一九五三年五月十三日至七月二十七日，在夏季反击战役中牺牲的志愿军烈士。一九五三年夏季反击战役，是志愿军转入阵地防御后，规模最大的一次对敌坚固阵地发起进攻的战役，历时两个半月。志愿军实施了三次大规模的进攻，其第三次进攻即金城战役，一举突破敌人四个师的防御，突入敌纵深十五公里。夏季反击战役共毙伤俘敌十二万三千余人，收复土地二百四十平方公里，有力地促进了停战的实现。志愿军在这次战役中伤亡五万四千余人。

一九五三年七月二十七日朝鲜停战后，为妥善安置分散在朝鲜各地的志愿军烈士，一九五四年四月，中国人民志愿军司令部、政治部发出关于修建烈士陵园的指示，并成立了中国人民志愿军烈士陵园修建委员会专门指导这项工作。朝鲜党和政府及朝鲜人民也对陵园建设给予了最大的帮助和支持。经过几年努力，在朝鲜境内共建起八处中心烈士陵园，分别是中国人民志愿军烈士陵园、云山志愿军烈士陵园、价川志愿军烈士陵园、长津湖志愿军烈士陵园、开城志愿军烈士陵园、上甘岭志愿军烈士陵园、金城志愿军烈士陵园、新安州志愿军烈士陵园。

一九七〇年，经中国政府同意，朝鲜党和政府拨出专款为志愿军修建合葬墓。在其后的几年中，共修建了六十二处志愿军墓地和二百四十三位烈士合葬墓，将分散在各地的大部分抗美援朝烈士集中安葬。此后，陆续有新发现的抗美援朝烈士遗骸被安葬在这些合葬墓。

而林爷爷是在金城失踪的，刘晓兵他们抱着一线希望来到金城志愿军烈士陵园，希望能从这里找到与林爷爷有关的线索。一行人带着鲜花，来到了金城志愿军烈士陵园。庄严肃穆的烈士陵纪念碑，在蓝天白云的映衬下，无比伟岸。纪念碑再往后面，是一排排单独的墓碑，那些都是在抗美援朝中牺牲的志愿军烈士墓碑。风，明明那么轻柔，可大家的心情，却如此沉重。他们在纪念碑前深深地鞠了三个躬，然后走到纪念碑旁边。纪念碑上，用中朝两国语言密密麻麻地刻着烈士的名字。

李箓全好奇地问刘晓兵："中国的年轻人还记得这段历史吗？我很少碰到年轻人来。"

"会来的，我们来了，以后，还会有更多的人来。"

刘晓兵一行人，从墓碑的第一行找起，一排排地找过去，连续找了三次，也没有看到林爷爷的名字。

"会不会我爷爷就是这些无名烈士中的一员，我可能……"林鸿雁喃喃地说着，眼中已然泛起眼泪。

白晓燕轻轻地挽住了林鸿雁的手臂，安慰她道："别难过，我们一定能找到林爷爷的下落！"

林鸿雁感激地看了白晓燕一眼，望着那一排排的墓碑，神色坚定地说道："其实，我也想好了，不管我能不能找到爷爷的下落，我都要来这里扫墓。这些烈士跟我爷爷一样，都是牺牲在异国他乡的英雄，都是我们的亲人。"

"嗯，我们不仅自己来，也可以组织大家伙都来。"陈四平也点头道，"我们回去就向有关部门申请，组织烈士扫墓活动！"

刘晓兵充满欣赏地看了陈四平一眼，这个小子越来越有想法，也越来越有干劲儿了。他用手机把烈士纪念碑上的名字都录了下来，然后询问李箓全，能不能进行烈士 DNA 采样。

这个问题，倒把李箓全难住了："有难度，但是我可以申请，恐怕需要时间，你们得等等。"

刘晓兵点了点头，他举目看向了烈士陵园。宁静而肃穆的烈士陵园，一座座的墓碑下长眠的都是为国捐躯的英雄们。这里很美，可这里并不是家，没有他们的家人，有的只是长长的思念与等待。从这一刻，刘晓兵便下定决心，他们"英魂回家"志愿者团队要做一座桥，连接起牺牲在朝鲜的烈士们和他们的家属们，然后尽全力，送烈士们回家。

刘晓兵等人把在金城志愿军烈士陵园拍摄的视频和照片，上传到了网站与直播平台上。网友们瞬间被这些画面震撼到了。英勇牺牲的十多万志愿军烈士被安葬在他们曾浴血奋战的朝鲜国土上。七十个春秋过去，伴随烈士们的只有日月星辰、风声雨声，而烈士们的父母、妻儿、兄弟姐妹们，空有相思泪，不知何处抛。

找到亲人、找到前辈的呼声日益高涨，网友们纷纷向志愿军烈士们致敬，并且表示，他们都希望前来祭奠烈士们。还有网友自发地举行了小小的仪式——每人拍摄了手拿黄菊的照片，在网站论坛上接龙，用以向无法归国的志愿军烈士们表达他们的敬意。

"晓兵，你说，我们能不能在网上举行一个祭奠仪式？"白晓燕看着这些照片，不无感动地说，"大家在约定的时间里一起祭奠烈士们？"

"这个建议好！正好我们在这里，可以让大家跟我们一起去祭奠烈士们！"刘晓兵也由衷地赞同这个建议。

"对的，这样我爸和我大伯、二伯他们，也都可以隔空拜祭烈士陵园里的烈士们了！不管我爷爷是不是在这里……"林鸿雁也点头道。

"这主意好，大企业家果然是大企业家，头脑就是灵活！"陈四平不失时机地送上他的称赞。

白晓燕笑得红了脸：“那行，我现在就联系李箓全，然后发公告，咱们现场直播祭奠活动！”

说干就干，白晓燕立刻拨通了李箓全的电话，把自己的想法告诉了他。李箓全也觉得这个想法非常好，他非常愿意配合他们的工作，会尽快向上级申请，告知结果。金城志愿军烈士陵园很快就给了反馈，他们不仅准备好了花圈和条幅，他们的领导也亲自到现场致辞。

当五星红旗飘扬在金城志愿军烈士陵园的上空，整个直播间都沸腾了。“长眠在朝鲜的烈士们，祖国的亲人来看望你们了。你们是祖国的英雄！人民永远怀念你们！我们永远会记得你们！这盛世，如你们所愿，我们会珍惜现在的幸福生活；永远，永远，不会将你们遗忘……”

网上祭奠志愿军烈士的活动，进行得非常顺利，有近三十万名的网友观看了直播，向烈士们献上他们的敬意与怀念，更有许许多多的烈士家属，在事后联系刘晓兵，感谢他所做的这一切，让他们得以隔空看到他们失散的亲人们，哪怕他们不知道那墓碑里的人，到底是不是自己的亲属。

纪念碑上那串长长的烈士名单，被数以万计的网友们转载，像鸿雁一样将信息传递在烈士的亲属之中。在金城的几天里，刘晓兵收到了很多个认亲的信息。

这天，李箓全告诉刘晓兵，有位女士想要见他。这位女士的家人，曾被中国志愿军救过性命，听说刘晓兵他们来，非常想要见一见他，请他们替自己寻找恩人的后代。刘晓兵欣然答应下来。第二天，在李箓全的陪同下，这位女士来到了刘晓兵他们所住的宾馆。

女士名叫金英莲，今年五十二岁。她有着朝鲜人特有的纯朴相貌，看到刘晓兵等人，她还没有说话，眼泪便已然流了下来。金英莲告诉刘晓兵，她是替自己的母亲寻找恩人后代的。她的母亲叫朴英珍，在抗美援朝的时候，母亲才不过十二岁。当年美军轰炸金城当地的一座小村子的时候，她不幸受伤。是一位叫张丰凯的志愿军战士不顾生命危险将她送到安全地带，还帮助她找到了自己的亲人，资助她治疗。

张丰凯是抗美援朝中国人民志愿军参战部队六十七军某部团政委，他所在的部队，就驻扎在朴英珍所居住的小村子旁边。战斗间隙他常带领战士们帮助朝鲜村民收割庄稼、解决困难，与驻地的朝鲜村民结下深厚友谊。而朴英珍，也亲切地称呼张丰凯为“中国爸爸”。

一九五三年七月十三日，朝鲜战争的最后一战金城反击战役打响了，朴英珍的“中国爸爸”张丰凯在战场上不幸牺牲，收到噩耗的朴英珍悲痛万分。此后，她一直坚持到金城志愿军烈士陵园为“中国爸爸”张丰凯政委扫墓，结婚生子也没挡住她的脚步；孩子稍大些，她又领着女儿金英莲去陵园祭拜恩人。

那时山区没有公路，交通不便，翻山越岭的朴英珍也一直没有放弃。她就这样坚持着前往金城志愿军烈士陵园为她的“中国爸爸”扫墓，这一扫，就是六十年。朴英珍七十二岁那年，她再也走不动了，没有办法再去看她的“中国爸爸”，也没有再能为“中国爸爸”扫墓。她带着深深的遗憾与思念，永远地闭上了眼睛。

母亲去世前，曾叮嘱过金英莲，如果有可能，请她找到自己救命恩人的后代，向他们表达她的感谢。如果不能，就替她每年祭扫一次自己的恩人。金英莲答应了母亲，她每年都去替母亲扫墓，祭奠她的“中国外公”。而这次，当她得知有为中国人民志愿军烈士寻找亲人的志愿者组织来到朝鲜，立刻联系到了有关部门，想要见刘晓兵等人一面。

“如果有可能，我想当面谢谢我母亲恩人的后代，如果没有我的‘中国外公’，我的母亲就不会活下来，也不会有我们了。”金英莲眼含热泪地望着刘晓兵说道。

刘晓兵、陈四平、林鸿雁和白晓燕，全都被金英莲的讲述感动了。“你放心，我一定会想办法帮你找到张丰凯烈士的后代。”刘晓兵郑重地向金英莲女士保证。

“谢谢，谢谢你们，谢谢……”金英莲女士不断地说着感谢，这么多年以来，她是第一次这么有信心母亲的遗愿可以实现。因为，这是她第一次离希望这么近。

“英魂回家”烈士寻亲网站及直播平台同步发表了金英莲女士寻找张丰凯烈士家属的文章。刘晓兵和他的伙伴们也各自委托志愿者及朋友们寻找张丰凯烈士家属的下落，刘晓兵更是将这一信息上报给了有关部门。大家的力量，比想象中的还要大。没过多久，他们就联系到了张丰凯烈士的家人。张丰凯烈士的事迹，也开始为大家所知晓。

张丰凯，男，一九二〇年八月出生，一九四七年六月参加革命，系志愿军六十七军某部团政委，山东人，一九五三年七月在朝鲜不幸牺牲。张丰凯烈士兄弟姊妹五人，他年纪最长，现在，仅有他的五妹张海丽健在。张丰凯烈士的母亲于一九六三年去世，父亲于一九八五年去世，其他的兄弟姊妹也相继去世了。

今年七十一岁的张海丽给刘晓兵打来电话，她由衷地诉说着她的感谢，泣不成声：“真的是太感谢你们了！我还以为，我这辈子都找不到我大哥的遗体了。我们兄弟姊妹五个，在大哥牺牲后，当地对我们兄弟姊妹四个人的照顾很大。我二哥跟我说，当时我大哥说，家里四个男孩一定要为祖国的和平做出贡献，至少得有一个人参军！他说到做到，率先去参了军。其实，我大哥本来应该成为一名医生的，他十六岁的时候，就被父亲送到青岛学医了。大哥先是在青岛的中药房给大夫当助手，学手艺，后来，在青岛参的军。”

现在，再提起从前，张海丽仍忍不住泪流满面。张丰凯入伍后去了南方，参加过解放战争。自参军起，到一九五三年牺牲，他就一直没回家。张丰凯牺牲时，张海丽才四岁，她从未见过大哥，反倒是大哥听说家里有了个妹妹，非常高兴，还特意从朝鲜寄回来一块漂亮的锦帕。那锦帕，如今还被她珍藏着，时不时地拿出来看看。

“我妈说，这块锦帕是朝鲜人民送给我大哥的，我当时还小，他想着寄回家给我做个兜兜。但我家那时也没有缝纫机，老人家的眼神也不好使，就把这块布留下来，做个念想了。这块锦帕，在我妈过世以后，我就一直带在身边。”

张海丽说罢，特意拍了照片，给刘晓兵发了过来。那是一块长方形的锦帕，上面绣着“百花香”和三朵小花。这么多年过去，每次看到它的时候，张海丽都能感受到大哥对家乡的思念和对她的爱。

“我家里还有大哥一张照片，原来由二哥保存着，后来，二哥在去世之前，把这张照片给了我，让好好保管着，以后是个念想。其实，我大哥当兵的事，我二哥知道得更多，可他在世时也不多说，怕说了，我们这些弟弟妹妹心里不好受。我到现在，还保存着大哥的烈士证，那是我大哥的遗物，是国家给的荣誉啊！”

张海丽说着，眼泪不自觉地流了下来。她在电话里哭泣了很久，方才冷静下来：“小时候，我经常听我妈忽然在睡觉的时候惊醒，跟我奶奶说：‘娘，娘，我梦着老大回来了，走到村口了！’说完，我妈就开始哭。父母在世时，常念叨大哥，要是他们在天有灵，知道我找到大哥了，他们一定会欣慰的。尤其是有一位朝鲜的小姐妹，一直在为大哥扫墓，连她的后代也一直在为大哥扫墓，我真的很感动。”

在接张海丽电话的时候，刘晓兵按了免提键，大家静静地听着张海丽的话，眼睛全都慢慢地湿润了。

“张丰凯烈士是为了帮助朝鲜人民而牺牲的，他的死重于泰山。”刘晓兵由衷地对张海丽说，“从朴英珍和金英莲女士的身上都能看得出，朝鲜人民是有多么感激和怀念他。我们和朝鲜人民都不会忘记他的。”

张海丽在电话那端点着头，久久说不出话来。就这样，金英莲终于如愿找到了恩人的家人，张海丽也见到了一直为大哥扫墓的朴英珍的后代。亲如一家的浓厚亲情，感动了许多人，也让林鸿雁由衷地欣慰。来朝鲜之前，林鸿雁曾彻夜难眠，祈祷着能够找到爷爷林有方的消息。然而，当她看到烈士纪念碑上那长长的一串名单，尤其是那些写着“无名烈士”的墓碑的时候，她内心的想法已经完全改变了。只要能为这些烈士找到家属，她此次前来朝鲜的意义，便远远超过了自己先前所许的心愿。

林鸿雁的心愿，其实也是整个“英魂回家”志愿者团队的心愿。志愿者团队成立了一个分析组，他们将在金城志愿军烈士陵园找到的名单，与从烈士家属那里收集到的烈士名单细心地分析、比对、核实，核实出来一批就公布一批，由当地志愿者接力寻找烈士亲属。

其实，在“英魂回家”志愿者团队帮烈士们寻找亲属的时候，广大网友，包括李箓全，也在积极地帮助林鸿雁寻找着林有方爷爷的线索。刘晓兵一行人准备离开金城志愿军烈士陵园的时候，李箓全带来了一叠家书。这是当年一位志愿军烈士在牺牲的时候留下来的。十八封家书，一封都没有寄出去。

刘晓兵几乎不知道自己在双手接过那厚厚一叠家书的时候，心情到底是怎么样的，他只知道，自己的双手很沉，也很重。在漫长岁月的浸染下，家书已有些残破，但字迹依旧清晰，上面的字挺拔俊秀。字如其人，写这十八封家书的人，也一定是一位挺拔而俊秀的士兵。

“家中现在情况有什么样的变化？希望兄长多指教照应我儿国安，以免在外挂念。切记，一定别忘回信。”日期是一九五一年六月一日，朝鲜平壤县龙口李村，落款是“姜重晚”。原来这位烈士的名字，叫姜重晚。

“弟现在身体强壮，不需兄长远念。但不知家中情形如何，生活怎样，老少可安？弟现在正为朝鲜人民出一点儿力，上级已经批准一大功，待来到时，弟再把奖状邮到家去。”

“兄长近来你的身体好吗？全家平安吗？生产很好吗？我心里十分挂念，没有给兄多多去信，请兄长原谅我吧。”

“现在为了祖国幸福，为了实现真正的和平，我们战斗在前线上，保卫我们的胜利果实。望兄长一切安好，待我凯旋归国。”

前几封信，都像是写给自己兄长的，在此之后的两封，则像是写给他心爱之人的。

“这次来信没有别的事，就是分别太久没有见面，但是我想你的情分没有分别，我在外经常挂念你的身体如何，照应家事怎样。希望你好好爱护自己身体，家事更加注意些，我在外面不需要纪念，见信犹如见面，我的心意都在这字里行间，勿挂念，我很好。”

“我现在抗美援朝，一心一意保家卫国，帮以前受了压迫的自己报仇，所以当兵也是光荣的。”

眼前是还未散尽的硝烟，心里则是家中挂念的亲人。刘晓兵和陈四平等人小心翼翼地拿着信，就像是捧着珍宝，轻轻地翻阅着，每读一个字，他们的心都像被击中一般，重重地疼着。

“盼我儿立志成才，望吾妻平安。亦愿胞兄身体健康，工作顺利。弟的任务就是抗美援朝没有变，工作顺利，不要惦念。”这是姜重晚所写的最后一封信，也是第十八封家书。信上的日期，是一九五二年三月十七日。在此之后发生了什么，不必猜测，也可以知晓了。这位姜重晚烈士，在此之后，便牺牲了。

刘晓兵红了眼眶，林鸿雁和白晓燕更是流下了泪水。李箓全的心情也很沉重，他告诉刘晓兵他们，他们这里，还保留着一些烈士的遗物，也期待着能够有机会归还给志愿军烈士的家属们，希望有一天，它们可以回到烈士家属们的手中。

刘晓兵点头，心里更是百感交集。他将这十八封家书拍成照片，发布到了网站上，希望能够找到姜重晚烈士的家属。十八封家书，字字句句，全都是一位抗美援朝志愿军烈士对于家乡的思念与拳拳爱意，更是对肩头责任的坚守。

它感动着千千万万的网友，更让“英魂回家”的志愿者们感受到了责任的重量。他们积极地寻找着姜重晚烈士的家人，通过相关部门的帮助，找到了姜重晚烈士的孙子姜远山。姜远山的父亲姜国安已经去世三年了，在找到爷爷姜重晚下落的那一刻，姜远山哭着告慰天上的父亲，他的爷爷找到了。父亲找了六十多年的爷爷，找到了。

在父亲姜国安去世的时候，曾一再叮嘱姜远山和他的妹妹，如果他们有机会，一定要到朝鲜去找回爷爷的遗骸，安葬在老家高宝。而爷爷姜重晚的故事，姜远山兄妹两个，是从小听到大。

姜重晚出生于一九一三年六月，他为人耿直，脾气温和，身材魁梧，力大如牛。他曾被抓作壮丁服兵役，被迫北上参加国民党军。临走时，姜重晚三十三岁，新婚才九个月，妻子刚刚怀有身孕。一九四八年辽沈战役中，姜重晚弃暗投明加入了人民解放军，他的第一封家书，就是在这个时候写下的。家人没有收到姜重晚的信，他的妻子在家人的帮助下，将儿子姜国安抚养成人。姜国安终其一生，都在寻找着自己的父亲，但一直都没有找到。姜家人做梦也没有想到，会找到爷爷姜重晚的下落，还有他一直没有寄回来的家书。

“如果父亲还在世，一定会很高兴的！我奶奶在天之灵也会很欣慰……”姜远山泣不成声，“爷爷的爱国主义精神，也影响了我们的后代。我的儿子和妹妹的儿子，如今都参了军。他们都说要像太爷爷一样，做一个热爱祖国的好战士，把这种爱国主义精神传承下去。”

爱国主义精神、革命英雄主义精神、革命乐观主义精神、国际主义精神，伟大的抗美援朝战争锻造出伟大的抗美援朝精神，就是这种精神战无不胜攻无不克，铸就了我们“最可爱的人”。以国之名，尊崇烈士，铭记历史，是对为争取民族独立、国家富强、人民幸福而牺牲的英烈们的深情礼赞，更是对中华民族精神根脉的守护与延续。

“英魂回家”志愿者团队，以及那些牺牲在朝鲜的抗美援朝志愿军烈士的家属们，一致的心愿就是盼望着烈士们的遗体能够回到祖国的怀抱，回到家人们的身边。

山因脊而雄，屋因梁而固。烈士是中华民族的脊梁和骄傲，伟大的抗美援朝战争造就了志愿军中无数英雄和无名烈士，他们都应该受到国家的褒扬和人民的缅怀。

刘晓兵、陈四平、林鸿雁和白晓燕离开金城志愿军烈士陵园之后，又踏上了旅程。这一次他们来到的是与平壤接壤的朝鲜平安南道桧仓郡中国人民志愿军烈士陵园。

桧仓郡中国人民志愿军烈士陵园位于平壤以东约一百公里的山区，坐落在平安南道桧仓郡的一个一百五十米高的山腰上，陵园四周群山起伏，苍松翠柏环绕，山下溪水潺潺。所有墓旁，都种有一株当年从中国移植的东北黑松。

桧仓郡中国人民志愿军烈士陵园是在朝的中国人民志愿军烈士陵园的代表，也是中朝友谊的象征。陵园占地面积约九万平方米，由下至上分三层景观，每一层均以塑像、碑文、浮雕、绘画等艺术形式展现中国人民志愿军的英勇形象。在第三层的墓地里，一百三十四位烈士长眠于此。除三名无名烈士外，每一个坟冢前都立有石碑。陵园大门上用中朝文书写“中国人民志愿军烈士陵园”。大门至陵园第一层陵道为二百四十级台阶，象征着二百四十万中国人民志愿军将士。

刘晓兵用直播的形式，与网友们隔空在桧仓郡中国人民志愿军烈士陵园举办了祭奠烈士的活动，为烈士们献上了花圈，送上祖国人民的问候与怀念。

而在此之后，他们又依次前往云山志愿军烈士陵园、长津湖志愿军烈士陵园、开城志愿军烈士陵园、上甘岭志愿军烈士陵园等诸多烈士陵园祭扫，最后带着满心的感动，和一串长长的志愿军烈士名单，以及没有找到林爷爷的遗憾，踏上了回国的飞机。

他们知道，这次的朝鲜之旅只是一个开始。未来，他们要组织更多的烈士家属前来朝鲜志愿军陵园祭奠烈士们，也会更加努力地为这些牺牲在异国的烈士们找到亲人，带他们回家。尽管很多烈士仍然是分散葬在朝鲜各地，伟大的志愿军战士们的鲜血洒在异国他乡，但中国人民志愿军的不朽功勋和伟大精神与日月同辉。

在“英魂回家”志愿者团队与有关部门的积极合作下，安葬在朝鲜的中国人民志愿军烈士的 DNA 样本被送回国。从二〇一四年起，中国人民解放军军事科学院军事医学研究院的科研团队，分期分批对烈士遗骸 DNA 样本进行采集分析。这些样本由于在战场上掩埋，加之长年累月的雨水、微生物等环境因素侵蚀，对 DNA 提取和分析鉴定带来极大挑战。但科研人员们怀着尊重每一位烈士的精神，夜以继日地工作，最终解决了烈士遗骸 DNA 提取的这一关键难题，并建立 DNA 数据库，为烈士身份鉴定和亲属认亲奠定了基础。

无论走多远不忘来时路，无论多强大不能忘记自己的英雄。铭记是最好的怀念，传承是最好的祭奠。

正如刘晓兵对志愿者们所说："当我们年华老去、子孙满堂的时候，我们可以骄傲地跟孩子们说一句：我们不是英雄，但我们曾经离英雄很近。"

时至今日，为烈士寻亲的壮举仍在继续，同时也有越来越多的人加入这个行列。"英魂回家"烈士寻亲志愿者组织陆续帮助三百二十五个家庭找到了在战争中失联的亲人；修缮十八处老兵墓地；收殓英烈遗骸一千零五十八具，成功采样八百二十六具并建立 DNA 数据库；收集并整理有效寻亲信息八千五百六十三条，在社会上引起了极大的反响。

刘晓兵和陈四平在全国多个城市的学校开展抗战英雄的爱国话题讲座。尽管受到了许多的肯定，得到了许多的鲜花和掌声，"英魂回家"志愿者团队一直在前行。

他们的初衷正如"英魂回家"的网站上，那一行火红的字所写——"历史将永远被铭记，英雄将永远被纪念。如今山河已无恙，我们带您回家！"